医療ミステリーアンソロジー

ドクターM《ミステリー》

海堂 尊　久坂部羊　近藤史恵
篠田節子　知念実希人　長岡弘樹
新津きよみ　山田風太郎

朝日文庫

本書は文庫オリジナルです。

目次

ドクターM

だってダボハゼは決して、大声で泣き出したりしないのだから。

耳を塞ぎたくなりながらも、ぼくは目の前で大きく開かれた口に視線を注ぐ。

我ながら職業病だな、と思う。

「トオルちゃん、どうしたの？　この悪いおにいさんがいじめたの？」

離れた木陰で社交に励んでいた母親が一目散に駆け寄ってきて、まくし立てる。二十代か。若い母親だ。一見、高そうな服に身を包み、きちんとしているようだが、よく見ると袖口が薄汚れていたりスカートの裾がほつれていたりして、本当の上流階級ではないことはすぐに見て取れる。ふつうはそんなところにまで気が回らないよ、と言われたこともあったから、そんな観察眼は封印していたが、こういうちぐはぐな人物を目にすると、つい矛盾点を露《あら》わにしてしまうという性癖は、困ったものだ。

背後では、似たようなナリの母親たちが好奇心剝《む》き出しで顚末《てんまつ》を見守っている。そのひとりが胸に大切そうに抱いているのが、さっきから公園の最大の騒音源の乳児だということに、ようやくぼくは気がついた。駆け寄った母親は、その子の側《そば》にしゃがみ込むと、親子してぼくを非難の目で見上げる。親子お揃《そろ》いのヤンキー座り。まるでチョウチンアンコウだな、と思う。見たくもない下着が目に入り、思わず目を逸《そ》らしてしまう。ほらね、こうしたところでもお里が知れてしまう。というわけでぼくはその時なぜか、日本の未来は暗いぞ、なんて確信してしまったんだけど。

ぼくはそこはかとない殺意を抱きそうになりながらも、つい、プロフェッショナル意識

01　児童公園

２００９年５月19日　午後１時

　昼下がりの公園はどうして、こうもやかましいのだろうか。

　ぼくがこの公園に足を運ぶのは、読書をするのに都合がいい木陰と、お気に入りのベンチがあるからだ。そのベンチに座って詩集を読むのが、仕事の合間の、ぼくの唯一の楽しみだった。それなのに、これではすべてが台無しだ。

　さっきから泣きやまない乳児の声にいらいらしながら、立ち上がる。

　今日は諦めよう、と歩き出したぼくの足に、背後から衝撃が走る。

　その反動で、手にしたリルケの詩集を落としてしまう。

　振り返ると、三歳くらいのガキがぼくに勝手に衝突し、勝手に尻餅をついている。ぼくを見上げたその目からみるみる涙が溢《あふ》れ出し、やがて公園中に響き渡るような大声で泣き出した。口を無意味にぱくぱくさせている。その様は、釣り上げられ、岸壁に放り出されたダボハゼみたいだ。でも、ダボハゼの方がずっとマシだ。

海堂　尊（かいどう・たける）
一九六一年、千葉県生まれ。医学博士。外科医、病理医を経て、二〇一四年までAi情報研究推進室室長を務める。二〇〇五年、『チーム・バチスタの栄光』で「このミステリーがすごい！」大賞を受賞し翌年デビュー。同作はベストセラーとなり注目される。〇八年、『死因不明社会』で科学ジャーナリスト賞受賞。他の著書に『ジェネラル・ルージュの凱旋』『極北クレイマー』『極北ラプソディ』『ブラックペアン１９８８』『ジーン・ワルツ』『玉村警部補の巡礼』『ゲバラ漂流　ポーラースター２』『氷獄』『コロナ黙示録』など。

エナメルの証言

海堂 尊

能性は低い。なのにそのタイミングで仕事が来たということは、気楽な案件ではなさそうだ。それにしても今月はこれで二件目。月半ばなのに異常な繁盛ぶりだ。

　玄関の鍵は開いていた。応接室には黒服姿の男性がたたずんでいた。いつも黒いサングラスをかけているから素顔は知らない。それで差し支えのない程度のつきあいだ。

「お留守だったもので、勝手に入らせていただきました」

　黒サングラスは頭を下げる。ぼくはリルケの詩集をズボンの尻ポケットから取り出し、背後の本棚に置く。そして振り返り、陽気な口調で答える。

「構いませんよ。ここはあんたたちから借りている物件ですから」

「でも貸与している以上、居住権は守りたいので、今回のような事態はイレギュラーなことご寛恕《かんじょ》いただけるとありがたいのですが」

「だから大丈夫だってば。ぼくみたいな風来坊、そういうのは気にならないんだ」

　ふと、黒サングラスが遠い目をする。

「そういえば、栗田《くりた》さまがこちらにお見えになって、もう五年になるんですね」

「五年、かあ。ぼくにしたらひとつの街に留《とど》まった最長不倒の滞在期間だよ。まだ三十年しか生きていないから、大したことじゃないんだけどさ」

　ぼくはこの業界ではまだ若手だし、家族もいないので業界向きの人材でもある。黒サングラスが属するホーネット・ジャムは非合法行為を合理化し社会適応させる団体だけど、組織からの信任はそこそこ篤《あつ》い。

ぼくは四方山話《よもやまばなし》を打ち切り、黒サングラスに尋ねる。

「で、患者は？」

「治療室に運んであります」

黒サングラスは冊子を二冊差し出した。その一冊を一瞥《いちべつ》する。都内の某有名歯科医のカルテのコピーだ。

「手入れが悪いね。インレイとクラウンが二本ずつ、か。少し時間がかかるな」

インレイというのは歯の治療痕で、エナメル質の一部を削り、レジンや金属で補塡《ほてん》すること。クラウンは、治療した歯全体を金属などで覆う処置のことだ。

ぼくはカルテを開き、歯の治療痕を表に記載したデンタルチャートをコピーする。それからもう一枚の紙もコピーし、返却した。

明朝にはお返しできるかな、と言いながら、もう一枚のコピーを見る。そちらは手書きのラフなものだ。見ると、メモの下に桜宮市警察署という文字が見える。

「ちょっと待って。やっぱり終わるのは明日の夕方になりそうだ」

「大丈夫ですが、なぜ延びたんですか？」

「こちらは抜歯してある。両方を合わせるにはインプラントしないと」

「わかりました。では本部にそのように報告しておきます」

その時、応接室の扉が開き、でっぷり肥えた中年の男性がどかどかと入り込んで来た。

ぼくのオフィスにチャイムを鳴らさずに入ることが許されるのは、ホーネット・ジャムの連絡係の黒サングラス、時々迷い込んでくる鼻の頭が白い野良猫、そして目の前で腕組みをしてぼくを睨《にら》みつけているぼくの師匠、高岡さんだけだ。

だぼだぼのアロハシャツにビーチサンダル。どこに行くにもいつの季節も一貫してこの格好なので、これが高岡さんの正装なのだろう。

ぼくをちらりと見て、高岡さんは黒サングラスに向かって言う。

「今月、これで坊やは二件目だぞ。先月から考えると四件連続、坊やになっている。なのに師匠の俺はゼロとはどういうことだ。お前ら、俺を干すつもりか」

黒サングラスは、丁寧に頭を下げる。

「この四件はすべて依頼主の竜宮《りゅうぐう》組のご指名でして。ご理解ください」

「竜宮組が坊やを気に入ったわけか。鯨岡《くじらおか》組長は好き嫌いが激しい人だそうだな」

そのやり取りを聞いて、最近どうして急に多忙になったのか、理解した。知らないうちにぼくは指名の多い売れっ子に格上げされていたのだ。高岡さんが言う。

「俺ならこんな仕事、ちゃちゃっとやっつけて三時のおやつの頃にお返しするぞ」

黒サングラスはもう一度、丁寧に頭を下げる。

「申し訳ありませんがこの件は顧客の意向で、組織の意向ではございません」

高岡師匠は、ち、と舌打ちをして、ぼくに言う。

「ちょっと売れているからって、あまりいい気になるんじゃないぞ、坊や。この業界は奥が深いんだ。まだ坊やに教えてないことがたくさんあるんだからな」

「もちろん、わかっていますよ、高岡さん。今日《こんにち》、ぼくがこうして仕事にありつけるのも、ひとえに高岡さんのご指導の賜物《たまもの》ですから」

治療室に向かいながらそう言うと、高岡師匠は満足げにうなずく。アロハのポケットをごそごそ探すが、煙草の持ち合わせがないらしく不機嫌な顔で黙り込む。

「それにしてもここまでバランスが崩れるとこっちも困っちまう。ウチのヤツは、最近は煙草《たばこ》銭までうるさくてな。自分はパチンコ屋にさんざん貢いでいるクセによお」

高岡さんの奥さんの人の好《い》い笑顔が浮かぶ。いい人なんだけどちょっとした欠点もある。家の片付けが上手ではないこと。パチンコ屋に対する忠誠心が強すぎること。

そして、ふくよかと言うには少々肉付きのよすぎる身体つき、といったところだ。

もっとも最後に関しては、人によっては美点になるのかもしれないけど。

どっちにしてもこれは愚痴だ。ぼくがどうこう言うエリアではない。

「引き取りの時、俺も来るから、今後の分担方針について腹蔵なく話し合おうぜ」

黒サングラスはちらりとぼくを見る。ぼくがかすかにうなずいたのを見て、言う。

「では明日夕方四時、患者の引き取り時にお目にかかりましょう」

黒サングラスがオフィスを出て行くと、高岡さんは急に弱々しい表情になる。

「なあ、坊やがここまで来れたのも、俺のおかげだろ。そこんところを考えずに、自分だけがブイブイ言わせていたら、いつかどこかで足をすくわれるかもしれないぞ」

そして口調にぴったりの、優しい視線でぼくを見ながら、ぼそりと言う。

「あんまりハネると、潰すよ」

「わかっていますよ、高岡さん」

背筋に寒気を覚え、震える声で答える。高岡さんはぼくの目を覗き込む。そこに嘘《うそ》の色がないことを確認したのか、何も言わずに部屋を出て行った。アロハシャツの原色のどぎつさが、ぼくの網膜に残像として残り続けた。

＊

高岡さんはいい師匠だった。どの業界でもそうだが、新技術を導入しようとすると、古株の先輩が文句を言うのは世の常だ。その意味では高岡さんはマシな部類だ。

ぼくの新技術は、文句を言いたくなる類いのものだったろうし、実際文句たらたらだったけれど、頭ごなしにやめろと言ったり足を引っ張ったりはしなかった。

もっともそれは、この業界の人材が極端に乏しいせいでもある。日本は四つの大きな島でできているが、ぼくの同業者の分布は島ごとに一軒、もしくは二、三軒だ。東日本は桜宮《さくらのみや》にぼくの他に一軒、といってもそれは師匠の事務所だから同業者というより先輩だが、これで二軒。関西は浪速《なにわ》市の天目《てんもく》区に一軒。北海道の雪見《ゆきみ》市に一軒。九州は太宰《だざい》県の舎人《とねり》町に一軒。空白の四国は不思議島で、たぶん社会規範がお遍路を基本にしているせいでいろいろなものが空白なのだろう、というのが高岡さんの持論だ。

ぼくと師匠の縄張りは東日本全般、ただし東京は除く。ふつう、商売は一番のマーケットの東京中心になるものだが、ぼくたちの業種は珍しく東京にはない。東京はあまりに先進的すぎる都市なので、うっかり出店しようものなら、大変なことになってしまう恐れが高いらしい。

ぼくは、臆病なチンアナゴだ。物音がしたら、すぐに海底の砂の中に身を隠す。

――君子、危うきに近寄らず。

それがぼくの人生訓だ。

03　治療室

5月19日　午後3時

応接室から廊下を抜け、奥の部屋に入る。待たせたが、これくらいで文句を言うような客ならこっちからお断りだ。ぼくの治療室は静粛がモットーなのだ。

部屋のドアを開けると、ひんやりした空気が流れ出す。ぼくの家はかつて精肉店だったので、小さな応接室くらいの冷蔵庫がある。その冷蔵庫に空調をつけ、密室にならないよう改造した。部屋の温度は摂氏四度に固定している。

部屋に入り、ＣＤをかける。重奏するパイプオルガンが反響し、幾重にも木霊《こだま》を曳《ひ》いて殺到する。金属製の巨大冷蔵庫の中は音響が抜群だ。目を閉じると、中世ドイツの教会にタイムスリップしているように思える。

水槽のクリオネを眺める。和名はハダカカメガイ。もしクリオネという名前でなかったら、コイツの人生は変わっていただろう。少なくとも水族館でヒロインの座に就くことはなかったし、ぼくが作業場のペットに選ぶこともなかった。ただし今、この部屋の狭い水槽にいることがコイツにとって本当の幸せなのかどうかはわからない。

手がかかるペットだが、眺めていると癒やされる。これも摂氏四度の作業場だからこその贅沢《ぜいたく》だ。そんな寒々とした治療台の上に、ひとりの男性が横たわっている。

お待たせしました、と声をかけても返事もしない。ぼくは患者の感情には無頓着なので、そんな無愛想さは全然気にはならないのだけれど。

治療台の周りには、潰れた歯科医院から安く譲り受けた治療機器一式が配置されている。ドリルが一本、ときどき通電しない不良品だが、大した問題ではない。

カルテ台に二枚のデンタルチャートのコピーを置く。患者Aと患者Bだ。

患者Aは今、目の前で寝そべっているリアル患者だ。チャートにはK53番と記載されている。独立して53番目の患者。ちなみにKはぼくの名字、クリタの頭文字だ。

患者Bのカルテには鯨岡、と記載されている。こちらはカルテだけのヴァーチャル患者で、今回は歯のレントゲン写真も添付されている。こういう対応は珍しい。ふだんは顧客情報に頓着しないホーネット・ジャムの黒サングラスが、珍しく「竜宮組の組長ですからくれぐれもよろしく」とわざわざ言ってきただけのことはある。

顧客はわがままで、レントゲン写真をお願いしても、持ってくることは少ない。

ぼくが理解できないのは、こうしたささいなことからほころびが生じるということもわからない、顧客たちのバカさ加減だ。それでよくまあ、非合理きわまりない暴力主体の非論理的世界で生き延びられるものだ、とつくづく感心する。

世の中は、ぼくが考えるよりもずっとラフに出来ているのかもしれない。

すると高岡さんのやり方の方がこの社会には合っているのかも、なんて考えつつ、男性の側に座り、半開きの口に両手の人差し指を差し込む。左手で上の前歯を、右手で下の前歯を引っかけじわじわ力をかける。

頑固な患者Aは、なかなか口を開こうとしなかったが、ついに根負けしたように口を開く。ぼくはドリルを手にして呟《つぶや》く。

「患者A、K53は、左下7番、欠損か」

口の中を覗き込むと、カルテだけのヴァーチャル患者Bの左下7番は無傷だった。代わりに、右上奥5番がC2、インレイで右上4番は欠損している。

ぼくの仕事はヴァーチャル患者Bのデンタルをリアル患者Aの口中に再現すること、つまり歯型を移し変えるわけだ。大変なのはリアル患者Aで欠損している歯がヴァーチャル患者Bで存在している場合だ。その場合はリアル患者Aにインプラントしなければならない。逆なら単なる抜歯で済むのだが。ぼくはおもむろにドリルを駆動させ、健全な歯を削り始める。相手は不平不満を訴えないので、気力のおもむくまま、好きなだけ治療を続けられる。

やがてドリルを停止させ、ペンチを取り出す。ぺきん、ぺきんと無麻酔で抜歯していく。ペンチで摑《つか》み、左右にぐらぐらゆすり続けると急に抵抗感がなくなり、ぺきり、と抜ける。ぼくの患者は出血の心配もないから楽勝だ。

パイプオルガンの重厚な音が狭い空間に響く。ここはパラダイスだ。

かつて対応できなかった、歯学部の実習を思い出す。いくら言っても患者は歯を削られる恐怖に微動する。治療に集中していると微細な動きが邪魔なので、その都度、怒鳴りつけてしまう。すると、ぽん、と肩を叩《たた》かれ、青い紙マスクで顔を隠した指導教官にドリルを取り上げられてしまう。指導教官によるリリーフ治療が終わり患者が退出すると、マスクを外しながら、教官は呆《あき》れ顔でぼくに言ったものだ。

「栗田君は臨床には向いていないね。患者さんは生きているんだよ」

結局ぼくは実習の単位をもらえず、一年留年して粘ったが歯大は卒業できなかった。

中退が決定した時、指導教官が気の毒そうに言った。

「栗田君の技術は素晴らしいから、歯科技工士とかの裏方に鞍《くら》替えした方がいいね」

当時ぼくは、そんな言葉に反感を抱いたものだ。だがさすが数多くの生徒を見ている指導教官だけあって、それはぼくの資質を見抜いた適切なアドバイスだった。

今、ぼくはこうして、治療技術だけで勝負できる、アンダーグラウンドな歯科医になれたのだから。

右上奥5番C2インレイの治療を終えたぼくは、最後の難関に取りかかる。リアル患者Aには欠損しているが、ヴァーチャル患者Bには残存している左下第二大臼歯のインプラントをしなければならない。

戸棚からビスケットの缶を取り出す。中には小箱がぎっしり詰め込まれている。駄菓子屋で買い込んだ小さなガムの箱には、丸いオレンジガムが四粒入っている。一箱を大人買いをすると当たりが一割もあった。薄利多売なのに太っ腹なことだ。

缶から「0」と書かれた小箱を取り出す。中にはかつて他の患者から抜歯した歯をストックしたものがある。箱から取り出した一本の大臼歯を無影灯にかざす。

ぴったりだ。同じサイズの歯を一発で引き当てたので気分がいい。

大臼歯のインプラントに取りかかる。この技術を開発した高岡さんは業界ナンバーワンになった。ぼくもその技術を教えてもらった。ただし概念を教えてもらっただけで、具体的な手技は独学で身につけた。でも発想が大切なので、高岡さんがいなければ、今のぼくはない、というぼくの答えに嘘いつわりはなかった。

自分を義理堅いヤツだと自任している。裏を返せば業界を牛耳るなどという野心や覇気に欠けるヘナチョコなんだけど、などと微動だにしない今日の患者を眺めながら、考える。動かないのも当然で、相手は死者だ。その日は調子がよかったので、徹夜して仕事を仕上げた。十時間近くぶっ通しの治療が可能なのも相手が死体だからこそだ。

死体の歯医者。高岡さんは自分の職業をそう呼ぶ。でも、ぼくが名刺を作る時は、ネクロデンティストという肩書きにしようと思っている。

そんな日は決して来ないだろう、ということはわかっているけど、それはどうでもよかった。自分にぴったりの職業に就くことが出来て、ぼくは幸せだった。


翌日。黒サングラスが遺体を引き取りに来た。黒服に黒いサングラスなんて没個性な服装は典型的すぎて、実社会ではかえって目立つのではないか、などと余計な心配をしてしまう。遺体を引き取りながら、黒サングラスは言う。

「相変わらず丁寧なお仕事で、期日をきっちり守ってくださるので助かります」

応接室を見回し、高岡さんが来ていないのを確認すると、ちらりと腕時計を見る。

「高岡さまは時間にルーズすぎます。特殊技能をお持ちですが同等かそれ以上の品質の品を納めてくれる方が、時間を厳守してくださるのであれば勝負になりません」

黒サングラスが評価を述べるのは珍しい。組織での師匠の評価は低くなっているようだ。

「高岡さまがお見えになる前に納品してきます。一時間以内に戻りますので」

黒サングラスを見送ったぼくは、疲労感に包まれてソファに沈み込む。三十を過ぎると徹夜はこたえる。うつらうつらしていると、扉が突然開いた。

「なんだ、黒服野郎はまだなのか?」

威勢のいい声は、徹夜明けには少々鬱陶しい。高岡さんはぐるりと部屋を見回すと、正面のソファにどすりと腰を下ろす。

「ついさっきまで待っていらしたんですが、先に納品を済ませて戻るそうです」

「それは都合がいい。俺たちの棲《す》み分けの相談は、坊やと俺の問題だからな」

「あのう、ぼくは高岡さんの仕事を取ろうなんてつもりは毛頭ないのですが……」

高岡さんは右手を挙げ、ぼくの話を遮った。

「それは百も承知だ。悪いのは連中だ。俺の技術を低く見ている。それは坊やの技術が高いからだ。ただ坊やの態度がはっきりしているのは助かる。坊やが俺を追い落とそうなんて考えていたらにこやかに話もできないし、坊やも無事では済まないさ」

最後は真顔になった高岡さんの目に、鋭い光が宿る。

ぼくはあわててうなずく。

「ぼくは弟子ですから、師匠に逆らったりはしませんよ」

それは半分本当で、半分は嘘だ。ぼくが高岡さんに逆らわないのは単に横着者だからだ。仕事をばりばりやりたいわけではなく、どうせやるなら美しく仕上げたいと願っている。だからがんがん稼ぎたいという高岡さんとのペアがうまくいっていた。

「じゃあこうしよう。竜宮組は坊やがお気に入りのようだから、ヤツらは坊や専属とする。それ以外の仕事は全部俺が受ける。これでどうだ?」

ぼくは高岡さんのしたたかさに感心する。竜宮組は大口顧客だが、業務全体に占めるシェアは三割。現状ではぼくと高岡さんは五分五分で仕事を分け合っているから、この申し入れが締結されると、ぼくの仕事は二割減になるだろう。

でも、ぼくは高岡さんの申し出を呑《の》んだ。理由は簡単だ。ぼくは高岡さんのように稼ぎたいとも思わないし、仕事熱心でもないので仕事が減るのはありがたかったからだ。

ぼくが了承すると、高岡さんは上機嫌で言った。

「さすが一番弟子だ。これで楽しいティータイムになるぜ」

黒サングラスが戻ると、高岡さんはふたりの間で交わされた取り決めを告げた。

「栗田さまはそれでよろしいのでしょうか」

黒サングラスはぼくの顔を見て、言う。ぼくがうなずくのを見て黒服は言った。

「おふたりが合意されたのであれば異存はございません。我々は非合法活動の合法化支援を行なうサポート会社で、顧客の方々のご意向を実現化すべく活動しておりますので。ただし、ひとつお願いが。我々は同時に、依頼主の意思も尊重しております。ご指名があった場合は栗田さまにお願いしたいのですが、よろしいでしょうか」

「指名とあっちゃ、仕方がないさ。文句はないよ」

高岡さんの言葉に、ぼくもうなずく。

「師匠がよければ、ぼくにも異存はありません」

こうして桜宮市における、ということはつまり東日本全体、ただし東京は除く、というエリアにおける遺体歯科業務の棲み分けは円満に完了した。ぼくはほっとした。

何しろぼくは、争いを好まない平和主義者なのだから。

04　桜宮市警察本部　5月21日　午前9時

桜宮市警の玉村《たまむら》警部補は、幸せな朝を迎えていた。

懸案の事件が解決した昨晩は捜査本部解散の打ち上げだった。そして今日、経理請求の書類を提出したら三日間の有給休暇をもらえる。それだけではない。打ち上げの席上、滅多に人を褒めない上司が名指しで玉村を褒めたのだ。こんな素晴らしいことが続くと、反動でとんでもない不幸に襲われそうだ、と思い、いかんいかんと首を振り、そんな弱気の考え方こそがそうした不幸を招き寄せるのだと自分を戒める。

そして隣の席で玉村同様、にこやかな顔をしている同期の猪熊《いのくま》を見た。捜査本部第一班はめでたく解散したが、猪熊が所属する隣の第二班は昨日まで大変そうだった。

昨晩、ほろ酔い気分で署に戻った玉村の隣を、不審火に対応するために猪熊が駆け抜けて行ったのを見ていた。だが今朝、隣の席の猪熊は椅子に座り、ぼんやりしていた。実にヒマそうだ。玉村が尋ねる。

「昨日の事件は済んだのかい？」

名前はいかついが、華奢《きゃしゃ》と言っていいくらいの体型の猪熊はうなずく。

「ああ、結局、ヤクザの焼身自殺だった」

「よかったな。でもそういうのが最近多くないか？」

玉村の相づちを聞いていなかったのか、猪熊は明るい声で言う。

「玉村も今日から有休だよな。実は俺も今日からだ。ゆうべの事件がこじれなくて、ほっとしたぜ。何しろ三カ月前から予約していた温泉だから、かみさんも楽しみにしてるんだ。玉村はこの有休で何をするつもりなんだ？」

玉村は頭を掻《か》いて、「ヒミツ、だよ」とにやにや笑う。

妻と子どもたちは事情があって一週間ほど、妻の実家に帰省する。つまりこの一週間は、玉村は独身貴族の身分だ。その時に三日も有給休暇を取り、そのことを玉村は家族には告げていない。その三日間、何をしようとしているのか。

まさか自室にこもってネットゲーム、『ダモレスクの剣』をやり尽《つ》くそうとしているなんて誰にも言えない。でもネット世界ではお互いを知り尽くした仲間が待っている。

玉村は最後の領収書を台紙に貼りつけ、経理係に持って行こうと立ち上がる。これを提出すれば待ちに待った有給休暇だ。玉村は猪熊に手を振り、部屋を出て行こうとした。その時、扉の前の玉村に、巨大な壁が立ちふさがった。モデルを思わせる長身の、端整な顔立ちをした男性が玉村の肩に手を置いて言う。

「どこへ行くんだ、タマ？」

悪い予感は当たった。盛大に着飾ったアンラッキーが靴音高く目の前に現われたのだ。

玉村は身体を硬直させる。しばらくして絞り出すように言う。

「警視正……どうしてこんなところへ？」

本庁に帰還したはずの加納《かのう》警視正だった。その問いに答えず、逆に玉村に尋ねる。

「タマ、今の捜査一課長はどこのどいつだ?」

玉村はおそるおそる、鼻毛を抜きながらスポーツ新聞を読んでいる紙谷《かみや》課長を指さす。

加納警視正は顎を上げ、じろりと課長を見た。つかつかと課長に歩み寄ると、課長は読みかけのスポーツ新聞をばさりと落とした。

「な、な、何ですか、あなたは」

加納は紙谷課長の面前で急停止し、内ポケットに手を入れる。がたがたと音を立て、課長は立ち上がる。一カ月前に転任してきたばかりの新任課長は、桜宮市警に出向後、本庁に帰還した加納警視正のことを知らなかったため、インテリヤクザの急襲でポケットから取り出されるのは拳銃か、と誤解したらしい。

加納は内ポケットからゆっくり手を出す。差し出した白い名刺を、紙谷課長はおずおずと受け取ると、声を上げて読みあげる。

「警察庁刑事局刑事企画課電子網監視室室長、加納達也《たつや》警視正……あなたはあの、デジタル・ハウンドドッグ……」

「ほう、俺をご存じとは、実に光栄だ。それなら話が早い。さっそくだが昨晩、桜宮で起こったヤクザの焼身自殺の件について、捜査状況を聞きたい」

急展開に目を白黒させていた課長は、反撃の糸口を見つけて言い返す。

「サッチョウの電子網監視室の室長さんが、どうしてマル暴の捜査に口出ししてくるんですか。領空侵犯すると、キャリアに傷がつきますよ」

加納警視正は、片頬を歪《ゆが》めた笑顔になる。

「俺の業務内容まで心配していただけるのはありがたいが、新興暴力団のマネーロンダリングを監視するのも業務のうちでね。そのため、ほんのわずかばかり縄張りを越境させてもらっているわけだ」

この調子では、ほんのわずかな越境だとは誰も思わないだろう。そう思いながら玉村警部補はそろそろ後ずさる。この騒動に巻き込まれたら、有給休暇が台無しだ。

気配を消し去り扉にたどりつく。あとほんの少し。その時、紙谷課長を睥睨《へいげい》していた加納警視正が、振り返らずに鋭い声を上げる。

「どこへ行くんだ、タマ？」

玉村が身を硬直させる。

——背中に目があるのか、この人は。

「私、玉村は本日より三日間、有給休暇をいただいておりまして……」

「延期しろ」

「え？　でも……」

加納警視正は振り返ると、玉村に言う。

「日本国の警察官において、捜査よりも優先されるべきものがあったとは初耳だ。それとも、タマの身代わりに俺の助手として、誰かを差し出すつもりか？」

玉村警部補は、唾を飲み込む。

隣の席で、この寸劇をあっけにとられて見守っていた猪熊と目が合う。猪熊は唾を飲み込むと、首を横に振る。震える声で玉村が言う。

「昨日の事件は、そっちの班の受け持ちだろ」

「頼むよ、ただでさえ俺のとこ、危機なんだ。今回の旅行は最後の頼みの綱なんだ。今回ドタキャンしたら、アイツは出て行っちまう」

猪熊は両手を合わせて、玉村を拝んだ。

「ぼくだって、ぼくが行かなければユナちんが……」

『ダモレスクの剣』のパーティのヒロイン、ユナちんとの約束が玉村の心を縛りつけていた。玉村と猪熊は、自分が大切にしているものを守るため、降って湧いた災難を押しつけ合い、おしくらまんじゅうをしていた。そこへ加納の大声が響く。

「ユナちん、だと。まだあんな他愛もないゲームをクリアできないのか、タマ」

「くだらなくありません。今は最終決戦、ハルマゲドンを退治中なんですから」

珍しく玉村が加納に向かってきっぱり言い返す。一瞬、加納は鼻白んだが、しばらくしてポケットをごそごそ漁《あさ》ると、銀色に光るスマートフォンを投げ渡した。キャッチした玉村は加納とスマートフォンを交互に見つめた。加納が言う。

「超高速通信可能な新機種で光ファイバーより速い。タマが有休中だということを考慮し、捜査協力の時間以外は、それでネトゲすることを許す。その条件でどうだ？」

玉村は呆然とした。あの天上天下唯我独尊の加納から、こんな妥協案が提示されるなんて信じられない。玉村は、隣の席で両手を合わせて拝んでいる猪熊を見る。

「私はユナちんさえ救えれば結構です。有休を返上し、警視正の非合法不規則捜査の助手をお引き受けします」

ため息をついた玉村は、言った。

「それでこそタマだ。俺の助手を務めて、ユナちんと桜宮市の平和を守ってくれ」

玉村はスマホをいじった。加納の言葉に嘘はなかった。これまで見たこともないような反応速度に、玉村は心からの笑顔を浮かべた。

「喜んで、お手伝いさせていただきます」

加納が紙谷課長に「ただちに捜査関係者を集めろ」と命じた時、玉村の隣の席にはもう人影はなかった。


「つまり捜査班は、検視官の現場検視だけで自殺と断定したわけだな」

ホワイトボードに書き付けられた情報を眺めて、加納が言う。紙谷課長の顔色は、紙よりも白くなった。そしてうなずく。

「自殺としても特に問題はなさそうでしたし、遺体は真っ黒焦げでしたので解剖も意味がなさそうでしたし、何より検視官と協力歯科医の森《もり》先生も同行してデンタルチャートも確認しました。焼け残った部屋に遺書もあり、おまけに相手はヤクザです」

「ヤクザ絡みの検視は手抜きされるし、話を聞く限りでは問題はなさそうだ。だがこれは自殺ではないと俺の直感が叫んでいる。納得するまで調べさせてもらう」

「現場検証も終わっていますから、現場に行っても何もないと思いますけど」

紙谷課長が言うと、加納警視正はうなずく。

「そうだとは思うが、一応、念のためだ。まず遺書を見せてもらおう」

手渡された遺書をざっと読むと、加納は紙谷課長に突き返す。

「何か、不審な点でもありましたか」

加納警視正は即答する。

「いや、ない。筆跡は鯨岡のものだし知性のない文章もヤツがひねり出したものであることは一目瞭然だ。ヤツの文章のひどさにはオリジナリティがある。あそこまで徹底した悪文というのは、他人にはなかなか模倣できるものではない」

「では、やはり自殺ということで……」

「これは自殺ではない。俺が知る鯨岡は、絶対に自殺をするようなタマではない。たとえ世の中のすべての人間がヤツを非難しても、泣く喚《わめ》くわ、挙げ句へらへら笑いながらでも生き永らえようとするヤツだ。自殺は百パーセントあり得ない」

「調べによりますと、最近、東京から進出してきた竜宮組は蓮っ葉通りのみかじめ料を他の組に奪われ、売り上げが落ち込んでいたとか。それを苦にした自殺なのでは」

「だから、ヤツはそんなタマじゃないんだって」

さっきから「そんなタマじゃない」と言われる度に玉村の身体がぴくりと揺れる。

「それに、その情報は根本的に間違っている。竜宮組のシノギが悪いというのはデマだ。あそこは今、警察庁《サッチョウ》では景気がよすぎる新興暴力団として目をつけられている。ま、気が済むまで調べさせてもらう」

「はいはい、どうぞお好きなように」

紙谷課長はふてくされたように答えると、テーブルの上に投げ出したスポーツ新聞を取り上げて、記事を読み始める。

「タマ、行くぞ」

加納警視正に声を掛けられた玉村は、ぴょん、と跳ね上がる。そして首輪でつながれたイヌが引きずられるようにして部屋から出て行った。

＊

運転席の玉村が、助手席で腕組みをしている加納に、「どちらへ向かいますか」と尋ねる。とりあえず事件現場だという加納の指示に従い、車はゆっくり発進した。十五分で黄色い規制線が張られた事件現場に到着。炭が焼け焦げたような匂いが微《かす》かに漂う。半焼で外壁は残っていたが中の壁は崩れ落ちていた。黄色い規制線をひとまたぎして部屋に入った加納は、火元の部屋を鋭い視線で眺める。玉村が説明する。

「遺体は黒焦げでした。灯油をかぶり、部屋中に撒《ま》いてから火を点《つ》けたのかと」

「ヤクザの遺書つき焼身自殺では調べる意欲もなく、解剖にもならないわけか」

加納は火元にたたずんでいたが、踵《きびす》を返すと、大股で焼け落ちた部屋を出て行く。玉村が後を追う。一足先に助手席に座り、瞑目《めいもく》していた加納は言った。

「次は、検案に立ち会った森歯科医院だ」

森歯科医院は、今にも崩れ落ちそうな廃屋みたいな建物で、出てきたのは七十代、下手をしたら八十代にも見える、ひからびた院長だ。だが発する声には張りがある。

「昨日の焼死の件？　いかにも、遺体を検案したのはこの私だが、なんでそんなささいな件でわざわざやって来たのかね」

「自殺したヤクザはよく知っているが、絶対自殺するタマじゃないんでね」

森院長は二度、三度、うなずいて言う。

「自殺者の関係者は誰もがそう言うものさ。人は見かけによらないということは、こういう仕事をしているとイヤというほど見せつけられるからねえ」

冗長になりがちな森院長の、言葉の末尾を切り取って、加納が尋ねる。

「本当に、自殺したのは鯨岡だったのか」

「自殺したヤクザは歯医者にかかっていて、手回しよく写真を入手してもらえた。現地で作成したチャートと完全に一致した上、署名付きの遺書まである。人定は簡単さ」

そのチャートを見せてほしいという加納に、森院長は「どうぞ」とうなずく。

歯形の描かれた紙に○×の書き込みがあり、インレイだのクラウンだの聞き慣れないカタカナも書き込まれていた。玉村が思わず尋ねる。

「デンタルチャートって、メモ書きなんですか」

「ま、そうとも言えるな」

森院長はうなずく。玉村警部補は愕然《がくぜん》とする。加納警視正が舌打ちをする。

「これは警察庁が推奨するデンタル・チェックとかけ離れた前世紀の遺物だな」

するとと森院長はすかさず反論する。

「一見ラフに思えるだろうが、上十四本、下十四本、計二十八本の歯に親不知《おやしらず》プラス四本で三十二本。歯のあるなしだけで二の三十二乗分の一、四二九四九六七二九六分の一で確定できる。これで四十二億分の一で人定できるという理屈だ」

「そこまで高くはなかろう。虫歯のない者同士なら判別できないからな」

「おっしゃる通りだが今回の件は百パーセントだ。生前のデンタルチャートを検討してから遺体を見たが、インレイやクラウンなどの治療痕も完全に一致したからな」

「確かに治療痕の様子までが一致していたら間違いないんだろうな。しかしあの鯨岡が自殺するとは、どうしても信じ難いのだが」

加納はぶつぶつ言いながら、森歯科医院を後にした。再び車に乗り込むと言う。

「署に戻るぞ。鯨岡の遺体はどうなっている？」

「舎弟が引き取りに来たそうです。でもって昨日、組葬にしたそうです」

「早いな。火葬か？」

「土葬です。竜宮組の掟《おきて》らしいです」

土葬がルールとは、変なヤクザだな、と加納は目を細める。

本人は愛想笑いをしようと試みているようだが、玉村には、すごまれているようにしか思えない。

「極秘情報《いいこと》を教えてやろう。ここ半年間に竜宮組の幹部が次々に自殺している。それも申し合わせたように焼身自殺だ。今度の鯨岡組長で四人目なんだ」

「竜宮組に何かあったんですか？」

「新商売に成功したらしく、警察庁が徹底的にマネーロンダリング口座を洗っている最中だ。景気はすこぶるいい。だから組長が自殺するなんて絶対におかしいんだ」

加納は顎で玉村に車を出すように指示を出す。

「違和感は払拭できないが、現場には問題点はなさそうだ。だが、この一件はこれでは終わらない予感がする。次にまた似たような自殺があったら、その携帯で連絡しろ」

「えっ、それじゃあ、それまでこの機種は私が持っていてもいいんですか？」

「これまで粉骨砕身で働いてくれたボーナス代わりだ。通信料は警察庁《サッチョウ》が持つ」

驚いて目を見開いた玉村は、その時に初めて、これまで加納についてきてよかったと、しみじみ思った。

05　高岡事務所

7月10日　午後3時

　高岡さんとの話し合いがついて一カ月半が経ち、夏が来ていた。皮肉なもので分担が決まったとたん、依頼はぱたりとやんだ。全部高岡さんに回っているのかな、と思っていたら一週間前、高岡さんがぺたぺたとビーチサンダルを鳴らしながらさぐりを入れに来た。その時、高岡さんにも仕事が回ってきていないと判明したわけだ。

　今日もまたやって来てぼくも開店休業状態が続いていることを確認した高岡さんは、吐息をつく。

「分担したとたん、この日照りだもんな。先行きは暗いぞ、この業界は」

「もともと、需要は少なくて、それまでも二カ月に一例のペースでしたから、あの頃に逆戻りしたと考えればいいのでは」

　そう言ってふと思いつき、ぼくはずっと抱いていた疑問をぶつけてみる。

「それにしても、どうしてここ二、三年、急にビジネスが繁盛しだしたんでしょう」

「桜宮で検視を一手に引き受けていた碧翠院《へきすい》が燃え落ち、おっかない桜宮巌雄《いわお》院長が亡くなったせいだよ。重石《おもし》が外れたための特需だったのさ」

　高岡さんが答えたその名には聞き覚えがあった。ぼくが桜宮に流れてきて高岡さんの下で修業に入った時、まっさきに「桜宮病院の院長には気をつけろ」と言われた。

　だけどある日、そのアラームは解除された。碧翠院桜宮病院を不幸が襲ったのだ。その時、高岡さんが心底ほっとした顔をしていたのを、ふと思い出した。

話を変え、更にかねての疑問を高岡さんに尋ねてみる。

「そもそも、ぼくたちが処置している遺体はどこから運ばれて来るんでしょうか」

「よくわからん。ま、世の中、知らない方がいいことがあるってことよ」

高岡さんは、ちろりとぼくを見て言う。

「坊やの技術は大したもんだ。でもな、あそこまで細密にやっても無意味だ。連中はそんな詳しく見ない。坊やにすれば俺のやり方は雑に見えるだろうが、鼠《ねずみ》をやっつけるのに牛殺しの刀はいらないとかいう、坊やが得意なことわざがあるだろ、あれだよ。なにしろ法医学の連中の人定チェックはほんと、いい加減だからな」

〝鶏を割くにいずくんぞ牛刀を用いん〟と言いたいのだろう。でもあえて訂正せずにうなずく。高岡さんが、ぼくの細密な技術を「ムダ」と評したという本旨がわかればいい。でも「デンタル・チェックは法医学者ではなく法歯学者の仕事です」という部分は訂正しておく。高岡さんには「法歯学者」ではなく「奉仕学者」と聞こえるらしく、なかなか覚えてくれない。ぼくも歯学部出身だからそんなマイナーな業務を知っていただけど。

「DNA鑑定など、科学技術は日々精密になっています。いつかこの領域にも技術革新の波が押し寄せるでしょう。新しい技術にチャレンジしておかないと」

高岡さんは首を左右に振る。

「それくらい、俺だってお見通しさ。でもそういう新技術は花のお江戸から、と相場が決まっている。お江戸の動向は黒服連中がしっかりチェックしてくれているし、桜宮の死体検案はいい加減で、デンタル・チェックも○×で済ませる昔のまんまだから、桜宮で仕事をしている間は今のやり方で充分さ」

高岡さんは正しい。桜宮のデンタル・チェックをしているのは、昔からの検視協力歯科医の森先生だ。八十歳近いから新しいやり方には興味もなさそうだ。だからと言って既存の方法にしがみついていたら、いつか深い穴に落ちてしまう気もする。

ぼくの場合、悪い予感ほどよく当たる。そう言うと、高岡さんは笑って答える。

「ほんとに坊やは怖がりだなあ。そんなんじゃ長生きできないぞ」

それは違う。長生きするのはラビットのように臆病なヤツだと、コミックでギネス級の長寿スナイパーが言っている。議論に飽きたらしく、高岡さんは立ち上がる。

「今日ここに来たのは相談したいことがあってな。以前取り決めをしたが、二カ月連続で依頼なしだと干上がっちまってね。家内のヤツもピーチクパーチクうるさくてなあ。だから次の依頼がもしも坊やの指名だったら、俺に回してほしいんだよ」

高岡さんはふくよかな両手をすり合わせて、ぼくを拝む。

「ホーネット・ジャムの方に高岡さんから説明してくださるならOKですけど」

「助かるよ。坊やは欲がない分、俺より長生きするよ。人を滅ぼすのは欲だからな」

曖昧に笑う。確かにぼくは欲が薄いが、それは長生きしたいからではない。

ぼくはすべてに対して薄い感情しか持ち合わせていない、ただそれだけだった。

ホーネット・ジャムから次の遺体が持ち込まれたのは三日後だった。予想通り、それは竜宮組の指名案件だった。約束通り、ぼくは高岡さんを呼ぶ。すると、高岡さんはいつものアロハにビーチサンダルというナリで、ぺたぺた足音を立てながらやってきた。

黒サングラスは、その成り行きに驚きながらも、冷静に言う。

「取り決めでは竜宮組の依頼は栗田さまにお願いするということでしたが」

「確かにな。だがあの時は、二カ月も商売あがったりになるなんて思わなかったからな。そこで三日前、交渉し直して、次の依頼はどこの依頼でも、師匠の俺に優先して回してもらうということで、お互いに合意したんだ」

「しかし、それではクライアントに対する申し訳が……」

「そこを調整するのがあんたらの仕事だろ」

黒サングラスは、ぼくが何も言わないのを見て吐息をつくと、携帯を取り出した。

「いつもお世話になっております。実はご相談がございまして。ご指名のクリタ様は今回は対応できないそうなのですが、いかがいたしましょうか。当会が仲介できる方をご紹介することは可能です。ええ、もちろん腕は折り紙付きです」

しきりに黒サングラスはうなずき、携帯に向かって平身低頭する。

「さようでございますか。ありがとうございます。では失礼致します」

携帯を切ると、黒サングラスはぼくと高岡さんを交互に見た。

「こんなことはこれっきりにしてください。当方の信用問題になりかねませんので」

そしてぼくに言う。

「今後、竜宮組の指名を確実に受けていただくため、次回の依頼が竜宮組でなかったら高岡さまにお願いしたいのですが、いかがでしょうか」

ぼくに異存はないし、ワーカホリックの高岡さんも問題なさそうだ。ぼくたちふたりがうなずいたのを見て、黒サングラスが言う。

「今回の件は、時間がありません。さっそく取りかかっていただきたいのですが」

黒サングラスは二枚のカルテを取り出す。ちらりと見た高岡さんが、言う。

「かみさんは一泊の温泉旅行中でね。できれば坊やに助手をやってもらいたいんだが」

ぼくは高岡さんには逆らえないので素直にうなずいた。高岡さんは嬉《うれ》しそうに笑う。

「さすが師匠思いの坊やだ。何だかバンバン仕事をしたくなってきたぞ。おい、そこの黒眼鏡、そいつを俺の事務所に運んでくれ」

そしてぽつんと言う。

「坊やと黒眼鏡がツルんでいるのかというのは思い過ごしだったたな。それにしても竜宮組はどうなっちまったんだ。この調子だと幹部連中は全員いなくなっちまうぞ」

「高岡さま。クライアントの意向を忖度《そんたく》するのは御法度、そうした基本を守っていただけないのであれば、改めて栗田さまに……」

黒サングラスは漆黒の闇の中から高岡さんを睨む。目元が隠されているのに睨んでいるのがわかるほど、強い視線だ。

「ちょっ、ちょっと口が滑っただけだ。ま、なんだ、仕事はちゃちゃっとやっつけるから、夕方にブツを取りに来な」

「迅速な対応、ありがとうございます。今から高岡さまの事務所に依頼品を運びますと、改めて車の手配が必要ですので、二十分ほどお時間を頂戴したいのですが」

高岡さんはちろりとぼくを見て言う。

「わかった。それじゃあ、坊やと事務所で待ってる。坊や、車を出してくれ」

ぼくがうなずくと、高岡さんは嬉しそうに笑う。

「そういう素直なところが、坊やが好かれるところだ。その気持ちを忘れるなよ」

高岡さんにしてみれば、ぼくに助手を務めさせれば、後片付けや掃除を押しつけられ一石二鳥だと思っているに違いない。なので最大限の賛辞を惜しまない。

もともと高岡さんのところで住み込みの下働きをしていた頃は、そうしたことはぼくの仕事だったから、あの頃に逆戻りしたのだと思えば苦にもならない。

黒サングラスは「では二十分後に依頼品を事務所にお届けします。夕方に引き取りに参りますのでお願いします」と言い残し、部屋を出て行った。

住宅を兼ねている高岡さんの事務所は、ぼくのオフィスから車で十五分ほどだ。ここに来るのも久しぶりだ。建て付けの悪い扉を開きながら、高岡さんが言う。

「坊やが独立してから、誰も庭の手入れをしなくなってね。ひどいものさ」

ぼくがいた頃は季節に合わせ咲く花を植えていたが、今や季節感のない雑草の庭に成り果て、野原と庭の境界線上のような空間になってしまっている。ところが一歩家に足を踏み入れると、庭などささいな問題だとわかる。読みかけの新聞が廊下に散らばった上に食べ残しの魚の骨が落ちている。廊下の隅に空っぽになったビールの空き缶。なぜかくすんだ黄色のテニスボールが三つ、転がっている。奥さんも高岡さんもテニスなんてしないのに。かつてぼくがぴかぴかに磨き上げた廊下には泥靴の跡が残っている。今警察官が来たら、空き巣の現場検証を始めそうだ。

住み込みをしていた頃は、マンボウみたいに太った奥さんはぼくが掃除に勤《いそ》しむ様子を嬉しそうに眺めていたものだ。奥さんは気のいい人だがずぼらで掃除嫌いだった。

まあ、掃除の対価に食事で優遇してもらったから、文句はなかったけど。

散らかった空き缶を蹴飛ばしながら廊下を通り抜け、高岡さんは作業室に入る。

廊下や隣の部屋の乱雑さがウソのように作業場は整理整頓されていた。ちなみに作業スペースを、ぼくは治療室と呼び、高岡さんは作業場と呼ぶ。このあたりに二人の業務に対するスタンスの違いが現われる。高岡さんの作業場は鉄工所のミニチュアだ。剝き出しの土間に冷たい光を放つ鉄製のベッドが置かれている。寝心地が悪くても相手は死人で文句を言わないからな、というのが高岡さんの持論だ。

表の戸ががらがらと開き、黒サングラスとその助手が、遺体をベッドの上に置くと、頭を下げて部屋を出て行った。手渡された二枚のデンタルチャートを眺める。一枚はリアル患者A、T554番。通し番号もぼくの十倍以上で、高岡さんのキャリアの長さが窺《うかが》い知れる。頭文字のTは当然、高岡さんのイニシャルだ。

もう一枚のヴァーチャル患者Bのチャートには「蛸島《たこしま》」と書かれていたが、鯨岡組長のケースと違って黒サングラスは素性を伝えなかったので、組長よりも格下なのだろう。

鉄製のベッドの上に小柄な老人の遺体がひからびていた。リアルT554番。高岡さんはふたつのデンタルチャートを見比べ、「楽勝」と口笛を吹く。肩越しにチャートを見てぼくも納得する。リアルT554番には齲《う》歯《し》がない。ヴァーチャルBへの細工をすれば終わりだ。リアルT554番は推定年齢七十歳だが、歯が全部残っているから、きちんと暮らしていた人だ。そんな人が身元不明の無縁仏として処理されているなんてこの世は闇だ。一方、ヴァーチャルBの蛸島の歯はひどい。すべての歯にインレイがかけられ、奥歯は全部クラウンだ。

「どうするんですか、これ。ぼくなら丸三日はかかりそうですけど」

「だから坊やはグズなんだ。大本の遺体は治療痕ゼロ、これから仕上げる最終形はほとんど治療されている。だったらとっとと治療すればいいだけさ」

高岡さんは得意げに鼻をならし、強制開口器を遺体の口にはめ込む。ドリルで奥歯から削り始めたその日はチャートを一切見ない。レントゲンを見比べたら一発でバレてしまうのでは、と思ったぼくの気持ちを見透かしたかのように、高岡さんは言う。

「レントゲン同士を見比べれば違いはわかるが、桜宮では人定チェックは歯のアリナシで決めている。組み合わせが完全一致する例は世界中の人間を集めてもひとり程度しかいないんだと。だからブツもこの程度で充分なのさ」

そう言っている間に、高岡さんのドリルはすべての歯を削り終えた。ペンチを取り出し、ぺきり、と奥歯を折る。そんなやり方だと根が残ってしまう、と口にしかけるが、これが高岡さんの流儀なのだから余計なお世話だ。凝血塊が根部にこびりついた奥歯を挟んだままペンチをからん、と金属製の皿に投げ捨てると、高岡さんはにい、と笑って「第一部、終了」と告げる。時計を見ると、開始から十分も経《た》っていない。驚くべき速度だが、出来映えを気にしないでいいのだから、いくらでも早くできる。

でもぼくには絶対こんな早くはできないし、そもそもいくら相手が遺体だからって、こんな乱暴な治療はしない。そう思いながら、治療痕の充塡剤のレジンをこね始める。充塡するにはこのタイミングで始めるのがベストだ。高岡さんはにやりと笑う。

「坊やのこね始めのタイミングは絶妙だな。家内に見せてやりたいものだ」

ぼくの独立後は、この役は奥さん任せにしているらしい。

「バカ野郎、こね始めるタイミングが遅いんだよ」と怒鳴る高岡さんと、ぷう、と頰をふくらませ「そんな小うるさいこと言うなら、あんたが自分でやればいいじゃない」とふて腐れてパレットを放り出す奥さんとのやり取りが脳裏に浮かぶ。

奥さんはいい人だが根気がない。あのずぼらさはすごい。高岡さんは奥さんのことをボヤきながら、受け取ったレジンを歯に詰め、アルミホイルをオーダーする。高岡オリジナル、厚手のアルミホイルを上から被《かぶ》せ、クラウンのように見せるテクニック。アルミホイル・クラウンという、まんまのネーミングは意外にかっこよく聞こえる。

高岡さんはこの技術の創始者らしく、鮮やかな手際で奥歯の三本をたちまちクラウンの見栄えに変えてしまう。

「ここでこの接着剤を使うのがミソさ。遺体は燃やされてもホイルは残るようにしないと、見栄えが違っちゃうからな」

説明しながら小器用に奥歯をアルミホイルで包む。どうして剝がれないのか、コツを盗もうと目を凝らすが、簡単に手元は覗き見させてもらえない。もっともぼくのやり方ではそのテクニックは不要だ。それでもひとつでも多くテクニックを知っていれば、何かの時に役立つし、プロにはそんな貪欲《どんよく》さも必要だ。

「できたぞ。じゃあ坊やの品質検査を受けるとするか」

高岡さんは手元を隠しながら奥歯のホイル・ラップを終了させると得意げに言う。

ぼくの技術だと、五倍くらい時間がかかりそうだ。口の中を覗きデンタルチャートと照合する。外側から見るとレントゲン写真との違いが見破れないくらい、そっくりの治療痕に仕上がっていた。賛嘆のため息をつく。あんな粗雑な過程なのにつじつまが合っている。これくらいでなければ、闇の業界で三十年、生き抜いていけないのだろう。

「これなら外部からの視認では、絶対に違いはわかりませんね」

高岡さんは満足げにうなずいた。そして言う。

「坊やも早く、俺くらいの技術を身につけられるよう、精進しろよ」

「いくら頑張っても、このやり方では高岡さんほどの出来映えにはなりません」

ぼくがそう言って首を振ると、高岡さんは、よしよし、という顔をする。

ぼくは嘘もついていないし、お世辞も言っていない。ただしひとつだけ、正確ではないことを言った。ぼくは高岡さんの技術には追いつけない。でも自分のやり方が、高岡さんに敵《かな》わないとは思わない。ひょっとしたらぼくのやり方は高岡さんを超えているかもしれないとも思う。だがぼくはそのことを口にはしなかった。

世の人はそれを処世術と呼ぶらしい。


高岡さんの家のお茶の間でお茶を飲みながらくつろいでいると、黒サングラスが時間通りにオフィスにやってきた。高岡さんは顎で指図する。

「約束の時間に仕上げたぞ。坊やの太鼓判ももらえる出来だ。確認してくれ」

黒サングラスは、一緒に立ち会ってくれ、とぼくに無言で頼んでいた。ぼくはうなずき、治療室に向かう。出来映えを確認した黒サングラスは、ため息をつく。

「さすがですね。技術は全然衰えていませんね。これなら問題ないでしょう」

ぼくは黒サングラスと一緒に高岡さんの事務所を後にした。

＊

オフィスに戻ったぼくは、業務日誌をつけながら考える。業務日誌と言っても証拠になっては困るので暗号化してある。

ゲームに嵌《はま》っているという設定で、たまたま見かけたネットゲーム『ダモレスクの剣』の攻略メモの体裁を取っている。

「Cボタン、二連射五回」は、C2のインレイを五本行なったという意味だ。ぼくはいつものように今日の業務をメモしようとしたが、やめた。Cボタン二連射十八回、などとあまりに不自然な記述になると気がついたのと、今回の仕事はぼくのビジネスではなく、高岡さんの業務だと思い至ったからだ。

その代わり、大学時代の友人と偶然街で出会ったと書く。日誌に時々出てくる大学時代の友人とは高岡さんのことだ。

ちなみに高岡さんの最終学歴は知らない。

ぼくたちが従事するこの業務は危険に思えるが、実はリスクは低い。捕まっても死体損壊等罪程度だろう。そもそもぼくや高岡さんが扱うのは身元不明の行き倒れで、検視結果に問題がなく、無縁仏として処理されている人だと聞く。高岡さんが業界に入った三十年前にはすでにシステムは確立していたらしい。身元不明遺体をホーネット・ジャムが仕入れる。依頼主は新しい人生にリセットしたいと願う人々だ。

顧客の身代わりに身元不明遺体がもう一度死ぬ。それは顧客の死となり、社会的に顧客の存在は抹消され、自由の身になる。たぶん、仲介業者のホーネット・ジャムは顧客に新しい戸籍やパスポートもセットで準備するのだろう。遺体はたいてい火災で丸焼けにされる。人物特定情報はデンタルチャートだけ。

もちろん現代はＤＮＡ鑑定が併用される可能性もあるが、遺書つきの自殺でしかも自殺者がその筋の人となると、チェックも甘い。そこでぼくたちの出番になる。遺体の歯を治療し、燃やされる遺体と顧客のデンタルチャートが一致するように、歯形を合わせる、というこの仕事のペイは悪くない。

二カ月に一度仕事をすれば、独り身なら不自由なく暮らせるくらいの額が手に入る。といってもそんな風に合法的蒸発を望む人がそれほど多いわけもなく、ホーネット・ジャムのような非合法組織に依頼できるコネクションと潤沢な資産を持ち合わせている人の掛け合わせとなると天文学的な確率なので、ほんの一握りしかいないはずだ。さっきの遺体は、たぶん明朝、地方版の片隅に、自殺の記事か火事の記事、あるいはその両方が載るに違いない。

これが犯罪とは思えない。人には誰でも生まれ変わりたいという願望がある。ぼくの仕事はそんな人々の切ない願い事を叶《かな》えるための手助けなのだ。

どうもぼくは、社会のルールというものとは相性が悪いらしい。

06　警察庁御前会議　　7月14日　午前10時

「加納君、君の提唱する電子網監視は現在、ほとんど機能していないようだが」

審議官の物々しい言葉を受け、局長が言う。

「竜宮組の企業舎弟撲滅作戦は次々に先手を打たれているようだし、な」

加納は生あくびを噛み殺し、うつむいて涙目を隠す。じいさんたちは現場を知らないクセに、いつも上から目線でやいのやいの、言いまくるだけだ。

「それにひきかえ斑鳩《いかるが》君の構築した桜宮ＳＣＬは着実に成果を上げているな。このままでは水をあけられてしまうぞ」

すると別の審議官が言う。

「ですが斑鳩君は、先日、自らをメディアの前に晒《さら》してしまう大失態を犯しました。情報統制官として、決して犯してはならないミスです。だからこそ、加納君には、彼の対抗馬として是非とも頑張ってもらいたいと思っているのです」

斑鳩を褒めた審議官が渋い顔になる。どうやら上層部の権力闘争に、自分と斑鳩も巻き込まれているらしい。上層部のさや当てに使われたのではたまらない、この剣呑《けんのん》で退屈な場から一刻も早く逃げ出さなければ。だがこれが叱責だというのなら、警察庁《サッチョウ》のお偉いさんの叱責は途方もなく生ぬるいな、とも思う。

その時、会議場に携帯の着信音が鳴り響いた。

「誰だね、この重要な会議中に携帯を切っていなかったのは」

「申し訳ありません。私の携帯はあるレベルの緊急事態では地震速報のように、電源をオフにしていても鳴る設定にしてあるもので。相当の緊急事態と思われます」

ふたりの審議官が渋い顔をする。警察官僚たるもの、会議よりも事件が第一、という建前はこの霞《かすみ》が関《せき》でも生きている。加納警視正は片頰を歪めて笑う。

——緊急連絡だけ鳴る設定の携帯なんか、あるわけないだろ。

加納警視正は携帯を操作し、耳に当てる。とたんに顔が緩む。

「何だと、それは一大事だ。わかった。ただちにそちらに向かう」

携帯を切ると、敬礼する。

「何という偶然でしょう。まさに今、会議の主題の竜宮組の尻尾を摑めそうな案件が桜宮で起こりました。私は直ちに現場に向かいます」

「あ、こら、待て、加納。まだ話は終わっておらん」

追いすがるように声をかけた審議官に向かって、誰が待つか、と小声で吐き捨てた加納は大股で部屋を後にした。


メーターは最高速度、二百十キロを示している。シルバーのベンツ・カブリオレ、オープンカーを疾駆させている加納は、携帯をフリーハンドの会話モードにする。

「タマか。よく連絡してくれた。奇跡的なタイミングだったぞ」

「よかったですう」

ほっとしたような声。加納は片頬を歪めて笑う。

電話をかけてきたのが御前会議の場でなければ、加納は開口一番、玉村の気の利かなさを頭ごなしにどやしつけていたに違いない。

「また竜宮組の幹部の焼死自殺が起こったそうだな。状況を手短に報告しろ。ちなみに俺は今そちらに向かっている。一時間以内に到着する予定だ」

一瞬、受話器の向こうに逡巡《しゅんじゅん》が走る。だが、すぐ気を取り直したように言う。

「それはまたお早いお着きで。そんなにあわてなくて大丈夫です。現在、鑑識中です」

「わかった。捜査は始まったばかりだな。遺体搬送は一時間待て」

「現場検証で遺体移動までに最低でも二時間はかかりそうですのでご安心を」

加納はフリーハンド通話を切り、アクセルを踏み込む。一時間以内と言ったが、この調子なら三十分以内だな、と思う。タマのびっくりする顔を見るのもタマには悪くないな、と駄洒落《だじゃれ》めかして思う。

現場は桜宮海岸沿いのバイパスから内陸部に入ったところにある廃屋だった。古い木造住宅は完全に焼け落ちていた。おまけにご丁寧にも耐火性の金庫の中に遺書があることと相まって、捜査現場はすっかり緩んだ空気になっていた。遺体の身元も判明していた。

蛸島要三《ようぞう》。竜宮組の鯨岡組長が一番信頼を置く、最古参の幹部のひとりだ。

鑑識の棚橋《たなはし》と二、三、言葉を交わしたが、仕事熱心で有能でペシミストの棚橋でさえ、人物同定にストレスを感じていなそうだ。森医師はデンタルチャート・チェックを終え、遺体と蛸島要三が同一人物であることを断定していた。

「しかし竜宮組幹部が一斉に桜宮に引っ越してきたと思ったら、次から次へと自殺しやがって。いい迷惑ですよ」

　棚橋のぼやきを聞きながら、加納は受け取ったデンタルチャートを眺める。さすがに半年と少しで同じ組の幹部が連続して五人自殺し、すべて焼死、さらに全員が歯科医にかかっていたとなると、かなり怪しげだ。玉村が横から口をはさむ。

「竜宮組は東京から桜宮に本拠地を移した直後で、解散を見越して移転したものの解散した際に集団鬱状態になり、集団で後追い自殺を図ったのではないでしょうか」

　加納はちらりと玉村を見て、言う。

「推測は勝手だが、その推測を捜査に反映させるには確実な証拠が必要だ。とにかく前回の鯨岡といい、今回の蛸島といい、どちらも自殺するようなタマじゃないし、そもそも竜宮組は景気がいい。そのトップ5が自殺で全滅。幹部連中が全員、死んだとなると、ため込んだ資金はどうなるのかがいささか気になるな」

「警視正の疑惑にも決め手はありませんね。むしろ警視正の切り口に対してはネガティヴな条件ばかり揃っています。何しろデンタル・チェックも完璧ですから」

「そこだよ」

　加納警視正は玉村警部補を指さして言う。

「そんな古典的なボケをかましていると、世界最先端のツッコミをくらわすぞ」

「え？　どこですか？」

加納が拳を固め、玉村の鼻先に突きつける。玉村は首をすくめる。

「で、どうするおつもりです？」

加納は片頬を歪めて笑い、ポケットから携帯を取り出し電話をかけ始める。相手が電話口に出たようで、加納は虚空に視線を泳がせながら話し始める。

「久しぶりだな。実はこの間の貸しを返してもらいたい。一時間後、そちらで検査してもらいたい案件がある。よろしく頼むぞ」

受話器の向こう側でごにょごにょ言うのが聞こえたが、よく聞き取れない。加納は一方的に喋りまくり、では一時間後、とひとり勝手に通話を切ると、携帯ストラップを人差し指と親指でつまみ、携帯に向かって悪態をつく。

「バカめ。もったいつけても無駄だ」

「警視正、どちらへ電話していたんですか」

「そういうのを愚問と言うんだ。この状況で俺が電話するとしたら、あそこしかない」

「あそこ、とは？」

玉村の質問に、加納はうんざりしたような表情になり、言う。

「桜宮Ａｉセンターのセンター長、不倫外来の先生さ」

*

田口《たぐち》はくしゃみをした。隣で秘書を兼ねている藤原《ふじわら》看護師がすかさず言う。

「あら、田口先生、お風邪ですか？」

田口はもうひとつ、大きなくしゃみをして、ティッシュで鼻をぬぐって答える。

「何だか悪いウワサを流されているような気がするんですけど」

ここは東海地方にある東城《とうじょう》大学医学部付属病院、その一画の特別診察室の不定愁訴《ふていしゅうそ》外来、通称愚痴外来だ。ただし最近では他の肩書きの方がメインになりつつあり、本来業務であるこちらの方が開店休業状態になりつつある。

藤原看護師はにっこり笑う。秘書兼看護師などという紹介の仕方をすると妙齢の女性と誤解されるかもしれないので、そのあたりはきちんとイメージ修正しなければならない。藤原看護師は婦長から師長への名称変遷の時代を経験した、東城大の歴史の生き証人にして歴戦の強者《つわもの》だ。こんなふうに紹介すると「ずいぶん人聞きの悪い紹介ですね。年齢は仕方がないとして容姿に関する主観的部分はどう判断されたのですか」などと即座に切り返してくるくらい、頭の回転が速く口も達者だ。あわてて見目麗しい、などという心にもない形容詞を追加すると、すぐ「間違いなく、その通りですね」などと、いけしゃあしゃあと答えるような、そんな女傑だった。

そんな瞬時の妄想にひとり浸っていた田口を、藤原看護師のリアルなセリフが容赦なく直撃した。

「悪いウワサを流されている気がする、などという生やさしい状況ではなく十中八九、間違いなく悪いウワサが流れているでしょうね」

田口はがくりと机に突っ伏す。そして横向けにした顔を、窓の外に向ける。

「何でかなあ。こんな控えめで、無難な仕事しかしていないのに」

それはここ一カ月、現在構築中の桜宮Aiセンターにかかりきりだった田口の本音だった。ちなみにAiとは死亡時画像診断と訳される。死因を調べる基本検査である解剖制度は、日本では解剖率が二パーセント台しかないため、実質的には破綻している。

Aiは死因究明制度の新しい旗手として華々しく脚光を浴びていいはずだが、既得権益にしがみつく一部解剖医や、現在の捜査体制の骨格の改革を恐れる警察官僚等の守旧派が陰に陽にAiの社会導入を妨害しようとしていた。

「この肩書きになってから、ろくでもないことばかり起こっています。会議のメンバーもすごい方たちで、病院内の魑魅魍魎《ちみもうりよう》に加え、霞が関からもぞくぞくと異形の眷属《けんぞく》が集結し、まるで妖怪大戦争状態なんです。この先一体、どうなってしまうんでしょうかね」

田口が、自分の新しい名刺を眺めながらぼやくと、藤原看護師はほくほく顔になる。

「でも、それを仕切れるのは田口先生だけ、と思われているんですね」

「とんでもない。そんなふうに考えようものなら……」

田口は言葉を切る。そのタイミングを見計らったかのように電話のベルが鳴った。

藤原看護師は田口の顔を見ながら受話器を取り上げる。はい、はい、と儀礼的な相づちを打つと、田口に受話器を差し出した。

「おう、不倫外来の先生か？」

その声を耳にして、田口の頭の血が、ざっと下がる。Ａｉセンター設立会議に参加する、霞が関の妖怪軍団、警察庁の二匹の番犬のうちの一匹。

加納達也警視正は警察庁のエリートで、電磁なんたら監視網の部屋の室長だ。この人が電話で俺を直撃する時は十中八九、いや、それどころか十中十一か十二、あるいは十三か十四、無理難題の依頼に決まっている。田口はすかさず、所属を訂正する。

「不倫外来ではなく、不定愁訴外来、です」

田口の言葉は先方には届かない。これもいつものことだ。

「至急、頼みたいことがある。Ａｉセンターを稼働してもらいたい」

「こけら落とし前ですから、無理です」

「大したことではない。焼け焦げ死体にＡｉをしてもらいたいだけだ」

焼け焦げ死体が、外来患者ひしめく大学病院の診察室を通過するということを、大したことではない、とこともなげに言い放つ加納は間違いなく病院音痴だ。だが、それも仕方がない。加納は心身共に鋼《はがね》の健康体と呼ばざるを得ない存在で、病気や病人や病院などという言葉と最もかけ離れた場所にいる人物だからだ。

田口はその依頼を即座に断ろうとした。組織の責任者としては危険分子の排除は当然だが、ふと、Aiセンターの実質上の責任者である放射線科准教授、旧友の島津《しまづ》に確認しようかと思った。組織の長がつく地位にいるなら、現場担当者の意見を組織運営に反映させることもまた当然の責務だ。

「わかりました。現場責任者に都合を聞いてみます。十分後、折り返しお返事します」

「十分？　遅い。五分以内に返事しろ。いいな」

そう言うと田口の返事を待たずに電話は切れた。田口は不通音を鳴らし続けている電話の受話器を手にしたまま呆然とする。さすが人使いの荒い、もとい、人使いの上手い警察庁のエリートだけあって、適切な指示は横着者の田口をすぐさま動かした。

何しろ、田口に与えられた時間は五分しかないのだ。田口が地下画像診断室の島津に電話をすると、幸いなことにすぐに島津が捕まった。島津は上機嫌な声で答えた。

「焼死体のAi？　サンプルデータとして好都合だ。何しろ警察庁に人定でAiの有用性を提案しようとしたんだが、連中は実績を出せと言う。始まったばかりのトライアルだから実績などないと突っぱねたら、有識者による検討会を作れと言い出しやがる。有識者なんて専門バカか、役所のポチの二通りだから、中途半端にそんなもんを作られたら警察庁《サッチョウ》御用達《ごようたし》の無能連中がへばりつき、手枷《てかせ》足枷になってしまう。だからその前に症例をできるだけ多く集めておきたい。なので大歓迎だぜ」

「お前は今、診察中だろ？　患者は大丈夫なのか？」

「今日は3テスラMRI調整日に充てていたから、画像診断部門は受付中止で予約はゼロ。

さらに好都合なことに調整は午後からだ。つまり午前中は患者もなくMRIもCTもスタンバイしてる。このトライアルのために事前調整していたように思えるくらいだぜ」

田口は礼を言って、内線電話を切った。そしてため息をつく。

やはり現場担当者の声に耳を傾けることは重要だ。そして思う。

加納警視正の行くところ、荒野でも瓦礫《がれき》の山でも、そこに道ができてしまうのではないか。ふと、そんな気がした。

折り返しで電話をかけると、加納は、さも当然だと言わんばかりの口調で言う。

「では三十分後、地下診断室に遺体を搬送する」

わかりました、と答えて電話を切ろうとした瞬間、藤原看護師が隣で意味ありげに含み笑いをしているのに気がついた。田口は受話器の口を押さえて尋ねる。

「何ですか、その不気味な笑いは？」

藤原看護師が楽しげに言う。

「あの加納さんが大急ぎでやってくるのなら、盛大にサイレンを鳴らしたパトカーの一大船団で来るんだろうな、なんて想像したら楽しくなっちゃって」

それを聞いて、田口は切れそうになった受話器に言葉をねじ込む。

「あ、あのう、病院に来るとき、サイレン鳴らして来るのだけは勘弁してくださいね」

「何だ、ダメか。それが一番早いんだが。センター長の仰せとあっては仕方がない。ではさきほどの言葉を一部訂正する。四十分以内に地下診断室に遺体を搬送させる」

「お待ちしています」

田口は受話器を切り、ほっとする。念のため聞いてみてよかった。まさか本当に大々的にサイレンを鳴らして来るつもりだったとは……。そんな田口の隣では、がっかり顔の藤原看護師が、ぷい、と奥の小部屋に姿を消してしまった。


麻袋に入れられた黒焦げの遺体が搬送されてきたので、田口が先導してCT室に案内する。遺体を受け取った島津はCT台にディスポの滅菌布を敷き、清潔を維持しつつ遺体を画像検索したが、どうやら問題所見はなさそうだった。

次にMRIも撮像したが、やはり問題は見当たらない。加納警視正は腕組みをして渋い顔になる。

「Aiをすれば何でもわかるだなんて大口を叩いておいて、このザマか」

副センター長の島津が言い返す。

「Aiにも限界はあります。CTで三割、MRIで六割しか死因はわかりませんから」

「そんなものか。案外低いんだな」

「仮にAiで死因がわからなければ、次に司法解剖すればいいんです」

「事件性がなければ司法解剖要請は出せん」

「でも体表検案や検視だけより、Aiした方がマシでしょうが」

「む。確かにそれはその通りだな」

加納は苦虫を噛み潰したような顔になる。島津は続ける。

「それに加納さんお気に入りの解剖でも八割しか死因はわからないんですよ」

「それは知らなかった。警察庁に出入りする法医学者は、Ａｉの死因判明率は三割しかないと吹聴するが、解剖の判明率なんて口にしないからな」

島津は挑発的に続ける。

「解剖は身体を傷つけ半日がかりで大騒ぎしても報告は早くて半年後。それで八割の死因がわかっても手遅れですし、実施率は全死者の二パーセント。Ａｉなら身体を傷つけずに検査は分単位で終わり、一時間後に診断を公表できます。Ａｉシステムが完成すれば全死者の五十パーセントに実施できる。その方がスマートでしょう」

加納は、奥歯を噛みしめて黙り込む。玉村が重苦しい空気を和らげようと言う。

「ヤクザの遺書つき遺体ですから事件性は乏しいでしょうが、承諾解剖を提案しますか」

加納は玉村から受け取ったデンタルの写真を眺めながら答える。

「いや、Ａｉで問題がなければ諦めよう。検視より精密だからな。それにしても蛸島は歯の治療だけはきちんとしてやがるとはマメだな。おかげで人物同定は簡単だが」

島津は、加納が手にしたデンタル・レントゲンフィルムをちらりと見て、言う。

「ちょっとその写真、見せてくれますか？」

島津は受け取ったデンタル・フィルムを光にかざし、すぐに加納に返した。

「これはこの遺体のデンタルじゃないんですね。それなら必要ないです」

加納警視正の眉がぴくり、と動く。

「何だと？　これはこの遺体のデンタルだ」

「そんなはずはないでしょう」

「検視係の森歯科医院の先生が本人と断言してるんだぞ」

「それなら森先生は間違えています。治療痕が全然違います。Ａｉでは奥歯のかぶせ物が歯の表面しか覆っていませんが、生前のデンタルでは根の治療までされてます」

島津の言葉に、加納の目がぎらりと光る。

「本当か？」

「何なら、このＡｉの写真を見せて、森先生に確認してみたらいかがですか」

加納は顎を上げ、島津の隣でふたりのやり取りをぼんやりと見ている田口に言う。

「田口センター長、お手柄だ。あとでおふたりには感謝状を贈呈する」

加納は大股で部屋を出て行った。その姿が見えなくなった次の瞬間、稲妻の後に鳴り響く雷鳴のように、加納の大音声《だいおんじょう》が炸裂《さくれつ》する。

「タマ、ぐずぐずするな、すぐ来い」

反射的に部屋を出て行こうとした玉村はすぐに引き返し、田口に頭を下げる。

「田口先生、遺体は引き取らせますので、それまでこちらで預かっておいていただけませんか。サイレン鳴らして五分で来させますから」

田口はあわてて首を振る。

「十分でも二十分でも待ちますから、サイレンは鳴らさないでくださいね」

「タマ、ぐずぐずするな」

再びの大音声に、玉村は、ぴょん、と飛び上がり、脱兎《だっと》のように部屋を出て行った。

「ということは、今から三十分はこの御遺体は画像検索し放題というわけだな」

島津が、田口に向かって両手で揉《も》み手して言う。田口は小さなため息をついてうなずいた。加納の行くところ小径《こみち》ができる。それはたちまち高速道路のように拡張されていく。今後、こうした要請がＡｉセンターに押し寄せて来るのは間違いない。

＊

成田エアポート、七月十四日午後四時。

真っ白な麻の開襟シャツに中国風の扇子をばたつかせ、蛸島舎弟頭は搭乗案内を待っていた。先に行った幹部がサイパンにパラダイスを作り上げているはずだ。しかし、この年になっても未《いま》だに番頭扱いされるのは抵抗がある。

本来ならもっと昇格していてもおかしくないくらい、組に貢献しているはずだ。面と向かって組長に憤りをぶつけたこともあった。すると組長は真顔で答えた。

「タコは、すぐ浮かれるからなあ」

しんみりとした口調がなぜか思い出され、蛸島は少し落ち込んでしまった。

サイパン行きの搭乗開始のアナウンスを耳にして、顔を上げる。昔のことをクヨクヨ考えるのはよそう。南の楽園、サイパンで新しい人生が待っているのだから。

気を取り直し立ち上がると、パラダイスに向かって歩き始める。蛸にはしんがりが似合うな、などとおだてられ心配もしていたが、どうやら杞憂だったようだ。思わずスキップしたくなるが、残念ながらタコにスキップはできない。ここまで順調な『竜宮組日本脱出、新生活応援キャンペーン』なる組長の企画の経緯について考える。

竜宮組の幹部が日本脱出を決めたのは、鯨岡組長の鶴の一声からだった。

「これからリーマン・ショックから立ち直れない全世界は世界規模で不景気になり、人口減少社会において、これまでのシノギは縮小していく。幸い竜宮組は昨年からの突風みたいなシノギで莫大《ばくだい》な利益を得た。だがこのままだと利益は目減りする一方だ。最近、警察庁からも目をつけられ、ハウンドドッグだのマッドドッグだのイヌの新種がちょろちょろと目障りだし、な。そこで竜宮組は今年度を以《もっ》て解散しようと思う」

「え？　解散すか？」

鯨岡組長は幹部たちの驚愕を一身に浴びながら、言い放つ。

「解散するだけではない。俺たちは人生を悲観し、幹部は全員、形式的に自殺するんだ」

「ええ？　死ぬんですか？　ワシは痛いのはイヤです」

意気地なしで欲張りで、誰よりも生きることに貪欲な蛸島が言う。鯨岡組長は笑う。

「バカだな、タコは。これだけ儲《もう》けて、何が哀《かな》しくて死ななくちゃならないんだ」

「だって親分が今、自殺するって」

「だから形式的に、と言っただろ。知り合いの業者が日本では死んだことにしてくれる。一度死に、外国で金持ちのカタギに生まれ変わる。これが本当のパラダイスだ」

その瞬間、ヤクザと見下されながら、厳しいシノギを重ねてきた幹部連中の頭上に南国の太陽が燦々《さんさん》と降り注いだ。あの時、竜宮組幹部の心はひとつになったのだ。

鯨岡親分、待っててくれ。もうすぐ俺もそこに行くから。

蛸島の無理矢理なスキップが、着地した時だった。真夏なのに、場違いなトレンチコートを着た、長身男性がすっと近づいてきた。そして背後からぽん、と肩を叩く。

「ご機嫌だな、蛸島」

蛸島は振り返る。その顔からみるみる血の気が引いた。

「久しぶりだな。焼け焦げ死体に化けたまではよかったが、ツメが甘かったな。こそこそ出国すればいいものを、堂々と日本の表玄関、成田から出国しようだなんて、日本警察を舐《な》めたらあかんぜよ」

がくりと首を折る蛸島に、加納警視正は言う。

「もっとも、たとえ離れ小島からこっそり密航したところで、日本警察は地の果てまで追い詰めるから、結局は同じなんだがな」

側の玉村に、くい、と顎で指図する。玉村は逮捕状を示し、うなだれた蛸島の手首に手錠を掛けた。その金属音を耳にした時、蛸島の脳裏に、南国パラダイスの明るい太陽が燦然と輝き、そして消えた。

07 新幹線ひかり号車中　　7月16日　午前10時

あの日、高岡さんがぼくを事務所に呼んだのは、虫の報《しら》せだったのかもしれない。

高岡さんは妙にハイだった。なのにぼくは、もう何も話すことがなかった。気を遣わないぼくは、高岡さんのとんちんかんなホラ話に耳を傾け、丁寧に相づちを打った。たぶんぼくは気持ちのいい弟子だったただろう。そして高岡さんにとって、ぼくはこれまでも、そしてこれから先もそういう弟子なのだろう。たとえ心中はかけ離れた気持ちでいたとしても、だ。人の心の中は見えない。ならば真実は誰にもわからない。

話がとぎれ、しばらく沈黙に身を浸したあと、「じゃあ、そろそろ」と立ち上がると、高岡さんは一瞬、さみしそうな顔でぼくを見上げた。

その時、ぼくの耳に乱暴な足音が聞こえてきた。ぼくがドアノブに手を掛ける前に扉が開いた。真夏というのにトレンチコートを着た、背の高い男性が立っていた。その後ろには家来のように小柄な男性が汗を拭き拭き控えていた。

男性はちらりとぼくを見て、ソファに座る高岡さんに視線を投げる。内ポケットから紙を取り出すと、高岡さんに突きつけた。

「高岡儀助《ぎすけ》、だな。死体損壊等罪の疑いで逮捕状が出ている」

身体が凍りつく。足が床に貼りついたようになって動かない。

その時、背後から声が聞こえてきた。

「悪かったな。せっかく納品してもらった机だが、こんなわけで代金は払えなくなりそうだ。家内も愛想をつかして逃げてしまったし、運が悪かったと諦めてくれ」

振り返ると、高岡さんと目が合った。その目は、早く行け、と言っていた。

ぼくはお辞儀をした。

「わかりました。課長にそう伝えます。改めて善後策を検討させてください」

できるだけ軽やかな足取りで、部屋を出て行こうとする。おどおどしてはならない。ほんのわずかでも躊躇《ちゅうちょ》しようものなら、猟犬のような目をした刑事はたちまちぼくの異臭に気付いてしまうだろう。ぼくは机の納品に来たアルバイト社員。こんなどたばたに巻き込まれるのはまっぴら御免という顔で、そそくさと部屋を出て行く。

重力場が数倍になったような部屋から脱出すると、後ろ手で扉を閉じる。部屋の中から声を掛けてくる人はいない。ゴミが散らかった廊下を抜け、ゆっくり歩いて家を出る。

草が生い茂る庭に控えている警官にぺこりとお辞儀をすると、警官は不思議そうな顔でお辞儀を返してきた。そのまま自然な足取りで庭を出て路地裏の角を曲がる。

高岡さんの事務所が見えなくなると走り出す。目的地は駅前のパチンコ屋。

この時間、奥さんはそこでパチンコをしているはずだ。

翌日。ぼくが手にしている時風《ときかぜ》新報の桜宮版には、小さな記事が載っていた。

「生まれ変わりビジネス、摘発」（時風新報社会部・別宮《べつく》葉子《ようこ》）
桜宮市警は、竜宮組の蛸島要三容疑者を、パスポートを偽造した公文書偽造罪の容疑で、桜宮市在住の自称自営業、高岡儀助容疑者を死体損壊等罪の容疑で逮捕した。高岡容疑者は引き取り手のない遺体の歯を加工し、蛸島容疑者の遺体に偽装、桜宮街道の廃屋で焼身自殺で死亡したかのように誤認させようとした疑い。ここ八カ月で竜宮組幹部の焼身自殺が相次いでおり、桜宮市警では関連を調べている。

記事を読み終え、顔を上げる。間もなくホームには太宰行きの新幹線が入ってくる。隣で中国風の扇子をぱたぱたさせながら、汗を拭き拭きため息をついている奥さんに話しかける。

「もう少しの辛抱です。新幹線なら、アイスクリームの売り子が来ますから」
奥さんは、まん丸顔を笑みでいっぱいにして、うなずく。
「気遣ってくれてありがと。うちの宿六《やどろく》がドジ踏んだばかりに、クリちゃんにも苦労をかけるわねえ」
「心配しないでください。たかだか死体損壊ですから、すぐ釈放されますよ」

奥さんは首を振る。

「ううん、釈放なんてされない方がいいのよ。牢屋に入っている間は組織もウチの人に手を出せないもの」

ぼくは何も言わなかった。たぶん、奥さんにもわかっているのだろう。たとえ日本の法律が微罪で済ませても、裏社会の掟は甘くない、ということを。

ひょっとしたら芋蔓《いもづる》式に、ぼくにまで責任追及の手が伸びてくるかもしれない。

だからぼくの選択は間違っていないはずだ。

隣に控えている黒サングラスを見る。高岡さんが捕まった直後、ぼくはホーネット・ジャムの連絡係である彼を呼び出し、事の次第を報告した。そしてぼくと高岡さんの奥さんの保護を求めた。すると彼らはすぐにぼくを桜宮市街のとある一軒家に匿《かくま》ってくれ、今日の新幹線切符を手配してくれた。もちろん高岡さんの奥さんの分も、だ。

ぼくの仕事までバレて鯨岡組長の件まで立件されたら、組織の掟はこのぼくも裁くだろう。そうなった時のためにお互い、ムダな手間は省いておいた方がいい。

だからぼくは、組織に逃亡の手助けを頼んだ。

そうすれば組織は労せずしてぼくを監視下における。うまくいけば逃亡先で、ビジネスを再開できるかもしれない。そうなればぼくも組織もお互いに願ったり叶ったりのはずだ。

この選択は、たぶん正しい。何より、その正解は自分の体質に合っている。

なぜならぼくは徹底的に横着者なのだから。

新幹線がホームに入ってきて、がらがらの自由席に乗り込む。この時間の新幹線に桜宮から乗り込む人間なんていない。まして下り方面へは皆無だ。ぼくたち三人はばらばらの席に座る。ぼくが車両の真ん中、奥さんは隣の列、黒サングラスはぼくの後ろに陣取った。

発車ベルが鳴り、かたん、という小さな音と共に新幹線が走り出す。車窓から外を見ると、桜宮の景色はゆっくりと動き出していく。ぼくは根無し草の横着者だったけど、桜宮には結構長くいた。心の片隅にほのかなさみしさが浮かび上がるのを感じて、自分でも少々驚いていた。

その時、高岡さんの言葉が浮かぶ。

——北海道は雪見に一軒、東日本は俺と坊やで二軒だが実質一軒で桜宮。西日本は浪速の天目区に一軒。九州は舎人町に一軒。だけどなぜか四国に同業者はいない。あそこはお遍路が基本で他の土地とは掟が違う。坊やが旗揚げするなら四国がいいよ。

ぼくは座席に半立ちになり、振り返る。黒サングラスは背広姿にネクタイを締め、服装と同じようにきちんとした姿勢で座っていた。

「行き先を九州でなくて、四国にしたいんだけど」

黒サングラスは顔を上げて、ぼくを見た。一瞬考え込むが、やがてうなずく。

「行き先はどこでも構いません。お好きにどうぞ」

ぼくは平和主義者だ。争いは好まない。だから落ち着く先には、競合相手はいないほうがいい。それからふと思いついて、鞄《かばん》から紙を取り出すと、さらさらとメモを書き上げて黒サングラスに手渡した。

「もうひとつ。治療室にクリオネを置いてきたんだけど、面倒をみてくれませんか。とりあえず、これが世話のマニュアルです」

黒サングラスは受け取ったメモを見た。そして感情のない声で言う。

「意外に手がかかるんですね、アレ」

そうなんだよ。小さいクセに大食漢でね。そう呟きながらぼくは、後方の隣で無心にアイスクリームをぱくついている、高岡さんの奥さんの太った身体を眺めた。

ぼくはクリオネの世話からは解放されたけれど、これからはもっと大きなペット、マンボウの面倒を見なければならない。

だが今度のペットは自分でエサを探して動き回れる分、気が楽だ。

ぼくは奥さんの肥えた身体から、視線を車窓に転じる。窓の外には桜宮海岸が寄り添っている。きらりと光る塔が見えた。建築されたばかりのＡｉセンターは八月にこけら落としの記念シンポジウムを行なう、というチラシを見たのはつい最近だ。

それをどこで見たのか、もう覚えていない。やがて銀色の塔は視界から消えた。

ぼくは車窓のブラインドを降ろし、座席をリクライニングにして沈み込む。それから唯一、家から持ち出した家財道具を取り出した。

リルケの詩集。これさえあれば、ぼくの周りはいつでも静かなパラダイスになる。

適当にページを開くと、お気に入りの詩の一節を口ずさんだ。

＊

その頃、加納警視正は、Ａｉセンターで島津と話していた。

「どうだ、これも他人か？」

島津の手元には今回逮捕された蛸島舎弟頭の前に自殺と断定された四人の竜宮組幹部の焼身自殺遺体を掘り起こした、その顎の骨が運ばれていた。島津はぶつぶつ言いながらその骨をＣＴで撮影し、３Ｄで立体構成していた。写真を見つめた島津は言う。

「この四人は、本人で間違いないですね」

「本当か？」

「ええ。治療痕がぴったり一致してます。レントゲンは誤魔化しようがありません」

「本当に本当なのか？」

加納が重ねて尋ねる。論理的でムダを徹頭徹尾に嫌う加納にしては珍しい会話だ。

「いくら聞かれても変わりませんよ。遺骨をＣＴ撮影し、３Ｄで立体再構成した後、正面から撮影したデンタルフィルムに展開したらほぼ一致しました。多少のズレはありますが、まあ誤差範囲でしょう」

島津が冷酷に首を振ると、加納警視正は腕組みをして考え込む。

何をお悩みですか、と田口が尋ねると、加納警視正が言う。

「竜宮組幹部が五名、焼身自殺した。五人目、古株の蛸島は遺体を自分に見せかけ、他人になりすまし国外逃亡しようとしたがA・iであんたが見破った。だから前の四人も同じように国外逃亡したんだろうと踏んだ。ところが四人は本人の自殺体だという。するとどうして蛸島だけがそんなことをしたのか、説明がつかないんだ」

島津はうなずく。

「おっしゃることはよくわかります。事件のことはわかりませんけど、この画像から、前の四人が自殺してこの世にはいない、ということは証明されます」

ううむ、と加納は呻《うめ》く。顔を上げ、傍らに不安げに寄り添う玉村に言う。

「俺の胸がもやもやしているのも、全部タマが悪い。こうなったら遍路送りだ」

「勘弁してくださいよ、警視正」

玉村が泣き声になると、加納は片頬を歪めて笑う。

「冗談さ。これは懲罰ではない。遍路道中に事件を納得させる糸口があるという直感がビンビンしているんだ」

「それって野性の勘、というヤツですか。そんなあるかないかわからないような、警視正の第六感にしたがってお遍路するなんて勘弁してください。だいたいそんな出張、稟議《りんぎ》を通るはずがないでしょう」

加納は腕組みをして、うつむいて考え込む。

「悔しいがタマの言う通りだ。俺の直感は直ちに遍路に行け、と叫び続けているのに、残念なことだ」

「それは直感ではなく、単なる嫌がらせです」

玉村警部補がぼそりと呟く。加納警視正が顔を上げる。

「とにかく今回の一件では、人定でデンタルチャートをチェックする時は必ずレントゲン同士をつきあわせないといけないという教訓が得られた。基本と言えば基本だが、そうした基本が守られていないのが地方における死因究明制度の実態だな。その意味でAiセンターには大いに期待しておるよ、センター長クン」

加納警視正は隣にたたずむ田口の肩をぽん、と叩くと玉村警部補に言った。

「検視協力官の森先生には即刻御引退願え。逆らうなら勲章を差し上げないぞ、と脅せ。そして直ちに新しい検視協力医を任命しろ」

「そんなことをいっても、候補者が……」

玉村が言うと、加納警視正は島津を指さす。

「俺ですか？」

島津は素っ頓狂な声を上げる。

加納警視正はうなずく。

「もちろん、他に若くてぴちぴちした歯科医も見繕ってやるから安心しろ」

胸をなで下ろした島津を横目で見ながら、加納は玉村に言う。

「ところで気になっていたんだが、ネトゲの『ダモレスクの剣』の最終モンスター、ハルマゲドンドンはやっつけたのか？」

　玉村警部補の顔が曇る。

「それが結局攻略しきれず……。次の有給休暇まで、最終決戦はおあずけです」

「捜査協力のご褒美に極秘情報《いいこと》を教えてやろう。ハルマゲドンドン退治は眉間の傷を三度、剣で攻撃してから、一気に喉首を水平にかっさばく。それで終わりだ」

　玉村は愕然として加納を見た。

「ど、どうして警視正がそんなことをご存じなんですか？」

「タマが大騒ぎするもんだから、どんなものかと先月、ネトゲ界に潜入した。三日弱掛かったが、ハルマゲドンドン退治まで済ませたぞ」

「警視正、それはご褒美にはなりません。ハルマゲドンドンを退治しちゃったら、ぼくとユナちんの冒険は終わってしまいます」

「変なヤツだなあ。何を涙目になっているんだ、タマ。一刻も早く最終決戦を終わらせたいんじゃなかったのか？」

「そりゃそうですけど、人にヒントを聞いてまでして終わらせたくはないんです」

　半ベソをかいた玉村に、加納が言う。

「心配するな。ハルマゲドンドンをやっつけると、そのあとに最後に新たなラスボスが登場してくるから」

「本当ですか?」

泣きべそ顔の玉村がしゃくりあげながら顔を上げると、加納はうなずく。

「ケルベロス・タイガーという三首の虎の怪物だが、コイツはなかなか手強い。乗りかかった船でついでにソイツもやっつけようかと思ったが、経験値というヤツをべらぼうに上げないと攻略できなそうだったので、途中で放り投げちまった」

玉村は机に向かって猛然と書類を書き始める。

「それならユナちんやバンバンと次のステージに行きます。事件は解決しましたので、前回返上した有給休暇を取り直し、まずハルマゲドンドンをやっつけてきます」

有給休暇申請書類を書きながら、ふと思い出す。一カ月前、『ダモレスクの剣』の別フィールドに単身乗り込んできた新顔が、あっという間に戦場を席巻し、三日でハルマゲドンドンを退治し姿を消した、とウワサになったことがあった。そしてその勇者のハンドルネームは「法の番犬」だったという。当時、玉村はそのウワサを一笑に付したが、今は自分の不明を恥じた。その勇者が今、現実に自分の目の前で、ソファにふんぞり返っているのだから。

結局、自分はこの勇者の従者という立場から永遠に逃げ出すことはできないのだろう、と玉村は思った。

それは絶望的な状況だったが、決して不快ではなかった。

＊

その頃、加納警視正の直感の網を逃れたオフィス・クリタの一行は、瀬戸大橋を渡り異形の掟に守られた暗黒の島、四国に到着していた。

四国巡礼のためと称し、無縁仏が数多くこの島に運び込まれるようになるのは、それからしばらく後のことになる。

嘘はキライ

久坂部羊

久坂部羊（くさかべ・よう）

一九五五年、大阪府生まれ。大阪大学医学部卒。外務省医務官として海外勤務後、高齢者対象の在宅訪問診療に従事。また同人誌「VIKING」に参加し二〇〇三年、『廃用身』で作家としてデビュー以降、医療の現実を詳らかにする衝撃作を次々に発表。一四年、『悪医』で日本医療小説大賞を受賞。他の著書に『第五番』『芥川症』『老乱』『テロリストの処方』『院長選挙』『カネと共に去りぬ』『祝葬』『介護士K』『老父よ、帰れ』『オカシナ記念病院』『怖い患者』『生かさず、殺さず』など。

1

外来診察が終わったのは、午後二時半だった。

水島道彦《みずしまみちひこ》は去年、内科医長に昇進したので、患者も増え、午前の診察がいつもこれくらいまでかかる。診療椅子で一息入れていると、外来担当の看護師が来て、疑わしそうに聞いた。

「水島先生って、もしかして、嘘《うそ》が見抜けるんですか」

「どうして」

「だって、さっきの患者さんが、先生はなんで俺の嘘がわかったんだろうって、首を傾《かし》げてましたから」

その患者は慢性膵炎《まんせいすいえん》で、禁酒が必要なのに家でちびちび飲んでいるようだった。「飲んでませんか」と聞くと、「一滴も」と答えたので、「嘘はいけませんよ」とたしなめたのだ。

「あの人は、飲んでますって顔に書いてあったからね」

「そうなんですか。でも、先生は前にわたしの嘘も見抜いたでしょう」

「いつのこと」

「医局旅行のとき。祖母の七回忌なので行けませんて看護師長に言ったら、わたしを見てニヤリとしたでしょう。わたし、あ、見抜かれたって思いましたもん」

医局旅行はオヤジ医者が乱れるので、若い看護師は敬遠したがる。それでも、法事で休むというのはあまりにミエミエではないか。

「君の嘘もわかりやすすぎだよ。看護師長も気づいてたんじゃないか」

「そんなことありませんよ。わたし、お寺の名前から祖母の命日まで準備して、迫真の演技で申告したから、ぜったいバレない自信があったんです。なのに水島先生にあっさり見抜かれちゃって」

水島は軽く肩をすくめ、話を逸《そ》らすつもりで椅子をまわした。看護師は逃がすまいと前にまわり込み、上目遣いに声をひそめた。

「もし、水島先生が嘘を見抜けるなら、わたし、相談したいことがあるんですけど」

「どんなこと」

つい応じると、看護師は語るに落ちたといわんばかりにうなずいた。

「ふーん、やっぱり見抜けるんだ」

「いや、そんなことはないよ。偶然、わかるときもあるだけで」

慌てて取り繕うが、看護師は独り合点を変えない。

「人の嘘が見えちゃうと、困ることもあるんじゃないですか。お世辞とかもわかるわけでしょう。たとえば料理を作って、相手がおいしいって食べても、ほんとうはまずいと思ってるのがわかったりすると、悲しいじゃないですか」

「だから、そんなことわからないって」

「ドクターの説明にも嘘が多いですよね。抗がん剤でがんは治らないのに、治るように言ったり、製薬会社から頼まれた薬を、さも必要な薬みたいにして処方したり」

水島が生返事で立ち上がると、看護師は含みのある笑みを浮かべた。

「それはそうと、水島先生は独身ですよね」

三十八歳で独り身の水島には、結婚はデリケートな話題だ。ポーカーフェイスを装っていると、看護師は興味深げに訊《たず》ねた。

「どうして結婚しないんです」

「相手がいないからだよ」

「ほんとうですか」

「もちろん、だよ」

看護師は水島の目をのぞき込み、意味ありげに笑う。

「嘘ですね。わたしにも嘘が見抜けるみたい」

苦笑しながら出口に向かうと、看護師は「お疲れさま」と愛想のよい声をかけた。

2

院内のコンビニでサンドイッチとカフェオレを買い、水島は医局で遅い昼食をとった。

食事が終わると、内科病棟に行って入院患者を一通り回診する。水島が勤務する都立新宿医療センターは、白鳳《はくほう》大学の系列病院である。

病棟の仕事は午後七時くらいまでかかり、それから医局にもどって、カルテの整理や書類書きなどの雑用をこなす。

気がつくと午後十時を過ぎていて、医局に残っているのは水島一人だった。まるで空腹を感じないのは、ストレスで胃がゴムのようになっているからだろう。こんなときは、食事よりアルコールのほうが望ましい。

水島はスマホを取り出し、高校の同級生の黒瀬《くろせ》ハルカにメールを送った。

『やっと仕事終了。ヘトヘト。山猫に行くけど、いる？』

待っていたように返信が来る。

『いつも通り、飲んでます』

ハルカは週に三日は西新宿の裏通りにある「バー山猫」で飲んでいる。美人だが、男顔負けの酒豪で、全身に何ともいえない倦怠感《けんたいかん》を漂わせている。

十分ほど歩いてバー山猫の扉を押すと、カウンターの奥に、そのまま葬式にでも行けそうな黒ずくめのハルカが座っていた。

「あら、水島先生。遅くまで、ご苦労さま」

いつも名前を呼び捨てにするくせに、こんなときだけ「先生」と呼ぶ。すでにかなりデキあがっているようすだ。

「ハーパーをロックで」

となりに座り、マスターに注文する。三口ほどで飲みきり、二杯目は香りのきついアイラモルトに替える。

「今日さ、外来の看護師に、先生は嘘が見抜けるのかって言われたよ」

「へえ……」

気怠《けだる》そうに相槌《あいづち》をうつ。ハルカはいつもそうだ。

「で、どうなの。道彦は嘘が見抜けるの」

「ああ、僕には見える。嘘を言う人間は、後頭部からすっと黄緑色の狼煙《のろし》が立ち上るんだ」

ハルカは眠たげな流し目を寄越《よこ》す。

「……嘘でしょ、それ」

曖昧な笑いでごまかし、つまみにサラミを頼む。

「その看護師は、お世辞とか医者の説明にも嘘が多いと言うんだ。たしかに、心にもないお世辞は嘘ともいえる。そう考えれば、この世は嘘だらけだな。ヤラセのテレビ番組もそうだし、産地を偽装した牛肉とかも嘘だし」

「名古屋コーチンも二割くらい偽物らしいわね」

「日本には嘘が多すぎるよ。この前、コンビニでゼロカロリーっていうゼリーを買ったら、『一〇〇グラムあたり五キロカロリー未満をゼロカロリーと表示します』って小さな字で書いてある。ふざけるなって感じだよな。ノンアルコールビールだって、アルコール濃度はゼロじゃないし」

「道彦は潔癖すぎるのよ」

「そんなことないさ。嘘に寛容になったら、どんどんルーズになってしまうぞ。本物と偽物がごっちゃになって、何も信じられなくなる」

ハルカはショットグラスを飲み干し、ペルノを注文した。アニスの薬草めいた香りが広がる。

「道彦はむかしから嘘が嫌いだったわね。真実に生きるソクラテスみたいな感じ」

「それほどでもないさ」

「ほめてるんじゃないのよ」

都合のいい勘ちがいをすると、すぐツッコまれる。そういうシビアさが、腐れ縁の続いている理由かもしれない。

「あなたはエリートだから嘘を嫌うのよ。優秀な人間はみんなそう。嘘がまかり通ると、実力のない者が嘘を悪用して、自分より上になるかもしれないでしょう。それが許せないから、嘘は不快ということになる。別に正直だとか、真実を尊ぶみたいな立派な心がけじゃなくて、そのほうが自分に有利だからよ」

「僕だって道徳的な理由で嘘を嫌っているわけじゃない。嘘は効率が悪いんだ。いったん嘘をつくと、それを取り繕うために次の嘘が必要になる。それが積み重なって、バレるといっぺんに信用を失う。それに、失敗を嘘でごまかすと、反省が薄くなって、また同じ失敗を繰り返す危険性も高まるし」

「それもエリートの考えね。優秀な人間はそうやって気を引き締めると、次から失敗しないのかもしれないけれど、大半の人は気を引き締めてもまた失敗するわ。いちいち事実を認めてたら、それこそ信用を失ってしまう。だから適当にごまかして、その場を切り抜けるのよ」

「黒瀬も嘘でごまかすのか」

「そう。あたしもごまかすわ」

水島は焦点深度を深めるように目を細めた。ハルカの後頭部に薄い黄緑色の狼煙が見える。

「嘘だな。黒瀬はそんなことしない」

ハルカは肩をすくめてペルノを舐《な》めた。

「でも、世の中には多少の嘘が必要よ。嘘も方便っていうでしょう」

「それこそ嘘つきの自己正当化さ」

「そうかな」

ハルカが小さなため息をつく。「人って、どんなときに嘘をつくのかしら。都合の悪いとき、隠したいことがあるとき？　浮気とか、陰謀とか」

「陰謀は大袈裟《おおげさ》だろ」

「じゃあ、がんの告知はどう。手遅れのがんでも患者さんに正直に言うの」

「最近は言うよ。でも、露骨には言わない。ショックを与えるといけないから」

「それも厳密に言えば嘘でしょ」

「嘘じゃない。言い方を工夫してるだけだ」

「なんかそれも都合いいって感じね。相手を安心させたいときにも、嘘を言うでしょ。親に心配をかけたくないときとか」

水島は顔をしかめる。

「相手のために言う嘘には、得てして自分の都合が紛れ込む。相手を傷つけたくないとか言いながら、結局、失敗をごまかしたり、自分の得になるようにしたりするだろ。だから、まずは嘘を認めないというふうにしないと」

「やっぱり潔癖主義ね」

ハルカは鼻で嗤《わら》い、ふと思い出したように言った。「そういえば、あたしの知り合いに極端に潔癖な人がいてね。親子丼は嘘だって言い出したの」

「どこが嘘なんだ」

「親子丼の鶏肉《とりにく》と、卵はほんとうの親子じゃないでしょ。血のつながりはないんだから。だから、その人は〝実の親子丼〟ていうのを作ったの。養鶏場に行ってね、ニワトリを買ってきて、卵を産ませてから殺すの。その鶏肉と、そのニワトリが産んだ卵で親子丼を作ったわけ。卵でとじてあるのは母親の肉よ。これがほんとうの親子丼だって。どう」

「気持悪い」

「でしょ。だから嘘をいっさい許さないっていうのも、ちょっと困るんじゃない」

　水島はふたたび目を細める。

「作り話だろ、それ」

「バレた？　たしかに道彦には嘘が見えるようね」

　ハルカは気怠げに笑って、マスターに勘定を頼んだ。

「そうそう、今度の同窓会は道彦、参加するの」

「そのつもりだけど」

「卒業二十年目ね。みんな変わってるでしょうね」

「だろうな。楽しみだ」

「そうかな。あんまり期待しないほうがいいかも」

　ハルカは思わせぶりに言って、先に席を立った。

3

バー山猫を出た水島は、高田馬場《たかだのばば》にあるマンションまで歩いて帰った。

夜の街を歩くのは気持がいい。ビルの影とイルミネーションが見苦しさを隠してくれる。

だが、それも虚飾か。

水島は酔った頭で数え上げる。

この世にあふれる嘘と偽物。鶏肉を使った鴨南蛮《かもなんばん》、どこで獲《と》れたかわからない関《せき》サバ、九州育ちの神戸牛、中国製の偽ブランド品、入浴剤を入れていた白骨《しらほね》温泉、テレビのヤラセ番組、政治家の人気取り発言、会社の粉飾決算、生活保護の不正受給、研究者の捏造《ねつぞう》論文……。

嘘はいつから嘘になるのか。血のつながりのない親子丼を売っている店員は、嘘をついている意識はないだろう。無意識の嘘もあれば、嘘ではないけれど、わざと誤解を与える言い方もある。新聞の医療情報。「iPS細胞、がん治療にも利用」などとイラストまで入れた記事。現実にはまず実用化されないのに、今にも新薬ができるかのように書いてある。手遅れのがん患者がどんな思いでこの記事を読むと思っているのか。嘘も同然の記事やテレビ番組を見るたびに、水島はこめかみに脂汗がにじむほどの憤りを覚える。コンビニの前で高校生がたむろしている。大声で自慢話をし、調子を合わせる。黄緑色の狼煙があちこちから上がる。すべて嘘だ。しかし、だれも怒らない。

帰宅を急ぐサラリーマンが追い越していく。一目見てわかるカツラだ。カツラも薄毛を偽る嘘か。タクシーから化粧の濃いホステスが降りてくる。つけまつげ、描いた眉、厚塗りファンデーション、美容整形、脂肪吸引。すべて自分を偽る嘘か。

それにしても、どうして自分はこれほど嘘に敏感なのか。ふらつきながら考える。

そうだ、あのときの恐ろしい羞恥が原体験だ。幼稚園での出来事。園児が車座になっていて、先生が優しい声で言った。

――トイレに行ったら手を洗いましょうね。手を洗った人、手をあげて。

みんなが勢いよく手をあげた。水島もあげた。

――あー、水島くんは洗ってなかったのにぃ。

ませた女の子に見られていた。みんなの前で暴露され、耐えがたい恥辱にまみれた。嘘はバレる。その恐怖心が自分に極端な嫌悪を植えつけたのかもしれない。

もう一つ、嘘で恐ろしい体験をした。小学校四年生のとき、クラスで嘘つきと嫌われている少年がいた。友だちの一人が、その嘘つき少年をだましてやろうと計画した。いつもの仕返しだ。そのころ埋め立て地の堤防で、ハゼ釣りが流行《はや》っていた。友だちは少年に言った。

――テトラポッドの防波堤の先で、大きなハゼが釣れるぞ。

水島を含むみんながうなずいた。嘘つき少年は一人で防波堤の先に行き、テトラポッドで足を滑らせ、頭を強く打って死んだ。

だました友だちはしばらく学校を休み、転校していった。嘘は思いもかけない悲劇につながる。そのことが水島を震え上がらせた。

黄緑色の狼煙が見えるようになったのも、そのころだった。四年生の三学期、クラス替えの直前に、担任の女性教諭が児童を一人ずつ教室に呼んで面談をした。教諭は水島にこう言った。

——先生は、このクラスで水島君がいちばん好きだったのよ。

そんなはずはない。自分よりかわいがられている者はほかにいたはずだ。疑わしげに目を細めると、微笑《ほほえ》む教諭の後頭部に、薄黄緑色の煙が立ち上っているのが見えた。先生はみんなに同じことを言っている。直感的にそれがわかった。

それ以後、水島はさまざまな場面で嘘を言う人間の後頭部に、黄緑色の狼煙を見るようになった。勘ちがいをごまかす大人、成績を偽る友人、二股をかけていた彼女、知らないことを取り繕う教師、病状を大袈裟に言う患者。

水島が嘘を見抜くと、相手にも伝わり、気まずい状況になってしまう。だから、わざとだまされたふりをすることもあった。そのほうがうまくいく。ハルカの言う「嘘も方便」というヤツか。

しかし、いったん嘘を認めたら、この世はまやかしだらけになってしまう。

4

ホテルの大広間を借り切った会場には、百二十人ほどの同窓生が集まっていた。高校卒業二十周年。以前と変わらない者もいれば、早くも中年太りや薄毛になっている者もいる。女性はそれぞれに着飾り、和服姿もちらほらあって、華やかな雰囲気を盛り上げていた。

テーブルが十卓用意され、クラスごとに座る趣向だ。まずは一年時のクラス。水島はハルカと同じクラスだったので、並んでテーブルに着く。ハルカの出《い》で立ちは、逆に目立つ黒一色のシンプルドレス。

司会者が開会を告げ、主賓の教師が乾杯の音頭を取ったあと、各テーブルで近況報告がはじまった。

「えー、〇〇銀行の融資課にいる××です。もともとは△信金でしたが、大手と合併してネームバリューが上がりました」

「去年、リストラに遭い、今は派遣社員です。格差社会を恨んでます」

「羽田でグランドホステスをやってます。彼氏はアメリカ人で、シングルマザーです」

笑いを取る者、まわりを唖然《あぜん》とさせる者、愛社精神を発揮する者などさまざまだ。自分の番が来たとき、水島は咳払《せきばら》いをして手短に言った。

「水島です。都立新宿医療センターの消化器内科にいます。胃カメラと大腸ファイバーは得意ですから、胃腸の悪い人はいつでも連絡ください」

同じテーブルにいた司会者が混ぜ返す。

「ドクター水島は未《いま》だ独身です。だれか彼にふさわしいお嫁さん候補があれば、ぜひご紹介を」

ハルカの近況報告は、水島以上にそっけなかった。

「黒瀬ハルカ。都立高校英語教師。バツイチ、酒好き、男嫌い、以上」

「……だそうです」

お調子者の司会者も、ハルカにはとりつく島もないようだ。

歓談のあと、司会者の合図で二年時のクラスに移動する。酒が入ると声も大きくなり、あちこちで笑いや嬌声《きょうせい》があがる。徐々に話が脱線しはじめ、長々としゃべりだす者もいる。三年時のクラスに移動すると、勝手に席を替わる者、立ったまま昔話に花を咲かせる者などで騒然となる。近況報告もいい加減なものになり、はじめはそうでもなかったが、あちこちで黄緑色の狼煙が上がりはじめる。

「夫は開業医なの。おかげさまで忙しくてね。院長夫人もたいへんよ」

(ほんとうは患者が少なくてローン地獄。院長夫人もパートをかけ持ち)

「住紅商事からヘッドハンティングを受けてるんだけど、決心がつかなくてね」

(実はリストラ寸前で、年下の課長にへつらう毎日)

「麻布十番《あざぶじゅうばん》にイタリアン酒場を開いたんだ。嫁も鼻高々って感じで」

(店はとっくに閉店。借金は義父が肩代わり。妻に頭が上がらない)

「うちの主人は優しいわよ。海外旅行にも快く送りだしてくれるし」

（亭主はＤＶでギャンブル依存。半年前から別居中）

「次男がルーミス学院に通ってるの。知ってるでしょ。進学校の新御三家。長男は国際弁護士を目指して勉強中よ」

（次男は志望校に落ちて二流校行き。不登校から引きこもり寸前。長男は高校にも行かず、家出を反復）

「俺は独身貴族だから、ずっと自由を謳歌《おうか》してるよ。毎日グルメ三昧でね」

（去年、不倫がバレて泥沼離婚。不倫相手にも逃げられ、貧しい自炊の日々）

なぜそんな下らない嘘をつくのか。知りたくもない実態が次々と透けて見える。

テーブルから身を引き、口元を歪《ゆが》めていると、ワイングラスを持ったハルカが横に来て、耳元でささやいた。

「道彦。あんまり不機嫌そうな顔はよくないぞ」

「だって、こいつら、嘘ばっかり並べてるんだぜ」

「だから言ったでしょ、あんまり期待しないほうがいいって」

司会者がステージに上がり、マイクを取って注目をうながした。

「ご歓談中、恐れ入ります。えー、みなさん、我が学年の出世頭にして、今や時の人である堂本恭一《どうもときょういち》君に、ひとことご挨拶いただきましょう」

司会者が盛大に拍手をすると、堂本がにやけた顔でステージに上がった。司会者が続ける。

「みなさんもご存じの通り、堂本君は三星《さんせい》総合研究所のエコノミストとして、このたび小《お》笠原賞《がさわらしょう》を受賞しました。イエィ」

堂本のツレである司会者が、派手に拍手を送る。堂本は「まあ、まあ」と抑える身ぶりでマイクを取った。

「あの、僕はただのエコノミストではなく上級エコノミストなんだけど」

「それは失礼いたしました。で、小笠原賞ですが、どんな賞なの」

「それくらい調べてこいよ。関東経済連が出してる賞だよ。将来有望な気鋭の経済学者に与えられる賞といわれてる」

「なるほど。それで受賞理由は」

「この前出した僕の本、『国際金融と企業ガバナンス』だ」

「ひゃー、むずかしそうな本ですね。それではひとことスピーチを」

司会者が引っ込むと、堂本は満面の笑みで話しはじめた。BRICs《ブリックス》がどうの、アジア通貨危機がどうのと、メディアで耳にしたことのあるような専門用語を連ね、自慢と自惚《うぬぼ》れとハッタリに満ちた嫌みな話が続く。

「何なの、これ」

ハルカがあきれたように水島に問う。水島は目を細めて凝視し、「ひどいな」と吐き捨てた。堂本の後頭部は、硫黄《いおう》の煙を噴き上げる温泉地のようだった。

「バカバカしくて聞いていられん」

ようやくスピーチが終わると、またぞろ司会者が登場して、おどけた調子で言った。

「堂本上級エコノミスト、ありがとうございました。上級エコノミストはテレビのコメンテーターも務める有名人でもあります。あ、さっきの本、購入希望者にはサインがもらえますので」

壇上でさんざんふざけたあと、堂本はスター気取りでステージから下り、やがて司会者が閉会を告げた。

5

同窓会が終わると、水島は気心の知れた友人と早々に会場を抜け出した。ハルカが銀座にいい店を知っているというので、タクシーに乗る。同乗したのは、銀行に勤める岡部信司《おかべしんじ》と、水島より一年遅れて白鳳大学の医学部に入った堀功一《ほりこういち》だった。

四丁目で降り、ハルカについて階段を上がると、落ち着いた雰囲気のバーがあった。革張りの椅子でゆったり座れる。それぞれが飲み物を注文すると、岡部が憤懣《ふんまん》やるかたないように声を荒らげた。

「さっきの堂本は何なんだ。だれがあんなヤツの話を聞きたがるんだよ」

「高校のときから鼻持ちならない男だったな」

「同窓会の私物化ね」

堀とハルカも同調する。水島は運ばれてきたジャック・ダニエルを一気に飲み干し、ため息をついた。ハルカがニヤニヤしながら聞く。

「道彦もアタマにきてたんじゃないの」

「堂本はよくあんな白々しいことが言えるもんだな。自分のやってることがわかってないんじゃないか」

「やってることって」

「メチャクチャさ。論文の盗用、新聞記事の引き写し、おまけにインサイダー取引まで……」

酔った勢いで言うと、岡部が顔色を変えた。

「水島、今の話、どこで聞いた」

「今の話って」

「インサイダー取引だよ」

岡部の追及に水島は目を逸らす。ハルカが代わりに聞く。

「それがどうかしたの」

「もしかして、おまえの銀行がらみか」

堀が聞くと、岡部は前屈《まえかが》みになり声をひそめた。

「実は今、堂本は信金のインサイダー取引で、政治家の違法な株の売買に加担した疑いが持たれてる。内部調査の情報は、マスコミはもちろんネットにもまだ出ていないはずだ」

岡部がふたたび水島を見る。水島はまだ目を逸らしている。ハルカがグラスを口元に運びながら意味ありげに笑った。

「道彦はね、人の嘘が見抜けるのよ。隠し事だって、全部わかっちゃうんだから」

岡部と堀が顔を見合わせる。

「ほんとうか」

「でも、どうやって」

「見たらわかるらしいわよ」

ハルカはこの前話した黄緑色の狼煙のことは、本気にしていないようだった。水島が否定する前に、堀が口を挟む。

「それはあり得る。人間の外見にはいろんな徴候が表れるからな。たとえば糖尿病の専門医は、血液検査をする前に患者の血糖値がだいたいわかるし、外科医もベテランになれば、CTやMRIの検査をする前から、その患者が助かるか手遅れかだいたいわかる。嘘発見器だって似たようなもんさ。呼吸とか脈拍、発汗とかの生体反応を調べて、徴候を見てるんだから」

「しかし、嘘の中身までは見抜けんだろう」

岡部が反論すると、ハルカが引き取った。

「それがわかるらしいのよ。勘が鋭いっていうのか、あたしも一度、見抜かれてドキッとしたことあるもの。離婚が成立して、せいせいした気分で飲んでたとき、道彦がひとこと、ダンナも気の毒じゃないかって言ったのよ」

「どういうこと」

「岡部は鈍いな。酔ってるから言うけど、離婚の原因はセックスレスよ。あたしがダメでね。そんなことひとことも言ってないのに、道彦にはわかったみたい」

「そう言えば、俺も似たような経験がある」

堀がむかしを懐かしむように続けた。

「高三のとき、テニス部の一年生に好きな子がいたんだけど、照れくさいから、好きな子なんかいないって公言してたんだ。なのに水島が、意味ありげに、俺もあの子、かわいいと思うよって言ったんでびっくりした。覚えてるか」

「そんなこと、あったっけ」

「あったさ。おまえは高校のころからちょっと変わってた。何を考えてるのかわかんないとこがあって、俺たちと見る目がちがうって感じだった」

「しかし、ほんとうにおまえは堂本の話しぶりだけで、インサイダー取引までわかったのか」

なおも岡部が疑わしげに聞く。ハルカも改めて興味を持ったようだ。

「どうしてわかるのか説明してよ」

水島は答えに詰まり、グラスを口に運んで時間を稼ぐ。しかし、三人の視線は逸れない。

仕方なく苦渋の答えを返した。

「どうしてわかるのかは、わからない」

「何よ、それ」

しかし、そうとしか言いようがない。数学の問題でも、わかるときにはわかるが、なぜわかるのかはわからない。嘘の中身も、わかるときにはわかる。ふっと、本当のことが入ってくる。確かめていないから、わかったような気がしているだけなのかもしれないが……。

水島は決まり悪げにつぶやいた。

「堂本のやりそうなことだと思っただけさ」

「道彦。嘘はよくないぞ。おまえにはアイツの嘘が見えたんだろう。正直に言え」

ハルカが男っぽい口調で絡む。「おまえは嘘が嫌いだって言ってたじゃないか。だったら正直に答えろ」

「ああ。嘘は嫌いだ。患者もよく嘘を言うから困る。治りたいくせに死にたいとか、副作用が出てるのにどこも悪くないと強がったり」

堀が思わず身を乗り出す。

「水島は患者の本心が見抜けるのか。すばらしい名医だな」

水島は怪訝《けげん》な顔で見返した。堀が何か思惑があって感心しているのが明らかだったからだ。

6

数日後、水島は堀に呼び出されて、新宿東口の割烹《かっぽう》居酒屋に行った。店内にせせらぎをしつらえた隠れ家的な店だ。

「お疲れ。まあ、一杯いこう」

個室で先に待っていた堀は、落ち着かないようすで水島に酒を勧めた。

水島も堀も同じ内科医だが、水島は消化器内科で、堀は代謝内科である。水島は大学を出てすぐ関連病院に移ったが、堀は大学院に進み、そのまま大学に残っている。だから、ふだんは顔を合わす機会も少なく、この前の同窓会が久しぶりの再会だった。

しばらく同窓会の話で盛り上がったあと、堀は思い出したように話題を変えた。

「それはそうと、うちの疋田《ひきた》教授がもうすぐ退官なのは知ってるよな」

何気ないそぶりだが、明らかに声の調子がちがう。代謝内科の疋田善一郎《ぜんいちろう》教授は、まもなく定年を迎える。消化器内科と代謝内科は、もともと白鳳大学の第一内科から分かれた同門の医局だから、水島も当然、話は聞いている。

「後釜《あとがま》は准教授の仲川《なかがわ》先生なんだろ、おまえのボスの」

「いや、それがさ、ちょっと雲行きが怪しくてな」

堀はやっと本題に入ったとばかり、胡座《あぐら》を組み直した。

「知ってると思うが、疋田教授は権力欲のかたまりで、どうやら退官後も院政を敷くつもりみたいなんだ」

急に生臭い話になり、水島は鼻白む。

疋田は脂質代謝の専門家で、メタボリック症候群の基準決定にも関わり、その分野では第一人者とされている。一方、准教授の仲川は、糖尿病が専門で、２型糖尿病（成人型の糖尿病）の権威と目されている。いわば代謝内科の二枚看板だ。

堀は水島から目を逸らさずに続けた。

「仲川先生は最近、インクレチンというホルモンの研究で成果をあげて、去年、『ネイチャー』に論文が二本載ったんだ。それで急に疋田教授が仲川先生に冷たく当たるようになってな」

「部下の論文が『ネイチャー』に出たんなら、疋田教授にも名誉なことだろう」

「いや、自分より目立ってほしくないんだよ。仲川先生が有名になれば、白鳳の代謝内科は糖尿病がメインになってしまうからな。それで自分の後釜は脂質代謝グループから持って来ようとしてるようなんだ」

代謝内科の医局には、糖尿病グループと脂質代謝グループの二つがあり、それぞれが競い合っていることは水島も知っていた。

「脂質のトップは講師の村田《むらた》先生か。教授にはちょっと若すぎるんじゃないか」

「だから、学外から候補者を呼び寄せる肚《はら》なのさ」

「だれだい」

「首都医療センターの藤城《ふじしろ》先生。仲川先生の一期下だ」

「疋田教授と共同研究してた人か」

水島はいつか学会で聴いた藤城の講演を思い浮かべた。優秀そうだが、線の細い内気な人柄のように見えた。彼なら疋田は難なく院政を敷けるだろう。

「ひどいと思わないか。これまで仲川先生は准教授として、どれだけ疋田教授に尽くしてきたか。雑用から代役まで至れり尽くせりでやってきたんだぜ」

たしかに仲川は優秀で、学会の準備なども完璧にこなしてきた。それが今になって冷たくされたのでは立つ瀬がない。

大学医局のヒエラルキーは、今なお『白い巨塔』の時代とさほど変わっていない。教授の権力は若干衰えたとはいえ、一つしかないポストを争うレースは過酷を極める。レースの参加者は常に教授の顔色をうかがい、失言、失態に神経を尖《とが》らせ、研究、治療、教育のほか、研究費の維持、学会の準備、留学手配、同窓会事務など、教授の手足となって働きづめに働かなければならない。すべては〝教授〟というお山の大将ポストを手に入れるためである。レースに敗れれば、栄光は目の前を通り過ぎてしまう。

「結局は疋田教授の仲川先生に対する嫉妬《しっと》だよ」

堀がぐい呑《の》みを干し、口元を歪めた。「もし、藤城先生が教授になったら、年次が上の仲川先生は大学病院から出されるだろう。仲川先生がいなくなったら、糖尿病グループはたいへんだ。全員冷や飯で、ろくに研究費もまわしてもらえなくなる」

堀は今、糖尿病グループの助教筆頭である。ボスの仲川が教授になるかならないかで、彼の立場も大きく変わってくる。

「脂質グループの村田講師もめちゃくちゃだって言ってるんだぜ。同じグループからも批判されてるんだから、疋田教授がいかにひどいかわかるだろう」

そういう面もあるが、本音はちがうだろう。水島が見透かしたように言う。

「村田先生は自分のことを考えてるんだろ。仲川先生が教授になったら、自分が准教授になれるが、藤城先生だったら、准教授は糖尿病グループから選ばれるだろうからな」

「まあ、それはそうかもしらんが」

堀は目を逸らして、冷めかけた焼き物に箸《はし》をつけた。それにしても、堀はなぜこんな話を自分にするのか。

「もう少し飲めよ」

堀が地酒を注文し、水島のぐい呑みに注《つ》いだ。上体を近づけて声をひそめる。

「ここだけの話だがな、実は、疋田教授には公にしにくい噂《うわさ》があってな。研究費の不正経理疑惑だ」

「まさか」

「ほんとうさ。疋田教授は学会の基準値決定に影響力があるだろ。彼の一声で中性脂肪の基準値が一〇ミリグラム下がれば、薬の売り上げが億単位で伸びるんだ。だから、製薬会社からな」

「賄賂《わいろ》をもらってるっていうのか」

「もちろん直接じゃない。医療機器メーカーを迂回《うかい》して、医局で架空発注して、その代金に上乗せしてるんだ。いわゆる〝預け金〟だよ」

「そんな話、どこで聞いたんだ」

「怪文書がまわってきた。もちろん教授命令ですぐに回収したから、外部には洩《も》れてないはずだが」

「架空発注って、品物が来なきゃバレるだろ」

「いや、事務職員が手続きをするだけだから、現場はわからないんだ。疋田教授が強引に書類を作らせるらしい」

「表沙汰《おもてざた》になったら不祥事ですまないぞ。刑事事件になるんじゃないか」

「いや、額が小さいんだ。たぶん、億はいってない。五年で七千万円くらいじゃないかな。だから特捜が動くほどでもない」

堀の歯切れが悪くなる。後頭部にうっすら黄緑色の煙が見える。

「明らかな不正なら、きちんと告発すべきじゃないか」

「それができるくらいなら、おまえに頼まないよ。教授が収賄で逮捕なんてことになったら、大学の名誉に傷がつくだろ。だから内密に運びたいんだ」

「僕に頼むって」

「だから、教授の嘘を見破ってほしいのさ。そうすれば、学内で仲川先生に有利な状況になるだろう」

そういうことかと、水島は頭を抱える。

「さっき、事務職員が手続きをしたって言ったが、不正に関わった職員はわかってるのか」

「ああ。庶務課の前川《まえかわ》って課長だ」

「じゃあ、そいつに証言させればいいじゃないか」

「だめだよ。前川は疋田教授にべったりだから、ぜったいに口を割らない。それに自分もかなり甘い汁を吸ってるって噂だ」

堀は投げやりに言う。そして、いきなりテーブルに両手をついて頭を下げた。

「水島、頼む。この通りだ。俺は今度の教授選で仲川先生の選挙参謀を頼まれてるんだ。あちこち根まわしをしなきゃならん。このまま仲川先生が落選したら、俺の将来もなくなるんだ。仲川先生に有利な状況を作り出すためにも、疋田教授の尻尾をつかんでくれ」

「しかし、僕が直接、疋田教授と話なんかできないぞ」

「直接でなくても、話を聞けばわかるんだろ。来週、疋田教授の退官前の最終講義があるんだ。それを聴きに来てくれないか。最終講義は学生以外に病院関係者も聴講するから、紛れ込んでもわからないさ」

水島は乗り気になれなかったが、堀の必死な顔つきにため息をつきながら応えた。

「わかったよ。最終講義は聴きに行くよ」

7

疋田善一郎教授の最終講義は、翌週の金曜日、医学部付属病院の大講義室で行われた。定員四百人の座席は、八割方埋まっていた。聴衆は学生以外に、内科系の医局員、他科の教授たち、病院関係者らの顔が見える。

「さすがは脂質代謝の第一人者といわれる疋田教授だけのことはあるな」

水島が感心すると、堀は眉間に皺《しわ》を寄せ、「みんな砂糖に群がるアリさ」と吐き捨てた。

そして前方の壁際の席に目を留め、声をひそめる。

「おい、庶務課の前川も来てるぞ」

「例の不正経理疑惑の片棒を担いでるっていう課長か」

「しっ」

堀は慌てて口元に指を立てる。どこに敵がいるか知れないので、神経を尖らせているようだ。階段状の座席の斜め前で、顔色の悪い男が落ち着きなく会場を見渡していた。

「小心そうなヤツじゃないか。問い詰めれば簡単にオチるんじゃないのか」

「それが案外、抜け目がないんだ。保身に長《た》けているというのか、あちこちで情報収集をして、鉄壁の守りを築いてやがる」

「へえ……」

水島はいかにも事務職らしい灰色スーツの眼鏡男を意外そうに眺めた。

定刻になり、准教授の仲川が登壇した。マイクを調整し、聴衆に一礼する。

「みなさん。本日はご多忙のところ、疋田善一郎教授の最終講義にお集まりいただき、誠にありがとうございます。わたくしは、疋田教授のもとで准教授を務めております仲川修介《しゅうすけ》でございます。疋田教授のご講義をいただく前に、わたくしから疋田教授の経歴をご紹介させていただきます」

「さあ、はじまるぞ」

堀が小さく言って顔をしかめた。仲川は白衣のポケットから三つ折りの紙を取り出し、おもむろに読み上げる。

「疋田教授は昭和四十六年、白鳳大学医学部をご卒業され、当時の第一内科にご入局。大学院を経て、昭和五十四年、アメリカのケンタッキー州立大学に留学され、帰国後、准教授を経て平成七年に代謝内科教授、平成十二年に白鳳大学大学院教授となられました。この間、脂質代謝疾患の権威として、多くの研究実績をあげられ、日本アカデミー院賞、総合学士院賞、スペイン科学アカデミー外国会員賞、フランケンベルガー・ゴールドメダルなど、数多《あまた》の栄誉を受けておられます。所属学会ならびに役職は、全日本医学会副理事長、同常任幹事、日本肥満病学会名誉評議員、同理事、同特別顧問、日本コレステロール研究会名誉会長、同常任理事、日本未来医学治験部会運営委員長、日本ＥＢＭ学会当番世話人、

同監事、日本再生治療学会会友、日本超医療学会維持会員……」

仲川はペーパーをめくってさらに読み上げる。

「……社会活動としましては、厚生労働省の中央臨床研究委員会臨時委員、薬事審査協議会協議委員、メタボリック症候群検討委員会議長……、文部科学省の生活習慣病戦略作業部会委員、次世代代謝病研究会理事、消費者庁では……」

水島があきれたように聞く。

「いつまで続くんだ」

「疋田教授が言わせてるんだ。自分が関わったものは細大もらさず紹介させるのさ」

そんなものだれが聞きたがるのかと思いきや、講義室の面々は熱心に耳を傾け、ときに感嘆するようにうなずき合っている。医師の世界は歪《いびつ》だと自覚しているつもりだったが、大学病院は歪を通り越して、滑稽にさえ見える。

受賞歴と肩書きの読み上げが終わると、仲川は自らを鼓舞するように声を張り上げた。

「それでは疋田教授にご登壇いただきます。みなさま、拍手をもってお迎えください」

最前列から白衣姿の恰幅《かっぷく》のよい疋田が立ち上がり、ゆっくりと教壇に上がった。マイクを持って聴衆を見渡し、軽く咳払いをして胸を反らせた。

「えー、本日は、不肖私《わたくし》の最終講義のために、かくも大勢の方々にご来駕《らいが》いただき、誠にありがとうございます。私は生まれも育ちも東京・大田区、曽祖父《そうそふ》の代からの江戸っ子でして、曲がったことは大嫌いという困った性分でございます。そもそも疋田家は、代々医師の家系であり、祖父の代から三代続いて白鳳大学の医学部卒ですから、母校愛だけは人後に落ちないつもりでおります……」

最終講義と言いながら、内容は己の一代記で、家柄自慢にはじまり、自分がいかに幼少時から優秀で、他に抜きん出た存在であったかを臆面もなく語った。

「……とんとん拍子に出世したのも、時代を先取りするセンスのなせる業で……、アメリカでは現地秘書が舌を巻くほど堪能な英語力を発揮し、……純粋な探求心で首尾一貫して科学者としての生き様を守り抜き、……治療と研究は人類愛の表現であって、……のも不肖私が日本初であり、……の論文は世界中の注目を集め、……××学会は私の会長時代に飛躍的発展を遂げ、……○○等の偉業を達成することができたのも、ひとえにみなさまのご協力あってのことと感謝しております」

続いて、パワーポイントで写真が映し出され、これはどこそこの国際学会で絶賛を浴びたとき、これはゴルフコンペで優勝したとき、こちらはテレビのバラエティ番組にゲスト出演して高視聴率を取ったとき、これは報日新聞の「時の人」に取り上げられた記事、これは軽井沢の別荘、これはアラスカで釣り上げた鮭《さけ》、これは自宅の菜園で採れたカボチャ、これは祇園《ぎおん》の舞妓《まいこ》、これは書斎の蔵書、これはスペインの骨董屋《こっとうや》で見つけた掘り出し物の壺《つぼ》等々、これでもかというほどの自慢と見せびらかし自画自賛のオンパレードだった。

スライドが終わると、疋田は講義の締めくくりとして、研究の苦労話を披露した。

「何より不自由したのは、研究費であります。いかにすばらしい才能と研究テーマに恵まれても、先立つものがなければ研究は進みません。私のように学問一筋の人間は、経済にはとんと暗く、すべては秘書任せ……」

水島は疋田の顔をスキャンするように目を細めた。さっきから何度も見えた黄緑色の狼煙が、山林火災のように激しく立っている。疋田は経済に暗いどころか、常に頭はカネのことでいっぱいで、経理のごまかし、ウラ技、抜け道にも通じ、表の経理は秘書任せでも、ウラ金はすべて自分が処理している――。

「私のように愚直な人間には、不正をしてまで研究費を調達するような芸当は、とても想像もつかないことであります。私ほど金銭面に疎《うと》い人間も珍しく……」

疋田の後頭部から黄緑色の狼煙が爆走するSLのように噴き上げた。その視線が一瞬、講義室の端にいる前川に走ったのを、水島は見逃さなかった。前川は頬を強《こわ》ばらせている。やはり二人にはウラの関係があるようだ。

疋田は水島に見られていることに気づくはずもなく、上機嫌で講義を締めくくった。

「多くの患者を救い、人類に貢献することこそ、我々医師の使命であります。我々は常に患者を最優先し、すべての患者に最高最良の医療を提供し、最後まで希望を捨てず……」

最後はきれい事の大盤振る舞いだったが、黄緑色の狼煙は箱根《はこね》か別府《べっぷ》の温泉地のように立ち上っていた。口では立派なことを言いながら、自分や身内が病気になれば、コネを最大限に活《い》かして優先的に治療を受ける。なんと卑劣な。

いや、しかし疋田ばかりが悪辣なのではない。順番を飛ばされて怒る患者とて、立場が変われば同じだろう。だれも生死の分かれ目で、優先的な治療の誘惑を断れない。そんな連中がきれい事を言うのだ。世の中は嘘に満ちている。

「おい、どうした」

堀が心配そうに声をかける。

「何でもない。疋田教授の嘘に気分が悪くなっただけだ」

「やっぱり、そうなんだな」

堀が我が意を得たりとばかり拳《こぶし》を握りしめた。と同時に拍手が湧き、脂ぎった顔の疋田が両手をあげてそれに応えた。講義が終了したらしい。

仲川が横に控えている女子医学生に合図を送る。女子医学生は花束を持って疋田教授の前に進み出た。疋田は満面の笑みで受け取り、握手を交わす。代謝内科の医局員たちが教壇の前に屈み、カメラのフラッシュを焚《た》く。まるで結婚披露宴のケーキカットだ。

疋田は花束を仲川に押しつけ、ふたたびマイクを手に取った。

「みなさん、ありがとう。きれいなお嬢さんに豪勢な花束までいただいて、感激に堪えません」

そう言ってから、今気づいたかのようにわざとらしく言う。「おお、藤城先生も来てくれていましたか。ちょっとこっちへ出てきてくれたまえ」

はじめから話ができていたのだろう。藤城は恐縮しながらも、素早く教壇に上がった。

「ご紹介しましょう。首都医療センターの内科部長、藤城慎一《しんいち》君です。藤城君は私の共同研究者であり、私の右腕として活躍してくれた優秀な研究者であり、またすぐれた臨床家でもあります」

　藤城が疋田に深々と頭を下げる。親しみを込めて「藤城君」と呼ぶパフォーマンスは、彼こそ自分の後継者だと、最終講義に来た他科の教授たちにアピールするも同然だ。

「なんて卑怯《ひきよう》なやり方だ」

　堀が悔しげに舌打ちをする。そのあとで水島に頭を寄せてささやいた。

「しかし、疋田教授はクロなんだな」

「ああ。あの前川という庶務課長もグルだ」

「よし。それなら今に吠《ほ》え面《づら》かかせてやる」

　堀の陰湿な声に、水島は穏やかならないものを感じた。

8

　外来診察の最後の患者が出て行ったのは、今日も午後二時半を過ぎていた。

　水島は椅子にぐったりもたれる。例によって、診察では多くの嘘を聞かされた。

　予約時間に遅れた患者の言い訳。「電車が遅れて」「高速が渋滞して」「出がけに急にお腹《なか》がいたくなって」。自分が悪いんじゃありません、どうしようもなかったんです。弁解、ごまかし、責任回避。

風邪の症状などないくせに、くしゃみが出ると総合感冒薬を求める患者。家で家族にのますつもりだ。湿布やビタミン剤をほしがる患者も同様。

自分で薬をなくしたくせに、「はじめから足りませんでした」と言い張る患者。睡眠剤は十回分でいいと言ったのに、「そんなこと言ってない。二週間分ないと困る」と怒る患者。検査をいやがり、「調子いいです。どこも何ともありません」とごまかす患者。血液検査で明らかに貧血があるのに、「ふらつきません」と治療を断る患者。黄緑色のしょぼい狼煙が立っては消える。

しかし、変わったケースもあった。前回、帰りに尿検査を受けるように言ったのに、忘れて帰った高齢女性は、「そんなこと聞いてません」と譲らない。後頭部は晴れていた。看護師に聞くと、尿検査を忘れるのはしょっちゅうとのこと。

女性に訊ねる。

「これまで尿検査を忘れたことは」

「一回もありません」

彼女は忘れたことを忘れている。だから嘘をついているつもりはなく、当然、黄緑色の狼煙も立たない。

それにしても患者が多い。来なくていい患者もかなり交ざっている。

「患者ってほんとまじめだよな。たまにはサボってくれてもいいのに」

診察椅子にもたれながら、冗談とも愚痴ともつかない調子で言った。相槌を待ったが、看護師は処置ワゴンに手を掛けたままぼんやりしている。この前、水島に「嘘が見抜けるんですか」と言った彼女だ。

「どうした。疲れたの？」

「あ、いえ。ちょっと考え事をしていて」

「君、この前、相談があるとか言ってなかった」

「ああ……、そうでした」

看護師は曖昧な笑みを浮かべる。

「どんな相談」

「実は、父のことなんですけど。何だか悩んでるみたいで、だけど、わたしが聞いても何もないって」

水島は首を傾げる。彼女の父親が何か嘘をついていて、それを見抜いたところで解決になるだろうか。

「父は無口で、家であまりしゃべらないんです。母やわたしとの会話もほとんどなくて」

看護師はまた物思いに沈む。心配そうだがどこか戸惑っているようすだ。

「僕で役に立てるのなら、何でもするけど」

「ありがとうございます。でも、もう少しお時間いただけますか。わたしにもまだよくわからないんです」

看護師の後頭部に黄緑色の狼煙はなかった。たぶんほんとうにわからないのだろう。それならこれ以上聞いても仕方がない。

9

「堀クンたら、あたしにも電話してきたのよ」

　ハルカがペルノを一気飲みして、荒い息を吐いた。

「何だか面倒な話みたいね。疋田とかいう教授が、不正経理をしてるんだって？」

「大きな声で言うなよ」

　水島は素早く左右を見る。まさかバー山猫に白鳳大学の関係者がいるとは思えないが、用心するに越したことはない。

「で、どうするの」

「まあ、できるだけのことはするつもりだけど」

　ハルカがあきれたように肩をすくめる。

「それにしても、堀クンはどうしてそんなことに一生懸命になるの。医者の仕事とは関係ないでしょ」

「大学に残るってのはたいへんなんだよ。疋田教授の次にだれが教授になるかで、彼の立場が大きく変わるから」

「どう変わるの」

「代謝内科の医局には、脂質代謝と糖尿病の二つのグループがあるんだ。脂質代謝のほうは疋田教授がトップ、糖尿病は仲川准教授が率いている。疋田教授の下には村田という講師がいて、仲川准教授の下には鮫島《さめじま》という講師がいる。堀は鮫島の下で、糖尿病グループのナンバー・スリーなんだ」

「あの子、そんなに偉いの」

ハルカがわざと子ども扱いをする。

「教授が退官したら、ふつうは准教授が後を継ぐ。ところが、疋田教授は脂質代謝グループで教授ポストを維持したいらしくて、首都医療センターの藤城という部長を後釜に据えたい魂胆なんだ。すると、仲川准教授は藤城より年次が上だから、大学から出ざるを得なくなる」

「それが堀クンにどう影響するの」

「逆を考えたほうがわかりやすい。仲川が教授になれば、バランス的に脂質代謝の村田が准教授に昇格する。糖尿病グループの鮫島は村田より年次が上だから、やはり大学にいられなくなって、堀がトコロテン式に糖尿病グループの講師に格上げされるというわけだ。だから、堀は仲川派なのさ」

「じゃあ、その鮫島って人は反対なのね」

「そう。鮫島は糖尿病グループだけど、藤城が教授になれば自分が准教授になれるから疋田派なんだ。逆に村田は脂質代謝グループだけど、仲川派についてる」

「みんな自分のことしか考えないのね」

「当然さ。疋田―藤城―鮫島のラインができると、仲川派は医局から一掃されるだろう。そうなれば堀も大学から出される」

「別に大学に残らなくてもいいじゃない」

「そうはいかないさ。彼は大学で偉くなることに賭《か》けてるんだから」

「くだらない」

ハルカはお代わりしたグラスを持ち上げ、アニスの香りを振りまく。

「あたしは出世争いに夢中の堀クンより、患者の治療に専念してる道彦のほうが好きだな」

水島は目を細めてハルカを見つめる。後頭部にうっすら狼煙。

「ありがとう。さりげない告白めいてるけど、嘘だね」

「あははは。わかる？　でも、堀クン、疲れないのかしら」

「そりゃ、疲れるだろう。だけど、今が踏ん張りどころだと思ってがんばってるのさ」

「それで嘘が見抜ける水島先生のお力添えをいただきたいってわけか。でも、堀クンはそんな生き方してると、生涯、踏ん張りどころの連続なのに」

ハルカが脚を組んで嗤った。水島はふと、今日の午後、外来でぼんやりしていた看護師のことを思い出した。

「みんな悩みながら生きてるんだよ。僕に嘘が見抜けるのかって聞いた外来の看護師も、父親のことで悩んでるらしい」

「何、その看護師、かわいいの」

「ちがうよ、バカ」

ハルカがからかうように下からのぞき込んだので、水島は即座に否定した。

10

代謝内科の医局は異様な雰囲気だった。

控え室のソファには七、八人の医師がいたが、水島が入った途端、刺すような視線が飛んできた。堀が同行しているのを見ると、半分は頬を緩め、残りは不快げに目を逸らす。代謝内科の医局は、今や完全に二分されているらしい。疋田が最終講義で藤城を公然と後継者扱いしたあと、強引に医局員の取り込みを図ったため、仲川もそれに対抗せざるを得なくなったからだ。

堀は陰険な空気をものともせず、水島を大部屋に案内して、奥にいる講師の村田に紹介した。

「ああ、君が水島先生ですか。堀君から噂は聞いていますよ。先生はちょっと特殊な能力があるそうですね」

村田は大仰に水島を歓迎した。すかさず堀が、聞こえよがしに言う。

「そうなんです。水島先生は人の嘘を見抜く力がありましてね。嘘発見器の原理と同じです。彼には人間がしゃべるときの微妙な生体変化を察知する診断力があるんです」

大部屋には何人かの医師がいるようだった。控え室もロッカーで仕切られているだけだから、堀の声は筒抜けだろう。彼は示威作戦で水島の能力をアピールしているのだ。

水島は困惑して堀の言葉を訂正した。

「嘘を見抜けるといっても、いつもじゃありません。そういうのがわかるときもあるというくらいで」

「いやいや、ご謙遜を。水島先生に協力していただければ、我々も大いに心丈夫ですよ」

「村田先生。それじゃ、さっそく行きましょうか」

「よし、わかった。善は急げというからな」

村田は思わせぶりに応じて席を立つ。水島は胸騒ぎを覚えつつ、二人について大部屋を出た。

いったん廊下に出てから、奥の扉を堀がノックする。准教授の仲川の部屋だ。

「失礼します」

堀が扉を開き、村田と水島を先に通す。仲川は自席から出てきて、水島を歓迎した。

「お忙しいところをありがとうございます。堀君から話は聞いています。ご協力、よろしくお願いしますよ」

仲川に勧められて、一同は応接セットに座った。

「さっそくですが、現在までの情勢を確認させていただきます」

堀は持参したアタッシェケースの鍵を開け、右上に「極秘・取扱厳重注意」と書かれた紙を仲川と村田に渡した。水島には、自分用のペーパーを見せる。教授選の投票予測表で、教授会のメンバーに◎、○、△、□、×の五種のマーク、その横に「備考」として判定理由らしきものが書き込んである。

堀が説明した。

「判定マークですが、◎は仲川先生に投票確実、○は投票の可能性大、△は未定、□は投票の可能性小、×は可能性ゼロを意味します。教授会のメンバーは臨床系の教授二十五人、基礎医学系が十六人の合計四十一人です。当選ラインは二十一票。現在、◎は六人、○は五人。一方、×は四人、□が八人で、ほぼ互角の状態と言えます」

「△は一、二、三と……十八人か」

村田が確認し、ため息を洩らす。堀がすかさず補足する。

「基礎医学で△のついている八人のうち、五人は病理学の敷島《しきしま》教授の意向に賛同すると思われます。臨床系でも心臓血管外科、呼吸器外科、小児外科は同門ですから、心臓血管外科の吉沢《よしざわ》教授に同調するでしょう」

「それなら、この三人は○でいいんじゃないか。この前、家内が高校の同窓会に行ったら、吉沢教授の奥さんの妹が元同級生だとわかったらしい。アプローチできそうだと言ってたから可能性はあるだろう」

仲川が言うと、堀は嬉《うれ》しそうに身を乗り出した。

「朗報ですね。この三票は大きいです」

そんな縁故で票が動くのかと水島は首を傾げたが、備考欄を見ると、◎の教授には、仲川准教授の『高校の先輩』だの、『大学で同じラグビー・リーグに所属』だのと書いてある。○の教授には、『仲川准教授と同じジャズ好き』とか、『夫人が仲川夫人と同じジムの会員』とかいうのもある。逆に×や□には、藤城と同じ小学校の出身だとか、疋田が仲人をしたなどという記載があった。

「この『駐車場の件以来、疋田教授と犬猿の仲』というのは何です」

水島が◎の脳外科教授を指して聞くと、堀が答えた。

「脳外科の安井《やすい》教授は、二年前、病院の駐車場で疋田教授と場所の取り合いで大げんかをして、それ以来、口もきかないいんだ。ほかにも皮膚科の赤田《あかだ》教授も、疋田派の泌尿器科の白川《しらかわ》教授といがみ合ってるから、敵の敵ということで◎だ」

そんなくだらないことでとあきれたが、仲川も村田も黙っている。□のついた教授には『不祥事に関与?』と書いてある者も複数いる。

「不祥事というのは例の怪文書のあれか」

「ああ。疋田教授の〝預け金〟で、おこぼれをもらってる可能性がある」

水島はふと不安になって訊ねた。

「まさか実弾が飛ぶというようなことはないだろうな」

「表立ってはないが、ウラではあるだろう」

堀が深刻な顔で言うと、村田と仲川が腕組みをして呻《うめ》いた。

「場合によっては必要になるでしょうな」

「両天秤《りょうてんびん》をかけられて、額を吊《つ》り上げられると困るな」

深刻な三人の後頭部には、一筋の煙も立っていなかった。疋田教授の退官は二週間先で、教授選はその三カ月後に予定されている。今からこんな緊張状態で、病院で正常な診療が維持できるのだろうかと、水島は不安になった。

11

しばらく票読みを続けたあと、村田は大部屋にもどり、仲川は水島を呼んだ本来の目的である教授への挨拶まわりに出発した。先方は三人。いずれも仲川支持を表明しながら、曖昧さの見える教授たちだ。

先導役の堀が早口に説明する。

「最初に行く整形外科の大木《おおき》教授は、二年前、不倫相手のモデルを妊娠させてしまい、泥沼になりかけたところを、たまたま仲川先生の患者が大物の芸能プロデューサーで、相手を説得して丸く収めた経緯がある。仲川先生には頭が上がらないが、弱みを握られていることを不快に思ってもいるようだから、土壇場で裏切るかもしれん。そこを君に確かめてほしいんだ」

「わかった」

くだらない役目だと思いながら、水島は仲川の手前、神妙にうなずく。

挨拶に行くと、大木教授は卑屈なほど丁重に仲川を迎え入れた。

「やあ、仲川先生。たいへんですな。わたしは先生を応援してますよ。お世話になったんだから、当然のことです」

水島は仲川の後ろに控え、細目で見つめる。後頭部にはくっきりと黄緑色の狼煙。

廊下に出てから、堀が訊ねる。

「どうだった」

「大木教授は嘘を言ってる。裏切るつもりだ」

「やっぱりか」

堀が舌打ちをすると、仲川が「打つ手はあるのか」と低く聞いた。

「あとで匿名のメールで脅しをかけておきます。こちらには嘘を見抜ける人物がいるので、大木教授が仲川先生に投票したと言っても、嘘ならすぐにわかる、不倫の話を公にしたくなければ、心変わりないようにと」

仲川がうなずくと、堀は次に訪問する眼科の瀬戸《せと》教授について説明した。

「瀬戸教授は疋田教授が後押しして教授になったんだが、そのあと疋田教授が子分扱いするので嫌気がさして、今回は仲川先生を支持する考えらしい。しかし、疋田教授にも恩があるからどこまで本気かわからない。そのあたりを確かめてくれ」

　眼科の教授室に行くと、まだ若い瀬戸は親しげに仲川を迎え入れ、「君も疋田教授の老害に苦しんでるんじゃないか」と、歯に衣《きぬ》着せぬ物言いをした。水島は仲川の後ろから瀬戸のようすを観察する。

「白鳳大も世代交代をしなきゃいかんよ。いつまでも老人をのさばらすわけにはいかない。君には期待してるよ」

　瀬戸は力強く言って仲川の肩を叩《たた》いた。

「ありがとうございます」

　仲川は謙虚に応じたが、疑念を捨てきれないようだった。堀も同様らしく、部屋を出てから、「どうも信用できない」と洩らした。

「いや。瀬戸教授は大丈夫だ。少なくとも今は本心でしゃべってる」

「ほんとうか。それなら安心だ」

　水島の言葉に、堀が明るい声を出した。

「最後は血液内科の守田《もりた》教授だ。水島も知ってると思うが、疋田教授とはずっと敵対してる気の強いオバサンだ。代謝内科全体を敵視してるから、仲川先生にもいい印象は持っていなかったが、今回は疋田教授と対立してるんで、好意的に変わったという噂だ。しかし、まだはっきりしないから、感触だけでもつかんでくれ」

　仲川は二人を引き連れ、緊張したようすで血液内科の教授室に入った。守田は冷ややかな表情で一行を迎え入れ、座ると同時に疋田の悪口を言いだした。

「まったく疋田先生だけはどうしようもないわね。医学部をよくしようと思うなら、彼の提案をすべて逆にすればいいのよ」

「申し訳ありません」

「あなたが謝る必要はないわ。それにあのお爺《じい》ちゃんももう退官でしょ」

「ですが、藤城先生が後を継ぐと影響力が残ってしまいますので」

「だから教授選であなたに入れろって言うの？　わたしはまだその藤城さんて方に会ってもいないのよ。あなたの言い分だけ聞くわけにはいかないわ」

「それはもちろんです」

仲川は守田が機嫌を損ねそうになったので、慌てて取り繕った。あとはよけいな口をはさまず、ただひたすら守田の話に耳を傾けた。

部屋を辞してから、仲川が自信なさそうに水島に訊ねた。

「どうだった」

「大丈夫です。守田教授はわざと冷たいそぶりで仲川先生をからかってるんですよ」

「どうしてわかる」

「それはまあ、何というか、口調とか目の動きや唇の表情で……」

水島は説明に困り、適当に答えた。仲川は「大丈夫なのか」という顔で堀を見る。堀は水島をちらと見て断言した。

「大丈夫ですよ。守田教授はかぎりなく◎に近い○でしょう。そうだよな、水島」

「ああ」

そのまま仲川と別れたあと、水島は堀といっしょにエレベーターで一階に下りた。出口に向かおうとすると、堀はふと立ち止まり、事務部から出てきた貧相な男を呼び止めた。

「前川課長」

見覚えがあると思ったら、疋田の片棒を担いでいるという庶務課の課長だ。

「ちょうどよかった。ご紹介しますよ。消化器内科の水島先生です。都立新宿医療センターにいるんですが、今回、仲川先生の応援に来てもらってましてね」

「水島です」

都立新宿医療センターと聞いて、前川は表情を変えた。堀は構わず続ける。

「水島先生はちょっと特殊な名医でしてね。患者が嘘を言ってもすぐ見抜くんですよ」

「患者が嘘を？　どんな嘘をつくんです」

前川は堀の言葉に警戒感を浮かべた。

「薬をのみ忘れているのに、きちんとのんでいるとか、便が出ていないのに毎日出てるとかですよ。そう言えば、前川課長は疋田教授の最終講義に出ていましたね。あれは疋田教授からの指示ですか」

「いいえ。そんな指示はございません。日ごろから尊敬する疋田先生の最終講義ですから、わたしもぜひ拝聴したいと思って」

堀が素早い目配せを寄越す。水島は前川の後頭部をじっと見る。気の毒なほど明らかに黄緑色の狼煙が渦巻いている。首を振って堀に言った。

「嘘だな。疋田教授は前川さんに動員の指示を出してるよ。講義室を満席にするようにと」

「ど、どうしてそれを」

前川は驚きのあまり、思わず細い首を伸ばした。

「だから、言ったじゃないですか。水島先生は嘘が見抜けるって」

堀が意味ありげに笑い、水島も鷹揚《おうよう》にうなずく。二人は青ざめる前川を残して、玄関出口へと向かった。

12

土曜日の午後、水島は重苦しい足取りで、白鳳大学の多目的ホール・フェニックス会館に向かっていた。

堀からスマホに連絡があったのは、前の週の木曜日だ。

「来週の土曜日、教授選の選考前セミナーが開かれることになった。そこでおまえに大事な役を頼みたいんだ」

選考前セミナーは、教授選の候補者が自らの研究内容や教授就任後の抱負などを語る場である。教授会のメンバーにとっては、候補者の業績や人となりを知る上で大きな意味を持つ。セミナーは公開なので、教授会のメンバー以外に各候補者を支持する医師らも参加するのが通例である。

「セミナーでは発表のあとに質疑応答がある。そこで爆弾発言を用意してるんだ」

「爆弾発言？」

「ああ、例の怪文書の件でな」

堀は電話口で声をひそめた。彼は疋田の不正経理疑惑を利用して、教授会のメンバーに、仲川派が決定的に優位であることを印象づけようと画策しているようだった。そのために、水島は嘘が見抜けるという噂を、大学病院のあちこちで広めているらしい。

だが水島は迷っていた。このまま堀に協力し続けていいのか。場合によっては事態は疋田の逮捕に発展し、思わぬ余波を引き起こさないともかぎらない。堀もはじめはそこまでは望んでいなかったはずだが、仲川の優位を決定的にするために、今は背に腹は代えられない思いのようだ。水島は自分の気持を決めきれないまま、憂鬱な面持ちでフェニックス会館二階の講義室に入った。

「水島。よく来てくれた」

入口近くにいた堀が、待ちかねていたように出迎えた。会場にはすでに六十人余りの教授や医師らが集まっている。代謝内科の医局員はほぼ全員が顔をそろえていた。右前方には疋田を中心に藤城支持の面々が集まり、左後方には仲川派の医師らが固まっている。教授会のメンバーたちは、そこここに立って気楽な雑談を交わしていた。

堀が水島を奥へ連れて行こうとすると、疋田派の鮫島が近寄ってきて呼び止めた。

「君が水島先生ですか。選考前セミナーにまで駆けつけるとはご熱心なことですな」

鮫島は陰険な目つきで水島を睨《ね》めつけた。

堀が無視して行こうとすると、鮫島は水島に慇懃《いんぎん》に言った。

「水島先生は人の嘘が見抜けるそうですが、どうやってそれを証明できるのですか」

「見ればわかります」

「しかし、確証はないのでしょう。いちいち事実を確認しているのですか」

「いいえ」

「それなら、単に先生が思っただけという可能性もありますな。いわば空想、いや妄想であるかもしれない」

「何をおっしゃりたいんです」

堀が水島の前に立つと、鮫島は不敵な笑いを浮かべて答えた。

「嘘を見抜くと言ったって、単なる思い込みの可能性は否定できないということだよ。でしょう?」

たしかに、相手に真実を確かめてはいないから、思い込みだと言われれば否定することはできない。

堀が苛《いら》立《だ》った声で反論した。

「しかし、実際、水島先生に嘘を指摘されて、認めた人も多いんですよ」

「偶然ということもあるだろう」

堀に応えたあと、鮫島は改めて水島に向き直った。

「ミエミエの嘘なら、我々にだってわかります。状況によっては、嘘の中身まで想像がつく。しかし、それは当たっている場合もあれば、外れていることもある。水島先生は、嘘をついている相手に何か特別なサインでも見えるのですか。仮に見えたとしても、それが妄想、あるいは幻覚でないという確証はないでしょう」

水島が見る黄緑色の狼煙は、彼が見えると思っているだけだというのか。

「バカな。おい、水島、何とか言ってやれよ」

堀はいきり立ったが、水島はとっさに反論できなかった。自分が読み取る嘘の中身は、根拠がないと言われればたしかにそうだ。相手を問い詰めても、証拠がなければ嘘を言い通されるだけだろう。

「おい、行こう。向こうで仲川先生が待ってる」

堀は強引に水島の腕を取った。鮫島は「ふん」と鼻で嗤い、余裕の表情で二人を見送った。

13

選考前セミナーは、まず疋田の退官の挨拶からはじまった。

挨拶が大好きな疋田は、最終講義のときと同様、これでもかという経歴自慢をして参加者をうんざりさせたあと、もったいぶった調子で代謝内科の医局員たちに言った。

「私の退官後、藤城君と仲川君のいずれが後を継ぐことになっても、代謝内科の医局員諸君は、一致団結して新教授を盛り立て、医局のいっそうの発展に尽くすことをここに誓ってもらいたい」

拍手のあと、いよいよ二人の教授候補によるセミナーに移った。司会は医学部長の小児科教授が担当した。先攻は年次の順で仲川である。

「それでは、わたくしの研究テーマであります2型糖尿病の治療について、これまでの成果をご説明させていただきます」

仲川は学会発表と同じていねいな口調で話しだした。代謝内科の二派は前方で左右に分かれて座り、各科の教授連は後方で成り行きを見守っている。水島は最後列の端に、身を隠すようにして座っていた。

仲川はこれまでの研究成果と医局の運営方針を、パワーポイントを使って手際よく説明した。『ネイチャー』に載った二本の論文は、押しも押されもしない実績として、仲川派の医師のみならず、各科の教授連にも強い印象を与えた。

質疑応答に移ると、疋田派の医師から意地の悪い質問が飛んだ。糖尿病グループの鮫島が、専門知識を活かして仲川の研究の弱点をことさら強調するような質問をした。

「仲川先生が研究されているインクレチンは、間接的なインスリン分泌効果しかなく、血糖降下作用という観点からはいささか疑問が残るのではないでしょうか」

「たしかに、インクレチンでは大幅な血糖降下は期待できません。ヘモグロビンＡ１ｃで一パーセント未満でしょうか。しかし、ＳＵ剤を加えることで、臨床上、十分な効果が得られることが判明しています」

仲川は弱点を潔く認め、それを補う方法を明示して鮫島の質問をうまくかわした。

続いて、藤城が演壇に立った。

「首都医療センター内科の藤城慎一でございます」

藤城もパワーポイントを使い、疋田と共同で行った内臓肥満の研究過程を披露した。地味な内容ながら、疋田の華々しい研究成果の基礎部分を、ほとんど一人で支えたことがわかる発表だった。

続いて医局運営の方針に移ったが、そのあたりから、藤城のようすがおかしいことに水島は気づいた。

「伝統ある第一内科の流れを汲《く》む代謝内科の発展のため、微力ながら、懸命の努力をしていく所存であります」

疋田が満足げにうなずく。しかし、藤城のほうは不自然に緊張し、心ここにあらずの表情だ。後頭部には黄緑色の狼煙が立っている。そんなバカなと水島は訝《いぶか》った。

藤城は本気なのか。

演壇で落ち着きなく視線を動かす藤城を、水島は信じられない思いで見つめた。

質疑応答に移ると、仲川に対する鮫島と同じく、脂質代謝グループの村田が厳しい質問をぶつけた。

「メタボリック症候群では、ウエストサイズの基準に、身長の要素が欠けているのは問題ではありませんか。身長が高ければ、当然、ウエストも大きくなるわけですから」

「その点に関しましては、疋田教授のご研究でも明らかな通り、ウエストサイズのみで内臓肥満の判定が可能であります」

藤城はほかの質問に対しても、疋田の権威に頼るような回答に終始した。

「それでは、ほかに質問はございませんでしょうか」

司会の小児科教授が一座を見まわしたとき、堀が意を決したように手をあげた。

「ただ今、藤城先生から再々疋田教授のお名前が出ましたので、敢《あ》えてお訊ねいたします。疋田教授には、あらぬ誹謗《ひぼう》の噂が一部で喧伝《けんでん》されておりますが、藤城先生はその内容についてご存じでしょうか」

会場の空気が一瞬にして凍りついた。疋田が目を剝《む》き、堀をにらみつける。藤城は壇上で狼狽《ろうばい》を隠せず、足踏みをしながら声を震わせる。

「存じません」

「そうですか。わたしとて、そんな悪辣なデマを毛頭信じる者ではありませんが、その内容は不正経理疑惑に関するものであります」

堀の指摘に、会場は戦国時代の合戦場にタイムスリップしたかのような殺気に包まれた。疋田派の医師らは今にも堀に飛びかからんばかりだったが、堀が機先を制するように言葉を発した。

「誤解なきよう申し上げます。わたしはここで疑惑の真偽を問うつもりはありません。問題は、この疑惑が、怪文書によって暴露されたということであります。当然、書き手は内部の人間以外に考えられない。先ほど、疋田教授がおっしゃった医局の一致団結を考えるなら、この怪文書問題は決しておざりにするわけにはまいりません。獅子身中《しししんちゅう》の虫として、徹底的に追及し、その真意を明らかにしなければならないでしょう」

「君はいったい何が言いたいのかね」

疋田が苛立った声で詰問した。堀は教授の横槍《よこやり》も計算済みという落ち着きで、ゆっくりと会場を見渡した。いよいよかと水島は顔を伏せる。

「では、結論から申し上げましょう。疋田教授の不正経理疑惑を告発する怪文書を書いた人物、それは、藤城先生、あなたですね」

会場に衝撃波のようなどよめきが起こった。疋田派の医師たちはキリストからユダの裏切りを聞いた十二使徒のように驚愕《きょうがく》し、疋田自身はスナイパーに眉間を撃ち抜かれた標的のように目を見開いたまま固まった。

「……まさか、どうして、わたしがそんな」

蒼白《そうはく》になった藤城が、消え入りそうな声を洩らす。

「わたしもはじめは理解できませんでした。しかし、ふと思い当たったのです。藤城先生は周知のごとく研究一筋の医師で、教授選などにはおよそ無縁の立場にあられました。ところが、疋田教授から突如、後継者に指名され、断る暇もなく教授候補に担ぎ出された。もし、このまま教授に祭り上げられてしまえば、医局運営や研究費の獲得など、政治的な活動に多大の時間を取られ、ご自身の研究もままならなくなる。かといって疋田教授の命に背くこともできず、窮余の一策として、疋田教授の不正経理疑惑を暴露し、自らを不利な状況に追い込もうと考えられたのです」

「証拠はあるのか、証拠は！」

疋田が激昂《げっこう》して立ち上がった。堀は落ち着き払って答えた。

「証拠はありません。しかし、確信はあります。不正経理疑惑をあそこまで詳細に知る立場にあるのは、疋田教授と共同研究をされた藤城先生以外には考えられません」

「バカバカしい。こんな茶番にはつき合っておれん」

疋田は顔を真っ赤にして立ち上がると、憤然と前の扉から退場した。ほかの教授連もざわめき、疋田派の医局員たちは疋田に続こうとしたが、堀が鋭く制した。

「ご静粛に！　証拠はないと申し上げましたが、ここには強力な助《すけ》っ人《と》がいます。最後列でこの場を見守る都立新宿医療センターの水島先生です」

会場の教授や医師がいっせいに水島を振り返った。水島が嘘を見抜く力を持つことは、すでに知れ渡っている。

堀は罪状認否を迫る検察官のように、居丈高に藤城に向き直った。

「藤城先生、改めてお聞きします。疋田教授の疑惑を暴く怪文書を書かれたのは、あなたですね。お答えになる前に申し上げますが、この場ではいっさいの嘘は通用しません。そのことをお忘れなく」

出席者の視線が藤城と水島を行き来した。藤城が半歩演壇から後ずさる。右前方にいた鮫島が、立ち上がって怒鳴った。

「デタラメだ。藤城先生、答える必要などありません」

堀が素早く反応する。

「黙秘権ですか！　容疑者には当然の権利ですからね。とりわけ状況が不利な容疑者に」

「容疑者とは何だ。取り消せ」

「失礼いたしました。藤城先生、もし隠すべきことがなければ、簡単にお答えいただけますよね。ほんとうのことをおっしゃっていただければ、水島先生の手を煩わせる必要もないのですから」

全員が藤城に注目する。藤城はうつむき、小さく首を振り、なけなしの勇気を振り絞るように声を震わせた。

「怪文書を書いたのは、わたしでは、ありません」

「ほう！」

堀が大仰に応じた。「藤城先生としては、そう答えざるを得ないでしょうね。万一、怪文書を書いたことを認めれば、それは疋田教授に弓を引き、ご自身を教授候補に推す先生方を裏切ることにもなるのですからね」

「黙れ。藤城先生がちがうと言っているのだから、ちがうに決まっている。嘘だと言うなら証拠を見せろ」

鮫島が必死に抵抗した。堀は口元に薄笑いを浮かべ、おもむろに講義室後方に向き直る。

「では、真偽を確かめましょう。水島先生、いかがです。今の藤城先生の発言はほんとうなのか、嘘なのか」

今度はすべての医師らが水島を注視する。鮫島は我慢しきれないようすで凄《すご》んだ。

「万一、嘘だと言うのなら、たしかな証拠を見せてもらおう。そうでなければ信用できん」

「そうだそうだ」

「証明して見せろ」

疋田派の医師たちが席を立って水島に詰め寄る。仲川派の医師がそれを阻もうとする。堀は人混みをすり抜けて、水島の横に駆け寄った。

「さあ、言ってくれ。藤城先生の言葉がほんとうなのか、嘘なのか。おまえなら根拠も示せるだろう。ほんとうのところを明らかにしてやってくれ」

周囲に両陣営の医師が集まり、各科の教授たちも固唾《かたず》を呑んで見守っている。どう答えればいいのか。

「どうした」

「はっきりしろ」

「何を迷ってる。遠慮はいらないぞ」

殺気だった声が両陣営から浴びせられる。堀が水島の肩に手をかけ、煽《あお》るように言った。

「今は真実が必要なんだ。おまえは嘘が嫌いなんだろう」

その言葉が水島を打ちのめす。自嘲するような嗤いを浮かべ、低く答えた。

「堀、すまん。藤城先生が嘘を言ったのかどうか、僕にはわからない」

「何だって」

思いがけない返答に堀は絶句した。会場中がどよめき、一瞬遅れて疋田派には安堵《あんど》が、仲川派には苛立ちと失望が広がった。信じられないという表情で、堀は水島に食ってかかる。

「どうしてだ。今まで嘘を見抜いてきたじゃないか。鮫島先生にたぶらかされたのか。そんなものにぐらついてどうする。おまえは同窓会でも見事に嘘を見抜いたじゃないか」

「あれは、たまたま当たったのを、そんなふうに見せかけただけだ」

水島の返答に、堀は絶望の淵《ふち》に立ちすくむように呻いた。

「じゃあ、おまえがこれまで言ってたのは……」

「ああ。嘘が見抜けるというのは、嘘だったんだ」

14

月曜日、例によって三十人余りの外来患者の診察を終え、水島はいつも通り、ぐったりと椅子の背もたれに身を預けた。外来の看護師が近づいて言う。

「お疲れさま。水島先生、診察がすんだばかりのところに申し訳ないんですけど」

周囲にだれもいないのを確かめてから、彼女は声をひそめた。

「前にご相談しかけてた父のことなんですけど」

「ああ、その後どう」

「それが変なんです。この前、水島先生のことをちらと話したら、父はすごく気にして根掘り葉掘り聞いてきたんです」

「どんなこと」

「先生はほんとうに嘘を見抜けるのかとか、どうしてそんなことができるんだとか、まるで警察に呼ばれたみたいに動揺して」

「警察とは大袈裟だね」

「いえ、父は何か事件に関わっているみたいで、もしそれが公になったらクビになるかもしれないんです」

「それで悩んでたのか」

「父はもう六十前だし、弟はまだ大学に入ったばかりで学費もいるし、母も働いていないから、かなり深刻みたいで」

「でも、嘘を見抜ける医者がいるって言っただけで動揺するなんて、お父さんはよっぽど正直なんだねぇ」

水島が軽く言うと、看護師はきつい表情でにらみ返した。

「わたし、真剣に悩んでるんですよ」

「ごめんごめん。別に茶化してるわけじゃない。君のお父さんはきっと大丈夫だよ。心配しなくていいさ」

「どうしてわかるんです」

「何となくだけど、そんな気がする。僕の勘はよく当たるから」

「そうなんですか……」

看護師は半信半疑の顔で唇を尖らせていたが、水島はかまわず身を起こし、遅い昼食をとりに医局へ上がった。

15

「このたびはお疲れさま」

バー山猫の扉を開くと、カウンターの奥でハルカが微笑んだ。となりに座り、バーボンの水割りを注文する。

「あれからたいへんだったよ」

「堀クンから聞いたわよ。道彦が嘘を見抜けるというのは嘘だったって」

水島は軽く肩をすくめる。

「で、道彦の思惑通りになったの？」

「なんとかね。藤城先生は教授選への立候補を辞退した。教授になっても医局をまとめていく自信がないと言ってね。だから、堀が推す仲川先生が次期教授に決まったも同然さ」

水島は水滴のついたグラスから一口啜《すす》った。ロックやストレートの強い刺激に頼らなくてもよくなったのは、肩の荷を下ろしたからか。

「じゃあ、道彦の病院の前川さんていう外来の看護師も、喜んでるでしょうね」

「たぶんね。教授選のことは何も言ってないから、気づいてないと思うけど、彼女の父親が大学病院の庶務課にいるとは知らなかったよ。その前川課長が娘に内緒で僕に会いに来て、一部始終を話したときには驚いた」

選考前セミナーの二日前、白鳳大学病院庶務課長の前川が、密《ひそ》かに水島を訪ねてきた。前に疋田の最終講義に出席したことの嘘を見抜かれたのと、看護師の娘から水島の能力を聞いたことで動揺して、情状酌量を求めに来たのだ。

前川は知るかぎりのことを水島に告白した。疋田が十年ほど前から製薬会社と癒着し、学会で企業に有利になるような判定をしたこと、その見返りとして多額の賄賂をせしめたこと、方法は検査機器メーカーに器材発注をして賄賂を〝預け金〟として業者にプールさせていたことなどである。架空発注の手続きは庶務課の担当なので、前川が書類を整えた。不正経理であることはわかっていたが、疋田には就職のとき口利きをしてもらったので、逆らうことができなかったのだという。

前川は疋田が退官するまでのしんぼうだと自分に言い聞かせ、危ない橋を渡ってきたが、今回の教授選で怪文書が出て、生きた心地がしなかったと言っていた。もし疋田に捜査の手が及べば、自分も取り調べを受けるだろう。逮捕されれば大学病院はクビになり、まともな転職も望めない。情報に敏感な前川は、選考前セミナーで堀が水島の協力で怪文書の追及をすると知り、慌ててこの件を表沙汰にしないでほしいと頼みに来たのだ。

ハルカがグラスを傾けながら聞く。

「でも、その課長、疋田って教授といっしょに甘い汁を吸ってたんじゃないの」

「僕もそれが気になったから、本人に確かめたんだ。疋田教授は口止めのために、前川課長をいろいろ誘惑したようだが、彼は怖くていっさい誘いに乗らなかったそうだ。その言葉に嘘はなかった。だから助けてあげなければと思ったんだ」

たしかに前川の後頭部には黄緑色の狼煙はなかった。しかし、前川を守るには、選考前セミナーでどう振る舞えばいいのか。

堀は彼なりの調査で、藤城が怪文書を書いたと確信していた。彼のシナリオ通り話を運べば、当然、疋田の疑惑は表沙汰になり、前川にも咎《とが》が及ぶ危険性が高い。かと言って、怪文書に知らん顔をすれば、堀の目論見《もくろみ》は失敗する。仲川派に有利な状況を作り出せないばかりか、堀も疋田ににらまれて危機的な立場に陥る。

セミナーがはじまったあとも、どうしたものかと考えあぐねていたとき、藤城に奇妙な変化が現れた。医局の運営方針に話が移った途端、藤城の後頭部に黄緑色の狼煙が上がったのだ。代謝内科の発展のために懸命の努力をするというのは嘘だ。つまり彼は教授になる気がない。そう見抜いて、水島は思わず、そんなバカなと訝ったのだ。

それなら藤城を追い込まずとも、自然と仲川有利の状況になるだろう。自分の出番はなくなり、ことを荒立てなくてもすむ。そう思ったが、怪文書のことしか頭にない堀は、勢いに任せて予定の行動に突き進んでしまった。

「あのときは冷や汗ものだったよ」

水島は選考前セミナーでの一部始終をハルカに語り、苦笑いを浮かべた。彼女は倦怠感を漂わせながらも、興味津々のようすで聞いていた。

ハルカが上目遣いに水島を見る。

「で、その疋田って教授はどうなったの」

「藤城先生が怪文書を書いたと堀に指摘されて、思い当たるところがあったんだろう。危険を感じて東京を離れることにしたらしい。来年、大阪に新設される健康管理医療短大ってとこの学長ポストに内定したという噂だ。これで白鳳大学病院での影響力は排除されるよ」

「堀クンは大丈夫なの。陰謀みたいな大芝居をやらかしちゃって」

「わからない。今は選考前セミナーでの一件などなかったみたいに、来る仲川体制の下準備に走りまわっているらしいけど」

「道彦に何も言ってこない」

「今のところは」

水島が言うと、ハルカは皮肉っぽく唇をゆがめた。

「まあ、いいんじゃない。結局は堀クンの満足するようになったんだから」

テキーラを一気にあおり、熱いため息をつく。水島もつられて嘆息する。

「怪文書の書き手は、堀が調べたとおり藤城先生だった。しかし、前川課長を守るためにも、これ以上話を大きくする必要はなかったんだ」

「それで道彦は、嘘を見抜けるというのは嘘でした、という嘘をついたわけね」

「ああ。それを見抜いた者はあの場にはだれもいなかったけど」

ハルカが鼻を鳴らす。

「でも、これからがたいへんじゃない。しばらくは、嘘が見抜けるというのは嘘でしたという嘘をつき続けなくちゃいけないから。バレそうになったら、また別の嘘が必要になって、それがバレそうになったらさらに次の嘘をつかなくちゃならない。きりがないわね」

意地悪げに嗤うハルカから、水島は顔を背けてつぶやいた。

「だから言ったんだよ。嘘はキライって」

第二病棟の魔女

近藤史恵

近藤史恵（こんどう・ふみえ）
一九六九年、大阪府生まれ。大阪芸術大学文芸学科卒。九三年、『凍える島』で鮎川哲也賞を受賞しデビュー。二〇〇八年、『サクリファイス』で大藪春彦賞受賞、本屋大賞第二位を獲得。〈猿若町捕物帳〉〈サクリファイス〉〈ビストロ・パ・マル〉など人間心理を透徹した各シリーズを手がける。著書に『シフォン・リボン・シフォン』『インフルエンス』『震える教室』『わたしの本の空白は』『みかんとひよどり』『歌舞伎座の怪紳士』『夜の向こうの蛹たち』他、アンソロジー参加多数。

ひとことで言うと「最低よりは少しマシ」である。たいていの場合。

学校の成績はだいたい、赤点を免れるぎりぎりだったし、身長はクラスで二番目に低かった。看護短大にいたときも、実習の採血は、クラスで二番目に遅かった。

くたびれて帰って、コンビニに行くと、あまり好きではないナポリタンスパゲティしか売れ残っていないし、急いでいるときに限って、たいてい電車は一分前に出たばかりである。

そんなとき、わたしは、ためいきをついてこう考えるのだ。

ナポリタンだって、空腹を抱えるよりはマシだし、目の前で電車の扉が閉まるよりはマシ、と。

そして、今、わたしはずっと心の中でこうつぶやいている。

仕事がないよりは、マシ。

短大の実習のときはよかった。配属されたのは外科病棟で、担当になったのは骨折で入院したおじいさんだった。最近、患者さんの中には、実習生が担当につくのを嫌がる人が多いと聞くが、そのおじいさんは、長い入院で退屈していたらしく、新しい顔のわたしがついたことをとても喜んでくれた。

「学生さんのためにもなるなら」とリハビリもこれまで以上に頑張ってくれたらしく、患者さんの娘さんにも、とても感謝された。実習が終わるときには、何度もお礼を言われ、わたしは患者さんと別れるのがつらくて泣いてしまった。

「看護師ってすばらしい仕事だ」

わたしはそう考えて、改めてこの道に進むことを心に決めたのだった。

だが、就職が決まり、配属されたのは小児科病棟だった。

もちろん、小児科が特に悪い就職先だというわけではない。むしろ、同級生の何人かにはうらやましがられた。先輩看護師にも「小児科、いいじゃない」と言われた。

お年寄り患者が、多くの割合を占める内科では、患者さんの死に直面することが多い。小児科だって、もちろん病院である以上、そういうことは避けられないが、命に関わる難病の患者は、小児科を専門とする病院や癌《がん》研究所などにまわされる。普通の公立病院であるわたしの就職先では、気の滅入《めい》ることもさほど多くはないだろう、というのが、その先輩の意見だった。

問題は、わたしが、子供が苦手である、というその一点につきる。

看護婦と呼ばれていた時代から「白衣の天使」なんて愛称があるように、看護師を目指すような女性は、優しくて、献身的で、というイメージを多くの人が持っているらしい。

看護学生の中にも自分で、その「白衣の天使」的イメージに酔っている人もいて、そういう子は、わたしが子供が嫌いだ、と言うだけで、「えぇーっ、只野《ただの》さん、子供嫌いなんて信じられない！」なんて黄色い声をあげるのだ。

　だいたい、わたしが看護師を目指したのは、別に優しいからでも、献身的だからでもない。結婚や出産などを経験しても、すぐに仕事に復帰するのには、専門職の方がいいだろうという冷静な判断である。

　それに、子供はこれから数が減っていくから、教師などは余っていくだろうけど、お年寄りはこれからどんどん増える。看護師なら食いっぱぐれることはないだろう、と考えただけなのだ。勝手に「白衣の天使」のイメージを押しつけられても困る。

　とはいえ、配属されるまではまだ気楽に考えていた。

　わたしが苦手だったのは、ぎゃーぎゃー大声をあげて、走り回る子供である。入院しているのは、みんな病気の子供だから、大人しいだろう。

　だが、その期待は一日目で、打ち砕かれた。

　配属されたあと、わたしは病室をいくつかまわって、患者の子供と、そのお母さんたちに挨拶をした。

「新人の、只野さやかです。よろしくお願いしますね」

　そう言って頭を下げると、その若いお母さんは笑顔になって、子供に話しかけた。

「祐《ゆう》くん、若くて優しそうな看護師さんがきてくれてよかったね」

だが、その祐太《ゆうた》という男の子は、わたしをちらりと見て言ったのである。

「デブじゃん」

誓って言うが、わたしは決して「肥満」ではない。153㎝で54kg。医学的に見れば、立派な標準体重で、いちばん病気になりにくい理想的な体重なのだ。だが、たしかに背も低いし、そこらを歩いているスリムな女の子とくらべたら、ややどっしりしているかもしれない。いや、かもしれないではなく、確実にしているだろう。だから、やっぱり、それはわたしのコンプレックスでもあり、とどのつまり、わたしはひどく傷ついたのである。

一瞬でわたしは思い出した。自分が子供嫌いなのは、決してただ、うるさいからというだけではなく、こういう「他人を傷つけても平気」なところが、我慢ならないのだ、と。

わたしは心の中で、その男の子にマークをつけた。

杉本《すぎもと》祐太、十歳、病名、小児喘息《ぜんそく》。要注意。

肝心の母親は、祐太を叱るでもなく、苦笑いをしているだけだった。

その次の病室には、話しかけても返事をしてくれない女の子がいた。雑誌をめくっているだけで、まるでこちらなど存在しないように無視するのだ。

深田《ふかだ》美優《みゆう》、十四歳、病名、B型肝炎、要注意。

とりあえず、初日は、ふたりで済んだが、その後も要注意人物は増え続ける。

よく考えれば、遊びたい盛りの子供が、病院のベッドの上に縛り付けられているのだ。そのストレスは想像するにあまりある。

子供たちも、看護師長やベテラン看護師は怖いから、そのストレスは、要領の悪い新米看護師にぶつけられることになるのだ。もちろん、それを受け止めるのも看護師の仕事であることは頭では理解している。

でも、わたしだって、配属されたばかりで、まだ仕事どころか、同じ小児病棟にいる看護師全員の名前すら覚えていない状況なのだ。ストレスでいっぱいなのはこっちも同じだ。

だから、わたしは一生懸命、自分に言い聞かせる。

最低よりは少しだけマシ、と。

その日は、それまでで最悪の日だった。

これまでの、後ろから蹴りを入れられたとか、「ブタダノ」などという不名誉なあだ名を付けられたなんて出来事はどこかに吹っ飛ばされてしまった。

まず、最初の事件は午前中に起こった。

三宅《みやけ》美紅《みく》ちゃんは、九歳の急性白血病の患者だった。小児病棟では一番の難病だが、昔と違って、小児の急性白血病は七割以上、完治する。彼女も、もう自力で造血できるようになっているから、経過は良好である。骨髄移植の後、遠方の癌研から、家族が介護しやすいこの病院に移ってきたという。

まだ化学療法を続けてはいるから、頭髪はほとんど抜け落ちて、痛々しい様子だが、それでもこの調子で回復していけば、近い将来、退院できるだろうとの医師の所見だった。

その前日、美紅ちゃんに抗癌剤を投与したから、気をつけるように、との話は、朝、引き継ぎで聞いた。

抗癌剤の副作用で、数日間は体調を崩すだろうから、いつもよりも気をつけなければならない。

朝のベッド見回りのため、わたしは彼女の個室をノックした。

ドアを開けると、彼女は土気色の顔で、ベッドに横たわっていた。母親が、椅子に座って、洗濯物の整理をしていた。

「おはよう。体調はどう?」

声をかけると、不機嫌そうに鼻から息を吐いた。返事をするのもおっくうなほど、身体《からだ》がだるいらしい。

わたしは、パジャマの胸のボタンをゆるめて、体温計を脇に挟ませた。電子体温計だから、一分足らずで計測が終わる。小さな電子音を確認して、体温計を回収しようとしたときだった。

美紅ちゃんの喉から、ごぼっという低い音が聞こえた。

はっとした次の瞬間、彼女は勢いよく嘔吐《おうと》した。吐瀉物《としゃぶつ》が、わたしの看護服にかかった。

わたしは息を呑《の》んだ。

「大変、大丈夫?」

美紅ちゃんの背中をさする。母親があわてて、洗面器を差し出すが、すでに遅く、彼女の吐瀉物は、わたしの胸から足、それとベッドに撒《ま》き散らかされていた。

驚かなかったと言えば、嘘《うそ》になる。それは、看護師になったからには覚悟していたことではあるけど、それでもはじめての出来事だった。

けれども、なるべく動揺は顔に出さないようにした。彼女だって、吐きたくて、吐いたわけではないのだ。

「今、片づけますからね。美紅ちゃん、もう大丈夫？」

笑顔でわたしはそう言った。母親は、「すみません」と頭を下げた。

そのときだった。

「どうして謝るの？」

美紅ちゃんの声だった。なぜか、ひどく冷たく、怒っているように聞こえた。

驚いて、彼女の顔を見る。彼女はわたしのことをにらみつけていた。

「この人、お金もらってやっているんでしょう。だったら、謝ることなんかないじゃない」

わたしは息を呑んだ。

「美紅ちゃん、そんな言い方するのは……」

「だって、そうでしょう。ママは、その分のお金をこの人に払っているんだもの。謝ることなんかない！」

どんな顔をしていいのかわからなかった。吐瀉物をかけられたことなどは、すぐに忘れてしまえる程度のことだ。だけど、なぜ、その上、こんなことを言われなければならないのかわからなかった。

なにより、彼女がわたしに腹を立てているらしいことがショックだった。

ちょうど、異変に気づいたのか、先輩看護師の館野《たての》さんが、病室のドアを開けた。惨状に気づいて、目を丸くする。

「あら、大変」

小柄でちょこまか動く彼女が入ってきたことで、病室の雰囲気が変わった。

「今、シーツ替えますね。美紅ちゃん、大丈夫？　起きられる？　無理なら、そのままにしていていいからね」

美紅ちゃんは、館野さんの顔を見て、あきらかにほっとしたようだった。

「大丈夫です。椅子に座って待ってます」

わたしに対する態度とのあまりの違いに、涙が出そうになった。

館野さんは、わたしの背中を軽く小突いた。

「さ、ぼうっと突っ立ってないで、着替えてらっしゃい」

わたしは館野さんに頭を下げると、病室を飛び出した。

事件のせいで、わたしは午後になっても、どこかぼんやりしたままだった。

美紅ちゃんが、わたしに向かって、あれほど敵意をむき出しにしたことが、今でも信じられなかった。

これまで、美紅ちゃんは、わたしにいろいろ話しかけたり、笑顔を見せてくれたりしていた。少なくとも、彼女がわたしを嫌っているようなそぶりなんてなかった。

それなのに、あんな顔をしてわたしを見たのはどうしてなのだろう。

もしかして、わたしは自分でも気づかないうちに、「汚い」というような顔をしてしまっていたのかもしれない。だとすれば、看護師失格だ。

休憩中もそんなことばかり考えて、最低な気分のまま職場に戻ると、看護師の向井《むかい》さんが声をかけてきた。

「212号室の窓際のベッドなんだけど……」

わたしはあわてて、気持ちを切り替えて、向井さんの方を向いた。彼女は三十代半ばのベテラン看護師だ。まだこの職場に異動して日は浅いというから、特に役職にはついていないけど、点滴を詰めるスピードなどを見ていると、経験を積んでいることがわかる。

「どうかしましたか？」

212号室は、たしか今朝ひとり退院していったから、ベッドが空いているはずだ。

「転ベッドの希望がふたり出ているの、同じ部屋の長瀬雫《ながせしずく》ちゃんと、214号室の天満《てんま》はるかちゃん。本当いうと、同室の雫ちゃんを移動させる方が楽なんだけど……」

向井さんがそう言いよどんだ理由は、わたしにもわかった。

雫ちゃんは、気管支炎を悪化させての入院だが、すでに快方に向かっている。たぶん、一週間もすれば、確実に退院できるはずだ。だが、はるかちゃんはネフローゼで、まだこの先かなり長期の入院が予測されている。年も、雫ちゃんはもう七歳だが、はるかちゃんはまだ四歳である。雫ちゃんの方が我慢できるはずだ。

ふたりとも、今は廊下側のベッドに入っているが、できれば、入院期間の長いはるかちゃんを、眺めのいい窓際のベッドに入れてあげたいと、向井さんは考えたのだろう。

「悪いけど、只野さん、雫ちゃんのお母さんに聞いてみてくれない？」

「わかりました」

あまり楽しい役目ではないけど、まだ新米のわたしは役に立てることが少ない。ただばたばたと走り回っているだけのようなものである。向井さんは、そんなわたしを気遣って、わたしでもできる仕事をまわしてくれたのだろう。

わたしは、212号室に向かった。雫ちゃんは、廊下側のベッドで、児童書をめくっていた。いつも付き添っている母親はいなかった。

「雫ちゃん、お母さんは？」

「今日は、忙しいって、もう帰ったの」

それは困った。もしかすると、今夜にでも急患が出るかもしれない。そうなると、空いているベッドに自動的に入れられるから、ふたりとも希望を聞いてあげられないことになる。

わたしは雫ちゃんの顔をのぞき込んだ。

「あのね、あの、窓際のベッドが空いたから、雫ちゃんはそっちに移ることもできるんだけど、隣の214号室には雫ちゃんよりも小さくて、もっと長く入院しなければならない女の子がいるんだ。雫ちゃんは、きっともうすぐ退院できるから、もしよかったら、その子に窓際のベッドに移らせてあげてほしいんだけど……」

雫ちゃんは大きな目を見開いた。

「その子、雫より小さいの？」

「そう、まだ四歳なの」

「なのに、ずっと入院しなきゃいけないの？」

「そうなの。雫ちゃんはもうすぐ治るけど、その子は簡単に治らない病気なの」

雫ちゃんは大きく頷《うなず》いた。

「うん、わかった。その子が窓際のベッドに行くといいよ」

「ありがとう。仲良くしてあげてね」

そう言うと、雫ちゃんはにっこりと笑った。

なんていい子なんだろう。わたしはにまにまと笑いながら、病室を出た。

まさか、自分の判断が、そのあと大問題になるとは、まったく考えもしなかった。

長瀬雫の母親がナースステーションに怒鳴り込んできたのは、夕方近くなってからのことだった。

「どういうことなんですか？　窓際のベッドが空いたら、うちの子を移してくれるようにとお願いしていたはずなんですけど」

まくしたてるように言う彼女の出現に、ナースセンターには一瞬で緊張が走った。わたしは、思わず向井さんの顔を見たが、彼女はさっと目をそらした。

「どなたか、看護師さんがうちの子を言いくるめたようですけど？」

思いもかけないことを言われて、わたしは思わず立ち上がった。

「言いくるめたって、そんな……」

「だって、そうでしょう。大人しい子供だからといって、適当なことを言ってごまかしたんでしょう。ちょっと家の用事をしていたら、油断も隙もない……」

「今回、窓際のベッドに移ってもらった患者さんは、まだ退院のめどが立っていませんし、雫ちゃんよりも小さいですし……」

「そんなこと言ったって、雫より大きな子でも窓際のベッドにいる子もいるでしょう。もし、年齢順だというのなら、その子に代わってもらってよ」

「そういうわけには……」

どうしても、どのベッドに入るかは運に左右される。四人部屋だから、半分は廊下側のベッドにならなければならないし、普通は入院するとき空いているベッドに、自動的に入れられるのだ。

助け船を出してくれるかと思った向井さんは、知らぬふりで、記録をめくっている。他のナースたちも、状況が飲み込めないのか、見ているだけでだれも助けてくれようとはしない。泣きたい気持ちのまま、わたしは説明を重ねた。

「雫ちゃんは、きちんと説明したらわかってくれて、窓際のベッドを譲ってもいいと言ってくれました」

「だから、それを子供に言わせるのがずるいって言っているのよ！」

そうだろうか。わたしは唇を噛《か》んだ。

雫ちゃんは、なにもわからずに承知したわけではない。きちんと、自分よりも大変な子がいることを理解して、その子に譲ってあげてかまわない、と言ってくれたのだ。わたしはなにも間違ったことはしていない。

わたしは口を開けた。なにかを言おうとしたけど、涙が出そうだった。

ふいにそのとき、後ろから声がした。

「長瀬さん、転ベッドの希望は、あくまで余裕があったときにのみ、お受けできるものなんですよ」

見れば、看護師長の金居《かない》さんが立っていた。昔ながらの「婦長さん」という呼び名が似合いそうな、貫禄《かんろく》のある彼女の出現に、あきらかに長瀬さんの顔色が変わった。

「だから、今朝、窓際のベッドが空いたじゃない」

「それでも、入院期間の長い患者さんがいらっしゃいましたから、そちらを優先させていただきました。申し訳ありません」

まったく悪いと思っていないような口調でしれっと言う金居さんを、わたしはぼんやりと見ていた。

「仕方ないんですよ。皆さん、窓際へ行きたいのはもちろんですから、すべての希望を聞くわけにはいかないんです。本当にすいませんねえ」

まるで、ぐいぐい押し出すように、金居さんは前に進んだ。

「それに、雫ちゃんはとってもいい子ですね。譲ってあげると自分から言うなんて。うちの子が小さいときなんて、もう自分が自分がって、自分のことばっかりで……本当、長瀬さんがうらやましいわあ」

にこにこと微笑《ほほえ》みながらまくし立てる金居さんに、長瀬さんはすっかり毒気を抜かれてしまったようだった。

「もし、次に余裕があるようでしたら、雫ちゃんを窓際にするようにしますよ」

金居さんにそう言われて、長瀬さんは、あきらめたようにためいきをついた。

「本当、お願いしますね」

そう言うと病室に戻っていく。あきらかにほっとした空気がナースステーションに流れた。

金居さんはわたしの肩を小さく叩《たた》いた。そして言う。

「顔を洗ってきなさい」

洗面所に行って、わたしははじめて、自分の目が真っ赤になっていることに気づいた。

そんなことが続いて、わたしはすっかりくたびれてしまっていた。

一秒でも早く、家に帰って、ベッドに潜りたかった。もし、早くバスがこないようだったら、タクシーを使ってもいいとさえ、考えるほど。

そして、それはわたしの勤務時間が終わる、十分ほど前の出来事だった。

207号室をのぞくと、病室の少年たちが窓際のベッドのところに集まっているのが見えた。

この部屋にいるのは八歳から十二歳までの悪戯《いたずら》ざかりの男の子たちだ。私のことをデブだと言った祐太くんも、ここの病室である。彼らが集まっているのは、三木大地《みきだいち》くんのベッドだった。

大地くんは、右足の骨折で入院しているから、動きの取りにくい彼を囲んで話をしているのだろう。

微笑ましく思いながら、通り過ぎようとすると、少年たちの会話を耳が捕らえた。

「嘘だ。魔女なんかいないね」

「だって、見たって奴《やつ》がいるんだぜ」

「嘘ついてるんだ」

魔女。思わぬ単語にわたしは足を止めた。子供らしいお伽噺《とぎばなし》ともいえるが、祐太くんはもちろん、大地くんや同室の中村昴《なかむらすばる》くん、篠崎洋《しのざきひろし》くんもはっきり言って悪ガキそのもので、そんな可愛《かわい》い話はあまり似合わない。

ある意味、この病室はそこそこ元気で、手のかかる子の隔離部屋なのだ。他の大人しい子供や、病状の重い子供に悪戯を仕掛けて、母親から苦情を言われるよりは、悪ガキは悪ガキでひとつの病室に集めた方がなにかとやりやすい。

昴くんはインスリン依存型の糖尿病、洋くんは紫斑《しはん》病という血液の病気で入院している。どちらも治療は必要だが、表に出る症状はさほど重くないため、普通の子供と大差ないくらいに元気だ。

ベッドに座っていた大地くんが、わたしに気づいてはっと口をつぐんだ。「まずいことを聞かれた」という顔だった。彼はこの病室でいちばん年長の十二歳だ。魔女の話を信じるにしては、大きすぎる。

わたしは笑顔で近づいた。

「なあに、なんの話？」

ほかの三人もわたしの声を聞くと、あきらかに顔色を変えた。どうやら、聞かれては困る話だったらしい。

大地くんが、ごまかすように口を開いた。

「ねえ、看護師さん、魔女って本当にいると思う？」

どこか悪戯っぽい顔だった。

「この病院に魔女がいるって、噂《うわさ》を聞いたんだ」

大地くんが、そう言った瞬間、祐太くんが声をあげた。

「おい、大地！　喋《しゃべ》るなよ」

「いいじゃん、別に。ねえ、看護師さん」

わたしは苦笑した。

「いないわよ。いったい、だれがそんなこと言ってるの」

「へえ、いないんだ」

「いるわけないいじゃゃない」

大地くんはもう十二歳だし、ほかの子も魔女を信じるというのにには、大きすぎる。別に夢を壊すことにはならないだろう。

大地くんは、大きく頷いた。

「ほら、看護師さんも言っているだろ。魔女なんかいないのさ」

それが合図のように、残りの三人も自分のベッドに戻っていった。

わたしは時計に目をやった。もうすぐ交替の時間だ。やっと家に帰ってゆっくり休める。

もし、その日わたしがこれほどまでに疲れていなかったら、もう少し違う返答をしたかもしれない。大地くんに、なぜそんなことを言うのかを問いただしたかもしれない。

だが、その日、わたしは疲れすぎていたのだ。

翌朝、着替えてナースステーションに向かったわたしは、ふと、違和感を覚えて足を止めた。やけにナースステーションが騒がしい気がした。

もしかすると、昨夜のうちに、急患が入ったのかもしれない。わたしは気を引き締めて、ナースステーションに入った。

「おはようございます」

なぜか、そこにいたナースたちがいっせいにわたしの方を見た。

戸惑っていると、主任の市原《いちはら》さんがわたしの方へ歩いてきた。彼女は、昨日、夜勤だったはずだ。

「只野さん、ちょっと話があるのでこっちにきて」

もともと、愛想のない人だけど、それを差し引いても口調は冷たい。わたしは息を呑んだ。昨夜、帰る前になにか失敗をしてしまったのだろうか。

ほかの看護師たちの視線も、わたしに注がれたままだ。全身から汗が噴き出すような気がした。

足早に歩きはじめた市原さんを、わたしは追いかけた。彼女が向かったのは、プレイルームだった。保育士さんも、まだきていない時間だから、だれもいない。

プレイルームのドアを閉めると、市原さんはわたしを見た。

「あなた、昨夜、２０７号室の子たちになにを言ったの？」

「え……？」

急には思い出せなかった。わたしは昨日の記憶を頭から引きずり出した。

そういえば、魔女がいるか、いないか、について、話をしたのだった。

「ええと、たしか、魔女がどうとか、こうとか……」

市原さんは、額を押さえてためいきをついた。

「子供の言い訳かと思ったら、本当だったのね。只野さん、あなたって人は……」

呆《あき》れたような声でそう言われ、わたしは困惑した。

「あの、それがなにか……」

「なにか？　夜勤メンバーがあなたのおかげで、どんな目にあったか教えてあげましょうか？」

まなじりをつり上げて、彼女はそう言った。

なんだかわからないが、なにかが起こったらしい。わたしは拳をきつく握りしめた。

「あなたが変なことを言ったせいで、２０７号室の子供たちが、昨夜、病室を抜け出したのよ。深夜一時の巡回が、終わったあとに抜け出して、次の巡回までには戻ってくるつもりだったらしいけど、胸騒ぎがして病室をのぞいてみたら、もぬけの殻だったわ」

「ええっ、それで、見つかったんですか？」

「ええ、夜勤メンバー全員で、病院中を走り回って探したら、一階のリハビリセンターで四人とも見つかったわ。だけど、そのせいで、祐太くんは喘息の発作を起こすし、大地くんは松葉杖《まつばづえ》で走って転んでしまったのよ。祐太くんは、薬で発作を抑えて、今は寝ているけど、大地くんはこれからレントゲンを撮らなくちゃいけないわ。もし、なにかあったらごめんなさいではすまないわよ」

わたしは一生懸命、混乱する頭を整理した。

「待ってください。それが、わたしのせいなんですか？」

市原さんは、目をわざとらしく見開いた。

「だって、あなたが言ったんでしょう。魔女なんか絶対にいるわけないって。あの子たちが、魔女の噂をしているところに、割って入って、そう言ったって。そんなふうに頭から決めつけられて、否定されたから、あの子たちは、よけいに魔女がいる証拠を探そうと思ったって言ってたわ」

わたしは息を呑んだ。

たしかに、わたしは昨日、そう言った。だけど、そんな嫌な言い方をしただろうか。

「最近、魔女を見たという噂があることはわたしたちも聞いたわ。どうやら、最初にそれを言ったのは218号室の井上雪美《いのうえゆきみ》ちゃんらしいけど、小さな女の子が、たぶん夜中に散歩する患者を見て、そんなふうに思っただけの話でしょうね。この第二病棟は、小児科だけでなく、内科や眼科もあるから、お年寄りの入院患者も多いし。でもね、子供に話をするときには、もっと気をつけなきゃ駄目なの。頭ごなしに、彼らの言うことを否定なんかしたら、よけいに好奇心を刺激したり、反抗的な行動を取ったりするの。あなた、学校でそんなことも習わなかったの」

「すみません……」

わたしは俯《うつむ》いて、小さな声でそう言った。

たしかに、わたしは魔女なんかいない、と言った。それは事実だった。だけど、それは大地くんに訊《き》かれたからそう言っただけで、なにも彼らの意見を頭ごなしに否定したわけではない。

そうは思ったが、この状況でそう言っても、言い訳にしかならない。素直に謝るしかなさそうだった。

「ともかく、祐太くんと大地くんの親御さんがきたら、きちんと謝りなさい。それと、これからは気をつけて。いいわね」

そう言うと、市原さんはプレイルームから出ていった。振り返りもしなかった。

わたしは泣きたいのを堪《こら》えて、唇を噛んだ。

ともかく、まずは207号室に行こう。実際に、わたしが昨日言ったことばが、そんなふうに聞こえたのなら、まずは大地くんたちに謝らなければならない。完全に納得したわけではなかったが、わたしはそう考えて、207号室へと急いだ。

窓際のベッドに大地くんの姿はなかった。先ほど、市原さんが言ったようにレントゲンを撮りに行ったのだろう。

祐太くんのベッドのカーテンが閉まっていて、昴くんと洋くんの姿もなかった。カーテンの中から小さな話し声がしているところを見ると、中で話をしているのかもしれない。

声をかけようとしたとき、祐太くんの声が耳に入った。

「大地の奴、嘘ばっかりじゃん。只野のせいにしたら怒られないって言ったくせに」

それに重なるように昴くんの声が言う。

「祐太はそんなに怒られずにすんだだろ。発作起こしたからさ」

「それでも結局怒られたもん」

「魔女もいなかったし……」

「これで、次からもう抜け出せないかなあ。失敗しちゃったな」

「でも、絶対魔女はいるって。おれ、本当に見たもん」

洋くんの声がそう言った。わたしはゆっくりと後ずさって、カーテンから離れた。

つまりはわたしは、言い訳にされたわけなのだ。はじめから、子供たちは病室を抜け出すつもりで、その口実として使われたのだ。

冗談じゃない。わたしは病室を出ると、大股で歩き出した。

子供なんて大っきらいだ、そう思いながら。


さて、どうしたものか。

歩きながら、わたしは考えた。ぬれぎぬを着せられたのは腹が立つが、それを市原さんに説明しても信じてはもらえないだろう。むしろ、こっちが子供のせいにしていると思われてしまう。

だいたい、魔女の噂とはいったいなんなのか。市原さんは井上雪美ちゃんが見たのだと言っていたが、先ほどは洋くんも見たと言っていた。ふたりが見ているとしたら、夢を見たわけでもなさそうだ。

第二病棟には一階にリハビリセンター、二階に小児科、三階と四階に内科と眼科が入っている。三、四階の患者の中に、魔女を思わせる老女がいて、彼女がリハビリがてらに階段を上り下りしているところでも見かけたのかもしれない。

わたしはしばらく考え込んだ。

あの悪ガキたちにいいようにあしらわれたことは正直、腹が立つ。

病気の子供たち相手に仕返しなんて大人げないことはしたくないけど、このままでは、気持ちが収まらない。

なんとかして、あの子たちの鼻を明かすいい方法はないだろうか。

そこまで考えて、わたしは気づいた。

もし、わたしが魔女の正体を暴いたら、あの子たちはどう思うだろう。それならだれも傷つけることはないし、彼らだって、少しはわたしのことを尊敬してくれるかもしれない。

たぶん、三階、四階の病室を探せば、すぐにわかるはずだ。なんたって、わたしは大人なんだから。

気がつけば、廊下の端まできてしまっていた。小さく「よし」とつぶやいて、方向転換する。

あの悪ガキたちに大人の底力を見せてやる。

井上雪美ちゃんが入っているのは、個室だった。

彼女の場合、腎臓のトラブルらしいということはわかっているが、まだ病名は確定していない。検査入院なのに、母親がどうしてもと個室を希望したと聞いた。

小児病棟としては、特に重い病気や感染の恐れがある病気でなければ、大部屋を薦めている。その方が看護師たちの目が届きやすいし、子供だって気が晴れる。それなのに、個室に入れることを主張した雪美ちゃんの母親は、看護師たちからあまりよく思われていないようだった。

はっきりとだれかがそう言ったわけではないが、空気でわかる。

わたしは雪美ちゃんの病室の扉をノックした。

ドアを開けると、あわててベッドに戻ろうとしている雪美ちゃんと目があった。わたしに気づくと、彼女の目は不思議そうに瞬《またた》いた。

「あのね、雪美ちゃん、ちょっと聞きたいことがあるんだけど、今いいかな」

彼女はこっくり頷くと、ベッドに座った。

六歳だと言うが、それよりは子供っぽく見える。今までも何度か話をしたが、なんだかぼんやりしたことしか言わない。先輩の看護師は、そんな子供のとっちらかったことばの中から、必要な情報をうまく引き出すけれど、わたしはまだそんなことはできない。

同じ年でも、ことばの発達に差があることを実感したのも、ここで働くようになってからだ。おおむね、男の子よりも女の子の方が口が達者だけど、例外だってある。雪美ちゃんのように、女の子でも語彙が少なく、喋るのが上手でない子もいれば、三歳の男の子でも、大人顔負けのませた口をきく子もいる。

ともあれ、雪美ちゃんから話を聞き出すのは、それほど簡単ではなさそうだ。

わたしは、ベッドの上の雪美ちゃんに視線の高さを合わせて話しかけた。

「雪美ちゃん、魔女のことだけど、いつ見たの？」

彼女はかすかに唇をあけて、わたしを見た。すぐにその唇は閉じられた。

「見てない」

それを聞いて驚く。市原主任が別の子と間違えたのだろうか。彼女は続けてこう言った。

「ママが違うって。だから見てない」

どうやら、母親になにか言われたらしい。わたしは下を向いてしまった彼女をなだめるように言った。

「ママには言わないわ。わたし、その魔女に用があるの。だから、教えてくれない？」

彼女は目を見開いた。どうやら興味を持ってくれたらしい。

「いい魔女？」

「うーん、どうかなあ。会ってみないとわからないかも」

「いい魔女だよ。絶対」

彼女はさっきよりずっと明瞭にそう言った。

「どうしてそう思ったの？」

そう尋ねると、首を傾《かし》げて考え込む。

「んと……わかんない」

どうやら難しすぎたようだ。わたしは聞きたいことを聞くことにした。

「魔女はどこにいた？」

「階段のとこ。夜、おしっこに行って見たの」

これは予想していた答えだ。続けて尋ねる。

「おばあさんだった？」

「違う」

これは予想が外れた。だとすれば、どうして魔女だと思ったのだろう。

「どんな格好してた？」

彼女はまた考え込む。いっちょまえに眉間に皺《しわ》が寄っていて、そこが可愛い。

「……わかんない」

これも難しかったか。情報提供者としては、あまり役に立たない。

「その魔女に会いたいんだけど、魔女ってわかるかなあ」

あまり期待せずにつぶやいたのだが、雪美ちゃんは急に笑顔になった。

「わかるよ。絶対わかる」

「どうして？」

彼女は胸を張って言った。

「だって、魔女だもの」

その日、仕事の合間にわたしは三階をこっそり見てまわった。あきらかに魔女とわかるような鼻の大きな女性などがいるのではと思ったが、見つからない。四階は時間がなくて見られなかった。

ほかの目撃者と言えば洋くんだが、彼に聞くのは絶対に嫌だった。いちばん小さいせいか、２０７号室の悪ガキの中ではまだ可愛げがある方だが、彼に聞けば、親分の大地くんに筒抜けだろう。

いっそのこと、あの悪ガキたちのように夜通し見張れば、目撃できるかもしれないと思ったが、さすがにそれはやりすぎのような気がした。それに、魔女が毎晩出現するとは限らない。

そこまで考えたとき、私はふと、あることに思い当たった。

悪ガキたちは、リハビリセンターでつかまったと聞いた。彼らがそんな場所に行っていたのは、そこに魔女の手がかりがあるからではないだろうか。

たとえば、洋くんが目撃したのがそこだとか。

そういえば、雪美ちゃんが見たのも階段だった。一階から三階、もしくは四階に移動していたのか、その逆かはわからないけど、魔女はリハビリセンターに出現する可能性が高いのではないだろうか。

もし、夜勤の合間に、リハビリセンターを見に行けば、魔女の正体がわかるかもしれない。

よく考えれば、三階、四階には夜勤の看護師がいるから、魔女が大手を振って出入りしているとは思えない。リハビリセンターには夜、だれもいないのだから、そこが怪しいと考えていいだろう。

幸い、明日は夜勤だった。急に容態が悪化した患者や急患がいなければ、仕事量は多くない。ときどき、一階を見に行くことくらいはできるだろう。もし、忙しければ次の機会にまわせばいいのだ。

魔女の正体を暴く。そう考えると、嫌な気分がふわふわと飛んでいくのを感じる。

子供のころ、探偵ごっこをしたときのような気分だった。

大人げないと言われたって知るもんか。

看護師になってみて、いちばん変わったのは夜勤のイメージだ。

仕事に就く前は、夜勤はつらくて、大変な勤務だと思っていた。もともとさほど宵っ張りでもなかったから、夜働くなんて想像もできなかった。夜勤がない職場に行くことができればいいのにと、考えてみたりもした。

だが、実際、仕事をはじめてみると、意外に職場では夜勤を嫌がる人は少なかった。

「夜勤は多い方がいい」と言う人までいる。

雑事が少ないせいで、仕事もそんなに忙しくない。医師からなにかを頼まれることもない。昼の時間を有効に使うこともできる。もちろん、急患が入ってきたら、日勤なんて問題ではないほど忙しくなるという話だが、今のところ、運良くそんな経験はなかった。

なにより、夜勤手当があるのとないのとでは、給料がまったく違う。

ここに勤めて、まだ一ヶ月半だが、すでにわたしも夜勤が好きになっていた。

その日の夜勤は、特に静かだった。

口うるさい人がメンバーにいないこともあって、看護師たちの間に流れる雰囲気も和やかだったし、特に容態の悪い患者さんもいなかった。わたしの仕事も、病室を巡回して、熱のある子に氷枕を用意したり、眠れなくてむずかる子供をあやす程度しかない。

手の空いた十二時半ごろに、わたしは一階のリハビリセンターに下りてみた。ポケットの中にはデジカメを忍ばせてある。

二階から上と違って、まったく人の気配がしない。廊下にわずかな灯《あか》りはついているが、薄暗く、ひどく寒々しく感じた。

あらためて、ここが病院であることを思い出す。

一瞬、幽霊ということばが頭に浮かんで、あわてて打ち消した。そんなものを怖がりながら、看護師の仕事はできない。

だが、一度浮かんだ考えは頭にまとわりつく。この病院で今まで何人の人が死んだのだろう。

——幽霊なら、内科病棟に出るでしょ。リハビリセンターで死ぬ人なんていないんだから。

そう言い聞かせてみたが、すぐに別の考えがひらめく。

——リハビリセンターが大好きだった人だったりして……。

くだらない。そう思って笑ってみたが、唇は乾いて歯に貼り付いた。

リハビリセンターをひとまわりしてみたが、結局なにもなかった。

次は、二時。仮眠時間にトイレに行くふりをして下りていったが、やはり、だれにも会わない。

その次は三時半。巡回に行くついでに、階段を下りてみる。三度目ともなれば、恐怖もかなり治まってきた。

だが、一階に下りた瞬間、わたしの足は止まってしまった。

遠くで物音が聞こえたのだ。

帰ってしまおうか、と思ったが、勇気を振り絞って歩き出す。

ナースサンダルの足音が響かないように気をつけて歩く。今までと違って、あきらかに人の気配がする。

——幽霊じゃありませんように。

いや、幽霊よりもっと怖いのは泥棒だ。一度戻って、先輩をひとり連れてきた方がいいような気がした。物音がしたから、と言えば、一緒にきてくれるだろう。

踵《きびす》を返そうとして、わたしは凍り付いた。

足音が、かつかつとこちらに向かってくる。そして、ずるずるとなにかを引きずる音。

息を呑んだ。背中から汗が噴き出す。

黒い影が、どんどん近づいてきた。逃げ出したいとは思うけど、足が動かない。

影は次第に大きくなってくる。わたしは息を吸い込んだ。

次の瞬間、思わず、わたしは自分の目を疑った。

現れたのは、背の低い女の子だった。十代後半か、二十になったばかりくらい、たぶんわたしと同い年ぐらいだ。

彼女はわたしに気づくと、にっこり笑って、お辞儀をした。

いったい、この女の子はだれなんだろう。患者にも看護師にも見えない。

フリルやリボンをあしらった黒いドレスと、白いエプロンというロリータ風の服を着て、編み上げのブーツを履いている。

長い髪は三つ編みにして、それをくるりと頭に巻いている。まるでアンティーク人形みたいな格好だが、彼女にはよく似合っていた。

ふいに、わたしは彼女が握りしめているものに気づいた。

その瞬間、すべての謎が解ける。

「あっ！」

思わず声を出したわたしを、彼女は不思議そうに見た。だが、なにも言わずに、モップで床を拭きはじめる。

そう、彼女が持っているのは、濡《ぬ》れたモップだった。

つまり、この女の子は清掃作業員で、そして、魔女の正体なのだ。

このひらひらのワンピースと、そしてモップ。もしかしたら、箒《ほうき》だって持っているかもしれない。子供が見たら、絵本の中の可愛い魔女だと思っても不思議はない。


全身から力が抜けた。わかってみれば、簡単な話だった。

「どうかしたんですか？」

突っ立ったままのわたしを不思議に思ったのか、はじめて彼女が口を開いた。

小リスみたいに目がくりくりとして可愛らしい。わたしはあわてて、笑みを浮かべた。

「ううん、なんでもないの」

それから、考える。魔女の正体がわかったのはいいが、悪ガキたちに口で説明しても信じないかもしれない。

わたしはおそるおそる彼女に話しかけた。

「あの……ちょっといいかな」

「はい？」

「一緒に、写真撮ってくれませんか？」

彼女の目が丸くなる。わたしはあわてて、魔女の噂のことを説明した。

女の子は首を傾げた。

「ううん、写真ってあんまり好きじゃないんです。それに、実は清掃作業員の白衣着てないんですよね」

たしかに、昼間病棟で見かける清掃作業員たちは、白い作業着に身を包んでいて、こんな突飛な格好はしてない。

「夜だからいいかなあと思っているんですけど、やはり写真に撮られると困るかも……」

彼女はそう言って、申し訳なさそうな顔をした。

「うん、わかった。でも、子供たちにだけ、そっと言っていい？」

「はい、それは別に平気です。でも、魔女なら魔女でいいような気もする」

思いもかけないことを言われて、わたしは驚いた。

「大人になれば、不思議なことなんてなくなってしまうでしょ。だから、せめて今だけでも、『魔女がいるかも』って思えるなら、それはそれで楽しいんじゃないかな」

そんなことは考えたこともなかった。だが、彼女の言うことも一理ある。

大人になれば嫌でも知ってしまう。童話みたいなわくわくする出来事なんて、本当は起こらないのだ、と。ならば、今だけでも、そんなどきどきを味わうのも、いい思い出かもしれない。

そして、その不思議な思い出の片棒を担ぐのも、悪くない気がした。

女の子はキリコと名乗った。夜間の清掃作業のアルバイトをしているのだという。

「毎晩、ここで掃除しているの？」

「毎晩じゃないです。病院は昼間の清掃作業員もいるし、週二回」

だとすれば、悪ガキたちがリハビリセンターに行った日は、彼女の非番にあたっていたのだろう。

キリコちゃんはモップを操りながら、わたしに尋ねた。

「そんなに噂になってます？」

「そんなに、というほどではないかも。見たのは、たぶん子供ふたりだけで、看護師たちは、見間違いだと思っているし……」

「それでも、只野さんみたいに、興味を持って見にくる人いるかもしれないですよね。やっぱり、次からはきちんと制服着ようかなあ」

ルールは守った方がいいとは思うけど、パニエの入ったふわふわのワンピースで掃除をしている人なんて現実では見たことがない。ちょっと、このおもしろくも、可愛らしい光景が見られなくなるのは残念な気がする。

「いいんじゃないかなあ。だれにも迷惑かけてないし」

「でも、クビになっても困るし……」

彼女は首を傾げて、考え込んだ。

「決めた！　次からは制服着ます。魔女は今日でおしまい」

少し大げさに頷いて、彼女は悪戯っぽく笑った。

「だから、只野さん、黙っててくださいね」

「うん、もちろんだよ」

そういえば、巡回途中で抜け出してきてしまったのだ。トイレに行っていたことにするつもりだが、そろそろ戻らなくてはならない。

「じゃあ、わたし、そろそろ仕事に戻るね」

そう言うと、バケツでモップを絞っていたキリコちゃんが、なにかを思いついたように目をしばたたいた。

「あ、ちょっと待ってください」

ぱたぱたとこちらに駆け寄ってくる。

「魔女だって言ったのは、女の子ですか？」

「うん、そう」

彼女は手首に巻いていたブレスレットを解《ほど》いた。透きとおったビーズと白いリボンでできた可愛らしいデザインのものだった。

「じゃあ、その子に、これ、お見舞い。早く元気になってねって」

わたしは驚いて彼女を見た。

「いいんです。だって、それ、わたしが作ったの。まだ材料あるし、材料費だって安いんですよ」

「いいの？」

それを聞いて安心する。そういうものなら、雪美ちゃんも喜ぶだろう。

じゃあね、と言って、小走りでナースステーションまで戻った。幸い、急に人手を必要とする事態は起こっていなかったし、だれにも遅いと咎《とが》められることはなかった。

幽霊の正体見たり枯れ尾花、ではないけど、魔女事件の真相なんて、大したことじゃなかった。清掃作業員の女の子だったなんて、単純な結末だ。

とはいえ、彼女のあの格好はあまり平凡とは言えないけど。

わたしはほかの看護師たちに気づかれないように、笑みを浮かべた。

明日から、魔女は出現しなくなるわけだから、真相を知っているのはわたしひとりだ。

なんだか、秘密を隠し持っているようないい気分だった。


翌日は非番だったから、その次の日に、わたしは雪美ちゃんの病室を訪ねた。

彼女は、顎の真下まで布団をかけて、ベッドに横たわっていた。寝ているのかと思って顔をのぞくと、目は閉じていない。

わたしを見ると、雪美ちゃんは上半身だけ起こした。声をひそめるようにして言う。

「魔女に会えた？」

わたしも同じように声をひそめた。

「会えたよ。これが証拠」

拳を広げて、掌《てのひら》の中のものを見せた。キリコちゃんからもらったビーズのブレスレット。

雪美ちゃんの、ただでさえ大きな目がもっと見開かれる。彼女は息を呑んだ。まるで、奇跡を目撃したような顔で。

「彼女が、雪美ちゃんにって。黙っていてもらうお礼と、それから早く病気が治るおまじないなんだって」

このくらいの脚色は許されるだろう。

だが、雪美ちゃんは一度のばしかけた手を、後ろに隠した。

「駄目。パパに怒られる」

少し怯《おび》えたような目で、彼女はそう言った。だが、それでも視線は、ビーズのブレスレットに釘付《くぎづ》けだ。

子供の心理を読むことが上手ではないわたしだけど、それでもわかった。彼女はこのブレスレットを欲しいと思っている。

もしかしたら、雪美ちゃんのご両親は、人からむやみにものをもらってはいけないという教育方針なんだろうか。だとすれば、かわいそうなことをしてしまったかもしれない。

わたしはしばらく考えた。

「じゃあ、わたしがお母さんに聞いてあげる。もらってもいいかどうか」

「いらない」

彼女は、きっぱりとそう言った。ふだん、ぼそぼそとしか喋らない雪美ちゃんにしては、驚くほど強いことばだった。

わたしはあきらめて、それをポケットに戻した。

「そっか。じゃあ、これは返すね」

少し寂しげにこくりと頷く。こんな小さい子なのに、もう自分の欲求を抑える術《すべ》を知っているというのが、かわいそうに思えた。

もっとも、207号室の悪ガキたちに、爪の垢《あか》でも煎じて飲ませたい気もする。

わたしが椅子から立ち上がると、雪美ちゃんは小さな声で、「待って」と言った。

「なあに？」

「もう一回だけ見せて」

わたしは言われるままに、ポケットからブレスレットを出した。

彼女はかすれた声でつぶやいた。

「きれい……」

そのあと、わたしは207号室へと向かった。

大地くんの検査結果は良好で、骨折箇所に異状がなかったと聞いて、わたしは胸を撫《な》で下ろしていた。

憎たらしいと思う気持ちが、全部消えたわけではないけど、もう腹は立っていない。今なら大人の反応ができそうだ。

２０７号室をのぞくと、四人の悪ガキたちはギョッとした顔になった。その顔を見て、わずかに残っていた憎らしさも消える。彼らは彼らなりに、少しは罪悪感を感じていたらしい。

わたしはまず、大地くんのベッドに近づいた。

「検査では、問題なかったんだってね。よかったね」

彼は、気まずげに顔を背けた。

「ああ」

ぶっきらぼうな声だった。先日、魔女についての会話をしたときの、とってつけたような笑顔とはまったく違う。だが、今日の大地くんの方がまだ子供らしい、とわたしは思う。

「この間はごめんね。わたしが『魔女がいない』って決めつけたから、こんなことになって」

そう言うと、驚いたようにこちらを見る。すぐに目はそらされた。

「別に……」

そう、それが嘘だということを、わたしは知っている。

わたしはにこやかな表情を崩さずに、部屋を見回した。ほかの三人の悪ガキたちも、さっと目をそらす。

「でも、なにを言われても、だからって、怪我《けが》が悪化するようなことをしちゃ駄目だよ。お父さん、お母さんが心配するでしょ。学校に戻るのも遅くなるし」

彼は忌々しげに、舌打ちをした。

「わかってるよ」

彼が学校に戻れるのを楽しみにしていることは、看護師はみな知っている。入院したばかりのときは、よく友達が見舞いにきて、サロンで楽しげに談笑していたという。

だが、入院したばかりのときは見舞いにきてくれても、外にいる人々は忙しい。子供だって、塾や習い事やらで遊ぶ暇もないだろう。次第に足は遠のいていき、最近では、たまにしか、友達の姿を見ることはない。

話を終えて病室を出ようとしたとき、大地くんの声が追ってきた。

「言っておくけど、おれ、別に魔女を信じているわけじゃないからな。洋が見たって言うから、嘘だってことを教えようとしただけだからな」

洋くんが唇を尖《とが》らせて言う。

「おれのせいにするなよ。大地だって、見たいって言っただろ」

わたしは軽く肩をすくめてみせた。

どちらにせよ、もう魔女は現れないのだ。

ナースステーションに戻ると、市原主任がカルテをめくりながら、ためいきをついていた。

「おっかしいなあ……」

ちょうど目があってしまう。このあいだ叱られたばかりだから、気まずいのだが、黙っているともっと気まずくなりそうで、わたしは尋ねた。

「どうかしたんですか？」

「井上雪美ちゃんの検査結果。このあいだと全然違うのよねえ」

わたしは、驚いて彼女の手にしている検査結果表に目を落とした。市原さんは隠そうともせず、わたしにそれを渡した。

どうやら、彼女の方ではわたしを叱ったということなど、すっかり忘れているらしい。わたしはほっとした。よく考えたら、主任という立場では、多くの看護師を叱らなければならないだろうから、ひとつひとつ覚えていて、あとを引きずっていては大変かもしれない。

「たしか、蛋白《たんぱく》が出ていたって聞きましたけど……」

尿に蛋白が出ているから、腎臓病だろうということで、くわしい検査のため入院したと聞いた。

「蛋白だけじゃなく、血尿が出ていたときもあったのよ。なのに、今回は異状なし」

たしかに市原さんの言うとおり、検査表の数値はすべて正常だった。もし、この検査結果が正しければ、蛋白が出たのも検査ミスで雪美ちゃんは特に病気ではないということになる。

喜ばしいことだと思うのに、市原さんの表情は浮かなかった。

「でも、もし、雪美ちゃんが腎臓病でないなら、いいことじゃないですか」

「そうなんだけど、なんか気になるのよねえ。単なる検査ミスとは思えない」

ちょうどそのとき、ナースステーションの前のエレベーターが開いた。

降りてきたのは、井上雪美ちゃんのお母さんだった。面長でほっそりした、小枝のような人だった。わたしたちに軽く会釈をして、前を通り過ぎようとする。

「あ、井上さん、ちょうどよかった」

市原さんが呼び止めた。わたしの手から検査結果を取り上げて、小走りで井上さんのところに行く。

わたしは予定表を確認した。これから、乳児をお風呂に入れなければならない。

お風呂や、清拭《せいしき》と呼ばれる、患者さんの身体を拭く仕事は、看護師の仕事の中でも、特にわたしのお気に入りである。

赤ちゃんは、ちょっと荒っぽく扱うだけで壊してしまいそうだから、緊張するけれども、それでも、クリームがつまったみたいにむちむちした身体を優しく洗うのは、なんだか楽しい。

幼児をお風呂に入れるのも好きな仕事である。赤ちゃんと違って、さらさらの髪を洗って乾かしてあげるという隠れた楽しみもある。

赤ちゃんや幼児の肌が、触れると心地いいのは、仔犬《こいぬ》や仔猫《こねこ》がふわふわしているのと同じように、自然の摂理なのだと思う。もし、彼らの肌が、成人男性のようにヒゲでぞりぞりしていたら、きっと母親は、今よりもっと子育てにうんざりしてしまうだろうから。

そんなことを考えて、にやついていたときだった。

「そんなはずはありません！」

まるで抗議するような声が聞こえて、わたしは振り返った。

井上さんが、まなじりをつり上げて、市原さんに食ってかかっていた。

「どうして？　この前も血尿が出たんですよ。きちんと調べてください！」

「もちろん、先生ともご相談いただいて、もっとくわしい検査をすることは可能ですが、それでも今回は本当に異状がないんですよ」

わたしは、井上さんの顔を見た。ひどく青ざめているようだった。

どうしてなのだろう。検査結果に異状がないと聞けば、ほとんどの母親は喜ぶはずだ。それなのに、彼女にとって、その検査結果は心外なもののようだった。

「ともかく、もう一度くわしく、もっと精密な検査をしてください。時間はかかってもかまいません」

「ええ、そのことは、また先生と相談して……」

「だって、もし腎臓病だったら、簡単に治ることなんかないでしょう。この先、一生人工透析などをしなければならなくなったら、雪美がかわいそうじゃないですか！」

まるで追いすがるように市原さんにそう言う。市原さんが困っているのが、こちらから見てもわかる。

検査をするか、しないかを決めるのは、あくまでも医師と患者、もしくは患者の保護者であり、看護師は彼らの判断に口を挟めるような立場ではない。

市原さんは、井上さんをなだめながら、わたしに目で合図した。こちらはいいから、仕事に戻れというサインらしかった。

たしかに、ここにいたって、わたしが井上さんをなだめられるはずはない。わたしは、ナースステーションを出た。

角を曲がったところで、先輩看護師の館野さんに出会った。井上さんの声に驚いたのか、彼女はそこで立ちすくんでいるようだった。

「なにがあったの？」

尋ねられて、わたしは説明した。

「井上さんが検査結果に不満があるみたいで、市原さんに抗議しているんです」

「なんか、変な結果が出たの？」

「というか、今回の検査では、すべての値が正常だったらしいんです」

「それだけ？」

「それだけです」

館野さんは眉をひそめた。井上さんの声はまだ響いている。

わたしは会釈をすると、彼女の横を通り過ぎた。振り返ってみると、館野さんは、まだ廊下に立ち尽くしていた。

夕方の巡視は、わたしの担当だった。

巡視表を手に、病室をまわる。悪ガキだらけの207号室を済ませ、208号室をのぞく。ここは、女の子ばかりの病室だから、問題が起きることは少ないけれど、深田美優がいる。

初日に、思いっきり無視された子である。その後も、必要なことを尋ねたときに、素っ気ない返事が返ってくるだけで、世間話などには、まったく反応を示さない。

第一、わたしの顔すら見ようとしないのだ。緩やかな無視と言っていい。

だが、ほかの看護師に対しても、ほとんど同じ反応だという。館野さんとか、看護師長の金居さんなど、ごくわずかな人にしか、話をしないらしい。

どうやら、わたしが特に嫌われているわけではないらしいから、無視されても気にしないようにはしているが、やはり気分はよくない。

「難しい年ごろだからね」

向井さんが、そんなふうに言っていた。

母子感染が原因のB型肝炎だという。そのせいで、母親が強く叱ることもできないらしい。

深田美優のベッドの隣には、母親がいた。わたしは少しほっとした。お母さんはとても感じのいい人だから、気まずい空気にならなくてすむ。

「なにか変わったことはありませんか?」

そう尋ねると、美優ちゃんは雑誌に目をやったまま首を横に振った。母親が立ち上がって頭を下げる。

「いつもすみません」

美優ちゃんが、一瞬だけちらりとこちらを見た。むっつりとした表情のままだから、なにを考えたのかまではわからない。

わたしはほかのベッドの巡視を終えて、廊下に出た。

たしかに、つまらない気持ちはわかる。同年代の女の子が、街に出て遊んでいるときに、病院のベッドの上にいるのだ。だが、あんなに不機嫌な顔ばかりしていると、よけいに気が塞ぐような気がする。

次の病室に行こうとしたとき、三宅美紅ちゃんのお母さんが声をかけてきた。

「すみません。点滴が終わったんですけど……」

「あ、はい。じゃあ、すぐ行きますね」

巡視を中断して、美紅ちゃんの病室に行くことにする。

途中、館野さんとすれ違った。

美紅ちゃんとも、あの嘔吐事件があってから、なんだかしっくりこない気がする。わたしは気にしてないつもりだし、仲良くしたいのだけど、以前のように気軽に話しかけてはくれないのだ。

わたしは、207号室の悪ガキたちの顔を思い出した。こっちにあんなぬれぎぬを着せておいて、奴らの態度は今日もいつもと変わらなかった。

むかつくのはたしかだけど、変に後を引いて、気まずくなるよりはずっといい。

女の子の方が手がかからないけれど、一度こじれるとなかなか元に戻らないのも女の子だ。

個室に行くと、美紅ちゃんは横たわったまま、点滴を受けていた。

点滴のパックはもう空になっている。消毒綿とサージカルテープをベッド脇のテーブルに置いて、点滴を抜くために、彼女の腕を見た。

ふと、違和感を感じて、わたしは針にかけた指を止めた。

彼女は毎日のように点滴を受けているから、わたしも何度も処置をした。いつもと違うところを探して、気づく。

点滴の針が普通のものなのだ。

急性白血病である美紅ちゃんは、健康な人とくらべて、血小板の数が少ない。当然、血も止まりにくいから、注射針や点滴の針は、専用の細いものを使うことになっている。

点滴の針を刺した人が間違えたのだろう。

わたしは迷った。このまま点滴の針を抜くべきか。上の人の指示を仰ぐべきか。

「どうかしたの？」

美紅ちゃんの声で、わたしは我に返った。彼女は不安そうな顔で、こちらを見ている。いたずらに騒ぎ立てて、患者さんに心配をかけることは止《や》めた方がいい。わたしはそう考えて、処置を続けることにした。

いつもより、きつめに消毒綿で傷口を押さえて、針を抜いた。

赤い血が、さっと滲《にじ》む。だが、しばらく押さえていると、血は止まったようだった。

わたしは安堵《あんど》のためいきをついた。

念のため、ガーゼとサージカルテープで、いつもより丁寧に傷の処置をしながら、わたしは、美紅ちゃんに尋ねた。

「点滴、だれにしてもらったか覚えている？」

「市原さんだけど……」

彼女はまだ不審そうな顔をしている。

わたしは後始末をすませて、点滴を片づけた。最後にもう一度傷の確認をしたが、血は止まっていた。

病室を出てから、胸を撫で下ろす。

ごく小さなミスではあるが、そこから大事にならなくてよかった。

だが、すぐに次の問題に気づく。これを市原さんに言うべきだろうか。

彼女は主任である。新人看護師である自分が、主任のミスを指摘するというのは、出過ぎた行為のような気がする。市原さんは気が強いから、特に言いにくい。このあいだ叱られたから、なおさらだ。

かといって、看護師長の金居さんに、直接言うのも、告げ口みたいで抵抗がある。

わたしはしばらく考えて、自分の胸に納めておくことにした。

たぶん、単純なミスだから、同じ失敗がまた起きることはないだろう。

そんなふうに気楽に考えて、わたしは点滴の用具を片づけた。だが、胸の奥に、なにか黒い染みのようなものが残っている気がした。


その数日後のことだった。

一時から盲腸の手術に入る患者を、手術室に送り届けて、ナースステーションに戻ると、先輩看護師が、勤務表から顔をあげた。

「さやかちゃん、さっき、お友達がきてたわよ」

「え？」

たしかに、友達はこの病院で働いていることを知っているけど、訪ねてくるなんて話は聞いていない。

「ロビーで待ってもらうように言ったから、見に行ってみて。お昼休憩、ついでにしてきてもいいし」

ちょうど休憩時間に入る予定だった。わたしはカーディガンを羽織って、財布を持つと、一階に下り、ロビーのある第一病棟に向かった。

いったい、だれなんだろう。そう思いながら、歩いていると、いきなり声をかけられた。

「只野さん！」

手を振っているのは、身体にぴったりしたTシャツとバーバリーチェックのミニスカートの女の子だった。一瞬、だれだかわからなかった。

「キリコちゃん？」

茶色く染めた髪を高い位置でポニーテールにしている。このあいだのフリルたっぷりのワンピースとは正反対のファッションだ。

「ど、どうしたの？」

尋ねると、彼女は悪戯っぽく肩をすくめて笑った。

「ここ、近所なの。会いにきちゃった」

わたしは、キリコちゃんを地下の食堂へと誘った。患者だけではなく、職員も利用していい施設なので、着替えなくてすむ。

食券を買って、カウンターに並び、料理と引き替えてもらう。わたしは日替わり定食、キリコちゃんも昼食はまだだったようで、カレーうどんを頼んでいた。

地下といっても、窓の外に吹き抜けのスペースを作ってあるから、太陽光が入って気持ちがいい。わたしたちは、窓際の席に、腰を下ろした。

ふいに、キリコちゃんに預かったブレスレットのことを思い出した。雪美ちゃんがいらないと言ったからには、彼女に返すつもりだったが、間違えて家に持って帰ってしまった。次の夜勤は明後日だから、そのときに持ってくるつもりだったのだ。

それを言うと、彼女は首を横に振った。

「うん、それは別にいいんだけど……」

なにか言いたげに、語尾を曇らせる。わたしは戸惑いながら、箸を取った。

「どうかしたの？」

「昨日の夜、女の子に会ったの。わたしを探しにきたんだと思う」

「女の子？」

「うん、六歳くらいかなあ。雪美ちゃんって子。髪の毛おかっぱで、目がくりくりした……」

彼女が語った特徴は井上雪美ちゃんのものだった。

キリコちゃんの話はこうだ。

昨夜、リハビリセンターでいつものように掃除をしていると、明け方、六歳くらいの女の子が二階から下りてきた。

驚いたキリコちゃんが声をかけると、彼女はキリコちゃんにこう尋ねたのだという。

「ねえ、魔女を見なかった？」

キリコちゃんは、わたしに会った日から、フリルのワンピースではなく、白衣で掃除をしている。もう魔女には見えなかったのだろう。

「今日は、魔女はこないの。どうかしたの？」

そう尋ねると、雪美ちゃんは肩を落としてためいきをついたという。

「お願いがあるの。だから、会いたいの」

カレーうどんの汁が服に飛ばないように、ゆっくり食べながら、彼女は肩をすくめた。

「どうしようかなと思ったんだけど、つい言っちゃったの。『お願いがあるなら、伝えてあげるよ』って。もしかしたら、わたしにできることかもしれないと思ったから……」

そういうと、雪美ちゃんの目がぱっと輝いたらしい。

彼女は、魔女に手紙を書く、と言って、一度上に上がった。しばらくして、また下りてきて、キリコちゃんに手紙を渡したのだという。

「それがこれ」

彼女はそう言って、ポケットから紙を取り出した。

赤い折り紙が四つ折りされていた。わたしはおそるおそる、それを手に取った。

「読んでいいの？」

「読んでほしいの」

キリコちゃんはきっぱりと、そう言った。さきほどまでとは違う、真剣な顔だった。

わたしは、その折り紙を開いた。内側の白い部分に、拙い字で書いてあった。

「びょうきにしてください」

わたしはしばらく、それを眺めていた。意味がすぐには理解できなかったのだ。

「これ……」

キリコちゃんは暗い顔で頷いた。彼女はこれをわたしに見せにきたのだ。

「どうしようかと迷ったんだけど……黙っておかない方がいいと思ったの」

わたしはもう一度、その紙を読んだ。

病気にしてください。

「病気を治してください、の間違いかもしれないんだけどね」

キリコちゃんは、わざと明るい声で言った。だが、自分の言っていることを信じているようには思えなかった。ただ、そうあってほしいと考えているだけだ。

「ねえ、あの子、なんの病気なの？」

雪美ちゃんの幼い字を眺めながら、わたしは彼女の質問に答える。

「まだ、病気かどうかわからないの。検査入院中」

先日やった検査では、まったく異状が出なかったと、市原主任が言っていた。だが、雪美ちゃんの母親が納得せず、もっとくわしい検査をやっている最中だ。

「じゃあ、もしかして、病気だとわかったら、検査が終わると思ったのかな」

腎臓病の検査は苦痛を伴うものが多い。雪美ちゃんも、一晩中カテーテルを入れて尿を採っていた。病気が発見されれば、もう検査をしなくていいから、病気になりたい。彼女はそう考えたのだろうか。

わたしは首を横に振った。

「そんなことないはずだよ。だって、まわりの子供たちは、病気だから入院しているんだもの」

いくら、個室に入っているとはいえ、まわりの子供のことをまったく知らないということはないだろう。小児科病棟には、プレイルームという保育士さんが常駐しているスペースもある。雪美ちゃんは、ときどきそこで遊んでいる。

ふいに、わたしは思い出した。

この前、キリコちゃんから預かったブレスレットを見せたとき、雪美ちゃんはとても欲しそうな顔をしながら、「いらない」と言った。あのとき、わたしは「早く病気が治るおまじない」だと、彼女に言ったのだ。

彼女が、それをきっぱり拒んだのは、知らない人からものをもらってはいけないからではなく、「病気が治るおまじない」だからではないだろうか。

「ねえ、只野さん、どう思う……？」

キリコちゃんは不安げにわたしに尋ねてきた。

そんなことを言われたって、わたしにだってわからない。わたしはまだ、ほんの新米看護師なのだ。

「雪美ちゃんのお母さんに言った方がいいのかな……」

わたしがつぶやくと、彼女は眉間に皺を寄せた。

「だけど、そのせいで雪美ちゃんが叱られたりしたらかわいそう」

たしかにそうだ。六歳の女の子にとって、暗い廊下を通って一階のリハビリセンターに行くのが、どれほど勇気がいることかはわかる。

わたしだって、ひとりで歩いていて、怖いと思ったのだ。彼女が怖くなかったはずはない。

それなのに、彼女は魔女を探して下りてきた。この願いを叶《かな》えてもらうために。

わたしは雪美ちゃんの母親を思い出した。

検査結果の件で、市原さんに食ってかかっていた。あの様子を見るだけでも、冷静な人だとは思えない。大事なひとり娘の身体のことだから、穏やかでいられないのもわかるけど、それにしたって、ヒステリックすぎる。

わたしはしばらく考え込んだ。真剣な顔でこちらを見ているキリコちゃんに言う。

「ごめん、この件はわたしの手に余ると思う。ほかの看護師さんや、先生に相談していい？」

キリコちゃんは、唇を一文字に結んで頷いた。

「もしよかったら、わたしにも知らせて。あの子のことが気になるの」

わたしたちは携帯の番号を交換した。

もう一度、折り紙に書かれた文字に、目を落とす。雪美ちゃんはどんな気持ちで、これを書いたのだろう。

翌日、わたしは看護師長の金居さんに声をかけた。

「少し、ご相談したいことがあるんです」

雪美ちゃんの手紙の件だった。一晩悩んだ結果、金居さんに相談するのがいちばんいいと思ったのだ。

個人的な相談だと思ったのか、金居さんはわたしを階段の踊り場に連れていった。ここなら、話をほかの看護師や、患者に聞かれることはない。

「実は、井上雪美ちゃんのことなんですけど……」

そう切り出したとき、金居さんの表情が急に強《こわ》ばった。いつも、笑顔を絶やさない人だから、少し驚く。

「彼女がどうかした？」

どこまで説明していいのか迷いつつ、わたしは話をした。

「実は、深夜の清掃作業員の人と知り合いになったんです。以前、魔女がいるって、騒動になったの覚えてますか？」

金居さんは非常階段の扉にもたれて頷いた。

「ええ、覚えているわ」

「それは、清掃作業員の女性のことだったんです」

「あらあら、暗くて見間違えたのね」

わたしは頷いた。キリコちゃんが支給された白衣を着ていなかったことは話さず、先に進む。

「その人が、雪美ちゃんから手紙をもらったそうです。それがこれなんです」

折り紙に書かれた文字を、金居さんに見せた。彼女は眉を寄せたまま、その文字を読んだ。

――びょうきにしてください。

「あら、まあ」

金居さんはそうつぶやいたまま、折り紙を凝視している。

小児科の看護師にとって、忘れてはならない大切な仕事が、患者である子供の心のケアである。大人でも必要なことだが、子供はそれ以上に繊細で、難しい。

それだけに、この出来事は新米であるわたしの手には余る。経験のある人のアドバイスが欲しかった。

金居さんは、急に手を打った。

「そういえば、雪美ちゃんは学校が嫌いだって言っていたわ。だから、病気になって入院すれば、学校に行かなくていいと思ったんじゃないかしら」

「あ、そうなんですか？」

それは知らなかった。雪美ちゃんは、快活と言えるタイプではないから、たしかにそれはあり得そうなことだ。

「そうよ。男の子にいじめられるって言っていたわ。だから、あまり気にしなくていいんじゃないかしら」

金居さんは折り紙をわたしに返した。

わかってみれば、簡単なことだ。やはり、ベテランの金居さんに相談してよかった。安堵しながら、わたしは折り紙をナース服のポケットにしまった。

「それに、雪美ちゃんはもう、明日退院することになったの。どうも、そう大事でもなさそうだし、通院しながら様子を見てもらうことになったそうよ」

「あ、そうなんですか」

それはよかった。学校が苦手な雪美ちゃんにとっては、病院の方が居心地がいいのかもしれないけれど、やはり入院していれば楽しみも少ない。学校にもこの先少しずつ慣れていくだろう。

「井上さん、納得されたんですか？」

先日、雪美ちゃんのお母さんは市原主任に食ってかかっていた。あの様子では説得も難しかっただろう。

「ええ、篠原《しのはら》先生が説得したそうよ。もちろん、この先も通院して経過を見るという約束でね」

せっかく仲良くなった雪美ちゃんとお別れするのは寂しいけど、ここは病院だ。退院できるのは彼女にとって、いいことだ。たとえ、彼女が病院の方が好きだとしても。

「それでね、只野さん」

非常階段の扉に手をかけながら、金居さんはこちらを向いた。

「このことは、だれにも言わないでほしいの」

そう言われて、わたしは驚いて顔をあげた。金居さんは、いつもと変わらない笑顔を浮かべていた。

だが、わたしは気づいてしまった。

彼女の、眼鏡の下の目は、まったく笑っていなかった。


翌日、雪美ちゃんは退院していった。その日、わたしは夜勤だったから、彼女にお別れは言えなかった。ちょっと寂しいと思ったけれど、この先、同じようなことが何度でもあるはずだ。出会って、仲良くなって、そして別れて。

わたしはまだ、勤めはじめて一ヶ月程度しか経っていない。しかも自分の仕事で手一杯だから、別れがつらいと思う余裕すらない。

だけど、看護師の中には、可愛がっていた子が退院するとき、うっすらと涙を浮かべている人も多かった。

雪美ちゃんの退院も、泣くほど寂しいわけではない。だけど、わたしにも、その看護師たちの気持ちが少しわかるような気がした。

うれしいのに、胸のどこかが、ほろ苦くてしょっぱいのだ。

その夜、わたしは休憩時間に一階に下りていった。

最初の夜、あれほど怖かったリハビリセンターの廊下だが、もう怖くはない。暗闇の向こうに、友達がひとりいるのを知っているからだ。

キリコちゃんは、鼻歌を歌いながら、モップをかけていた。

この前のようなロリータファッションではなく、たしかに白衣を着ている。だが、首にはじゃらじゃらとカラフルなビーズのネックレスをかけて、チロリアンテープでリメイクした古着のジーンズを合わせているせいで、清掃作業員の白衣は、シンプルなチュニックのように見える。

彼女はわたしに気づくと、モップで床を拭きながら廊下を走ってきた。

「さやかちゃん、お疲れ!」

片手をあげると、キリコちゃんは勢いよく、その手にタッチした。

食堂で話したときに知ったのだが、わたしたちはちょうど同い年だった。ただ、それだけのことなのに、これまで以上に親しみがわく。キリコちゃんもそれは同じらしく、今までのように名字ではなく、名前で呼んでくれるようになっていた。

わたしはポケットから、このあいだ預かったビーズとリボンのブレスレットを出して、キリコちゃんに返した。

「これ、遅くなってごめんね」

「別に急ぐものじゃないし、わたしが勝手に預けたんだし、謝らなくていいよ」

彼女がそれをポケットにしまうのを待って、わたしは切り出した。

「雪美ちゃん、今日、退院したんだ」

「え、そうなの？」

マスカラをたっぷり載せた睫《まつげ》がぱさぱさと瞬く。

「じゃあ、もう会えないのかあ。ちょっと寂しいなあ。でもよかったね」

キリコちゃんのことばに、わたしは頷いた。

「それから、このあいだの手紙のことだけど、看護師長が知ってた。雪美ちゃん、学校が嫌いだったんだって。男の子にいじめられていて、だから、病気になったら、学校に行かなくていいと思ったんじゃないかって」

なんだ、そんなことか。キリコちゃんはそう言って笑うような気がしていた。だが、彼女は目を伏せて、胸のネックレスを弄んだ。

「そっか。そうなんだ……」

「大丈夫だよ。きっと、すぐに慣れるよ」

「だといいんだけど……」

ふうっと息を吐いた横顔が、やけに寂しそうに見えた。

「子供って大変だね」

「え？」

そんなふうに思ったことなどなかった。子供は遊びと勉強がほとんどで、大人の方がずっと大変なはずだ。そう言うと、キリコちゃんは首を横に振った。

「うん、もちろん、やらなければならないことは、大人の方がたくさんあるんだけど、だけど、大人はうまいやり方をたくさん知っているもの。無人島に流されたとき、ナイフやライターや、『サバイバル入門』という本を持っているのと、なんにも持っていないのとじゃ、全然違うよ」

本や道具を持っているのは大人で、なにも持っていないのは子供。たしかにそうかもしれない。

「だから、ふだんは大人が子供にいろんなことを教えて、無理なことからは守ってあげるんだよね。そうして、子供のリュックの中にも、いろんな道具や本が少しずつ増えていくの。だけど、ときどき、そんなふうに大人が守ってあげられないことがあるんだよね。たとえば、学校の中のこととか」

キリコちゃんの言いたいことはわたしにもわかった。

たしかに、学校の中で起こる、子供同士の関係はひどく微妙だ。十年前は、子供だったから、それははっきり覚えている。

教師や親などの大人が、善意で介入しても、それは不可解な化学変化を起こす。大人に守られたことで、いじめがよけいにひどくなることだって、少なくはないのだ。戦えばなんとかなるというものでもなく、ただ、耐えれば終わるというものではない。

わたしは、いじめっ子ではなく、だからといっていじめられっ子でもなかった。だけど、いじめられっ子をかばったり、守ったりしたほど強く正義感にあふれていたわけでもないのだ。見て見ぬふりをしていた自分が、無関係だったとはとても言えない。

たしかに、わたし自身も、その複雑で残酷な子供世界を構成するパーツだった。

わたしは、苦い現実から目を背けたくて言った。

「雪美ちゃんは、可愛いから、男の子がちょっかい出したいんだよ。きっと、すぐに終わるよ」

キリコちゃんも笑って頷いた。

「うん、そうだね」

それは、単なるわたしたちの希望に過ぎない。だけど、本当にそうなら、どんなにいいだろう。

そう考えたとき、わたしはふいにあることを思い出した。

三宅美紅ちゃんが、急にわたしのことを嫌うようになった事件。

「あのときも……もしかしたら、同じだったのかな」

「え？」

不思議そうに聞き返すキリコちゃんに、わたしは事件のことを話した。

抗癌剤の副作用のせいで、美紅ちゃんがわたしのナース服に嘔吐してしまったこと。その後、母親がわたしに謝ったとき、急に怒り出して、「この人はお金をもらっているんだから、謝らなくていい」などと言い、それからあまり口を利いてはくれなくなったこと。

聞き終わると、キリコちゃんは自分で納得したように大きく頷いた。

「間違いなくそうだよ。その子は、まだ道具を持ってなかったんだよ」

わたしたちは、そばにあったソファに並んで座った。キリコちゃんは足をぶらぶらさせながら、話を続ける。

「わたしだって、もし人の洋服に吐いちゃったりしたら、きっと、悲しくて恥ずかしくて、どうしていいのかわからない気分になると思う。だけど、それでも一応大人になったから、こういうとき、どんな道具を使ったらいいのかはちゃんと知っているし、それを自分のリュックに持っている。つまり、『ごめんなさい』と謝って、それでおしまい。だけど、まだ、その子はそれをうまく使えないんだと思う」

キリコちゃんは前を見ながら、話し続けた。

「恥ずかしい気持ちと悲しい気持ち、どうしていいのかわからない気持ちを表現するのに、彼女は『怒り』という間違った道具を使ってしまった。そして、そこで間違ってしまったがために、そのあと修正もできずに、怒りを引きずってしまっているんだよ」

わたしは今までそんなふうには考えられなかった。怒りをぶつけられた、自分の心の痛みだけが、重要だった。

そう思って気づく。

美紅ちゃんもそうだ。恥ずかしいことをしてしまった自分の、心の痛みだけしか、彼女には見えなかった。

美紅ちゃんは、まだ九歳だ。たとえそうでも、決して恥ずかしい話ではない。だけど、わたしはもう立派な大人なのだ。そう思うと恥ずかしくなる。

わたしは、深いためいきをついた。

「わたしって子供だ……」

「どうして？」

キリコちゃんはわたしの顔をのぞき込んだ。なんとなく、顔を見られたくなくて、目をそらす。

「だって、わたしも自分の気持ちしか考えてなかったもの。あのとき、美紅ちゃんがどんな気持ちだったかなんて、今まで気づかなかった」

キリコちゃんは首を少し傾げた。

「でも、さやかちゃん、別に怒らなかったんでしょ」

「そりゃあ、そのときは顔には出さなかったけど、心では怒っていたよ」

キリコちゃんは軽く肩をすくめた。

「でも、顔に出さなかったんだったら、きちんと道具を使えたってことだよ。心配ないよ」

そして、また足をぶらぶらさせる。

「思うんだけどさ。なんか、本当は怒っているのに、怒ってないふりをしたり、嫌いな人でも嫌いじゃないふりをしたりって、嘘ついているみたいに言う人いるよね。だけど、それって違うんじゃないかな」

「違うって？」

「だって、人間って間違うもの。そのとき、怒っているのが間違いだったり、その人を嫌いになるのは間違いだったり……ああ、間違うって変な言い方だよね。自分が弱かったり、莫迦《ばか》だったりするせいで、そのとき、怒ったり、その人を嫌いになったりすることってあるでしょ。本当は怒るべきではないし、その人を嫌うべきではないのに」

わたしは頷いた。そういうことはたしかにある。

「でも、そのとき、表に出さなかったら、後で自分の間違いを正せるんだもの。後でゆっくりゆっくり考えて、それでも怒って当然だったときに怒ればいいし、本当に嫌いなときには嫌いになればいいんだよね」

わたしはゆっくりキリコちゃんの言うことを考えた。そして尋ねる。

「じゃ、わたし、一応、大人として合格？」

ゆっくり考えて、そして、そのときは怒るべきではなく、美紅ちゃんを嫌いになる必要もないことがわかったから。

キリコちゃんはくすりと笑って、わたしのおでこをつついた。

「さやかちゃんは、合格！」

わたしは思わず噴き出した。

そして胸を撫で下ろす。少し間違ってしまったけど、取り返しのつかない間違いではなかったのだ。

キリコちゃんは勢いよく立ち上がった。

「さ、また掃除しなくちゃ」


その数日後のことだった。

その日は日曜日で、病棟にもどこか休日らしい晴れやかな空気が漂っていた。

もちろん、入院病棟の看護師は土日も休めない仕事だし、それは子供の世話をする母親も同じだ。それでも、平日と違って、検査も手術もないから、患者さんたちもゆっくり休めるし、看護師の業務も少ない。

その代わり、見舞客はいつもより多いから、病室からは笑い声などもよく聞こえてくる。自然と平日とは雰囲気も変わってくる。

しかし、わたしが休憩から帰ってきたときには、その空気は一変していた。

サロンで楽しげに談笑している家族がいるのは、変わっていない。だが、ナースステーションには、看護師はだれも残っていない。あわただしげな足音とふだんとは違う切迫した声が、病室の方から聞こえてくる。

なにかあったのだ。わたしは急いで身支度を整えると、声のする方へと向かった。

看護師たちが集まっているのは、金曜日に患者が退院して、空きベッドのある病室だった。容態が急変しそうな患者も入っていないから、どうやら急患らしい。

病室をのぞくと、ほとんどの看護師がひとつのベッドのまわりに集まっていた。当直の医師である浦沢《うらさわ》先生までもいる。

館野さんが、わたしに気づいて顔をあげた。

「只野さん、こっちは手が足りているからいいわ。巡視お願いね」

たしかにわたしがいても、足手まといになるだけかもしれない。踵を返そうとしたとき、わたしは見覚えのある顔を見つけて、足を止めた。

看護師たちの後ろで、不安げに立っているのは、井上雪美ちゃんのお母さんだった。その横には、険しい顔をした男性がいる。グレーのトレーナーを着て、いかにも休日のお父さん風だから、彼女の夫だろう。

お母さんが、手をもみ絞るようにして彼に訴える。

「だから、きちんと調べて下さいと言ったのに……。それなのに、この病院は雪美を追い出して……」

男性は彼女のことばを遮るように言った。

「病院の方だって、最善を尽くしてくださっているんだ。いいかげんにしないか」

雪美ちゃんになにかあったのだろうか。不安に思いながら、中をうかがっていると、また館野さんがこちらを向いた。

「只野さん」

その声は、責めるような響きを帯びていて、わたしはあわてて頭を下げて、病室を出た。

巡視をしながらも、雪美ちゃんのことばかり考えてしまう。彼女にまたなにか、異状が起こったのだろうか。

後で教えてはもらえるだろうが、やはり気になって仕方がない。

少しぼんやりしながら、深田美優ちゃんのいる病室に入ったときだった。

「ちょっと」

美優ちゃんの刺々《とげとげ》しい声がした。振り返ると彼女は、にらみつけるようにこちらを見ていた。

「さっきから、何度もナースコール押したんだけど……」

ナースセンターにはだれもいなかったから、気がつかなかったのだろう。

「ごめんなさい。どうかした？」

彼女は、黙って、隣のベッドを指さした。

そこには、肺炎を起こした杉谷茜《すぎたにあかね》ちゃんという小学生が入院していた。まだほとんど食欲がなく、栄養剤の点滴をしている。

「彼女の、点滴している腕が腫れてるの。見てあげて」

言われたとおり、茜ちゃんの腕を見ると、点滴が漏れてしまったのか、ぷっくりそこだけが腫れている。点滴のパックを確かめて気づいた。バルブが開いて、普通よりもかなり早く点滴が落ちるようになっている。あわてて、わたしは点滴を止めた。

「点滴、触った?」

そう尋ねると、茜ちゃんは首を横に振った。ならば、点滴をした人が間違えたのだろうか。そういえば、先日も三宅美紅ちゃんに点滴のトラブルがあった。

だれに点滴を打ってもらったか尋ねると、茜ちゃんは小さな声で言った。

「髪の毛の茶色い看護師さん」

だとすれば、岡部《おかべ》さんという看護師だ。慎重な人だから、そんなミスをするとは思えないが、報告しておいた方がいいのかもしれない。

処置をして、点滴パックを下げようとすると、美優ちゃんが口を開いた。

「だれか、その子の点滴触ってたかも」

「え?」

驚いて振り返る。

「さっき、昼ご飯食べた後、カーテン閉めてうとうとしてたの。そしたら、だれかが点滴のそばに立ってた。カーテン越しだからよくわからなかったけど。なにも言わずに出ていったから、変だと思った。その後、カーテン開けたら、彼女寝てたし」

その人が点滴をいじったかどうかは、それだけでは断言できないが、もし岡部さんのミスでなければ、質《たち》の悪い悪戯という可能性もある。わたしはおそるおそる尋ねた。

「子供だった?」

美優ちゃんは、わたしの目を見据えたまま、首を横に振った。

「違う。看護師さんだった」


夕方から、緊急ミーティングが開かれた。

どうやら、雪美ちゃんのことらしい。聞いた話では、彼女は血尿を出した上に、ひどく気分が悪くなり、嘔吐して運ばれてきたという。しかも、採尿をすると、血尿というだけではなく、細菌が繁殖していることがわかったという。なんの病気かはまだわからないが、どうにも奇妙な病状らしい。

彼女の体調が落ち着き次第、腎生検をするという話になった。

腎生検は、背中側から針を刺して、腎臓の細胞を直接採取して調べるため、一週間近い安静が必要とされる大きな検査だ。先日の入院のときも、腎生検をするかどうか、先生は悩んだらしいが、ほかの検査結果が良好なため、そこまでする必要はないと判断したという。

腎生検の日まで、毎日朝昼晩と採尿をすることを、先生は看護師たちに申しわたした。

「そのときに、看護師が採尿から提出まで付き添うときと、すべてお母さんにまかせるときに分けて、きちんとそれを記録しておくこと」

そう告げると、浦沢先生は看護師たちの顔を見回した。

「お母さんの方が、かなりナーバスになっているようですから、患者だけではなく、家族の対応にも気をつけて下さい」

その瞬間、数人の看護師が顔を見合わせた。

なにか、不思議な空気が流れたような気がした。失笑のような、そんな微妙な空気。もう一度、わたしがテーブルを見回したときには、消えていたけれども。

雪美ちゃんのお母さんが、看護師たちに嫌われていることは知っている。検査結果を信じなかったり、今日の「病院を追い出された」などということばとか、思い当たる原因はいくらでもある。もちろん、雪美ちゃんを思うゆえの行動だということは理解できるが、看護師だって、自分たちの誠意を疑われるようなことを言われて、気持ちがいいわけはない。

雪美ちゃんを退院させたのも、検査結果などから、それがいちばんいいと先生が判断したからなのだ。

浦沢先生が出ていった後、市原主任が言った。

「そういえば、井上さんのお父さんって、去年、ここの外科病棟に入院してたんですってね。さっき、そうおっしゃってた」

館野さんが振り返って答える。

「わたし、去年まで外科でしたから、知ってますよ。骨折でした」

「お父さんの方は、いい人みたいよね。お母さんはちょっと……だけど」

市原さんがことばをぼかしたが、それでもほかの人たちにも伝わったのか、何人かが笑った。

ミーティングが終わったら、上がっていいと言われたが、わたしは少し迷っていた。茜ちゃんの点滴の件は、館野さんに話した。金居さんが休んでいるのだから、本当は主任である市原さんに話すべきだが、先日の三宅美紅ちゃんのとき、針を間違えたのは市原さんである。そのことに触れないのも不自然な気がしたので、いちばん話しやすい館野さんに相談してしまったのだ。

「ミスが起こりやすくなっているのかしら。最近、急患も少ないし、空気がゆるみがちな気はするわ。明日でも金居さんに言っておくから、只野さんはもう気にしないで」

館野さんはいつもの親しみやすい笑顔でそう言った。

その笑顔に後押しされるように、わたしは言うべきかどうか、迷っていたことを口にした。

「美優ちゃんが、点滴のところにだれかが立っているのを見たって言ってたんですけど……」

館野さんは、きょとんとした顔で問い返した。

「だれかって、だれ？」

「それはわからないそうです」

看護師だった、ということばは呑み込んだ。まるで看護師のうちのだれかが、点滴を悪戯したと、自分が言っているように聞こえそうだ。

もちろん、それは美優ちゃんのことばなのだけど、それを人に伝えることで、わたしのことばにもなってしまう。

館野さんは口元のほくろを軽くひっかきながらつぶやいた。

「まさか、そんな質の悪い悪戯をする人なんていないでしょ。でも、一応、巡視のとき、点滴には気をつけておいて。わたしもそうするから」

それで、話は終わったはずだが、どうも落ち着かないのだ。浦沢先生か、もっと上の人にきちんと話した方がよかったのかもしれない。

ぼんやりしながら、会議室を出たとき、廊下で話している看護師たちの声が聞こえた。

「で、どうなの？　やっぱり井上さんのお母さんってダンシャクなの？」

「怪しいわよねえ」

そちらの方に目をやると、話をしていた看護師たちもわたしに気づいた。さっと口をつぐむ。

ダンシャクってなんですか？　と聞きたいと思ったが、どうやら、聞いてはいけない話だったようだ。わたしは軽くお辞儀をすると、横を通り過ぎた。

自宅に帰ってくつろいでも、なんとなく気分は晴れなかった。

看護師たちが言っていた「ダンシャク」ということばも気になる。辞書を引いてみたが、「男爵」という単語だけしか見あたらない。まさか、じゃがいもの銘柄のことではないだろう。

　ぼんやりしていると、急に携帯が鳴った。液晶画面を見ると、キリコちゃんからだった。

「さやかちゃん、元気。仕事終わった？」

　いつもの弾んだような声が飛び込んでくる。わたしは少し迷って、そして答えた。

「あんまり元気でもない」

　キリコちゃんには嘘を言う必要はないような気がした。

「どうかしたの？」

　わたしはゆっくり話すために、携帯を持ったままベッドに横たわった。

「雪美ちゃんがまた入院してきたの」

　電話の向こうで息を呑むような気配があった。

「それも、今度は今までとは違うみたい。検査結果にかなり異状があるらしくて、もっと難しい検査もすることになるの」

　もし、腎臓に決定的な異状があったとしたら、これから大変だ。あんなに小さいのにこの先、一生人工透析をしなければならないかもしれないのだ。

　キリコちゃんは少し黙ると、それからぽつりと言った。

「魔女が願いを叶えてしまったみたい」

　それを聞いて思い出した。あの、雪美ちゃんが書いた手紙。

　――びょうきにしてください。

まさか、本当になるなんて思わなかった。たとえ、雪美ちゃんが学校に行きたくなくて、そんなことを考えたのだとしても、彼女は病気になるという本当の意味を知らないのだ。

長期入院の患者たちは、みんな心の底から思っている。健康だったら、どんなによかったか、と。雪美ちゃんだって、もしそんなことになれば、病気になりたいと思った自分を悔やむだろう。

「あんなこと言わなければよかった。わたしは魔女でもなんでもないのに」

本当に後悔しているような彼女の口調に、わたしはあわてて言った。

「キリコちゃんのせいじゃないよ」

「それはわかっているんだけど」

その後、わたしたちはとりとめのない話をした。先日起こった三宅美紅ちゃんや、今日の杉谷茜ちゃんの点滴の話をすると、キリコちゃんは黙って聞いていた。

「困るよね。下手したら、もっと重大な医療事故に繋《つな》がるかもしれないし」

わたしはためいきをつきながら、そうつぶやいた。

なにより、嫌なのが、発見するのがいつも自分だということなのだ。見つけるのなら、もっと上の主任か看護師長が見つけて注意してくれれば、角も立たないだろうに、わたしみたいな新米が、上の人のミスを見つけてそれを言いつけるなんて、よけいに問題がややこしくなる気がする。だからといって、一度ならともかく、二度も似たようなことが起こっているのに黙っているのはもっと気が引ける。

「でも、先輩に話したんでしょ。だったら、この先は大丈夫だよ」

「だと、いいんだけど……」

そう愚痴りながら気づいた。さっきから、わたしばかりが話しているが、この電話はキリコちゃんの方からかけてきたのだ。彼女はなにか、わたしに話したいことがあるのではないだろうか。

わたしは、一度、口を閉ざした。もし、話があれば、その沈黙をきっかけに彼女が口を開くはずだ。

だが、電話の向こうでも沈黙が続いている。思い切って尋ねた。

「キリコちゃん、なにか話でもあったんじゃないの？」

「うん……、でも、今日はいいや」

彼女は半分笑いながらそう言ったけど、その声はどこか乾いていた。

「なに、気になるから教えてよ」

「大したことじゃないんだけど……さやかちゃん、幽霊見たことある？」

今日が夜勤でなくてよかった。

わたしは心の底からそう思った。昨夜、キリコちゃんがいきなり言った「幽霊」ということばが頭から離れない。

「なになに、キリコちゃん、幽霊見たの？」

思わず、そう尋ねてしまったわたしに、キリコちゃんは力無く笑って答えた。

「ううん、そうじゃないんだけど、さやかちゃんは毎日病院にいるから、見ることもあるんじゃないかなと思ったの」

いることを前提に話をしないでほしい。一度そんな単語を聞いてしまうと、気になって仕方がない。

もしかして、キリコちゃんにはうっすら見えていて、わたしの反応を確かめるために、自分は見えてないふりをしているだけなのかもしれない。そんなふうにすら思えてくる。もっと問い詰めるつもりだったのに、キリコちゃんは、「疲れているのに、ごめんね」と言って電話を切ってしまった。そのせいで、昨夜は幽霊のことばかり考えてしまった。

以前の、魔女の噂のときは、あまりに現実離れしすぎていて、怖いと思うことはなかった。目撃したのも子供だったから、絶対に見間違いだろうと思っていたし。しかし、それにくらべて、幽霊という単語は微妙に怖い。

わたしはオカルト好きではないし、幽霊という存在を本気で信じているわけではない。もし、信じている人なら病院で働こうなんて思わないだろう。だけど、絶対にいないと言い切れるほど現実的でもないのだ。真夜中に墓地を歩けと言われたら嫌だし、「なにかが出る」という旅館に泊まる勇気もない。

実際に、「この病院には幽霊が出ますよ」と言われたからといって、病院を辞めようとまでは思わないけど、夜勤のとき、ひとりになるのは怖い。その程度には、幽霊の存在も信じているのだ。

それにしても、キリコちゃんはどうしてあんなことを言い出したのだろう。なんとなく、人気《ひとけ》の少ない廊下を歩くだけでもどきどきしてしまう。自分でも影響を受けやすいと思うが仕方ない。

そんなことを考えながら、三宅美紅ちゃんの病室をのぞいた。朝の検温の時間である。美紅ちゃんは、最近体調がいいのか、血色がかなりよくなってきている。

「おはよう、朝ごはん食べた？」

そう話しかけると、彼女は笑顔で頷いた。

以前の、嘔吐事件があってから、なんとなくぎくしゃくした空気が続いていたが、このあいだ、キリコちゃんと喋ったことで、わたしの方のわだかまりは解けた。それは、美紅ちゃんにも伝わったようで、彼女も少しずつ、以前のように話しかけてくれるようになった。

本当に、人と人とは鏡みたいなものだと思う。頭から、うまくいかないと思いこんでしまえばうまくいくはずはないのだ。

体温計を渡して、計ってもらう。美紅ちゃんは、体温計を脇に挟みながら言った。

「今度の土曜日に帰れるって、先生が言ってた」

「本当、よかったじゃない」

一時帰宅の許可が出たということは、経過が良好だということだ。うまくすれば、近いうちに退院して、通院での治療になるかもしれない。

美紅ちゃんは、うれしそうにこくんと頷いた。

「誕生日だから帰っていいって」

「そっかー。おめでとう。よかったね」

心からそう思う。難病と闘っている彼女に、少しでも楽しい時間があればいい。もちろん、いちばんいいのは完治して普通の生活に戻ることだけど。

計測終了の電子音がして、美紅ちゃんは体温計をわたしに差し出した。平熱である。

「じゃあ、今日は入浴の日だから、時間がきたら呼びにくるね」

そう言って出ていこうとしたわたしの腕を美紅ちゃんはつかんだ。

「雪美ちゃん、また戻ってきたの？」

尋ねられて、頷く。個室同士とはいえ、図書室やプレイルームで話をする機会があったのかもしれない。

「うん、また悪くなっちゃったみたい。まだよくわかんないんだけど」

「昨日、話をしようと思って雪美ちゃんの部屋に行ったんだけど、お母さんが入れてくれなかった」

「入院したばかりだからね。具合悪かったんじゃないかな」

美紅ちゃんは、やけに大人っぽい仕草でためいきをついた。

「前、プレイルームで一緒に遊んだんだけど、あの子、わたしが白血病だって言ったら、

『いいなあ』って言ったの」

　わたしははっとして、腰をかがめた。美紅ちゃんの顔をのぞき込む。

「雪美ちゃんはまだ小さいから、美紅ちゃんの大変さがわからないんだよ。学校が嫌いなんだって」

　美紅ちゃんは、目を見開いてわたしを見た。首を横に振る。

「え？」

「ううん、雪美ちゃん、学校は好きって言っていたよ。学校に行けないのは寂しいって」

「じゃあどうして、『いいなあ』なんて言うの？　って聞いたら、雪美ちゃん言ったの。

『パパもママも、病気の雪美の方が好きみたいだから』って」

　わたしは息を呑んだ。美紅ちゃんはませた口調でつぶやいた。

「いやになっちゃう。わたしだって代わってもらえるのなら、代わってもらいたいのにさ」


　いったいどういうことなのだろう。

　美紅ちゃんの病室を出てから、わたしは考え込んだ。

　雪美ちゃんのことばはわからなくもない。病気のときは、どうしても大切にしてもらえるものだし、それを勘違いしてしまったのだと思う。

　だが、わたしがわからないのは、なぜ、看護師長の金居さんがわたしに嘘をついたかだ。

雪美ちゃんが学校が嫌いだと言ったのは、金居さんだ。

単に別の子供と間違えたのかもしれないけれど、あのなんでもてきぱきこなす金居さんに限って、そんなことがあるのだろうか。

今になって思うと、あのときの金居さんの様子は少し変だった。やけに早口だったし、「雪美ちゃんは学校が嫌いだ」と言い出したのも、その場で思いついたようなタイミングだった。あのときは、金居さんが嘘をついているとは考えなかったので、気にしなかったけど、たしかに少しおかしい。

もしかして、金居さんは、雪美ちゃんが病気になりたがっていることを知っていて、その上でわたしに隠そうとしたのかもしれない。

だけど、いったいどうして。

次々出てくる、よくわからない出来事に混乱しながら、わたしは雪美ちゃんの病室をノックした。

「おはようございます」

面会時間にはまだ早いのに、もうお母さんがきていた。彼女は笑みすら浮かべずに頭を下げた。

昨日は離れたところで見ただけなので、再入院してから雪美ちゃんと会うのははじめてだった。

「おはよう、雪美ちゃん。気分はどう?」

雪美ちゃんが口を開く前に、お母さんが言った。

「昨日、救急車で運ばれたんですよ。いいわけないでしょう」

わたしが非常識なことを訊《き》いたかのように、こちらをにらみつける。わたしは困って、雪美ちゃんの顔に目をやった。意外に血色はいいように思う。だが、微妙な空気を察したのか、困ったような顔になっていた。

本当は、こうやって声をかけて、患者とコミュニケーションを取ることも、看護師の大事な仕事である。患者の代わりに、すべて説明してしまうようなお母さんにはきちんと、そう伝えるように言われている。だが、井上さんの目は鋭く、まともに話を聞いてくれそうな雰囲気ではない。

わたしは曖昧に笑ってやり過ごした。

「じゃあ、お熱計ろうか、雪美ちゃん」

体温計を渡そうとすると、また井上さんの声が飛んだ。

「そこに置いておいてください。朝の検尿に行かなければならないので」

「すぐに終わります。一分もかかりませんよ」

そう言ったときだった。

「そこに置いてって言ってるでしょ！」

ほとんど悲鳴に近いような金切り声で井上さんは叫んだ。思わず、体温計を取り落としそうになる。

一瞬、目も口も吊《つ》り上がって、威嚇する猫のような顔に見えた。

次の瞬間、雪美ちゃんが泣き出した。

「ほら、子供が泣いたでしょ！」

井上さんはそう言って、またこちらをにらみつけた。

さすがに腹が立ってくる。雪美ちゃんが泣き出したのは、井上さんが声を荒らげたせいであって、断じてわたしのせいではない。

しかし、この状態ではなにを言っても通じそうにない。わたしはあきらめて、体温計をそばのテーブルに置いた。

井上さんは雪美ちゃんをベッドから下ろして、病室を出ていった。

ドアが閉まるとき、雪美ちゃんがちらりとこちらを見たような気がした。

結局、彼女とはひとことも喋ることができなかった。


ナースステーションに戻ると、館野さんがこちらを見た。

「どう？　井上さん」

「なんかよくわからないんですけど、ぴりぴりしているみたい」

ナースステーションにいる看護師全員が、げんなりした顔になる。どうやら、昨日からあんな調子だったらしい。

「なんか叫んでいたわよね。どうしたの？」

「検温しようとしたら、自分でやるから体温計を置いていって、と言われました。すぐにすみますよって言ったら……」

「怒鳴られたわけね」

わたしは頷いた。市原主任がカルテの整理をしながらこちらを向く。

「で、体温計置いてきたの？」

「はい。雪美ちゃん泣いちゃったし……」

叱られることを覚悟したが、市原さんはためいきをついただけだった。

館野さんが立ち上がる。

「わたし、体温計取ってきます。雪美ちゃんの検尿も出ているだろうし」

「わかったわ。お願いね」

どうやら、今日は金居さんは休みらしい。なんだか、落ち着かないような、反対にほっとしたような微妙な気持ちになる。たとえ、金居さんがきていたとしても、雪美ちゃんのことを問いただすことはできない。今まで頭ごなしに怒られたことはないし、優しい人だとは思うけど、それとこれとは別である。やはり、看護師長という存在は怖い。

それに、もしうまく尋ねることができたとしても、別の患者と勘違いしていた、と言われてしまえば終わりだ。

そんなことを考えていると、前に座っていた高橋《たかはし》さんが、こちらを向いた。

「ねえねえ、さやかちゃん、ちょっと」

ある。

「なんですか？」

高橋さんは、看護師になって二年目だから、小児病棟の中ではいちばん年も近い。彼女も、一年前の自分を思い出すのか、丁寧にいろいろ教えてくれる優しい先輩である。目も鼻も口も小さくて、童顔だから、ナース服さえ着てなければ、患者に見えてしまいそうである。

気のいい彼女が新米だったときも、さぞ、子供たちにいじめられただろうと思う。今では、よくわんぱく坊主を叱りとばしている。

一年経《た》てば彼女のようになれるかも、と考えると、少しは自信が出てくる。

「この前、地下の食堂に友達と一緒にいたよね」

「あ、はい。高橋さんもいたんですか？」

「うん、声をかけようかとも思ったけど、邪魔しちゃ悪いような気がして」

キリコちゃんと行ったときのことだろう。そういえば、そのあとはシフトのすれ違いが

続いていて、ゆっくり高橋さんと喋る機会がなかった。

「あのときさあ、さやかちゃんの友達、どっかで見たことあると思ったんだよね」

「あ、そうでしょう。ここの清掃のバイトしている子だから」

「清掃？」

高橋さんは小さい目を見開いて、首を横に振った。

「ううん、それは知らないけど、どこで会ったのか、昨日思い出したの」

「どこですか？」

「三階。患者さんの家族だったと思ったんだけど……」

三階といえば内科病棟である。わたしは首を傾げた。今までキリコちゃんと話していて、そんな話は聞いたことはない。

「あ、でも三ヶ月ほど前だから、もう退院しているかもね」

「わたしも最近友達になったから、そこまで知らないんです。でも、近所だって言ってたから、家族が入院していたってことはあるかも」

今まで、キリコちゃんの家族の話などしたことない。

もし家族が入院していたとしても、もう治って退院したのなら、わざわざ話すことでもない。

「わたしの勘違いかなあ」

「今度聞いておきますよ」

そんな話をしていると、ナースサンダルの音がして、館野さんが戻ってきた。ひどく険しい顔をしている。

体温計を棚に戻すと、館野さんはわたしの方を見た。

「井上雪美ちゃん、今朝の体温は三十八度ですって。つけておいて」

「え？」

先ほど見た雪美ちゃんの顔色はよかった。そんな高熱があるようには見えない。

「やられたわね」

悔しげに館野さんはそうつぶやいた。

やられた、とはいったいどういうことなのだろう。

市原主任が、館野さん、と冷たい声で言った。

「その問題は、また今度改めてミーティングしましょう。今は、その話は止めて」

「わかりました」

まだ話が見えない。わたしは椅子から立ち上がった。

「でも……熱があるのなら、先生に連絡しなくていいんですか？」

「もうすぐ、先生もくるわよ。大丈夫」

市原さんも動揺した様子はない。おろおろするわたしに彼女は言った。

「心配なら、只野さん、氷枕持っていってあげて。井上さん、きっと喜ぶわよ」

「わかりました」

立ち上がって、氷枕を用意する。ほかの看護師たちは、まったく動こうとはしなかった。

なにかおかしい、と思う。ふだんなら、患者が熱を出したり、容態が急変したときには、みんなもっと動じるはずだ。

わたしの外側でなにかがまわっているような気がした。

雪美ちゃんは、どこかうつろな目で、窓の外を眺めていた。

もともと、快活な子ではなかった。だが、こんな目をしていただろうか。彼女と、魔女のことについて話をしたのは、ついこの間だったのに、なんだか、遠い昔みたいな気がする。

部屋には、お母さんの姿はなかった。わたしは、彼女の顔をのぞき込んだ。

「具合悪い？　氷枕持ってきたからね」

こちらを向いた彼女は、小さく首を横に振った。

「大丈夫」

表情に生気はあまり感じられないが、先ほどもそう感じたように血色は悪くない。

わたしは何気なく、彼女の額に手を当ててみた。

触れた額は、ほんのりと熱が伝わってくるだけだった。わたしの手よりは温かいが、それでも三十八度もの熱があるようには感じられない。

（え……？）

「なにやっているんですか？」

ふいに刺々しい声がして、わたしははっと背中を伸ばした。

振り返ると、雪美ちゃんのお母さんがこちらをにらみつけていた。

まるで抜き身の刃《やいば》だ。そんなふうに思った。普通、大人社会では敵意も、不快感も柔らかな真綿にくるまれている。もちろん、真綿でくるまれた刃物でも、切りつけられれば痛いし、傷は付く。だが、この人の悪意には、わずかな建前やごまかしすらない。

だが、こんな悪意をぶつけられるようなことをした覚えはないのだ。

わたしは、戸惑いながらも説明をした。

「あの……、雪美ちゃんが熱があるって聞いたので、氷枕を持ってきました」

「なら、そこに置いておいてください」

もう一度、熱を計り直してはどうか、と提案したかった。だが、なにを言っても、悪いようにねじ曲げて取られそうな気がした。

わたしは、黙って、サイドテーブルに氷枕を置いた。

もう少ししたら、当直の医師がまわってくる。これ以上のことは、医師にまかせるしかない。

「ほかになにか、必要なものはありませんか?」

一応尋ねてみたが、返事はなかった。

心の中でためいきをついた。この部屋全体が不快な空気でいっぱいになったようだ。彼女から不愉快な気分があふれ出て、この部屋を満たしている。

かわいそうに。わたしはそう思って、雪美ちゃんを見た。

こんな空気の中では治る病気だって治らない。いや、健康な人だって病気になってしまうだろう。

彼女は小さな唇を噛んで、外を見つめている。

わたしには、この部屋の出来事を見たくなくてそうしているように思えた。

雪美ちゃんの病室を出て、廊下を歩いていると、だんだん腹が立ってきた。

どうして井上さんは、あそこまで敵意や不信感を剝《む》き出しにするのだろう。わたしが具体的に、なにかをしたわけではないから、看護師全員に対する不信感なのだろうか。

（そんなに、この病院の看護師が信じられないなら、よそに行けばいいのにさ）

わたしは聞こえないようにそう小さくつぶやいた。

ふいに思った。もしかして、雪美ちゃんにとってつらいのは、学校ではなく、家なのかもしれない。もし、お母さんが家でもあんな調子ならば、彼女は延々と母親の不機嫌を浴び続けなくてはならない。

そのくらいなら、たとえ毎日がベッドの上だとしても、病院の方がいいと思ったのではないだろうか。

そんな嫌なことを考えたくはないが、あんな対応をされると、そんなふうに思えてくる。

不快な気分を振り払うため、足取りを速めると、向こうから館野さんが歩いてくるのが見えた。

「雪美ちゃん、どうだった？」

こちらから挨拶する前に声をかけてくれた。わたしは軽くお辞儀をした。

「一応、氷枕置いてきました。……でも、ちょっと気になることがあって……」

「気になること？」

わたしは思いきって口に出した。

「雪美ちゃん……そんなに熱があるとは思えないんですけど」

あのとき、触れた額はかすかに温かいだけだった。もし、彼女が三十八度もの熱があるのなら、それを熱いと感じないわたしも、三十八度近い熱があることになる。どこも具合は悪くないから、それはあり得ない。

驚かれると思った。だが、館野さんは、小さく頷いた。

「たぶん、そうでしょうね」

「え……？」

館野さんは、さっとあたりを見回した。

「只野さん、ちょっと話してもいいかしら。あなただけが知らないというのも、不公平だと思うし」

そう尋ねられて、わたしは頷いた。今、急いでしなくてはならない業務もない。

館野さんは、わたしを階段の踊り場に連れていった。この階段を使うのは、だいたい看護師か医師で、小児病棟の患者が内科病棟に移動することも、その逆も少ない。

館野さんが話しはじめるのを待ちきれず、わたしは尋ねた。

「どういうことなんですか？　じゃあ、雪美ちゃんが発熱したっていうのは……」

館野さんは、ひどく後ろめたそうな口調で話し始めた。

「あのね……すごくデリケートなことなのよ。今まで、みんなが只野さんに話さなかったのも、別に仲間はずれにしたわけじゃないの。まだ確証がなかったからなの。ううん、今でもまだ確証はない。だけど、只野さんは今、雪美ちゃんのことに疑問を持っているわよね」

わたしは頷いた。彼女の額に触れたことが、わたしの疑問と不安になっている。

「だから、このまま隠し続けるのも、なんかフェアじゃないと思ったの」

そう言って、館野さんはわたしの目を見た。

「MBPって知ってる?」

たしか、短大で習った。だが、情けないことにすぐに思い出せない。同じようなアルファベット三文字の略語はたくさんある。

館野さんは怒らずに、すぐ答えを教えてくれた。

「代理によるミュンヒハウゼン症候群」

「はい、知ってます。学校で習いました」

ミュンヒハウゼン症候群というのは、病気でもないのに、病気のふりをして医師の診察や入院治療などを受けたがることである。ただの詐病とは少し違う。たとえば、病気になれば保険金がもらえる、会社や学校が休める。そういう理由で詐病する人はミュンヒハウゼン症候群ではない。

自分にまったくメリットがないのに、病気を偽り、ときにはわざと自分の身体を痛めつけて劇的な症状に見せかける。中には、それで本当の病になることもある。

つまりは、ミュンヒハウゼン症候群は心の病なのである。医師との関係に依存し、病を偽って人から保護されなければ、自分の価値を認められず、健康な自分の身体を傷つけてまで、病気を偽る人々のことである。

代理によるミュンヒハウゼン症候群は、身代わりミュンヒハウゼン症候群ともいう。ミュンヒハウゼン症候群の一種だが、症例が多く、なおかつ犯罪に繋がることもあるので、見過ごしにできない状態なのだ。

ミュンヒハウゼン症候群は、自分を病に見せかけ、自分の身体を傷つける。

だが、代理によるミュンヒハウゼン症候群——MBPは、別の人間を病気に仕立て上げるのだ。

介護人が、介護されている人を病気にする場合もあれば、施設の看護師が、入所者に対して行った場合もある。だが、ほとんどの場合、それは母親が、自分の子供に対して行うという形を取る。

ミュンヒハウゼン症候群は心の病気だが、MBPは心の病気である一方で、間違いなく虐待である。

アメリカではMBPで命を落とした子供もたくさんいるらしい。

そこまで考えて、わたしは息を呑んだ。

つまり、雪美ちゃんのお母さんはMBPにかかっているということなのだろうか。

わたしの考えていることがわかったのか、館野さんがなだめるように言った。

「まだ、決まったわけじゃないの。今、探っている最中なの。わかるでしょう。これは慎重な問題なの。もし、ＭＢＰではない人を、ＭＢＰだと勘違いしてしまったら、大変でしょう」

たしかにそうだ。もし、そうではないのに、井上さんをＭＢＰだと決めつけてしまっては、名誉毀損になる。それだけではなく、雪美ちゃんが本当に病気だったとしても、それを見抜けなくなってしまうのだ。

ふいにわたしは思い出した。このあいだのミーティングのとき、看護師のひとりが言っていた。

「井上さんのお母さんはダンシャクなの？」と。

今思えば、ダンシャクということばは、ＭＢＰのことを遠回しに指していたのだろう。ミュンヒハウゼン症候群の名前の由来は、「ほらふき男爵」である。

だが、だとすれば、多くの看護師たちの間で、井上さんがＭＢＰではないかという疑惑はあったことになる。

わたしはその疑問を口に出した。

館野さんは、静かに頷いた。

「外来できていたときから、おかしかったらしいの。家でむくみがひどいと言って外来にきて、真っ赤な血尿が出たとか大げさな話ばかりするけど、検査をしてみたらなんともないということが繰り返されていて、それでこのあいだの検査入院になったんだけど、結局、数値の異状はなかったでしょう。それなのに、家に帰ったとたんに、また発症でしょう」

たしかに、言われてみればおかしい。さきほどまでは、MBPなんて授業で習ったっきりで、本当にそんな人がいるとは考えていなかったから、疑ってはいなかったが、こうやってあらためて話を聞いてみると、そうかもしれないと思う。

「だから、今は雪美ちゃんの病気について検査する一方で、そちらの方についても調べている最中なの。検尿も、あえてお母さん自身にしてもらうときと、看護師が最初から最後までついて、きちんと見張ってやるときとにわけているでしょう」

つまり、母親が関わったときにのみ、検査結果の異状が出て、看護師が見張っていたときには異状が出なかったとしたら、MBPである確率は高いということだろう。

今朝、井上さんは体温計を置いていけと言った。そして、あとで館野さんが回収してみると、体温は三十八度を指していた。実際に触ってみた彼女の額は、さほど熱くはないのに。

「実際以上に体温計の表示温度を上げるのって、お湯につけたりするんでしょうか」

お茶を飲むために、病室にはだいたい魔法瓶が置いてあるから、ぬるま湯を作ることは難しくはない。

「そうかもしれないし、擦《こす》れば摩擦熱で熱くなるわ。詐病する人がよく使う手口ね」

わたしは考え込んだ。

この体温計の一件だけを見ても、井上さんがMBPである確率は高いように思う。

だが、どうして自分の子供をそんな目に遭わせようとするのだろう。入院させて、ベッドに縛り付け、苦痛を伴う検査を受けさせる。そんなところを見るのは、親としてつらくはないのだろうか。他人で、子供が好きとは言えないわたしですら、かわいそうだと思うのに。

自然にためいきが出た。

「どうしてそんなことするんだろう……」

館野さんは壁にもたれて下を向いた。ナースサンダルで床をなぞる。

「そうね……気持ちはわからないけど、自分が注目を浴びたいんだと思うわ。難しい病気の子供を、献身的に世話する母親のイメージとか、そういうものに取り憑《つ》かれているのよ」

だとすれば、雪美ちゃんがあまりにもかわいそうだ。

そんな母親の自己満足のために、無理矢理病気にされるのだ。

彼女が、キリコちゃんに渡した手紙のことを思い出した。

――びょうきにしてください。

あれは母親によって、無理矢理病気にされそうになった雪美ちゃんの必死の願いだったのかもしれない。

もし、彼女が本当に病気なら、お母さんはＭＢＰではない。自分を病気にしようとする母親など存在しない。

それとも、病気になれば、母親がもっと愛してくれると思ったのかもしれない。

どちらにしても、気持ちの塞ぐ話だ。

ふいに、思い出したように、館野さんは声を一段高くした。

「あ、まだ決まったわけじゃないのよ。だから、『そうかもしれない』とだけ思っておいて。それに、もし、MBPだと疑っていることが、井上さんに知られたら大変なことになるから、彼女には絶対に気づかれないようにして」

「もちろんです」

そう言いながら、わたしはさきほどの雪美ちゃんの、どこかうつろな表情を思い出していた。

彼女に、早く笑顔が戻る日がくればいいのに。


日勤も終わり間近になり、夜勤の看護師たちが出勤してきた。

その中に、看護師長の金居さんの顔もあった。今朝は、金居さんがいったいなにを考えているのかわからないと思ったが、今ならわかる。

金居さんは、わたしに、井上さんがMBPであるかもしれないということを、悟られまいとしたのだろう。あのときは、今よりももっと疑いは小さかったはずだから。

引継業務を終えて、帰ろうとしたとき、金居さんに声をかけられた。

「只野さん、ちょっと」

「はい、なんでしょうか」

「帰る前にごめんなさい。ちょっと、聞きたいことがあるんだけど、いいかしら」

そう言う金居さんの顔は険しかった。ふだん笑顔を崩さない人だから珍しい。わたしは頷いた。

金居さんはわたしをナースステーションの隅に連れていった。それから言う。

「只野さん、あなたこの前、病院の深夜清掃の人がどうとか言ってたわよね」

「あ、はい」

キリコちゃんがどうかしたのだろうか。

金居さんは険しい顔のまま話し続けた。

「あのときも、少し変だと思ったの。だから、庶務に確認してみたわ。只野さん、聞いてね」

彼女がなにを言おうとしているかわからず、わたしはぽかんと口を開けたまま頷いた。

「あのね。この病院には深夜の清掃作業員なんていないの。清掃作業の人はみんな、昼間に働いてもらっているの。只野さんが会ったというのは、いったいだれなの？」

たとえるのなら、自分が騙《だま》し絵の中にいるような気分だった。

自分がカーペットだと思っていたのも、ただ、床に描かれた絵で、ドアだと思っていたのも、窓だと思っていたのも、そして窓の外の景色も、すべて細密に描かれた絵にすぎなかったとしたら、きっと人はどうしようもなく寄る辺ない気持ちになるはずだ。

金居さんの質問には、「わかりません……」としか、答えられなかった。

着替えて病院を出ると、わたしは真っ先にキリコちゃんにメールを打った。金居さんはこんなことを言ったけど、単なる庶務の人の勘違いだよね、と。

返事はすぐにきた。

——嘘ついていて、ごめんね。

それだけ。

わたしは、ぼんやりと、その短いメールを見つめた。

あのとき、病棟を掃除していた女の子はいったいなんだったのだろう。まさか泥棒の下見でもないだろうし、気まぐれなボランティアでもないだろう。

そう考えたとき、わたしはひとつの単語に思い当たった。

魔女。雪美ちゃんや、洋くんが、キリコちゃんを魔女だと思ったのは、子供ゆえの勘違いではなく、正しい直感だったのかもしれない。

わたしは、ためいきをついて、その非現実的に過ぎる想像を追い払った。馬鹿馬鹿しい。

その後、浮かんだのはキリコちゃんのことばだった。

——さやかちゃん、幽霊見たことある?

まさか、その問いかけを発した人自身が、幽霊だったなんてことは……。

そういえば、キリコちゃんは、写真を撮られるのを嫌がった。最初に、魔女の正体を子供たちに教えたいから写真を撮らせてほしいと言ったときも、うまくごまかされたし、それから一度、携帯で写真を撮ろうとしたときも、「髪型失敗したから駄目」と断られた。あのときは、お洒落《しゃれ》なんだな、と思ったけど、もしかしたら……。

放っておくと、考えはどんどん怖くなってくる。

あの、目の前にいた可愛くて明るい女の子は、いったいだれなんだろう。

あいかわらず、雪美ちゃんのお母さんは、朝から夜遅くまでずっと病院にいる。

本当は泊まり込みたいというようなことも、何度も言っていたらしいが、冷静に考えても、雪美ちゃんはそこまでの付き添いを必要とするような病状ではない。

熱を出したのも、あの一日だけである。それなのに、お母さんはまるで、重篤な病人であるかのように雪美ちゃんを扱う。

看護師たちとのトラブルも絶えなかった。こちらに対して、まるで信用していないような態度を取るのは当たり前のことで、ちょっとしたことで怒鳴ったり、席を外しているときに、雪美ちゃんに話しかけただけで、看護師を病室から追い出したこともあったらしい。

主任や看護師長たちが、「とてもまともな看護や、検査ができるような状態ではない」という話をしていたのも、一度聞いた。

館野さんなどから話を聞いたところでは、普通なら転院してもらうところを我慢しているのは、やはり井上さんがＭＢＰかもしれないという疑いのせいだった。

もし、病院を移れば、発見はよけいに遅れる。そのせいで、雪美ちゃんの心が今以上に傷ついてしまうことを、医師は恐れているようだった。

まだ、断言はできないが、医師たちは、井上さんはMBPの疑いが強いという結論に傾いているようだった。

検査は、お母さんに検尿をまかせたときだけ、蛋白が入っていたり、血が検出されたりする。血を検出させるためなら、指を針などで刺して、その血を混ぜるということもできるし、蛋白は卵白をごく少量混ぜることで、検査の値をごまかすことができるらしい。

だが、やはりデリケートな問題であることには間違いないし、今のところ、雪美ちゃんの身体に虐待がくわえられているわけではないので、もう少し様子を見ることになっているようだ。

雪美ちゃんが再入院してから、一週間ほど経った日のことだった。

その日、わたしは夜勤だった。昼間ゆっくり寝て、英気を養って出勤する。以前は、夜勤はキリコちゃんに会えるかも、という楽しみがあったが、あの日からキリコちゃんはいない。それを考えると、少し寂しい気持ちになる。

勤務表を眺めていると、看護師長の金居さんが言った。

「これから、ミーティングをするからちょっと集まって」

なんだろうと、不思議に思いながら、ナースステーションの椅子に腰を下ろす。金居さんはみんなが集まったことを確認して、口を開いた。

「少しイレギュラーなスケジュールだけど、今夜、井上雪美ちゃんが退院します」

看護師たちが驚いたように顔を見合わせる。すでに聞いているらしく、ただ頷いている看護師もいるが、だいたいの人は初耳だったようだ。

わたしも驚く。雪美ちゃんが退院するということには、不思議はない。問題は、今夜、というところだ。

ほとんどの場合、退院するのは朝いちばん、もしくは午前中だ。たまに、検査のスケジュールなどで、午後にずれ込むことはあるが、夜なんてことはない。なにより、病院の会計が閉まっている。

金居さんは、話を続けた。

「雪美ちゃんのお父さんからのたっての願いですし、担当の篠原先生と相談して、それも仕方がないということになったの。会計は、今日のうちに済ませてもらっています。夜、十時にお父さんが迎えにきますから、退院の準備を手伝ってあげてください」

高橋さんが、おそるおそる尋ねた。

「どうして、そんな時間なんですか？」

ほかの看護師たちも、それを聞きたかったようだ。金居さんは少し言いにくそうに咳払《せきばら》いをした。

「お母さんから引き離して、別の病院に行って検査するそうです」

わたしは息を吞んだ。金居さんは話を続ける。

「正直、今の段階ではまだ雪美ちゃんのお母さんがMBPであるかどうか、断言はできないと篠原先生は言ってますし、わたしもそう思います。でも、お父さんも同じ疑問を抱いていて、お母さんが付き添わない病院で検査をしてもらうつもりだということですし、そのことについて、こちらが制止する理由はないと思います」

館野さんが、身を乗り出すようにして尋ねる。

「じゃあ、お母さんに内緒で、転院させるということですか?」

「ええ、そうです」

あの神経質なお母さんが、自分が付き添わない病院への転院を許すとは思えない。

金居さんは看護師たちの顔を見回した。

「ですから、いちばんの問題は、明日の朝、病院にきたお母さんへの対応です。大変だとは思いますが、『どこに転院したのかは知らない。ご家族に直接訊いてください』で通してください。実際、わたしも転院先の病院は聞いていません。篠原先生だけがそちらの医師とコンタクトを取って、カルテのやりとりをするそうです。お母さんにはなるべくわたしが直接対応するつもりですが、訊かれたときには必ず、そう答えて。お願いします」

それでは、業務に戻って、ということばで、ミーティングは締めくくられた。

わたしは、隣に座っていた館野さんに囁《ささや》いた。

「こんなことって、よくあるんですか?」

「よくあるわけじゃないわよ。まったくないわけでもないけどね。以前、外科にいたとき、夫に暴力を受けて入院した患者さんを、夫に知られないように転院させたことがあったわ。その女性がいなくなったことを知った夫が、暴れて大変だったわよ」

「そ、そんなことが……」

絶句したわたしの顔がおかしかったのか、館野さんはくすくすと笑った。だが、すぐに真顔になる。

「だけど、あのときよりも、今回の方がやっかいかもよ。あのお母さんが、素直に『はい、そうですか』って帰ると思う?」

たしかに、そう言われてみるとそうだ。朝、病院にきてみたら、自分の娘がいなくなっていたなんて、井上さんほどヒステリックではない普通の人でもおかしくなりそうな出来事だ。

そう考えると、なんだか少し怖くなってくる。わたしは思わずつぶやいた。

「だけど、そんなことして、もし雪美ちゃんが本当に病気だったとしたら、井上さんのご両親、もう仲直りなんてできないんじゃないでしょうか」

館野さんは、軽く肩をすくめた。

「知らない。でも、なんだかあの夫婦、あんまり仲良くないみたいよ」

どちらにせよ、雪美ちゃんにはつらいことになりそうだ。わたしは重苦しい気持ちのまま、ためいきをついた。

その夜、十時きっかりに、雪美ちゃんのお父さんは現れた。ひとりではなく、雪美ちゃんのお祖母《ばあ》さんらしい年配の女性と一緒である。普通の転院ではないせいか、ふたりとも表情が硬い。

「お世話になりました。家内のことは、できるだけ、こちらの病院には迷惑をかけないようにしたいと思います」

そう言って、お父さんは看護師たちに頭を下げた。パジャマではなく、パーカーとスカートに着替えた雪美ちゃんは、まだなにが起こっているのかわからないような顔をしている。

「うまく解決するといいですね」

金居さんはそう言ったけど、わたしにはなにがうまい解決か、わからないのだ。

小児科病棟の入り口で雪美ちゃんを送るつもりだったけど、なぜか、雪美ちゃんはわたしの手をぎゅっと握って離さなかった。金居さんもいいと言ってくれたので、病院の出口まで送ることにする。

暗い廊下を歩いている最中、雪美ちゃんが小さな声で言った。

「魔女、もういないの?」

お父さんが振り返ったけど、他愛ない子供のことばだと思ったのだろう。気にする様子もなく前を向く。わたしは頷いた。

「うん、もういないんだ」

「いつか雪美のこと助けてくれるかな」

わたしはキリコちゃんのことを思った。魔女はもう消えてしまった。だけど、それを彼女に伝えるのは、なんだかむごいような気がした。だからわたしは嘘をついた。

「うん、雪美ちゃんがいい子にしてたらね」


幸い、雪美ちゃんのお母さんが病院で暴れることはなかった。

翌朝、彼女がくる前に、お父さんが手配したらしい弁護士が、病室で待っていて、さっさと彼女を病院から連れ出してしまったのだ。

たしかに、井上さんのお父さんは、病院に迷惑がかからないように気を配ってくれたらしい。

聞いた話では、わたしが非番の日、一度だけ雪美ちゃんのお母さんがやってきたという。泣きながら、「雪美の居場所を教えてほしい」と看護師たちに懇願したらしいが、本当に看護師たちもだれも知らないのだ。なにもしてあげることはできない。そういう意味では、看護師たちが知らないのはラッキーだった。もし、知っていたら、教えられないのがよけいに心苦しかったはずだから。

転院先の病院で、雪美ちゃんの精密検査が行われたらしいが、まったく異状はなかったそうだ。

うちで検査したときは、その日によって数値が違ったが、向こうでは何度か同じ検査をしても、異常な結果が出ることはなく、常に落ち着いているということだった。

こうなってみれば、やはりお母さんが雪美ちゃんの尿に、なにかをわざと混入させていたとしか思えない。

少し乱暴なやり方だと思ったが、雪美ちゃんをお母さんから引き離したのは、よかったのかもしれない。

キリコちゃんに、雪美ちゃんのことを知らせたいような気もしたけど、メールを打つのが怖かった。アドレスがもう使われていなかったとしたら、本当にキリコちゃんが幽霊だったような気になってしまうし、冷静に考えても、もしアドレスを変えられてしまうほど距離を置かれたのなら、つらい。

ほんの少しの間だったけど、彼女と会えて、話ができて楽しかった。たぶん、わたしは今でも彼女が好きだ。それだけに、こちらから連絡を取るのが怖い。

彼女に繋がるのは、その携帯の番号とメールアドレスだけなのだから。

その日、わたしは内科病棟に、頼まれていた備品を届けに行っていた。

内科病棟と、小児科病棟は同じ建物なのに、まったく空気が違う。当たり前だが、内科病棟は、可愛いクマやウサギのイラストが、あちこち貼ってあったりしないし、ドアノブにぬいぐるみがぶら下がっていることもない。なによりも、やけに静かで落ち着いているのだ。

病気とはいえ、子供たちはやはり賑《にぎ》やかで元気だと思う。

内科の看護師に、備品を渡して帰ろうとしたとき、わたしの足は止まった。

以前、高橋さんが内科でキリコちゃんを見たと言っていたことを思い出したのだ。思わず、わたしは振り返って、看護師に尋ねた。

「あの……梶本《かじもと》キリコさんって女の子、知りませんか？」

いきなりな質問に、内科の看護師さんはきょとんとしている。

「ええと……急にそんなこと言われても……すぐは思い出せないんだけど、患者さん？」

「患者さんの家族らしいんですけど」

わたしはそばにあった、メモ帳から紙を一枚剝がした。そこにボールペンで、彼女の似顔絵を描いていく。顎の尖った小さな顔に、くりくりとした目、ちょっと拗《す》ねたように突き出た唇。絵は子供のときから得意だ。

わたしの絵が出来上がっていくにつれ、別の看護師さんも集まってくる。ポニーテールを描き終えたとき、ひとりの看護師さんが手を打った。

「ほら、梶本さんのお孫さんじゃない？　背の小さい可愛い女の子」

「あ、たしかに！」

ほかの人たちも頷いている。

やはり、キリコちゃんは幽霊でもなんでもなく、ちゃんと現実にいる女の子なのだ。

わたしは大きく息を吐いた。そして尋ねる。

「その、梶本さんって人どうしたんですか？　退院されたんですか？」

一番若い看護師さんが、首を横に振った。

「ううん、亡くなったの。この病院で」

階段の踊り場には小さな窓があり、そこから外の景色が見える。

とはいえ、山や緑が見えるわけではなく、駐車場とマンションと、高速道路などという味気ない景色だけど、それでも、空が見えるのはうれしい。

もちろん、病室の窓から見ることもできるけれど、看護師が、病室から外を眺めてぼんやりしているわけにもいかない。

だから、この踊り場で、少しだけ空を見る。どんなに忙しかったり、気持ちが塞ぐ出来事があっても、空を見るだけで、少しだけ気持ちが楽になる。

内科の看護師たちから、キリコちゃんの話を聞いて、少しだけ彼女の気持ちがわかったような気がした。本当に少しだけだけど。

「あー、看護師さん、サボってるー」

少しかすれた低めの声がして、わたしは振り返った。

階段を下りてくるのは、深田美優ちゃんだった。彼女の表情には、少し親しみのようなものが浮かんでいた。

「ちょっとだけね。もう行きます」

美優ちゃんは、そのままわたしの横にきた。

「いいじゃん。別に言いつけたりしないよ」

もしかしたら、美優ちゃんもときどき、ここで空を眺めているのだろうか。そう尋ねると、彼女は首を横に振った。

「ううん、ここにはひとりになりにくるの」

たしかに、四人部屋にいる彼女には、ひとりになる時間は少ない。カーテンを閉めることはできるけれど、薄い布一枚隔てただけでは、人の気配は消えないだろう。

彼女は、壁にぺたんと背中をつけてもたれた。

「なんかさあ、ときどき、自分がぱんぱんにふくれた風船になったような気がするの。中には、嫌な空気が一杯詰まっているのに、まだもっとふくらんで、そんで、次の瞬間破裂してしまいそうな気分。ここにくると、空気が抜ける気がする」

ぱんぱんにふくらんだ風船。曖昧なたとえだけど、少しわかる気がして、わたしは頷いた。

「うん、わかるよ」

美優ちゃんは、くすりと笑った。

「最初のころ、只野さんもそんな感じだった」

わたしははっとした。彼女がわたしのことを、名字で呼んだのははじめてだ。今までは、「ちょっと」とか「看護師さん」としか呼ばれたことなかった。

「そうだね。たしかに、きたばかりのとき、わたし、ぱんぱんの風船だったかも」

不安とストレス、苛々《いらいら》。そんなものではち切れそうになっていた。空に浮かばないほど重い空気の入った風船だった。今だって、不安なことも嫌なこともあるけど、あのときほどぱんぱんではない。わたしの風船は、ふくらんだり小さくなったりを繰り返している。

最初に風船から空気が抜けたのは、キリコちゃんに会って話をしたから。

もちろん、キリコちゃんだけのおかげではない。同僚や先輩たちなども相談に乗ってくれるし、なによりも、患者の子供たちがときどき笑ってくれる。それだけで、わたしをぱんぱんにふくらませている空気は少しずつ抜ける。

きたばかりのときは、その大切さに気づいていなかった。

わたしは、おそるおそる、美優ちゃんに尋ねた。

「今日も、ぱんぱんになっているの？」

大きなお世話だと突き放されるかと思ったけど、彼女は素直に頷いた。

「少し」

「話したら、ちょっと楽になるかも」

そう言うと、彼女は唇を舌で湿した。

「でも、悪口になるから」

「いいじゃん、悪口でも」

ぱんぱんにふくらんで破裂してしまうくらいなら、いい子になんかなる必要ない。そう言うと、彼女は少し驚いた顔をした。そして、目をそらすようにして言った。

「お母さんのこと」

美優ちゃんのお母さんは、とても感じのいい人だ。美優ちゃんに対しても、いつも優しく接しているように思えた。

「お母さん、わたしに負い目があるの。病気になったのはお母さんのせいだから」

美優ちゃんは、母子感染によるB型肝炎だと聞いていた。最近では予防法が確立できたから二十代以下の母子感染は非常に少なくなっているはずだった。だが、美優ちゃんの場合、お母さんが途中で病院を替わったせいで、病院同士の連絡がうまく行われず、予防の処置が行われなかったという。

「ときどき、お母さん、わたしに謝るの。それはいいんだけど、そのときに、何度も言うの。『もし、美優が将来、結婚できなかったら、お母さんのせいだ』って」

わたしははっとした。恋人や配偶者にワクチンを打ってもらえば、たとえ美優ちゃんの肝炎が治らなかったとしても、結婚に問題はない。だけど、やはり偏見がゼロだとは言えないのだ。お母さんはそのことを言っているのだろうけど、それでもやはり、そういうことは言うべきではない。

病気になったのはお母さんのせいだとしても、今、病気なのは美優ちゃんなのだから。

美優ちゃんは、寂しげに笑った。

「そのたびに思うの。あ、わたし、結婚できないような病気なんだって」

「そんなことないよ」

わたしは強すぎるほどの口調で言った。

「ちゃんとした人なら、結婚を躊躇《ちゅうちょ》するような病気じゃないってことはちゃんと知っているはず。反対にそんな偏見のある人を、美優ちゃんが好きになるはずないよ」

美優ちゃんは首を傾げた。少し考えてから笑う。

「そっか。そうだね」

「空気抜けた？」

尋ねると、美優ちゃんは頷いた。

「うん、少し抜けた」

そのことばで、わたしの重い空気も抜ける。

お母さんに、遠回しにそういうこと言わないように伝えようか、と提案すると、彼女は首を横に振った。

「自分で言うからいい」

自分で言えるなら、それがいちばんいい。そろそろ、戻らなくては、と考えたとき、ふいに美優ちゃんが言った。

「あの人も、ぱんぱんにふくらんだ風船だったよね。雪美ちゃんのお母さん」

思いもかけないことを言われて、わたしは目を見開いた。

「お母さんと話した？」

美優ちゃんは、少し後ろめたそうな顔をした。

「うん、なんか、看護師さんが失敗したことなかったか、って聞いてまわってた。そのときは、あんまりよく考えずに、茜ちゃんの点滴が早くなってたこと話しちゃったけど……あんなこと言わなきゃよかったかも」

キリコちゃんがなぜ、嘘をついたのか。どうして、深夜に病院にいたのかは、少しわかる気がする。だけど、それはひどく曖昧で、頼りない感覚だった。

たとえば、一度説明されただけの数学の公式みたいだ。わかったような気はするけど、本当にわかったのかはわからないのだ。

わたしは、その夜、キリコちゃんにメールを打った。このまま時間が経てば、よけい距離が深まってしまう気がしたから。

わたしたちは、近所の公園で会うことにした。

深夜の公園には、人なんていないと思ったけど、四、五人の大人たちが、飼い犬を遊ばせていた。たぶん、常連なのだろう。互いに顔見知りらしく、にこやかに会話をしている。

ベンチに腰を下ろして間もなく、キリコちゃんがやってきた。

最初に会ったときの、リボンとレースをあしらった可愛らしいワンピース。そう、魔女の衣装で。

彼女は服の汚れを気にすることなく、わたしの隣に腰を下ろした。

「ごめんね、さやかちゃん。本当は何度も話そうと思ったの」

わたしは首を横に振った。

「いいよ、だって、言いにくかったんでしょう」

今日、わたしは庶務に行って、キリコちゃんのことを確認してきた。彼女はたしかに、病院の清掃作業のアルバイトに行っていた。ただ、彼女が働くことになっていたのは、早朝の六時から、病院が開く九時までだった。なのに、彼女は深夜の二時や三時という時間から、病院にきて、掃除をしていた。

キリコちゃんは、下を向いたままつぶやいた。

「まだ、嘘みたいな気がするの。今、ここにいても、家に帰ったら、おばあちゃんが今までと同じように寝ていて、話しかけたら返事をしてくれて、笑ってくれるような気がするの。もう、三ヶ月も経つのに」

内科の看護師から聞いた話は、こうだった。

キリコちゃんのお祖母さんは脳梗塞で、病院に運ばれてきた。病院にきた時点で、すでに意識不明の重体で、その後も意識が戻ることはないまま、二週間後に息を引き取ったという。

ただ、家族の中、たったひとりだけが、「一度だけ意識が戻った」と、医師に主張していた。

それがキリコちゃんだった。

医師も看護師も、はっきりとは言わないけど、単なる勘違いだと思っていたという。医学的には、意識が戻るはずのない重篤な状態なのだから。だが、はっきりと否定することはしなかった。キリコちゃんは献身的に看病をしていて疲れていたし、身内を失った家族が、そんな勘違いをしても不思議ではない。

その話を聞いたとき、わたしは思った。

キリコちゃんは、もう一度お祖母さんに会いたかったんじゃないだろうかと。だから、わたしに聞いた。「幽霊を見たことがあるか」と。

キリコちゃんは、小さな手でスカートをきつく握った。

「あのね、おばあちゃんが言ったの。病院で、わたしが看病しているとき、一度だけ目を開けて、はっきりと」

彼女は一度、口を閉じ、噛みしめるように声に出す。

「大丈夫って。大丈夫だからって」

思い出したのか、伏せた瞼《まぶた》から大粒の涙がこぼれた。

「でも、それっきりだった。それからもう意識は戻らなくて、おばあちゃんは……」

「キリコちゃん……」

「わたし、おばあちゃんに謝らなきゃならないの。おばあちゃんが倒れたのはわたしのせいなの。謝りたいの。もう一度、会わなきゃならないの。もし、あの病院で夜にひとりでいたら、おばあちゃんにもう一度会えるような気がして……。最初はおそるおそる、早めに行ってみたら、だれにも咎められなかったし、悪いことをしているわけじゃないし……

だから、つい……」

病院には深夜働いている人もたくさんいる。だから、キリコちゃんの姿を見た人はわたしや、小児病棟の子供たちだけではなかっただろう。だけど、だれひとりとして、キリコちゃんを怪しいと思った人はいなかった。モップを持って掃除している人を見れば、だれだって清掃作業員だと思うし、清掃作業員が深夜働いていることは、別に不思議でもなんでもないからだ。

訊いてはいけないことかもしれないと思った。でも、わたしは尋ねた。

「どうして、キリコちゃんのせいなの？」

老人の脳梗塞が、だれかのせいで起こるとは思えない。たとえば、悪意を持って寒いところに放り出したりしない限りは。

キリコちゃんは唇を噛んだ。痛みに耐えるように口を開く。

「おばあちゃんが、病気になったとき、わたし、寝てたの。深夜の掃除のバイトをしていて、帰って、おばあちゃんと一緒に朝ごはんを食べて、その後寝たの。お昼を過ぎて、起きたときには、もうおばあちゃん、ベッドの上で意識がなくなってた。もし、わたしが、そんなふうに夜働かずに、普通に朝起きて、午前中おばあちゃんの様子を見てたら、きっと、おばあちゃんがおかしくなっても、すぐに気づいた。もし、すぐに救急車を呼んだら、おばあちゃん助かったかもしれない」

「キリコちゃん」

しゃくりあげながら、そう言う彼女を、わたしは遮った。

「だれか、そんなこと言ったの？」

キリコちゃんは首を横に振った。

「ううん、だれも言わない。お父さんも、大介《だいすけ》も、親戚のおばさんたちだって、そんなこと言わなかった。だけど、わたしのせいなの。わたしがおばあちゃんの介護をしてたんだもの。だから、わたし、おばあちゃんに謝らなくちゃならないの」

キリコちゃんはそう言って、また口をつぐんだ。ハンカチを顔に押し当てて、そして抑えた声で泣く。

わたしは黙ってキリコちゃんの泣き声を聞いていた。

キリコちゃんは傷ついている。身内を失って、傷つかない人などいないけど、だけど、必要以上に傷を負っている気がした。

わたしはしばらく考えた。喋るのがうまいわけではないから、ゆっくりと考えをことばにまとめる。

「ねえ、キリコちゃん。おばあちゃんのことは本当にかわいそうだと思う。だけど、やっぱり、キリコちゃんのせいじゃないよ」

キリコちゃんは濡れた目で、わたしを見た。それから激しく首を振る。

「だけど……だけど……」

「わたし、まだ看護師になって日が浅いけど、きっと、この先たくさんの人を看護すると思う。中には治らない病気の人もいるし、亡くなってしまう人もいると思う。いっぱい、人が死ぬところを見ることになると思う。その中にはきっと、大好きになった人がたくさんいる」

まだ、わたしは新米だ。だけど、それは覚悟している。それを避けて、この仕事はできない。

「もし、さ。キリコちゃんが、おばあちゃんが亡くなったのは自分のせいだって思うのなら、この先、わたしも同じように考えずにはいられないと思う。もしかしたら、わたしがもっと気を配っていたら、この人は死なないで済んだかもしれないって」

「そんな！」

わたしは笑って首を横に振った。

「人の命って、とても大事だし、それを救うために病院があるんだけど、だけど、救おうとすることは、その一方で救えない命に出会うことだと思うんだ」

救おうとしなければ、救えない命に出会うことはない。

もし、キリコちゃんがお祖母さんの介護をしていなければ、彼女はお祖母さんの死に責任を感じるようなことにはならなかったはずだ。お祖母さんの面倒を見ていたからこそ、責任を感じる。だけど、それは少しおかしいと思う。わたしはそう口に出した。

「だから、キリコちゃんのせいじゃない。だれのせいでもないんだよ」

キリコちゃんは下を向いて、わたしの話を聞いていた。

ないと思う」

「それにさ、キリコちゃん、きっとお祖母さんは、キリコちゃんのことをちっとも怒って

キリコちゃんは驚いた目で、こちらを見た。

「どうしてわかるの？」

わたしは確信を持って口に出す。

「だって、お祖母さんは言ったんでしょ。『大丈夫』って。もう意識もほとんどない中、キリコちゃんに向かってそう言ったんでしょ」

彼女はこくりと頷いた。

「もし、さ。本当は大丈夫じゃないときに、『大丈夫』って言うのは、その言った相手に心配してほしくないからだよね。その人のことを、反対に気遣っているから、そう言うんだよね。だから、お祖母さんはちっとも怒ってないんだよ」

キリコちゃんの目が見開かれた。その目から、大粒の涙が溢《あふ》れ出す。わたしは彼女の肩を抱いた。触れた肩は、とても柔らかく頼りなげだった。

この肩に載っていた重い荷物が、少しでも軽くなればいいと思った。

それから、わたしたちは会わなかった間のことを話した。

雪美ちゃんが退院したと言うと、彼女はとても驚いていた。わたしは掻《か》い摘《つま》んで事情を説明した。雪美ちゃんのお母さんが、ＭＢＰかもしれないということ。それで、お父さん

が引き離して、転院させることになったこと。

そこまで話すと、キリコちゃんは首を傾げた。

「なんか……おかしくない？」

「うん、お父さんのやり方はちょっと強引だと思うんだけど……」

「そうじゃなくって……」

彼女はなぜか、ひどくもどかしげに身体を揺すった。

「本当に、雪美ちゃんのお母さんってその……なんだっけ」

「MBP。代理によるミュンヒハウゼン症候群」

「そう、そのミュンヒハウゼン症候群なの？」

それは結局のところ、うちの先生もはっきりと断言はできないと言っていた。代理によるミュンヒハウゼン症候群に顕著に見られるのは、病院スタッフに愛想がよく、検査や治療に協力的であるという傾向である。だが、井上さんはむしろ正反対だった。

だが、お母さんから引き離したとたん、検査の数値が安定したからには、そう考えるしかないのだ。

キリコちゃんは目を伏せて、しばらく考え込んだ。

「ねえ、わたし、もしかしたら的はずれなこと言っているかもしれないんだけど……」

そう前置きしてから、彼女が話しはじめた内容は、思いがけないものだった。

わたしは屋上の非常階段の陰に隠れていた。

キリコちゃんの話を聞いてから、わたしは病院のカルテを調べた。彼女の考えは推測に過ぎなかったけれど、すべてがそれを裏付けていた。

こっそりと、ほかの看護師に知られないように、雪美ちゃんの担当の篠原先生に相談もした。彼はとても驚いていたけれど、その後は迅速に行動してくれた。

ただ、わたしにはできないことがひとつだけあった。それをキリコちゃんがやってくれる。

キリコちゃんは、屋上のフェンスにもたれて、その人を待っていた。

階段を上がってくる足音がして、非常階段の扉が開いた。

「あの……失礼ですけど？」

館野さんは、不審そうな声で、屋上にいるキリコちゃんに話しかけた。

「手紙の差出人はあなた？」

キリコちゃんは、こっくりと頷いた。

「そうです。わたし、井上雪美ちゃんの友達です」

「雪美ちゃんは、もうこの病院とは関係ないと思いますけど……？」

「そうですね。この病院とは、関係ないかもしれない。だけど、あなたと関係ないとは言い切れないと思います」

館野さんはしばらく黙っていた。それから作り笑いを浮かべて言う。

「なにがおっしゃりたいのか、よくわかりませんけど」

「雪美ちゃんのお父さんと、個人的なおつきあいがあるんじゃないですか?」

館野さんの顔から、いつもの柔らかな笑みが消えた。

「あなた、奥さんに頼まれてきたの?」

キリコちゃんは否定も肯定もしなかった。館野さんは刺々しい声で答える。

「あったらどうなの? 別に責められるようなことじゃないでしょう。まさか、不倫は犯罪になるというわけでもないでしょうに」

ごまかすと思ったのに、館野さんはまるで肯定するようなことを言った。

「それにね。井上さんは、もう奥さんとは離婚の話を進めている最中なの。弁護士を通じて連絡を取るだけで、完全な別居状態。わたしが井上さんとつきあっていても、別にどうってことはないいんじゃない?」

「結婚するんですか?」

「そんな先のことはわからないわ」

館野さんは、どこか空虚な笑いを浮かべた。キリコちゃんは追及の手を緩めずにことばを続ける。

「でも、結婚するつもりなんでしょう。だって、でなければ、あそこまでするはずはないもの」

館野さんの表情が強ばった。

「あそこまで、ってなによ」

「雪美ちゃんのお母さん……井上さんの奥さんをあそこまで追いつめたことです」

「なに言っているのかわからないわ」

「わからないはずはないです。お母さんを、ＭＢＰに仕立て上げようとしたのは、あなたと井上さん……雪美ちゃんのお父さんでしょう？」

しばらく沈黙が続いた。館野さんは次の一手を考えるように、キリコちゃんの顔を凝視している。

「なにか証拠があって言っているの？」

「調べてもらいました。たしかに検査の結果、看護師さんが付き添ったときには、異状はなく、お母さんにまかせたときには異常な数値が出ていました。だけど、お母さんにまかせるようなふりをして、検尿のサンプルを回収したり、検査室にまわしたりしていたのは、いつも館野さんだったはずです」

あの、三十八度の熱が出たとき、体温計を回収したのも館野さんだった。お母さんに確認を取ったところ、体温計を置いていってもらったものの、測るのを忘れていて、館野さんに測ってもらったという話だった。

「そんなのただの偶然だわ。それに、家で血尿が出たりしたのは、どういうことなの？わたし、井上さんの家になんか行ったことないわよ」

「それは、お父さんがやったことでしょう。たとえば、こんな方法があります。雪美ちゃんがトイレに行きそうな時間を見計らって、便器にフェノールフタレイン溶液を入れておく。フェノールフタレイン溶液はアルカリ性の溶液に反応して赤く染まるから、もし、そのあとにトイレに行けば、便器は赤く染まる」

なにも知らない雪美ちゃんは「赤いおしっこが出た」と母親に報告するだろうし、母親は青ざめて病院に連れて行くだろう。

館野さんは驚いたように、キリコちゃんを見ていた。

「それに、あらかじめ、お母さんがほかの看護師や病院を信用しないように、予防線を張っていたのもあなたですよね。命に関わらない点滴のミスなどをわざと演出して、それをお母さんの耳に入るように仕組む。そんなことを繰り返したら、お母さんだって病院スタッフに不信感を覚えるでしょう。自然と溝は深まっていくはずです」

お母さんが看護師や医師に、なんでも相談するようでは困るのだ。自分の企《たくら》みがばれてしまうかもしれないし、それだけではなく不信感には相乗効果がある。もし、お母さんが病院スタッフに不信感を持てば、病院スタッフも彼女をよくは思わないだろう。

美紅ちゃんの点滴針のミスも、茜ちゃんのバルブのミスも、館野さんがいるときに起こったことだった。美紅ちゃんのときは市原さんが用意した針を、すりかえたのかもしれない。たまたまわたしが発見したのはそれだけだったけど、同じようなことは、ほかにもあったのかもしれない。

「そんなことまで……」

館野さんはそうつぶやいてから、はっと青ざめた。失言をしたのに気づいたようだ。

「転院したら、検査結果が正常になったのも当然ですよね。別の病院の検査結果なら、あなたに細工できるはずないもの」

館野さんは、ためいきをついてフェンスにもたれた。

「どうして、そう考えたの？」

「以前、わたし、雪美ちゃんに病気が治るお守りをプレゼントしようと思ったんです。そしたら、雪美ちゃんが言いました。パパに叱られるからいらないって。ママに叱られるからじゃない。自分を病気にしたいと思っているのは、お父さんだって、雪美ちゃんはちゃんと気づいていた」

そう、あの白いビーズとリボンのブレスレット。渡そうとしたのはわたしで、返事を聞いたのもわたしだけど、キリコちゃんは嘘を言っていない。あれはキリコちゃんのプレゼントだ。

館野さんは、フェンスに指を食い込ませた。苦く笑う。

「ぼうっとした子だと思っていたけど、意外に鋭かったのね」

次の瞬間、鋭い目でキリコちゃんを見据える。

「だけど、別にわたしたちは、彼女を痛めつけたわけじゃない。父親の浮気が原因で、離婚することになれば、親権を取ることは難しいわ。あの人は、雪美ちゃんのことをなによりも愛している。わたしだって、結婚して雪美ちゃんのお母さんになってもいいと思っている。あんなに神経質な母親より、ずっといい母親になる自信があるわ。だから、どうしても親権がほしかった。なにもお母さんを罪に陥れるつもりはなかったわ」

完全に虐待で告発することはできなくても、病院がＭＢＰの疑いがあると判断したことで、離婚交渉はずっと夫側に優位に進むだろう。慰謝料などの額にも関わってくるに違いない。

キリコちゃんはまっすぐに、館野さんを見た。

「本当に、そう言える？　雪美ちゃんを痛めつけてないって」

「あたりまえじゃない。彼女にかすり傷すらつけなかったわよ」

「嘘だわ」

キリコちゃんはきっぱりとそう言った。

「雪美ちゃんは絶対に忘れないと思う。お母さんがあなたとお父さんの企みで追いつめられていったことや、お母さんと引き離されたこと。それは、ずっと彼女の心に残るはずだわ」

わたしははっきりと覚えている。雪美ちゃんの目がどんどんうつろになっていったことを。あの目を見て、なお、傷つけていないと言えるのなら、館野さんは嘘つきだ。

「たしかに、雪美ちゃんのお母さんは神経質な人だけど、あの人より、あなたの方がいいお母さんになれるなんてことはない。だって、あのお母さんは、一生懸命雪美ちゃんのことを気遣っていた。あなたみたいに、雪美ちゃんを自分の目的のために利用しようとなんかしていない」

　キリコちゃんはそう言いきって口を閉ざした。

　館野さんは振り返った。

「なにが目的なの？　彼と別れること？　わたしが彼と別れたって、あの人と奥さんの仲は元には戻らないわよ」

「そうかもしれない。でも、卑怯《ひきょう》な真似《まね》はしないで。もし、雪美ちゃんの親権を争うのだとしても、勝手に人を病気にでっち上げたりしないで、真実だけで争って。どちらにせよ、病院はすでに、あなたがやったことに気づいている。だから、あなたたちに有利な証言はしないだろうけどね」

　館野さんの顔色が青ざめるのがわかった。そこまで話が進んでいるとは思っていなかったのだろう。

　キリコちゃんは一度目を伏せた。それからまた館野さんの目を見据える。

「それで、ちゃんと争って、あなたが雪美ちゃんのお母さんになったとしても、もうこんなことは絶対にしないで」

　館野さんは力無くつぶやいた。

「それは約束するわ。絶対に」

　館野さんは病院を辞めた。事件は幸い、表沙汰になることはなかったけれど、やはり、彼女の看護師の資格は剝奪されることになったと聞いた。

彼女は逃げるように病院を去ったけれど、館野さんと仲のよかった高橋さんとは、まだつきあいが続いているらしく、高橋さんから彼女の話をときどき聞く。

井上さんとはやはり結婚することになったらしい。雪美ちゃんの話はまったく聞かないと高橋さんが言っていたから、まだ親権を争っているのか、それともお母さんが引き取ることになったか、どちらかだと思う。

彼女のしたことは看護師として最低だと思う。

だけど、彼女がほかの子供たちに、とても優しく、深い思いやりを持って接していたのもたしかに事実で、それを思うと、わたしはどうしても彼女を憎みきれないのだ。

わたしにとって、それは矛盾した事実だけど、きっと彼女の中では、まったく矛盾はしていなかったのだろう。

キリコちゃんとはときどき会って、遊びに行ったり、ごはんを食べたりする。

彼女は、今は病院を辞めて、あるショッピングセンターで清掃作業員のバイトをしているという。

「いろんなところに行くのがおもしろいの」

彼女はそう言って笑った。モップを持った魔女は、そこでも不思議な魔法を使うのだろうか。

ある日、キリコちゃんから携帯に電話がかかってきた。

「ねえねえ、今日、バイト先で、意外な人に会ったの。だれかわかる?」

「そんなのわかるわけないよ」

疲れていたので、素っ気ない答えになる。

「もう、ちゃんと考えてよ。わたしとさやかちゃんの共通の友達ってそんなに多くないのに」

たしかにそうだ。というより、共通の友達なんかいただろうか。

考え込んでいると、焦《じ》れたのかキリコちゃんが先に答えを言った。

「雪美ちゃん」

そう、これもまたひとつの偶然か、それとも魔法なのかもしれないけれど、たまたまキリコちゃんは、その日もゴスロリファッションで決めていた。その姿で、床を磨いていると、目の前でまん丸の目をした女の子が立ち止まり、それが雪美ちゃんだったという。

「お母さんと、おばあちゃんみたいな人と三人だったよ。元気そうだった」

それを聞いて、わたしは少し安心する。彼女の心の傷が完全に癒えたかどうかは知る術はないけれど、それでもキリコちゃんがそう言うのなら、彼女は元気なのだろう。そう思うことしかできない。

キリコちゃんは話を続けた。

雪美ちゃんは、キリコちゃんを見て目を丸くした。そして、お母さんたちに聞こえないように小さな声で言ったという。

「魔女……だよね」

キリコちゃんは笑って答えた。

「さあね。でも、雪美ちゃんでしょ。覚えているよ」

そう言うと彼女は笑顔になった。

お母さんが離れたところで、雪美ちゃんを呼んだ。行こうかどうしようか迷うような素振りを見せた雪美ちゃんに、キリコちゃんは腕のブレスレットを解いて差し出した。リボンとビーズのきれいなブレスレット。

「これ、覚えてる？」

雪美ちゃんは頷いた。キリコちゃんはその小さな手にブレスレットを握らせた。

「あげるよ。また会えた記念に。それと雪美ちゃんが元気になるおまじないに」

雪美ちゃんは今度は拒まなかったとキリコちゃんは語った。

彼女は白いブレスレットを握りしめて、何度も振り返りながら、お母さんのところに走っていったらしい。

それを聞いて、わたしは思う。

少なくとも、彼女は自分のほしいと思うものを、ひとつ手に入れたのだ、と。

人格再編　篠田節子

篠田節子（しのだ・せつこ）
一九五五年、東京都生まれ。九〇年、小説すばる新人賞を『絹の変容』で受賞しデビュー。九七年、『ゴサインタン―神の座―』で山本周五郎賞を、『女たちのジハード』で直木賞を受賞。二〇〇九年、『仮想儀礼』で柴田錬三郎賞。一一年『スターバト・マーテル』で芸術選奨文部科学大臣賞。一五年、『インドクリスタル』で中央公論文芸賞。一九年、『鏡の背面』で吉川英治文学賞。二〇年、紫綬褒章。近著に、『ブラックボックス』『長女たち』『竜と流木』『肖像彫刻家』『恋愛未満』など。

人格再編処置承諾書、麻酔承諾書、手術承諾書。

書類はすべて整っている。

二日かけた家族への説明も、ほぼ完璧だ。

「とにかくお願いします、先生。みんな先生にお任せしますからやっちゃってください」

説明を最後まで聞くのももどかしげに、中年の夫婦は幾度となく、医師の説明を遮って懇願したものだった。

「最後まで聞いてくださいね」

その都度、堀純子《ほりじゅんこ》医師は彼らに呼びかけ、ようやく説明を貫徹させた。

患者本人への説明はなかった。説明を受けることも納得することもなく、今、ストレッチャーに乗せられ、胸、腹、足と三ヵ所をベルトで固定された患者は、病室から廊下、ナースステーションまで響きわたるような声で喚《わめ》き続けている。

「おまえらみんな呪い殺してやる。おれが死んだ後、末代まで祟《たた》ってやるから覚えていろ」

堀は仰天した。歳《とし》を取ると女性まで、自分のことを「おれ」と言うのか、それとも地方によっては、女性も歳を取ると自分のことを「おれ」と呼び始めるところがあるのか、日本最高の頭脳を集めたと言われるN大学病院の若い脳外科医にはわからない。

「助けてくれ、ちくしょう、虐待だ」

ベルトをかけた女性看護師に向かい、患者は身をよじり唾を吐きかけた。中年の看護師は落ち着いた動作で、自分のこめかみに吐きかけられた痰《たん》混じりの唾を脱脂綿で拭う。

「おまえら、今は好きなだけおれを虐《いじ》めているがいいさ。おれが死んだら、どいつもこいつも呪い殺してやる」

看護師は老女の手術着のマジックテープを剝《は》がし肩の皮膚を露出すると、消毒薬をスプレーして、すばやく注射針を刺す。

「痛い、痛い」

絶叫が上がる。

「殺される、痛い、人殺し、だれか」

三十年ほど前まで、確かに注射は痛いものだった。しかし金属製の注射針が消え、髪の毛ほどのごく細いアクリル針に変わった今、せいぜいが蚊に刺された程度の刺激しかない。それでも遠い記憶の中に生きる老女にとっては、看護師の手の中の注射器は紛れもなく痛みをもたらすもののようだった。

着換え、入浴、排泄《はいせつ》、家族や介護士のあらゆる介助に対し、老女は「虐待だ」と声を上げる。

実際のところ高齢者虐待は頻繁に起きてはいた。そのことをマスコミが派手に報道し、自治体が監視体制を強化するに従い、介助を受ける側が多少気に入らないことがあったり、あるいは単に体に触られただけで、「虐待だ」と訴えるというのもまた日常茶飯事となっている。

患者の絶叫を乗せたままストレッチャーは廊下を運ばれ、やがて「スタッフオンリー」と書かれたドアを抜け、エレベーターに乗せられる。

注射された鎮静剤のお陰で、老女は静まり、どんよりした視線を天井あたりに漂わせている。

手術室の扉が閉じられ、夫婦はガラスで仕切られた控え室に入る。長椅子に腰掛け、無言のまま視線を交わした。

多臓器不全、出血多量、組織の壊死《えし》、承諾書にはいくつものリスクが記載されていた。いずれも死に直結するものだ。しかしそうしたリスクは、正直な話、問題にはならない。地獄を生きる患者本人というよりは家族にとって、死それ自体は一番手っ取り早い救いだ。

ライトの下でピンク色の手術着を身につけて老女は横たわっている。

昨日のうちにその白髪頭は看護師の手できれいにシャンプーされていた。椅子に縛り付けられ、ぬるま湯で髪を洗われている間中、彼女は「虐待だ、殺される」と叫び続けていた。そして今から三時間前にはやはり「殺される」と叫びながら、頭頂部の毛をきれいにそられた。

「大丈夫ですよ、痛くはありませんからね、リラックスしていてください。ちょっと音がしますが、すぐに終わりますからね」

堀は話しかける。

老女はぴくりとも動かない。麻酔と鎮静剤はよく効いている。

患者の耳にはごく小さなイヤホンが差し込まれており、軽やかな長調の音楽とともに医師の言葉も流れ込んでいるはずだ。

堀は頭上からワイヤーで繋《つな》がったボールペンほどの太さのドリルを取る。鋭い音で刃が高速回転し、頭蓋骨の頭頂部に小さな穴が空いた。流れる血がふき取られ、手際よく内視鏡の先端があてがわれる。

堀は頭蓋内部に慎重に内視鏡を滑り込ませていく。

あらかじめ肩に埋め込まれたカプセルからは、脳内物質の分泌を促すための薬剤が、自動的に供給され始めた。萎縮した脳の代わりに、家族の話を元に構成された望ましい記憶を再生させるチップが、脳の内部に埋められていく。

頭蓋と萎縮した脳の間にはかなり隙間《すきま》ができており、そこに粘液がたまっている。その粘液の中を内視鏡が泳ぐように、ゆっくりと進んでいく。

技術自体は十年も前から確立されている。しかし政府の主催する倫理委員会でガイドラインが作られ、承認を受けたのはほんの二ヵ月前だ。

ときおり痙攣《けいれん》めいた泣きとも笑いともつかない表情が老女の顔に浮かぶ。

苦痛はまったくないはずだ。ディスプレイに映し出される頭蓋の内部に目を凝らし、堀は確信に満ちた手さばきでチップを埋め込んでいく。

チップの取り扱いも、内視鏡を覗《のぞ》き込んでの脳内固定の処置も、そして家族への説明と、万一事故が起きたときの対応も、すべてに細心さ、繊細さを要求される。

右手の人差し指と親指を微妙に動かし、堀は最後のチップを側頭葉の脇に静かに置いた。

背筋を汗が伝い下りていくのをそのとき初めて意識した。


「お父さんお母さんの老後は、私たちで見るつもりです」

若者たちからそんな言葉が聞かれるようになったのは、三十年ほど前のことだった。

介護保険制度が成熟し、施設介護から在宅介護への移行が定着した頃のことだ。戦後、一貫して進んできた、家事、育児、そして介護の外注化にようやく歯止めがかかり、家族の大切さが人々に認識され始めた時代だった。

テレビドラマも小説もエッセイも、家族の大切さ、親子の絆《きずな》といったものを取り上げ、人々の支持を得た。

子育て子作り支援策もようやく効果を発揮し少子化は止まり、憲法改正と教育改革を通じて、それまでの行きすぎた個人主義の流れは大きく変わった。家族に重きを置く倫理観が国民の間に静かに浸透していった。

子供の非行や、老人の孤立といった様々な問題を生み出した核家族は急速に減少し、結婚後も親世帯と同居というのが、どこの家でもスタンダードになっていった。

実際のところ、構造不況で経済大国の地位を滑り落ち、日経平均暴落、円の急落、財政赤字、環境悪化、エネルギー危機から食糧危機まで、あらゆる災厄に見舞われた日本からは、多少の業績を挙げている企業とまともな人材はほぼすべて海外に逃げ、残っているのは海外ファンドが食い散らかした企業の残骸と、海外では使い物にならない、日本に留《とど》まるしかないぼろくずのような人材だけだった。

若年層の雇用状態は悲惨を極めている。にもかかわらず見かけの失業率はさほど高くはない。

はなから人生を諦めた彼らは、職を求めていないからだ。

社内の会議はもちろんのこと、打ち合わせや現場の指示がほぼ英語で行われるようになったのは、二〇二〇年代のことで、当時の企業環境が中高年にとって厳しくなったのは当然だったが、彼らは少なくとも必要に迫られれば、硬化した頭に語学教材の構文を詰めこむくらいの努力はした。スーツ姿の中高年の男女が通勤電車の中で、耳に突っ込んだイヤホンから流れてくる音声に合わせて、あたりはばからず大声でリーディングするのも、当たり前の光景になっていた。

しかしこのとき、日本に残っている若者たちの多くはそもそも学習するということすら知らなかった。

日本人なのだから外国語ができないのは当然として、ルビがなくては週刊誌も読めず、二桁の足し算まではどうにかなるが、かけ算はまったくできない。

インターネットにブログは書けても、配信されるニュースや広報類を読解することはできない。

「100から7を引いてください。そこからまた7を引いて」という問題が、就職試験に出題されるようになった。

「尊敬する人は？」

「お父さんとお母さん」

企業の面接試験ではこんなやりとりが当たり前になされた。歴史的、社会的教養が欠如しているために、家族や友人、芸能人以外の固有名詞を全く知らないからだ。それでもさすがに芸能人の名前は挙げない。

そう、パーマネントアンダーと呼ばれる彼らは、学習能力はともかくとして、当時の政策のおかげで、ある意味道徳的に作り替えられていた。

長い間日本を席巻《せっけん》した受験教育は、もはや一部のエリート家庭のものとなり、ゆとり教育が見直された後も、一般庶民が子供たちを競争に駆り立てることはなくなった。

公立学校のカリキュラムは、知育中心から徳育中心に完全にシフトしたが、その徳育の項目に「向上心」は含まれていない。ハングリー精神とは、幼い頃から鍛え抜かれ、海外を目指す富裕層の子弟が抱くものだった。

普通の若者たちは格別の野心を抱くこともなく、犯罪に走ることもなく、仕事を与えられれば、とりあえずまじめに働き、つましい生活をそれなりに楽しんでいる。

とはいえほとんどは、アルバイトか、何重にもピンハネされる派遣社員だ。

昇格の機会も、意欲も、十分な収入も何もない。そんな状態でも年頃になれば、異性に興味を引かれる。くっついたところで、食べてはいかれない。子供が生まれればなおさらだ。そんなとき親と一緒に住めば、住居費はいらない。アルバイトで稼ぐわずかな金であっても、家族で助け合って暮らせばなんとかしのげる。

親世代も嫁いびり、婿いびりをする精神的風土などもはやない。若いということが親世代の至上の価値観であり、稼ぎがなかろうと、かけ算九九ができなかろうと、自分たちの婚姻届の記載をするだけの漢字力さえなかろうと、親世代にとっては若いということそれ自体がまぶしい。若者の風俗であるというだけで輝かしい文化とみなされてもてはやされてきた。

どっちもどっちの新旧世代の蜜月は、少なくとも二十年は続いた。

老いぼれだの、呆《ぼ》けだの、耄碌《もうろく》だのということばは古語として忘れ去られ、「痴呆《ちほう》」は論外、最近では「認知症」が差別に当たるということで、「緩穏《かんおん》傾向」という言葉に置き換わった。

二十世紀後半にある女流作家によって書かれた、痴呆老人介護の凄惨な実態を描いた小説は、出版禁止の上に、公立図書館の閲覧禁止図書にも指定され、インターネットでひそかに流されたものの、若者のほとんどは、その難解な漢字と文学的表現のために、理解することができなかった。

代わりに老親とともに暮らすことを、美しく意義深いこととするエッセイが数多く出版され、もてはやされ、そうした家庭を舞台にしたハートウォーミングドラマが高視聴率を挙げ、ネット配信されて人気を博す。

少なくともY世代と呼ばれた子世代が十代後半から二十代であり、親世代が三十代の終わりからせいぜい五十になったばかりの、新しい三世代同居家庭において、「親の老後」などファンタジーに近いものだったからだ。

自分を産み、慈《いつく》しみ、育て、さらには結婚後の生活をも支えてくれた両親の面倒を見るのは当然、という素朴な内的規範に従い、何が起きても受け入れるというけなげな覚悟さえひょっとすると、あったのかもしれない。

しかし中年期にさしかかった孝行息子孝行娘たちが目《ま》の当たりにしたものは、前世紀の後半に書かれ、出版、閲覧禁止になった小説の描き出した、凄惨極まる老いの現実だった。

沈没しつつある日本社会で、成長の過程でも仕事の場でも、さしたる試練もなく、平和に、肩を寄せ合って生きてきた彼らが、初めて経験するこの世の地獄だった。

しかも優秀な頭脳が海外に流出し、産業どころか人材と能力が空洞化した日本は、なぜか不妊治療と並んで、とりあえず死なせない、という技術だけは世界の最高峰を極めていた。

一時、どこの家でも、二十年以上寝たきりの老人を二人以上は抱えていた。もちろん長期入院患者を受け入れるような病院などないから、在宅介護である。

前世紀に喧伝《けんでん》されたPPK、すなわちピンピンコロリなどは、役に立たないものを排斥する強者の論理としてタブーとなった。そんなことを口にしただけで、大臣は罷免され、タレントは干され、作家はネットで叩《たた》かれその本が不買運動の標的となる。人はどんな状態になろうと生きていることだけですばらしい、という人権活動家たちの主張は、人間の尊厳を約束する絶対的真理として、あらゆる道徳の上に君臨するものとなった。

「生きていてくれてありがとう」が、合い言葉となり、子供たちは保育園に入ると、まず、「生きていてくれてありがとう」という挨拶を教えられる。

「おはよう」「ごきげんよう」「どう、元気?」「ここんとこ、どうよ?」といった挨拶は死語となり、人々は道で会うと「生きていてくれてありがとう」と呼びかけ合う。

店員の言葉も「いらっしゃいませ、こんにちは」から「生きていてくれてありがとう」に、社長の年頭挨拶も、借金の取り立ても、「生きていてくれてありがとう」から始まる。

とはいえ、そうした生きていてくれるだけでありがたい老人たちを行政が面倒見てくれるわけではなく、家族の負担は頂点に達した。

虐待、尊属殺人、自殺、一家心中が、爆発的に増えていった。「生きていてくれてありがとう」の結果は、ギリシャ神話さながらの、家庭内殺人だった。

それで十年ほど前から、ようやく不自然な寿命の引き延ばし処置が、禁止されるようになった。表向きは人道的理由からだが、実際のところ医療と福祉の双方から国家財政が圧迫され、もはやシステムが耐えられなくなったからだ。

超高齢者を対象に、まず、高濃度栄養点滴が、人工呼吸器が、人工透析が、胃ろうが、医療保険から外された。

チューブを外された寝たきりの年寄りは、家庭から消えた。やがてその他の措置も保険対象外となって、自分で呼吸できなくなったとき、自らの口で物を咀嚼《そしやく》し飲み下すことができなくなったときが人間の死にどき、という基準が定着した。

おかげで人生の大半を介護し、されて過ごす、という本人と家族にとっての悲劇はなくなったが、心身の不調を抱えた年寄りのメンタルな変化に対する認識と対策は、なおたち遅れている。

そもそも長老政治に象徴される年寄りの思慮深さや、日常生活に生かされた「おばあちゃんの知恵」は、人生五十年時代のものであり、八十を過ぎた高齢者にリーダーシップや高度な判断を要求するのが間違いだ。

ところがテレビや雑誌、インターネット、あらゆるメディアは、筋力知力のトレーニングに励み、仲間と語り合い、ボランティア活動に勤《いそ》しみ、前向きに生きる老人たちの姿を盛んに取り上げる。

百を過ぎても新製品開発に意欲を燃やす家電メーカーの社長や、九十を過ぎてなお美肌の女王を張っている老年アイドル、さわやかな笑顔が人気の八十九歳のスポーツインストラクター、ホームレスたちの段ボールハウスに往診して彼らの命を救い続けている百二十歳のドクター「白髭《しろひげ》」。化け物老人、聖老人ばかりが、メディアに取り上げられ、あたかもそれが一般的な高齢者であるかのように紹介される。

一方、普通の親たち祖父母たちは、年齢とともにネガティブに、頑固に、知的能力が衰えたわりには狡猾《こうかつ》に、すべてに鈍感なくせに、自分のプライドを傷つける表現にだけは異常に鋭敏で、自分がそのとき気持ちいいか否《いな》かということだけに関心を抱く刹那《せつな》的な生き物に変わっていく。

それまで仲良し家族として、貧しいながらも心豊かに暮らしてきたはずの家庭で、かつての思いやりも慈しみも実は単なる演技で、数十年に及ぶ本音はここにあるとでも言わんばかりに、家族を絶望に陥《おとし》れるような言動を口にする年寄りが出てきた。

二十世紀の終わり頃までなら、人間の単なる経年変化として、もの笑いの対象になり、どうせあの世にいくまでの話さ、と受け流されてきた老人特有の人格変化にすぎないものだが、情報遮断状態で成長した脆弱《ぜいじゃく》にして道徳的なY世代にとっては、そうした親たちの経年変化は想像外だ。

二十一世紀の初めに盛んに作られた「棄老」施設にいる年寄りとは違い、一つ屋根の下で暮らしてきた自分たちの父母は、思いやりがあり思慮深く、かつ可愛い爺婆《じじばば》になると信じて疑わなかった。

いっそう頑固に狡猾になって、食と色への欲望をむき出しにして力強く生きていく自らの父や、積年の恨みつらみひがみを糧《かて》に、日々を細く長く後ろ向きに、したたかに生き延びる母の姿を、メディアで垂れ流される老人たちの姿と比較してパニックに陥り、人生のカタストロフを見る。

堀医師の許《もと》にやってきて、今回の「処置」を依頼したのも、まさにそうしたカタストロフに見舞われた娘夫婦だった。

「娘はやくざもののような亭主を家に引っ張りこむかと思えば、息子は猪《いのしし》そっくりのブス女に騙《だま》されて出て行った。死んだ亭主は、私も子供もどうでもいいような男で、何一つしてくれなかった。さんざん苦労して子供を育て上げてみれば、みんなでおれを邪険にする。こんな婆ぁ、早くくたばればいいと思っているんだ。くたばってたまるか、おまえらの勝手になんかさせてやるか、この家の財産には、指一本触れさせないからな。全部、焼いてから死んでやる。おまえら、婆ぁの相手なんかするな、と孫に吹きこんでるんだろ。わかってるんだぞ」

十代で妊娠し、相手の男を連れて実家に転がり込んできた娘一家の面倒を見ながら、娘婿と表面上の摩擦もなく暮らし、友達付き合いも多少はあった母が、ちょっとした言葉の行き違いから、突然、わめき散らし始めたのは、娘夫婦が整えたささやかな喜寿の席でのことだった。

以来、抑制がはずれたように、老母の言動は手の付けられないものに変わっていった。

熱を出したときにトイレの介助をしようとすれば、通帳を入れた布のバッグを両手で胸に抱え込み、娘の手に嚙《か》みつく。

少し精神状態の良いときは、娘と息子を相手に、父と父の親族に対する恨み言が始まる。

「あの男が死んだときは、おれぁ、こっそり赤飯食ってやったもんだ。みんな帰った後に、パック入りの赤飯買ってきて、位牌《いはい》にざまあみさらせ、と唾吐きながら、食ってやった。さんざん外で食いたい物食って、やりたいことやって、最後は、水一杯飲めなくなって、死んでいった。ばち当たったたんだよ」

父母の夫婦仲は、子供たちから見れば母が言うほどには、悪くはなかった。もっとも晩年、父が裸の女のホログラムを使った3Dビデオに夢中になった後は、それなりに葛藤《かっとう》はあったが、幸い、色呆けしてから父の命は半年しかもたず、それから間もなく入院して、自由にホログラムの女の股《また》ぐらに首を突っ込むことはできなくなってしまった。

残された母は、さほど不幸とは言えぬ人生の中から、もっとも不幸な出来事を抽出し、その記憶を再生産し、長大な怨念《おんねん》のタペストリーを織り上げ、それを糧にして生きている。

父が色呆けしたのに呼応するように、母は喜寿の一件以来、欲呆けしていった。小金に執着し、通帳を見せびらかしては、これが欲しければ言うことを聞け、と子供や孫たちにどなり散らす。必死の形相で孫とおやつを取り合う。

長年付き合ってきた友人が倒れ、半身が不自由になったときには「見ろ、こっちより良い相手と結婚したと思って、贅沢《ぜいたく》なことばっかりやったから、体を壊した。同じ歳だというのに、おれぁなんともない。金があるからって、腹ん中でこっちを見下していたんだろうけど、こうなったら、そんなものクソの役にもたちゃしねえ。どれ、よたよたしている婆ぁを見て、すっきりしてくるか」と高笑いし、娘息子を絶句させた。

娘、みのりの軽自動車に乗せられ、無料の健康診断だ、と言い含められてここN大学病院にやってきた老女、木暮喜美《こぐれよしみ》の診療を行ったのは、老人外来の医師だった。

患者の脳には、当然のことながら萎縮が見られた。骨と髄膜との間に空洞ができている。とはいえ、年相応の変化と言えないこともない。

ざるに水を注ぐように記憶が残らない者、昼夜の逆転が起こり徘徊《はいかい》が始まる者、症状の出方は人それぞれだが、木暮喜美の場合は、様々な要素があいまって、人格というよりは人間性に変性を起こしていた。とはいえ、身体《からだ》は頑健で他の病気で命を落とすには、まだ二、三十年はかかりそうだ。

「じょーだんじゃないですよ、先生」

みのりは叫んだ。

一世紀前なら、そんな母親も因業《いんごう》婆ぁと罵《ののし》られながら、家庭と地域社会の嫌われ者としての確固たる地位と居場所を得て、長寿を全うするよくいる老人にすぎないのだが、愛と道徳に浄化された社会と家庭においては、こんな存在はあり得ないものだった。

「なんとかしてくださいい、先生、このままじゃあたし、耐えられない。あたしだけじゃなくて、だんなだって、子供たちだって、もうぼろぼろなんです」

医師の膝にすがり、みのりは泣きわめいた。

バックライトに照らされた、すかすかな脳の立体画像、ふて腐れて診療用ベッドにひっくり返っている老女、鼻水と涙を垂らしながら恥ずかしげもなく泣きわめいている中年女。それらのものをかわりばんこに見ていた老人外来の医師は、みのりに向かい、おもむろに言った。

「まったく手段がないというわけではありません」

医師の膝に突っ伏していた中年女は、はっとしたように顔を上げた。

「まあ、とりあえず話をしてみてください」と、医師は同じN大学病院内にある堀純子医師の研究室の内線番号を押し始めた。

そのころN大学病院では画期的なプロジェクトが完成に向かって動いていた。少し前に、ある精神疾患の治療法として試みられ、倫理的な理由から禁止された、「人格再編処置」である。

木暮喜美のようなケースは世間に普通に存在し、このままでは日本の家族制度が崩壊するという危機感が政財界を動かし、研究に携わった堀たちスタッフの、地道な広報活動と各機関への熱心な働きかけの結果、それはいよいよ臨床実験に移されようとしていた。必要なのは、世界初となるその処置の被験者、何よりもその成功例となってくれる患者だけだった。

他の百名近い志願者、といっても本人が志願したのではなく家族が志願したのだが、そうした老人の中から、木暮喜美が世界初の人格再編処置の被験者として選ばれたのは、申し込み順位が早かったからではない。一刻を争うほど深刻な状態だったからでもない。深刻度においては、おおむねどこの家庭も同じだった。もちろん処置に際して家族が多額の金を支払ったからでもない。

最大の理由は、木暮喜美の身体の状態が良好を通り越し、年の割には信じがたいくらいに強健で、処置に伴う様々なリスクを間違いなく回避できそうだったからだ。

内視鏡が頭蓋骨にうがたれた小さな穴からするすると引き出されていく。

堀はすばやく頭蓋と皮膚に開いた小さな穴を瞬間接着剤で閉じる。すべての処置が終わるまでわずか四十分だった。処置自体は完璧だ。

意識はあるはずなのだが、老女は眠っているように目を閉じている。

看護師が四人がかりで、老女の体をストレッチャーに移す。

「木暮さん、木暮さん」

手術室の扉を開け、外に出たところで堀は老女の名を呼んだ。

「終わりましたよ。木暮さん。大丈夫ですよ。ご気分はいかがですか」

大丈夫かどうかなどわかりはしない。「ご気分」など本人にも答えられない。

不安げな顔で娘夫婦が、老女のかさついた青白い顔を見下ろす。

老女は白く濁った目をぽっかり開けている。このまま外界の何をも認識できず、脳出血か肺炎を起こして死んでいくかもしれない。これから一時間か二時間以内に、痙攣するからっぽの胃から胃液と血を吐きながら急死するかもしれない。あるいは理由もわからないまま、心臓が停止するかもしれない。

あらゆる生命の危険が予想される。何しろ、国内でも、世界でも初めて行われる処置なのだから。

肩に埋め込まれたカプセルには薬剤の供給口があり、それが皮膚上に突き出て普段は蓋をされている。経過がよければ一ヵ月ごとにそこから薬剤が注入され、それが一定のペースで脳に供給されるはずだ。

第一回目の薬剤投与が行われる頃には、患者は、処置を受けるたびに「虐待だ」と騒ぐことはなくなっているはずだ。

翌日、老女は看護師の手を借りて、部屋にあるトイレを使った。

体力的な負担になるような手術ではないから、そうしたことも可能なのである。

看護師が脇から手を入れて体を支えても、以前のように「虐待だ」と叫ぶことはなくなっていた。

その日やってきた娘と孫に、「なんだか気持ちが良い」と呟《つぶや》いた。

翌日には食事を運んできた看護師に「ありがとう」と礼の言葉を述べた。しかし娘婿に対しては、不愉快そうに無言で顔を背けた。

その日の夜、病室に顔を出した娘婿は、「仕事帰りの疲れているところを悪いわね」と、ねぎらいの言葉をかけられ、腰を抜かした。

さらに翌日、孫たちを連れて見舞いに訪れた息子に対して、「こういうところに小さい子を連れてきてはいけないわ。病気がうつるのも心配だし、入院患者さんには子供嫌いの人もいるからね」と諭した。そのうえ「あなたたちの顔を見られてすごくうれしいけれど、もう来ちゃだめよ。退院したらゆっくり会いに行くからね」と、見舞いにもらった果物を一つずつ孫たちに持たせた。

処置を受ける前日、「おまえはあんな猪のような女に騙されて結婚して、ろくでもない孫ばかり作りくさった。あの女の子供じゃ、将来、ろくなものにはならないよ。どうせおれが死んだら、ここの家を乗っ取るように嫁に吹き込まれてきたんだろう」と母親に口汚く罵られた息子は、その変化に仰天し、次にはらはらと涙をこぼした。

処置後の老女の回復は、執刀した堀も戸惑うほどに順調だ。

病院のスタッフに礼節をもって接するようになり、子供と孫に対して愛情や思いやりを取り戻した木暮喜美は、一週間もすると嫁や婿、夫の兄弟親類といった、彼女の嫌いな人々に対しても、義務の愛と微笑《ほほえ》みと礼節をもって対応し始めた。

「老人」という一般的人格に変化してしまった「木暮喜美」という一人の女性は、人格再編処置によって、再び本来の「木暮喜美」に戻った。

喜美の子供や孫たちは、処置の持つ意味と意義について、あらためて思い知らされ、感激しているはずだった。

すべてはうまく行ったはずだった。

だれにも文句のつけようがないし、疑問を抱くこともない。何にでもつっこみを入れたがる一部のジャーナリズムと、他人と他大学病院の成功を自らの失点と解し、なんとか足を引っ張ってやろうと手ぐすね引いている同業者は別にして。

だから、誰よりも感謝されてしかるべき実の娘、みのりに言いがかりをつけられることなど、堀医師は想像もしていなかった。

「おかあさん、ちょっとヘンじゃないですかぁ?」

午前の診療時間の最後に、みのりは入ってくるなり挨拶も礼もなく言った。

「ヘンというと?」

「おかあさん、呆ける前だって、あんなじゃなかったですよ」

「そうですか?」

「うちのだんなのことだって、目の前じゃあまり言わないけど、陰回ったら、けっこうボロクソ言ってたんですよぉ。お義姉《ねえ》さんのことだって、目の前にいないときは、おにいちゃんはあの女に股開かれて持っていかれたんだとか言ってたのに、ぴたりと止まってしまったんです」

「はいはい」

軽い相づちと裏腹に、堀の頭の中で黄色のランプが点滅し始めた。

「おにいちゃんが子供たちを病院に連れて行ったときだって、おかあさんなら、『入院患者さんには子供嫌いの人もいる』なんて言わないですよ。『同じ部屋の人に、うるさいって文句言われるのはまっぴらだ。看護師に告げ口なんかされるのはもっと困る』とか言うはずなのに」

重ねた掌《てのひら》がじっとり汗ばんでくる。この女の知性を見くびっていた。こと家族に関しては、生理的な鋭さを発揮するようだ。

「だって顔まで変わってませんか？」

畳みかけるようにみのりは言った。

「顔、ですか？」

「なんというか、おかあさんの、手術前の、もっと前の写真見たって、あんな顔じゃなくて、ええと、たとえば、もっとブルドッグみたいな顔してたんです」

「ブルドッグですか」

「だからこんな顔」とみのりは猫背にして顎を突き出し、三白眼で堀を見上げて見せた。さらに下唇を突き出し、口元をへの字にする。

「だからそういうことじゃありませんか」

堀は軽やかに笑った。

「あなたは今、意識してご自分の顔をお作りになったでしょう。外科手術ばかりが人の顔を変えるわけじゃないんですよ。私たちが生まれる前に、『人は見た目が9割』っていう本が、ベストセラーになったのですが、なぜ、人は見た目が九割か、というと、外見は中身を映す鏡だからです。心の有り様によっては人はブルドッグにもなれれば、上品で元気なすてきなエルダーマザーにもなれるのですから」

堀は、コンピュータのキーを叩く。ディスプレイに木暮喜美の脳の三次元画像が浮かび上がった。

「お母様の肩にはカプセルが埋め込まれてましてね、それから神経伝達物質が自動的に脳に供給されているんです。それと血流を回復させる内服薬の効果が相まって、脳は正常に機能するようになっているんです。それがうまく働けば、木暮さんは元々持っていた潜在的な能力が発揮できて、その知性や意欲が、容貌を変えていくのです。いえ、変えたのではなく、それがお母様の本来のお顔なのです。たとえば目は外から見ることのできる脳の一部ですから、知的能力は目の輝きに現れるでしょう。生きる意欲は、姿勢と顔の筋肉全体に影響を与えます。下がっていた口角は上がるし、頬だってきゅっと引き締まって、別人になってしまうのです」

「でも……やっぱり違うかもしれない」

みのりは堀の顔を見ずに言った。

「確かに、おかあさんなんですけど、何か他の人がおかあさんの皮を被《かぶ》っているみたいで、あれってホントにおかあさんなんですか？」

「もちろん。他のどなただとお思いなんですか」

堀医師の背筋を冷たい汗が流れ始める。

いい歳をして自分の母親のことを他人との会話の中で「おかーさん」と呼ぶような女に、こんな形で追及されるとは……。

「お母様は、手術前の困ったお母様からみなが尊敬できるようなエルダーマザーになられた、それで何かお困りのことがあるのですか？」

「でも、変です」

みのりは、ぶすりとした顔で立ち上がると、礼の言葉もなく診療室を出て行く。

ドアが閉まった瞬間、堀の全身から生ぬるい汗が噴き出した。

だいたい、神経伝達物質や血流だけであれほど劇的な回復が見られるはずはない。

いや、あれは回復ではない。人格の再構成だ。

カギは、神経伝達物質や血流ではなく、脳内に埋め込んだチップだ。

堀は自分の手に視線を落とす。

マニキュアのない、細く白い指。この繊細な指先で、内視鏡とレバーを操って、脳内にチップを埋め込んでいく。

いくら頭が良くたって、指毛の生えたごつくて不器用な手では、あんなミクロン単位の仕事はできないだろう、と同僚の医師たちの顔を思い浮かべる。いくら器用だって、歳がいって指先の細かなコントロールが利《き》かなくなったらできない、と先輩の五十がらみの女医のことを思う。

こんな芸当ができるのは、世界でも私の他に、二、三人いるかどうか……。

隙間だらけの失われた脳みその代わりをするのは、本人の記憶と行動パターンを書き込んだチップだ。その場合には必ず患者本人のものを使え、というのが、学会の倫理委員会で決定したガイドラインだった。

しかし、と堀は考えたのだった。

今回は、人格再編処置の第一号だ。その手術で堀純子は輝かしい実績を挙げなければならなかった。

もし今回の処置が、世間の注目を集め医学界で大きく取り上げられなければ、自分の地位は、大学病院のただの勤務医で終わる。無能な教授、先輩医師どもの下働きで何十年も過ごしているうちに、自分の黄金の指先が朽ちてゆく。そんなことがあってはならない。

もし木暮喜美に、本人の人格記憶情報から構成されたチップを埋め込めば、呆ける前の本人に戻るだけだ。

それでは意味がない、と堀は考えた。

今後、木暮喜美には記者会見が待っている。

処置前のビデオ、汚れたプードルのような髪を振り乱し、三白眼でカメラをにらみつけながら、肩をすぼめて座っている老婆が、処置後に普通のおばさんの知性と性格を取り戻したところで、さしたるインパクトはない。

患者は子供向けファンタジー映画に登場するような、徳と知恵を兼ね備えた長老に生まれ変わってくれなくては意味がないのだ。

幸いN大学病院の神経生理学研究室には、人格者とうたわれ、多くの人々に敬われながら高齢で亡くなった人々の記憶や思考パターンを写し込んだファイルが、保管されている。世界のトップシークレットの一つである、「人格バンク」だ。

女性では、八十を過ぎても国連機関の長として活躍した日本人や、発展途上国の人々の福祉向上のために尽力したカトリックの尼僧のものもある。

堀は、そうしたサンプルの複数の人格から、言語行動情動に関する部分を慎重に取り出し、ブレンドした。

注意すべきは、それらの中に他人の記憶情報が混じらないようにすることだ。うっかり混入したりすると、術後の患者は、前世の記憶だの、のりうつりだのとオカルティックな発言をし、やっかいなことになる。

堀の細心な処理によって理想的なチップを埋め込まれた喜美は、因業婆ぁから、思慮深く、知恵と慈愛で未熟なものたちを包み込むグランドマザーとなって再生した。

しかし他人の人格を移植してしまったことは倫理規定に抵触するだけでなく、本人や家族の同意がないのであるから犯罪行為になる。何があっても表沙汰にはできない。

木暮喜美は、あくまで単に失われた記憶を再構成し、思考回路を補強され、元の人格に戻っただけ。そういうことになっている。

もちろん記憶は本人のものだから、自我意識に変化は生じない。サリーだの、ビリーだの、ミリガンだのという他人格が現れることはないし、突然、ラテン語で悪態をつく、といったことも起こらない。

「私」は「私」のまま、自覚できるのは気分的な変化だけだ。にもかかわらず、娘のみのりは気づいてしまった。

頭は悪いくせに、勘だけいい。

堀は歯ぎしりした。


二週間後、N大学病院の大会議室に世界各国から記者が詰めかけた。

ライトをまばゆく跳ね返す金屏風《びょうぶ》の前に、色留袖《いろとめそで》姿の木暮喜美がしずしずと現れた。

「残暑の頃、わたくしは絶望の淵《ふち》におりました。この世のすべてが、わたくしに敵意をもって、わたくしをいじめる、そんな荒《すさ》んだ気持ちで、ここに運ばれてきたのでございます」

老女はしゃべり始める。これでは記者会見ではない。講演だ。それもそうとうにレベルの高い。

人格再編処置によって自分の人生は変わった。自分の硬く朽ちて感謝を忘れた心は、この医師やスタッフのお陰で、以前の感性を取り戻すことができた。

今は毎日が本当に生き生きと輝いて見える。とはいえ自分はすでに八十を過ぎた老人だ。残された時間は少ない。その貴重な時間を、ぜひ、以前の自分と同様に、老いに苦しむ人々と社会のために捧《ささ》げたい。自らが小さな蠟燭《ろうそく》となって、命が尽きるその日まで、社会の一隅を照らし続けたい。医学の発展はすばらしく、執刀に当たった堀純子先生とスタッフの皆様方に心から感謝している。

そんな内容の長い挨拶が終わった後、何か批判的なコメントをしてやろうと待ちかまえていた記者たちは、言葉を失った。

後はしどろもどろのおざなりな質問が出ただけだった。

感動に包まれた場内で、一番後ろの席に座っているみのりだけが、口をへの字にして首を傾《かし》げている。

それから一ヵ月もした頃、みのりは再び堀の許にやってきた。

「うちのおかあさんって、絶対、変ですよぉ、先生」

みのりは訴える。

堀は時計を見る。あの記者会見で一気に名前を揚げた堀は今や時の人だ。

テレビやインターネット配信会社のインタビューがこの後、何本も入っている。

「何が変なのかわかりませんが、お母様本人がいらっしゃらないことには」

「いません」とみのりは遮った。

「バングラデシュに行っちゃったんです」

「はあ？　バングラ？　何しに」

「なんか知らないけど、子供たちのためにワクチンをどうこうとか、ミルクをどうこうとか」

堀は絶句した。

合成した人格情報のサンプルを思い出す。

八十をとうに過ぎて難民キャンプを何度も訪れていた、ある国連機関の長。

九十間近になってもインドのスラムで捨てられた子供たちの世話を続け、ノーベル平和賞を受賞した尼僧。

果敢に紛争地に足を踏み入れ子供たちを地雷から守れという運動を繰り広げた、昭和一桁生まれの有名作家。

ごく最近百二歳で亡くなったばかりだが、やはり途上国の子供の福祉のために尽力したかつての歌手兼タレント。

彼女たちのうち、だれの人格が強く出ても、そうした行動が現れることは予測できた。しかし高い使命感は帯びていても、喜美の体は八十二歳だ。高温多湿の不潔な環境に耐えられるとは思えない。栄光の中で何かの熱病で命を落とす日もそう遠くはない。そうなるまで、このみのりという女が、あちこちで「おかーさん、前のおかーさんと違う人になっちゃったんですぅ」などと触れ回らないでくれると良いが……。

「頭皮には大した傷は残っていませんが、ご本人にとっては大手術だったのですよ。人生観が変わるということは、ありえます」

堀は必死で言い訳する。

「ふうん」

以前の喜美そっくりの三白眼で、みのりは堀医師を見上げた。

あんたが何言ってるのか、私にはわからないけど、ごまかしてるのだけはわかるんだよね。

その眼《め》はそう語っていた。

みのりが出ていったとたんに、堀の体はがたがたと震えだした。

な、何が悪いのよ、とつぶやいていた。

以前のばあさんに戻ればよかった、と言うの？　そうよね、彼女にとってのおかーさんは、世界でたった一人しかいないんだから。

だからと言って……。

休憩室に入った堀は、そこのテレビから流れてくるアナウンスにぎくりとして振り返った。

画面にはあの、木暮喜美が映っていた。長袖シャツにズボンという出《い》で立《た》ちで、汚れた子供を抱いている。手術後の記者会見で著名文化人となった木暮喜美は、今は、途上国の子供たちのグランドマザーになりつつある。

画面は次の瞬間切り替わった。堀はあっ、と声を上げた。

キャスターは白いジャケットを着たアフリカ系女性だ。ニュースはＣＮＮだった。木暮喜美は世界の注目を集めていたのだ。

数分後に始まった堀のインタビューでは、記者の質問は、木暮喜美の以前の低所得世帯の主婦生活と、現在の聖女のような活躍ぶりとの対比についてだった。

「以前の木暮さんの私生活についてご近所の方におうかがいしたのですが、とうてい外国なんかに行くような人じゃなかった。近所の人には親切だけど、名前も知らない赤の他人のことなんかどうでもいい、そんなものに寄付する金があったら、あたしがもらいたい、世界のどこかのストリートチルドレンが飢え死にするより、うちの孫が風邪ひく方がよほどたいへんだ、と公言していたというくらいだから、人格にも変化が生じたように見受けられるのですが」

人格にも変化が、というところで記者は、探るように薄笑いを浮かべた。

早く死んでくれ。聖女扱いされているんだから、解剖されることはないだろう。ばれる前に、赤痢でもマラリアでもデング熱でもいいから、早く死んでしまってくれ。

その瞬間、堀は本気でそう願った。

「頭皮には大した傷は残っていませんが、ご本人にとっては大手術だったのですよ。人生観が変わるということは、ありますよ。そうしたことが傍《はた》からは、あたかも人格が変わったように見えるのです」

馬鹿の一つ覚えのような答えをメディアの取材で、堀は繰り返す。

しかし熱帯性の感染症にやられる前に、別の危機が喜美を襲った。現地のテロリストに誘拐されてしまったのだ。犯人はイスラム原理主義者だ、いや反政府共産主義勢力に間違いない、最近国内で勢力を拡張している麻薬組織だと憶測による情報が飛び交い、やがて単なる身代金目的の山賊であることが判明した。

提示された金は、七十万タカ、円は果てしなく下落していたがそれでもわずか三百万円ほどだ。

「えー、冗談じゃないよ、うち、そんなお金あるわけないじゃん。だからそんな国に行くなって言ったのに。こんななるくらいなら因業婆ぁのまんまの方がまだよかったよ」

ニュースショーでは、カメラの前で、パニックになったみのりが叫んでいた。

「失礼ですが、身代金は日本国政府に対して要求されたのですよね」

記者が確認するように言う。

「えー、そうなんですか」

ほっとしたようにみのりとその隣にいる喜美の長男の表情が緩む。

しかし現地政府は、日本国政府が勝手に山賊と交渉し、安易に身代金を支払うことは許可しなかった。

ゼニカネの問題ではない。今回はただの山賊だから良いが、そんな前例を作ったら、同じことが次には反政府勢力によって行われる。つまりは敵に手っ取り早く闘争資金を集める手段を与えるようなものだからだ。

解決の行方に世界中が注目している。

しかしこれは喜美の危機であると同時に、N大学病院の危機でもあった。

N大学で開発した「人格再編処置」には、山のような特許が絡《から》んでいる。木暮喜美の頭の中というのは、実は、最新鋭のイージス艦か、ジェット旅客機のような、最先端技術の集積なのである。

喜美が拘束された、というニュースが流れたとたんに、無数の組織といくつかの国が、喜美奪還を画策し始めた。その目的は一つだ。自分のところに持っていって調べるためだ。場合によっては解体して。

外務大臣が現地に飛ぶより早く、N大学病院は身代金以上のギャラを払って、凄腕《すごうで》のアメリカ人ネゴシエーターを雇った。

ネゴシエーターは、即、山賊相手に水面下の交渉を始めた。交渉は極めてスムーズに進められ、しかも彼は身代金を八割まで値切った上で喜美を解放させた。何より肝心なのは、身代金を払ったことを両国政府にも、世界にも秘密にしたことだ。値切った二割を彼が自分の懐《ふところ》に入れたことは言うまでもない。

山賊は、ネゴシエーターに指示された通りの声明を世界に向けて発表した。

「自分たちは義賊である。だから我が国民を抑圧、搾取《さくしゅ》する外国人をもっぱら標的にしてきたが、今回は、あやまりを犯した。今回誘拐した日本人女性は、我が国の子供たちの健康と福祉のために、働いている聖女だった。そのことが判明したので、解放する。もちろん身代金は、一タカももらっていない」

事件は発生から十一時間で解決した。

解放された喜美は、再び村に戻り活動を続けたい、と希望したが、N大学病院は強制的に連れ戻した。

表向きは健康診断のためだ。事件で被《こうむ》ったストレスのために本人が気づかぬうちに、障害が出ているかもしれないから、という理由は、世間を納得させるには十分だ。

ヘリコプターで成田空港から直接N大学病院に運ばれた木暮喜美は、埋め込んだチップの一部が機能低下している、という理由で簡単なケアを受けることになった。

もちろん機能低下しているチップなどない。また簡単なケアではなく、彼女はもう一度、頭蓋に穴を開けられることになったのだ。

完璧なコンディションで手術室に入った堀純子は、再び、内視鏡を覗き込む。

前回突っ込んだチップを慎重に取り除き、新たなチップを埋め込む。

喜美の行動は目立ち過ぎた。

家族が望むおばあちゃんや、世間一般が期待する高齢女性は、けしてマザー・テレサや緒方貞子《おがたさだこ》ではない。

かといって「因業婆ぁ」では困る。

星六つのゴージャスな人間性を喜ぶのは無責任なマスコミだけで、家族にとっては、自分と身内だけを大切にしてくれる偏狭《へんきょう》な愛こそがうれしい。

ドラマや三流小説と違い、実際の人間は、いいやつ、わるいやつ、冷たい人、温かい人、残酷な人、優しい人、などという「キャラクター」に分類はできない。状況と立場によって、人は仏にもなれば鬼にもなる。無抵抗な市民の頭上にバンカーバスターを落とす軍人も、娘を前にすれば、この上なく優しいパパだ。だれでも一生の内の、限られた場面では、聖人のような崇高な精神状態になることはあるし、溢《あふ》れるような愛情や忍耐強さやさまざまな美徳を見せてもくれる。

今回は「木暮喜美」その人の、最良の環境における最良の反応パターンを抽出したチップを埋め込んだ。堀の手際は今回も完璧だった。体にもほとんど負担がかからず、前回同様、木暮喜美は、二週間後、病院の会議室に集まった記者団の前に姿を現した。

「私が不注意なばかりに、皆様にはすっかりご心配かけてしまいまして、お詫《わ》びの申し上げようもございません」

喜美はそう挨拶したが、前回のようなスピーチはなかった。謙虚な物言いとしぐさは、日本人記者には好感を持って受け入れられたが、外国人記者には「疲れとショッキングな体験によって、思考が内向きになっているようだ」とコメントされた。

退院した喜美は、もうバングラデシュに行くとは言わなかった。その他のアジア地域にも、南米にも、アフリカにも、行くとは言わない。

貧困、自然破壊、戦争といった話題自体に興味を失い、他人の子供や地球環境より身内の心配、という発想になっていたが、家族にとって問題はない。むしろできすぎなくらいだ。しかもだれにも違和感を抱かせなかった。

家に戻った喜美は、まず両親と夫の墓参りをすませた。家族や親類にとって、これは他国の子供やスラムの住人の面倒を見ることより、遥《はる》かに道徳的な行為だった。

次に喜美は、男に振られて自暴自棄に陥っていた孫に会った。みのりの兄の長女で、相手の男は派遣先の会社の正社員で、しかも所帯持ちだった。振られた前日、彼女は派遣会社をクビになっており、その日も昼間から自宅に引きこもって酒を飲んでクダを巻いていた。喜美は、その彼女のアパートを訪れ、「うるせえくそばばぁ」という罵声にもめげず、驚異的な根気強さでその話に耳を傾け、最大限の共感を示すことで、孫を絶望の淵から救い出した。

会社を二十四回解雇されたみのりの夫の、世間一般に対する恨み節についても同様の根気強さで聞き、一言の説教もなく励まし続け、二十五回目の再就職を達成させた。

倒れた友人の見舞いにも行き、「まあ、人生悪いことばかりじゃないんだからさ、早く良くなって一緒に温泉行こうよ」と、以前の喜美そのものの言葉で励ます。

木暮喜美の行動の一部始終はN大学の神経生理学研究室スタッフによって記録され、堀純子の論文によって世界に紹介された。以前の人格情報チップが入っていたときほどは、外国メディアによって取り上げられることはなかったが、むしろそれは日本の普通の家庭に、より現実的な指針を与えた。

半年もしないうちに、人格再編処置は一般的な医療として受け入れられた。

一年後には、医療費抑制や犯罪防止にも貢献するとの認識が広まり、医療保険の対象となり、生活の質を高める画期的な治療法として全国の脳外科で定着した。

ただし脳外科医のだれもが堀純子ほど手先が器用ではなかったので、二ヵ月後に、大手精密機械メーカーが手ぶれ防止装置を開発するまでは、多くの失敗例が出た。

そのうちに世の親の中には、出来の悪い娘息子にこうした処置を施そうとする者が現れたが、それは禁止された。とはいえ高額の費用を払い、闇でそうした処置が行われたことは言うまでもない。

自室で少女を飼ったり、近所の猫を殺して回ったり、体が性病の巣になっても挨拶代わりに性交することを止《や》められない若者が、ある日、室内に突入した武装看護師に麻酔薬を注射され、棺桶型《かんおけがた》のベッドに入れられて病院に運ばれる。近所の人々や親類には、二週間ほど海外に行く、ということにしてある。そしてはればれとした顔で退院してきた彼らは、親から言い含められた通りに世間に説明する。たとえば、「インドに行って、人生が変わった」などと。

木暮喜美はそれから七年後に死んだ。肺気腫だった。

酸素ボンベは付けたが、人工栄養の類はなく、木が枯れるようにやせ細り、干からびてごく自然に息を引き取った。数十年に及ぶ寝たきり状態を作り出す延命治療は、すでに過去のものになって久しく、喜美はさしたる苦痛を訴えることもなく、最期の時を迎えた。

だれにも恨み言を吐かず、病院スタッフにねぎらいと感謝の言葉をかけた。

臨終間近と知らされて集まった家族や親類は、帰りの電車の時刻を気にしたり、葬儀屋や相続のための弁護士の手配をしたり、「おにいちゃん、おかあさんの生活費、出してなかったよね」とさり気なく牽制《けんせい》しあったり、ということは一切なかった。

「おばあちゃん、死んじゃいやだ」「がんばって、元気になって、お願いだから」とその枕元に跪《ひざまず》いて懇願する様は、一世紀前のテレビドラマによくあった、リアリティをことさら排除した臨終シーンそのままだった。

老女は、ゆるゆると目を開き、孫と子供たちを眺めた。そして小さな声で言った。

「みんなには世話になったね。あたしが死んだら、あの世から守ってあげるからね、幸せに生きていきなさい」

次の瞬間、息が乱れ、その手がばたりとベッドの脇に落ちた。

「おばあちゃん」と家族は悲鳴のような声を上げた。後は一世紀前のドラマ同様に、ベッドの上に身を伏せて、みんなで号泣した。

思慮に富み、思いやり深い長老の死と、愛情に満ちあふれた家族。人格再編処置はまさに理想の老後と真の尊厳死を日本の家庭と社会に実現したはずだった。しかし木暮喜美の国内最初の処置の後、二十年ほどでそれは再び禁止されることになった。

まさに万物の霊長にふさわしい品格を備えた老人たちの出現について、本人のものとはいえ人格移植に変わりなく、人間のアイデンティティーを揺るがすものだ、として倫理的、哲学的な批判が巻き起こったわけではない。

実は、知的能力も人格も損なわれていない立派な老人の出現は、自然な世代交代と相容《あいい》れないものだということがやがて判明したからだ。

木暮喜美が亡くなった後、残された家族は、しばらく互いの悲しみを慰め合いながら身を寄せ合うように暮らしていた。しかし新盆が過ぎた頃、女子高校生のひ孫がぐれて家出し、行方不明になった。どうやら楽できれいなアルバイト先があると騙され、風俗嬢として中国の杭州あたりに売られたらしい。

娘のみのりが後を追うように病死したのは、悲嘆のあまりのストレス死だった。

子供が若ければ、思いやり深く優しい母の死も一周忌を終えた頃には乗り越えられ、深い悲しみも癒える。しかし六十を過ぎた娘にはもはや大切な人を失った悲しみを乗り越え、美しい思い出を胸に自分の人生を生きていくだけの気力は残っていなかった。初七日に倒れ、寝たり起きたりしていたが、一周忌を終えた翌朝、寝床の中で冷たくなっていた。

みのりの夫は、理由も行き先も告げずに家を出た。

三十代の孫たちの何組かは離婚した。

人格者である父母、祖父母が、死の間際まで家族を慈《いつく》しみ、死んでいく。しかも無用の延命措置はなされないから、長患いして家族に負担をかけることもない。

ほんの少し前まで、家族とともに食卓を囲み、彼らの心の支えとなって生きていた立派な年寄りが、どうにもならない身体的疾患を抱えたとき、最後まで恨みを言うこともなく、人間としての卑しさを見せつけることもなく、感謝の言葉とともにこの世を去っていく。

家族は大きな喪失感に苛《さいな》まれ、一家の柱を失ったものたちは悲しみと混乱の底につき落とされる。

介護の負担さえなく死んでいくから、家族は葬式を出した後の解放感を味わうこともない。

キレる若者を道徳と家族主義で抑え込み、次に耄碌因業《もうろくいんごう》老人たちを最先端の医療技術で人格改造してみれば、今度は中高年から若者の間に、あたかも末法の世に生きているかのような悲嘆の気分が広がってきたのである。

知恵と立派な人格を備えた長老がいつまでものさばっていてはならなかった。親世代に複雑な問題の解決を委《ゆだ》ね、彼らの包容力によって悲しみや苦しみから遠ざけられていた子や孫たちは、現実的な試練を経て成長する機会を失った。

七回忌を終えても立ち直れず、永遠の喪に服しているような静かな悲嘆の空気が家族を覆《おお》う。その中で自暴自棄になるもの、先祖供養に没頭して現在と未来に目を向けることができないものが、木暮家以外でも続出したのだった。

喜美の処置を行った若き脳外科医、堀純子もすでに中年に入った。

彼女の両親も心身ともに弱り始めた。性格は、疑り深く、後ろ向きになった。記憶が衰えたことを嘘《うそ》をついてごまかすようになり、始終、娘を苛立《いらだ》たせ、親類や近所の人々を相手にしばしばトラブルを起こすようになった。しかし堀は、かつて彼女が手がけた処置を親に施したいとは思わない。

親に立派なまま年老いられたら、次世代は成長することができない。彼らを包み、慈しみ育てたものたちは、老いることでゆっくり、若い世代に別れを告げていく。

子供世代は、自らの親の壊れていく人格に衝撃を受けながら、緩慢な死をそこに見る。多くの葛藤《かっとう》の挙げ句、その人格的死を受け入れて、今、自分の過ごしている時間の輝かしさを知る。

老人という人格も、世代交代に際して、それなりに意味があったのだ、と堀は気づき始めている。

壊れ、うとまれ、無数のストレスと失望と、ときには絶望さえ子供たちに味わわせることで、彼らは、人に寿命があることを知らせ、日常生活と死が連続したものであることを認識させていたのだ。

その心臓が止まったとき、見送った家族に純然たる悲嘆ではなく、ようやく終わったという解放感がもたらされるからこそ、次の世代が再生していく余地が残される。

立派な老親などいらない。老いと死の実相を見せつけ、若さや人生のはかなさ、万物は一所に留まらず移り変わっていくことを教えるのが、老親の役目だと堀は気づいた。

書斎の窓の外から地響きが聞こえてくる。市の清掃局の車がやってきた。

隣家では昨日、葬儀が行われた。

ゴム手袋をした職員が三人、車から降りてくる。

息子と嫁が手伝って、亡くなった老母の使っていた茶碗《ちゃわん》や杖《つえ》、服、入れ歯、ファスナー付きの靴、ポータブルトイレまで、一緒くたにしてトラックの荷台に放り込む。

ひとしきり、ローターの歯がそれらの物を無造作に噛み砕く金属音を響かせた後、トラックは走り去っていった。

まもなく家族はきれいになった室内をガラスのオブジェや、レースのカバーで飾り始め、ベランダや垣根には、たくさんの鉢植えの花がかけられ、甘い香りを近所に漂わせることになるだろう。

人魂の原料　知念実希人

知念実希人（ちねん・みきと）
一九七八年生まれ。東京慈恵会医科大学卒業、内科医。二〇一一年、島田荘司選ばらのまち福山ミステリー文学新人賞を受賞し、『誰がための刃 レゾンデートル』でデビュー。〈天久鷹央の推理カルテ〉シリーズで好評後、一五年、『仮面病棟』が啓文堂書店文庫大賞第一位を獲得しベストセラーに。一八年に『崩れる脳を抱きしめて』で、一九年に『ひとつむぎの手』、二〇年に『ムゲンのｉ』と本屋大賞連続ノミネート。近著に『レフトハンド・ブラザーフッド』『十字架のカルテ』など。

＊

眼前に延びる暗い廊下を眺めながら、佐久間千絵《さくまちえ》はぶるりと体を震わせる。

午前三時過ぎの天医会《てんいかい》総合病院八階西病棟。非常灯以外の照明が落とされ、闇と静寂に満ちたそこは、ホラー映画のワンシーンのような雰囲気をかもし出していた。

千絵は汗がにじんだ手で懐中電灯を強く握る。夜勤の経験はある。しかしこれまでは、教育係の先輩看護師と終始行動をともにし、今日のように一人で病棟の見回りをすることはなかった。

誰かと一緒にいるのと一人とでは、これほどまでに恐怖感が違うのか。このままきびすを返して、蛍光灯の白い明かりで満たされたナースステーションに戻ってしまいたいという衝動に襲われる。

だめだ、なにを考えているんだ。千絵は細かく顔を振り、頭に湧いた考えを振り落とす。ステーションに戻っても誰がいるわけじゃない。一緒に夜勤をやっている先輩看護師は、一人は三十分ほど前から仮眠休憩に入り、もう一人はもうすぐ救急部からこの病棟に入院する患者の情報を集めに、救急室に行っている。それに、私はもう一人前の看護師だ。新人看護師としてこの病院に入職して七ヶ月、ようやく指導係なしで夜勤をまかされるようになった。夜の病棟が怖いなんて、子供のようなこと言っていられない。

昔から霊感が強い方だった。深夜、なにかの拍子に目が覚めたりすると、部屋の中に誰かがいる気配を感じ、頭から布団をかぶって一晩中震えていたりした。友達に誘われて参加した肝試しでは、いつも途中で腰を抜かし、泣きながら動けなくなった。そのころを知る友人たちは、千絵が看護師になったことを知ると決まって心配した。病院で恐ろしい怪談を聞いて、仕事ができなくなるんじゃないかと。

たしかにこの病院に入職してから、怪談はいくつも耳に入ってきた。『霊安室から消える死体』『屋上に棲《す》む座敷童《ざしきわらし》』『深夜の病棟に漂う人魂《ひとだま》』『無人の病室から聞こえるすすり泣き』など、ベタなものをいくつも聞かされ、そのたびにそんな子供だましの与太話など下らないと、自分に言い聞かせてきた。

しかし、人の生死が交錯する病院という場所は、その与太話に恐ろしいまでの現実味を与える。深夜の病棟に漂う瘴気《しょうき》が恐怖をかき立てた。

千絵は軋《きし》むほどに奥歯を嚙《か》みしめ、廊下を進んでいく。廊下の中ほどにある病室の前に来たところで、千絵は足を止めた。夕方の申し送りで、この病室に入院している患者の状態が芳しくないので、注意するようにと言われていた。千絵は少し躊躇《ちゅうちょ》したのちに部屋に入る。廊下側の入り口から入ると、左右が少し奥まっていて、右手には洗面台が、左手には患者用のトイレがあった。さらに二メートル程進むと、病室への入り口がある。千絵は足音を殺しながら室内へと入った。この病室にある四床の入院ベッドのうち、三床に患者が入院していた。状態が悪いのは、奥のベッドに入院している肝臓疾患の患者二人だ。

病室の奥まで進んだ千絵は、カーテンを少し引き、患者の様子をうかがっていく。窓から差し込む月光が、患者たちの顔を薄く照らし出していた。千絵が様子を見た二人とも、目を閉じ、静かに寝息を立てていた。特に異常はなさそうだ。

千絵は細く息を吐く。患者の顔を見たことで大分落ち着いた。たしかに暗くて気味が悪いが、べつに廃病院に一人迷い込んだわけではない。何十人という人々がこの病棟にはいるのだ。そう考えると、恐怖も和らいでくる。

さあ、早く見回りを終えて、朝の採血の準備でもしよう。明日はかなり採血オーダーが入っていたはずだ。そういえば……。

「そういえば、この部屋のみんなも明日の朝、検査あるんだっけ」

つぶやきながら病室を出た千絵は、自分の手のひらが汗でじっとりと湿っていることに気づき、すぐわきにある洗面台で手を洗おうとする。しかし、蛇口の取っ手には『故障中使用禁止』と書かれた張り紙がしてあった。

ああ、今日の午後に配管が詰まったから、明日業者が修理に来るって言っていたっけ。

一瞬、背後にある患者用のトイレで手を洗おうかとも思うが、そこまでするほどではないと思い直す。

「……しかたないか」

そう小さく独り言を口にした瞬間、視界の隅に動くものを感じ、千絵は慌てて首を回す。洗面台と病室を仕切る壁に取り付けられた大きな鏡、そこに自分の姿が映り込んでいた。この病院では、車いすに座った患者でも近くで鏡がつかえるように、洗面台の正面だけでなく側面にも鏡が取り付けられている。

白衣に包まれた胸をなで下ろし、大きく息を吐いた千絵は、手を洗うかわりに各病室の入り口に備えつけられているスプレー式の消毒薬を両手に吹きかけると廊下に出た。数分かけて、ゆっくりと病室をのぞきながら廊下を一番奥まで進んでいく。慣れてきたのか、恐怖は薄くなってきていた。

あともう少しで見回りも終わりだ。千絵がそう思った瞬間、周囲がかすかに明るくなった気がした。反射的に振り返った千絵の口から、言葉にならない声が漏れる。

遠くに見える病室の入り口辺りに、青い炎がゆらゆらと漂っていた。

廊下が淡く、幻想的な色に照らし出される。

『深夜の病棟に漂う人魂』

以前聞いたその噂《うわさ》が頭によみがえる。

幻覚だ。きっとこんなもの幻覚に決まっている。立ち尽くした千絵は、自分にそう言い聞かせながらまばたきをくり返す。しかし、何度まぶたが眼球の上を通過しても、青い炎は浮かび続けていた。

　まるで下半身が消え去ったかのような感覚に襲われる。千絵がその場に崩れ落ちるのと同時に、青い炎は雲散した。

「いやぁぁあー！」

　頭を抱えた千絵の叫び声が、深夜の病棟にこだました。

1

「小鳥先生、噂聞いてます？」

「……小鳥じゃない、小鳥遊《たかなし》だ」

　僕は視線を上げ、電子カルテのディスプレイの上からこちらをのぞき込んできた一年目の研修医、鴻ノ池舞《こうのいけまい》を軽くにらむ。

「知ってますってぇ、小鳥先生」

「……知ってるなら、ちゃんと本名で呼んでくれ」

「えー、いいじゃないですか、小鳥って可愛《かわい》いし」

「全然理由になってないじゃないか……」

　最近、僕、小鳥遊優《ゆう》は一部の研修医やナースたちから、『小鳥先生』と呼ばれるようになっていた。上司であり、そのあだ名をつけた張本人でもある天久鷹央《あめくたかお》に〝小鳥〟と呼ばれることについてはもう慣れた、と言うか諦めたのだが、これ以上このあだ名が拡散することは防ぎたかった。

「で、そんなことより、噂聞いてます？　小鳥先生」

鴻ノ池はディスプレイの上部に手をつくと、身を乗り出してくる。どうやら意地でも〝小鳥〟で通すらしい。僕は諦めのため息をつく。

「噂ってなんだよ？」

「出るんですってよ」

「出るってなにが？」

さっきから鴻ノ池の言葉には主語がなくて、なにが言いたいのかいまいち分かりづらい。

鴻ノ池はきょろきょろと周囲を見回すと、両手を胸の前に持ってきて、手首から先をだらんと垂らした。

「……これですよ」

「これって……犬？」

声をひそめる鴻ノ池の前で、僕は首をひねる。両手首を垂らした鴻ノ池の姿は、〝ちんちん〟をしながら餌をねだる犬にしか見えなかった。

「なに言ってるんですか！　幽霊ですよ、幽霊！」

鴻ノ池は不満げに頬を膨らませた。

「はあ？　幽霊？」

「そうです。八階病棟で最近、夜に幽霊が出るって噂なんです。なんでも、ナースが人魂を見たとかって」

鴻ノ池は手首から先を垂らしたまま、おどろおどろしい口調で言う。

「人魂？　なに馬鹿なこと言ってるんだよ、子供じゃあるまいし。仕事中だろ」

「仕事って、なにもすること無いじゃないですかぁ」

鴻ノ池は救急室全体を見回しながら肩をすくめる。その言葉通り、救急処置室の三つの処置台、そして救急外来にある五つのベッド、そのすべてが空だった。ひとたび重症患者が搬送されれば戦場と化す救急部だが、患者が搬送されなければ仕事がない。一時間ほど前に運ばれて来た虫垂炎の患者を外科に引き継いで以来、患者の搬送はなく、手持ちぶさたな状態が続いていた。

「だからって怪談なんて……」

「先生、怪談嫌いなんですか？　怖いの苦手？」

鴻ノ池は挑発するように言う。

「病院の怪談なんかに興味がないだけだよ。もう五年以上も医者やっているけど、幽霊なんて見たことないしな」

僕が興味なげに言うと、鴻ノ池は桜色の唇を尖《とが》らせた。

「そんなつまらないこと言わないでくださいよ。なんか半月ぐらい前に、新人ナースが夜中の病棟で見回りしていたら、青い炎を見たんですって、それで……」

鴻ノ池は笑顔で語りはじめる。これだけ『興味がない』とアピールしているにもかかわらず、話すのをやめる気はないらしい。僕は話をやめさせる方針から、聞き流す方針へと舵《かじ》を切った。

「……そしてナースがおそるおそる振り返ると、そこには蒼白《あおじろ》く燃える人魂が！」

鴻ノ池は身を乗り出し、目を見開いた。その迫力に思わずのけぞってしまう。

「ね、気になるでしょ」

語り終えた鴻ノ池は、救急部のユニフォームに包まれた胸を、なぜか自慢げにそらす。

「ならないって」

姿勢をもどした僕は、ため息をつきながらかぶりを振った。

「えー、先生、つまらない。そんなつまらない男、もてませんよ」

「ほっとけ！」

なんだか頭痛がしてきた。先月まではもっと礼儀正しく接してきていたのに、救急部で何度か顔を合わせるうちに馴《な》れ馴れしくなってきた。しかも、てっきり誰に対しても慣れるとこういう態度をとるのかと思いきや、他の先輩医師に対しては普通に礼儀正しく対応している。たんに僕がなめられているということなのだろう。僕が唇をへの字にしていると、鴻ノ池は胸の前で柏手《かしわで》でも打つかのように両手を合わせた。パンッという小気味よい音が響く。

「あ、先生はべつにもてなくてもいいのか……。彼女いるし」

「は？　彼女？　なんだよ、それ？」

僕は眉をひそめる。残念ながらこの数年、恋人はいなかった。この病院に赴任する前、大学病院に勤めていた頃は、毎日の勤務が忙しすぎてそんな余裕はなかったし。この天医会総合病院に来てからは、旺盛な好奇心にまかせてわけの分からない事件に首を突っ込みまくる上司に振り回され、これまた恋人を作る余裕などなかった。

「またまたそんな、誤魔化さないでくださいよ。分かってるんだから」

鴻ノ池は滑るように僕のそばに移動すると、にやにやしながら肘で脇腹をつついてくる。いったいなんなんだ？

「可愛い恋人がいるじゃないですか。……屋上に」

屋上？　無意識に天井に視線が向く。この病院の屋上には……。そこまで思考を走らせた瞬間、目の前が真っ白になった。僕は勢いよく椅子から立ち上がる。

「違う！」

「へ？　違うってなにが？」

僕の剣幕に後ずさりしながら、鴻ノ池はまばたきをくり返す。

「鷹央先生と僕はそんな関係じゃない！」

僕の上司、天久鷹央は、自らの父親が理事長を務めるこの病院の屋上に〝家〟を建て、そこに住み着いて、と言うか棲み着いている。

「え、違うんですか？　だって小鳥先生、よく鷹央先生の家に出入りしているし……」

「あそこは統括診断部の医局も兼ねているんだ。しかたないだろ」

「けど、いつも二人で行動しているし」

「統括診断部のドクターは二人だけなんだよ」

他人と接することが極度に苦手な鷹央のサポートこそ僕の仕事なのだ。診療中でも、鷹央がむやみやたらと首を突っ込む事件の際も。

「えー、本当に恋人同士じゃないんですかー？　困ったなぁ」

鴻ノ池はこめかみをこりこりと掻《か》く。

「困ったって、なにが？」

「小鳥先生と鷹央先生が恋人同士だって、研修医の間に噂流しちゃったんですよ」

「……名誉毀損で訴えるぞ」

「いやまあ、そんなことはどうでもよくってですね」

「どうでもいいって……」

本気で弁護士に連絡した方が良いだろうか？　最近、ちょっといい雰囲気になっている病棟の若いナースの耳にそんな噂が入ったりしたら、久しぶりに訪れるかもしれない人生の春が遠のいてしまう。

「とりあえず、『人魂』の話を彼女……じゃなかった、鷹央先生に教えてあげて下さいよ」

「鷹央先生に？　なんで？」

「だって、鷹央先生ってその手の話、好きでしょ？　喜んでくれるかなーって思って」

鴻ノ池が幸せそうにはにかむ。今月の初め、この救急室で鷹央が二人の詐病患者を瞬く間に見破って以来、鴻ノ池は鷹央のファンを公言している。つまり鴻ノ池は、鷹央に喜んでもらうため、怪談を僕経由で鷹央に伝えたいということらしい。

僕は大きくため息をつく。たしかに鷹央がいまの話を聞いたらこの上なく喜ぶだろう。小さな頭に膨大な知識と無限の好奇心をつめこんだ彼女は、常にその高性能の脳を使う機会を欲している。この『人魂』の件も喜び勇んで首を突っ込むに決まっていた。

「伝えたいなら、自分で言えばいいだろ。なんでわざわざ僕を通すんだよ」

「えー、だって憧れの鷹央先生と直接話すなんて、恥ずかしいじゃないですか。実は私、将来鷹央先生みたいなドクターになるのが夢なんです」

頼むからやめてくれ、まわりが苦労する。

「分かった分かった。伝えておくよ」

僕は手のひらをひらひらと振る。当然、鷹央にいまの話を伝える気などなかった。

「けれど、鷹央先生への連絡係に使われるとはね。この頃、適当に扱われはじめてる気がするんだよな。研修医とかナースに『小鳥先生』とか呼ばれること増えてるし……」

僕がグチをこぼしはじめると、鴻ノ池は黒板に描かれた問題が解けた小学生のように、勢いよく片手を上げて笑顔をつくる。

「あ、それ広めてるの私です。思いのほか広がってて満足」

「……法廷で会おう」

2

「……疲れた」

屋上にある四畳半ほどの大きさのプレハブ小屋に入ると、僕は大きく伸びをする。ここが僕のデスクだった。普通の医師のデスクは、各科の医局が集まっている三階にあるのだが、僕が所属する統括診断部だけは医局が屋上に存在しているので、デスクも屋上に建てられたこの安っぽいプレハブ小屋に置かれていた。僕は窓の外の建物を見る。僕のいるこの小屋とは対照的に、高級感がただよう造りの鷹央の〝家〟がそこには建っていた。

僕はカーテンを閉じると首をごきごきと鳴らした。体の芯に重い疲労を感じる。きっと鴻ノ池にいじられたせいだろう。早く家に帰って体を休めよう。

救急部ユニフォームの上着を脱いで私服に着替えはじめた瞬間、背後で少々たてつけの悪い扉が軋みをあげた。

「仕事は終わったか？」

「うおっ！」

驚いて振り返ると、薄緑色の手術着の上にややサイズが大きすぎる白衣を纏《まと》った小柄な女性が、入り口に立っていた。

天久鷹央。統括診断部の部長、つまりは僕の上司。そして、何度言ってもノックを覚えない女。

「ああ、着替え中だったのか。そりゃ悪かったな。さっさと着替えろ」

「いや、着替えますから、とりあえず外で待っていて下さいよ」

「なんでだ？」

　鷹央は不思議そうに小首を傾《かし》げる。

「なんでって……」

「安心しろ。私はお前の裸なんかに興味はない。男の裸なんて見ても楽しくないな」

「いや、そういう問題じゃ……」

　女の裸なら興味あるのか？　僕はあわてて私服の上着の袖に腕を通した。

「それで、なんの用ですか？」

　わざわざ鷹央がここに来たということは、きっとまた、ろくでもないことに付き合わせる気なのだろう。

「ズボンは穿《は》き替えなくていいのか？」

「なんで先生の前でストリップしなくちゃいけないんですか？」

「ん？　なんだお前、ストリップするつもりなのか？　けれど、私はお前の裸踊りなんかに金は払わないぞ」

「……その話はもういいですから、いったいなんの用なんですか？」

　僕はため息まじりに言う。世間離れした鷹央は、時々こうやって話がかみ合わないことがある。

「小鳥、今晩ひまか？」

「え？　今晩ですか？　いえちょっと用事が……」

「怪談を聞きにいくぞ。ついてこい」

なんとか今晩の予定を捏造《ねつぞう》しようとする僕の言葉をさえぎって、鷹央は楽しげに言う。こっちの予定をかんがみる気がないなら、わざわざ尋ねないでくれ。

「怪談……ですか？」

いまは十一月、季節は冬だ。怪談は夏と相場が決まっている。僕が首をひねると、鷹央は少々カールのかかった長い黒髪を顔の前に垂らし、両手を胸の前に持ってきて、手首から先をだらりと下げた。このポーズ、ついさっき見たような……。

「そうだ。聞いて驚くな、なんとこの病院でな……『人魂』が出るんだってよ」

鷹央がおどろおどろしい口調で言った瞬間、脳裏で鴻ノ池がにやりと笑った。


「鷹央先生、もう人魂の噂を知っていたんですね」

鷹央とともに病棟への階段を降りながら、僕はぼやく。結局、僕は鷹央の言う『怪談』とやらを聞きにいくはめになっていた。まったく、自分の押され弱さが嫌になる。

「……『もう』？　お前、人魂の話、前もって知っていたのか」

鷹央はネコのような大きな二重の目をすっと細めた。失言に気づき、僕は頬を引きつらせる。こんな鷹央の食いつきそうなネタを隠していたと知れたら、あとでなにをされるか分かったものじゃない。

「いえ、あの、ついさっき救急室で研修医に聞いたんですよ。もちろん、明日にでも先生に教えようと思っていましたよ」

「……八階西病棟の看護師長から相談があったんだよ。新人ナースが『人魂を見た』って怯《おび》えているから、話を聞いてくれってな」

しどろもどろで言い繕う僕に湿度の高い視線を浴びせかけながら、鷹央はつまらなそうに言う。ああそうだった。子供時代から当時院長を務めていた父親に連れられこの病院に入り浸っていた鷹央は、病院中に個人的な情報網を張り巡らせていた。一年目の研修医の耳に入っているような噂が、そのクモの巣のような情報網に引っかからないわけがないのだ。

話をしているうちに、僕たちは八階病棟に到着した。

「たしか八階病棟って……内科病棟でしたっけ？」

「ああ、呼吸器、消化器、腎臓、膠原病《こうげんびょう》内科なんかの患者が入院している。お前さ、自分の勤めている病院なんだから、それくらい知っておけよ。回診で時々来てるだろ」

統括診断部には、部長である鷹央の驚異的な診断能力を頼ろうと、病院中から診察依頼が舞い込む。そのため統括診断部は週二回、病院中を回って依頼のあった患者の回診を行っていた。しかし、だからといってどの病棟にどの科の患者が入院しているのか、完全には覚えていなかった。僕は鷹央のような超人的な記憶力は持ち合わせていないのだ。

看護師が忙しそうに行き交う廊下を僕が眺めていると、鷹央は階段わきにある引き戸を開けた。『病状説明室』。患者との面談などに使う四畳半ほどの小さな個室だ。

机とパイプ椅子、そして電子カルテのディスプレイだけが置かれた殺風景な部屋の中に、ナース服姿の若い女性が座っていた。僕たちが部屋に入ると、彼女は慌てて立ち上がる。かなり小柄で華奢《きゃしゃ》な女性だった。おそらく体格は鷹央と同じぐらいだろう。幼さの残る化粧っけのない顔は、なんとなくリスを彷彿《ほうふつ》させた。あまり察しのいい方ではない僕でも、彼女が誰なのか見当がついた。この看護師こそ『人魂』の目撃者なのだろう。

「待たせたな。それじゃあ話を聞こうか」

パイプ椅子を引いて看護師の対面に腰かけると、鷹央はなんの前置きもなくそう言う。しかし、その口調は僕に話しかける時よりいくらか優しげに聞こえた。この人、結構女性には甘かったりするんだよな。特に若くて可愛い女性には。

「あの……、えっと……佐久間千絵です。四月からこの八階西病棟に配属され、看護師をやっています。今日はわざわざお時間をとって下さりありがとうございます」

千絵と名乗った看護師は深々と頭を下げる。

「それで、お前は『人魂』を見たんだな?」

やはり前置きなく鷹央が質問する。千絵は小さくうなずくと、上目づかいに視線を送ってくる。

「はい、夜勤の時に病棟の廊下で青い炎が上がって……」

その時のことを思いだしたのか、千絵はぶるりと体を震わせた。

「あの、それって、見間違いって可能性はないのかな?」

早くこの茶番を終わらせたくて、思わず口を挟んでしまう。隣から鷹央が剣呑《けんのん》な目でにらんでくるが、気づかないふりを決め込む。

「見間違えなんかじゃありません!」千絵は身を乗り出し、強い口調で言った。

「け、けれどね、一度しか見てないんだから、もしかしたら……」

「一度じゃ……ないんです」千絵は下唇を噛みしめる。

「一度じゃない?」

「はい。これまで三度……二週間前に最初に『人魂』が出てから、夜勤をするたびに、……『人魂』を見ているんです」

「三回も?」

「お前以外に『人魂』を見た奴《やつ》はいるのか?」

眉をひそめる僕に代わって、鷹央が訊《たず》ねる。千絵は悲しげに顔を伏せた。

「いえ……私だけです。だから、誰もまともにとりあってくれなくて。夜勤は怖いけど、私だけやらないわけにはいかないし……。今日もこれから夜勤の予定で、どうしていいか分からなくなって……、師長に相談したら、鷹央先生を頼れって……」

そこまで言ったところで、千絵は言葉を詰まらせ肩を震わせはじめる。僕はうろたえてしまい、千絵と鷹央の間で視線を反復横跳びさせることしかできなかった。

「夜勤をすると『人魂』が出る。……そして今日がその夜勤」

鷹央はぶつぶつと独り言をつぶやくと、にやりと笑った。僕の頭の中に警告音が鳴り響く。

「小鳥！　今夜は肝試しだ！」

鷹央は立ち上がると拳を突き上げ、楽しげに言った。


「……と言うわけで、人魂についての記載は古くは万葉集にまでさかのぼれる。基本的に死者の魂が体から離れ、炎をまとってさまようものと思われている。科学的な説明としては可燃性のガスが燃えた炎を見たという説が有力で、死体に含まれるリンが……」

「あの……先生」

椅子に腰かけた僕は目をこすりながら、ベッドの上であぐらをかいて、ひたすら『人魂』についての説明をする鷹央の言葉を遮る。鷹央はじろりと僕をにらむと、不機嫌そうに唇を尖らせた。

「なんだよ？　気持ちよくしゃべってたのに。最後まで話させろよ」

あなたの場合、〝最後〟なんてないでしょうが。僕は内心でつっこみを入れる。古今東西ありとあらゆる種類の書物を読みあさり、そこに含有された知識を小さな頭の中につめこんだ鷹央は、一度スイッチが入ると延々と知識を垂れ流しはじめる。たとえ数十分かけて『人魂』についての知識を吐き出したとしても、すぐにそれに関連する知識について述べはじめることだろう。

「本当にここまでする必要あるんですか？　なにもこんなところで待たなくても」

六畳ほどの空間に、ベッドと椅子と床頭台だけが置かれた室内を僕は見回す。

「しかたないだろ、空いている個室はここしかなかったんだから」

「いえ、ですから、わざわざ病棟の個室で待たなくてもいいんじゃないかと……」

そう、僕と鷹央はいま、八階西病棟の個室病室にいた。しかも時刻は深夜二時近くだ。数時間前に千絵の話を聞いたあと、僕と鷹央は一度解散し、そして日付が変わる頃に再び集まって、この病室にこもったのだ。目的はもちろん『人魂』の観察。「明日は朝一番から一日中外来なんだから、ちょっときついんじゃ……」という僕の反対意見は、鷹央に軽く黙殺されていた。

「あのナース以外に『人魂』を見た奴はいない。と言うことは、『人魂』を見るためには、あいつが夜勤の時に隠れて観察するのが一番いいだろ」

鷹央は笑顔で、ベッドのわきに置かれた昆虫採集用の網を手にとる。

この人……、『人魂』を捕まえる気だ。

「先生は本気で信じているんですか？　『人魂』なんて」

言ってしまってから後悔する。そんなこと聞くまでもないことだった。案の定、鷹央の大きな目が不機嫌そうに細められる。

「信じている？　どういう意味だ？　信じるも信じないも、話を聞いただけじゃ判断できないだろ。だからこうして実際に見てみようとしているんじゃないか」

そう、鷹央は自分の目で見たもの以外はなにも信じない。逆に言えば、『人魂』のような非現実的なことが〝無い〟とも信じないのだ。

「けど、いくらなんでも人魂なんて。一番考えられるのは……」

「……いたずらだな」

鷹央はつまらなそうに言う。

「ええ、そうです。やっぱり先生もその可能性を考えていたんですね」

「当たり前だろ。すべての可能性を検討して、最後に残ったものが真実だ。どんな可能性も考慮する。いくら本物の人魂を見られたら超嬉《うれ》しくても、検証もしないで盲信したりはしない」

そんなに嬉しいか？　人魂なんて。

「可能性としては本物の人魂、誰かのいたずら、あのナースの狂言が考えられるな」

鷹央は人差し指を立て、左右に揺らしながらつぶやく。

「狂言？」

「なに意外そうな声出してるんだ。『人魂』を見たのはあのナース一人だけなんだ。狂言の可能性だって十分にあるだろ」

言われてみればそうかもしれないが……。

「いや、でも、なんでそんなことする必要があるんですか？」

「理由なんて色々考えられるだろ。例えば、もうこの病院を辞めたいのに言い出せないから、お化けが怖いと言って辞めようとしているとかな」

「けど、さっき泣いていたのに……」

「あのな、女なんてみんな役者なんだよ。お前みたいな単純な男をだますためなら、涙の一つや二つ簡単に流せるんだ」

「……単純で悪かったですね」

あなただって女でしょ、一応。

僕たちがそんな話をしていると、唐突に扉が開いた。僕が反射的に振り返ると、扉の外で中年の看護師が目を丸くして僕たちを凝視していた。

僕と看護師の視線がぶつかる。数秒の沈黙のあと、看護師の顔にいやらしい笑みが広がっていった。

「あらあらあら、すみませんお邪魔しちゃって。空き部屋のはずなのに話し声が聞こえたから。本当はだめなんですけど、鷹央先生なら文句言えませんね。ごゆっくり……」

含み笑いを漏らしながら、看護師はゆっくりと扉を閉めていく。

お邪魔しちゃって？　ごゆっくり？　看護師の言葉の意味が脳の奥に染み込んできた瞬間、僕は眼球が飛び出しそうになるほどに目を剝《む》いた。

「ち、違っ！」

「なにをそんなに焦ってるんだ？　おとなしく座ってろ」

立ち上がってナースを追おうとした僕に向かって、鷹央は普段とまったく変わりない口調で言う。

「いや、いまのナース、完全に誤解していましたよ」

「誤解？」鷹央は小首を傾げた。

「だから、あのナース、僕たちがこの個室で逢《あ》い引きしていたと思っているんですよ。追いかけて誤解とかないと」

「なんでだ？」

鷹央は首の角度を保ったままで言う。

「なんでって、そうしないと僕と先生が付き合っているとか、そんな噂が流れるかも知れないじゃないですか」

正確には、すでに鴻ノ池によってばらまかれた噂が強化されてしまう。

「べつにいいだろ、そんなこと」

「べつにいいって……」

僕は口を半開きにして絶句する。

「他人にどう思われたってかまわないだろ。私とお前は実際は交際なんかしていないんだから」

「いや……、でも……」

あなたのような浮世離れした変人と違って、僕は他人の目が気になるんですよ。

「いいから黙って座っていろよ。ここに隠れていることがばれたら、『人魂』が出て来なくなるかもしれないだろ」

不満げな表情を晒《さら》す僕に、鷹央が面倒そうに言った。僕がしぶしぶと再び椅子に腰をかけると、部屋の扉がためらいがちにノックされ、ゆっくりと開いた。

「あの……失礼します」扉の隙間から顔を出したのは千絵だった。「これから夜の見回りに行きます。よろしくお願いします」

千絵の顔は青ざめ、その声は震えていた。

「おお、まかしとけ」

鷹央はびしっと親指を立てる。なんか、僕に対する対応と違いすぎないか？

千絵が扉の向こうに姿を消すと、鷹央は室内の電灯を消し、わずかに扉を開いて外を見る。僕も鷹央にならった。ドアの隙間から、闇が降りた廊下が見える。

この天医会総合病院の病棟は、建物の真ん中にエレベーターホールや談話室、そしてナースステーションがあり、そこを中心にして『コ』の形が二つ向かい合うように、廊下が造られている。いま僕たちがいる部屋は、ナースステーションから一番離れた廊下の端にあった。ここにはステーションの明かりもほとんど届かない。

きょろきょろと不安げに周囲を見回しながら、千絵は廊下をゆっくりと奥へと進んでいった。ナース服に包まれた小さな背中が、闇の中に溶けていく。

「鷹央先生、見えますか?」

鷹央は光に敏感で、昼間外に出るときはサングラスが手放せない反面、フクロウのように夜目が利く。

「ああ、いま廊下の真ん中を通過した辺りだな。特に変わったことはない」

数分間、僕たちは無言で廊下に視線を送り続けた。鷹央ほど夜目の利かない僕には、もう千絵の姿はほとんど見えなくなっていた。千絵の話では、『人魂』が出るのは、きまってこの廊下らしい。

「しかし、夜の病院って、さすがに気味悪いですね」

「なんだ小鳥、怖いのか?」鷹央はからかうように言った。

「いえ、べつに怖いってほどじゃ。ただ純粋に気味悪いなぁと思っただけで。鷹央先生こそ怖がったりしてませんか?」

「なにを言っているんだ、私に怖いものなんてない」

鷹央は小声で言うと、自慢げに鼻を鳴らす。

「……真鶴《まづる》さんは怖くないんですか?」

「ね、姉ちゃんは……」

僕が口にした少々意地の悪い問いに、鷹央は表情を歪《ゆが》めつつ言葉に詰まる。

三歳年上の姉にして、この病院の事務長である天久真鶴を、鷹央は露骨に恐れている。

「前から思っていたんですけど、なんで鷹央先生って、そんなに真鶴さんのこと怖がっているんですか？　妹思いの、優しくて綺麗《きれい》なお姉さんじゃないですか」

「お前は姉ちゃんが怒ったところを見たことないからそんなことが言えるんだ。たしかに普段は優しいけれどな、一度怒らすとめちゃくちゃ怖いんだぞ。マジでしゃれにならないんだからな……」

　鷹央は自分の両肩を抱くと、ぷるぷると細かく震えはじめる。どうやらなにかトラウマに触れてしまったようだ。あんなに温厚な真鶴さんをそこまで怒らせるとは、この人いったいなにをしたんだろう？

　そんなことを考えつつ、僕は廊下の奥に視線を送り続ける。かなり長い廊下だけあって、もう僕の目には千絵の姿が完全に見えなくなっていた。

「鷹央先生、佐久間さんが見えますか？」

「ああ、廊下の突き当たりまで行ったな。いま、振り返ってこっちを見ている」

　ようやく体の震えが止まった鷹央がつぶやく。本当に夜目が利くな、この人。

　しかし、すでに突き当たりまで移動したということは、今日は出ないのか……。僕がそう思った瞬間、『それ』はあらわれた。

　廊下の中程、床の近くで青い炎が燃えあがり、暗い廊下を照らし出した。僕が驚いて目を見開いた瞬間、その炎は風にかき消されたかのように消え去った。

　ここからはかなり距離があり、しかも一瞬の出来事だったのではっきりとは見えなかったが、廊下に突然、青い炎が上がったことだけは間違いなかった。

「いくぞ！」

驚いて立ちつくす僕を尻目に、虫取り網を手にした鷹央が廊下に飛び出した。我に返った僕はあわててその後を追う。

僕と鷹央は炎が消えた辺りに着く。僕は白衣のポケットから、患者の瞳孔などを観察するときに使用するペンライトをとりだし、ついさっき青い炎が上がった辺りを照らした。鷹央がまぶしそうに目を細める。

きっとなにか見つかるはずだ。たしかに炎は上がったが、あんなの誰かのいたずらに決まっている。しかし、そこはなんの変哲もない廊下でしかなかった。燃えかすさえも見つからない。

僕は顔を上げ、病室のプレートを見上げる。炎が上がったのは８１７号室と８１８号室の中間ぐらいの場所だった。

呆然《ぼうぜん》とする僕の鼓膜を足音が揺らした。音の方向に視線を向けると、廊下の奥から千絵が、酒に酔っているようなおぼつかない足取りで近づいて来ていた。暗い中でも、その目の焦点がぶれているのが見てとれる。

「やっぱり……本物……」

千絵の唇からこぼれだしたつぶやきが、暗い廊下に乾いて響いた。

3

「やっと終わった……」

午前最後の患者が扉の外に消えるのを見送って、僕はデスクの上に突っ伏した。頬をデスクにつけたまま掛け時計を見る。時刻は正午前だ。

「なに水揚げされたクラゲみたいになってるんだよ、情けないな」

僕は机につけた頭を緩慢に動かして、背後から容赦ない言葉をかけてきた鷹央を見る。

「なんで先生はそんなに元気なんですか？」

八階病棟で『人魂』を目撃した数時間後には、僕と鷹央は通常の業務である統括診断部の外来に向かった。統括診断部の外来は、他の科で診断が難しかった患者を時間をかけて診察するという建前であるが、その実、送られてくる者の多くは、各科外来でひたすら愚痴やクレームを並べ立て、手に負えないと判断された患者たちだ。ほぼ徹夜明けの重い頭で、そのような患者の話を延々と聞き続けるのは、拷問以外のなにものでもなかった。途中で何度意識が飛びかけたか分からない。患者からはほとんど見えない位置で話を聞いている鷹央とは違い、目の前で話を聞く僕が船をこぎはじめるわけにはいかず、自分の手の甲をつねったりしながら、午前外来の三時間、睡魔と死闘を繰り広げたのだった。

「とりあえず、デスクで仮眠をとってきます。午後の外来までには戻って来ます」

午後の外来は十四時からだ。普段はこの昼休みに昼食をとったり入院患者の回診をしたりするのだが、さすがに今日はそんな気力はなかった。一刻も早くこの茹《ゆ》で上がった頭を休めたかった。

立ち上がり、出口へ向かい一歩踏み出した僕は、後ろに引かれてたたらを踏む。振り返ると、鷹央が僕の白衣の裾を握っていた。

「あの……なんですか？」

「仮眠？　お前、なに言ってるんだ。これから本当の仕事だろ」

「本当の仕事？」

「そうだ。まだ昨日の『人魂』についてなにも分かっていないんだぞ。昼休みの間に、情報を集めないといけないだろ」

いや、怪談の調査は断じて僕の〝本当の仕事〟ではないはずだ。

「そんなに急がなくても。睡眠不足じゃ頭も回らないし……」

「お前のポンコツな頭と一緒にするな。私の頭はいつも以上に冴《さ》え渡っているぞ」

鷹央は胸を張って言う。普段は二十三時から六時までの七時間の睡眠が少しでも短くなると、とたんに不機嫌になる鷹央だが、いまのように〝謎〟に夢中になっているときは、数日間眠らなくてもけろっとしている。しかし、他人も自分と同じだと思わないでもらいたい。

「先生がやりたいなら止めませんけど、僕は仮眠をとります。もう限界です」

僕がそう言うと、鷹央はネコのような目を細めて、いやらしい笑みを浮かべた。

「……私はお前の上司だ」

「ええ、まあそうですけど、それがなにか？」

「ボーナスの査定がどうなってもいいなら、ゆっくり眠っていていいぞ」

……卑怯者《ひきょうもの》。

「……いやね、正直言って犯人の目星はついてるのよ」

「え、犯人？　目星はついてる？」

目の前に座る肉付きの良い看護師の言葉に、僕は鉛が詰まっているかのように重い頭を振りながら聞き返した。

ボーナス査定を人質に取られた僕が、しかたなく鷹央についていった先は、昨夕千絵の話を聞いた八階西病棟の病状説明室だった。そして中には、この力士のごとき体格と貫禄《かんろく》を持った女性、八階西病棟の看護師長が待っていた。どうやら、午前の外来が始まる前に鷹央が昨夜の状況を伝え、アポイントメントを取っていたらしい。

「そう、犯人。千絵ちゃんが夜勤やってる時に限って、その『人魂』が出てくるんでしょ。誰がそんな馬鹿ないたずらしてるかなんて、すぐに分かったわよ」

「いたずらと決まったわけじゃないだろ」机を挟んで師長の対面に座る鷹央が言う。

「ええ、そうね。ごめんね鷹央ちゃん。もしいたずらだとしたら、その犯人は目星がついているってこと」

師長はにこやかに訂正した。この師長、鷹央の扱いに慣れている。きっと、子供だった鷹央が、父親に連れられて病院に来ていた時代からの知り合いなのだろう。

「誰なんです、その犯人って？」

僕は横から口を挟む。

「817号室に入院している患者ですよ」

817号室……。確か『人魂』が出た場所のそばの病室だ。

「817号室か。入院している患者は突発性気胸の高校生、C型肝炎でインターフェロン治療中の四十代の男、アルコール性肝炎の五十代の男の三人だな」

鷹央はぴょこんと立てた人差し指を、メトロノームのように左右に振りながら言う。

「なんで知ってるんですか？」

僕は鷹央を見る。鷹央もその病室の患者が怪しいと考え、前もって情報を確認していたのだろうか？

「なんでってどういうことだ。患者の情報なんて知っていて当然だろ」

「……もしかして先生。入院している患者、全員の情報把握していたりします？」

「内科の患者はな。当たり前だろ」鷹央はこともなげに言う。

簡単に言うが、東久留米《ひがしくるめ》市全域の地域医療を担うこの天医会総合病院は、六百を超える病床を持つ巨大病院だ。内科の患者だけでも二百人以上いるだろう。その患者全員の情報を把握するなど、普通不可能だ。そう普通なら……。鷹央の超人的な頭脳をあらためて思い知らされる。

「それで、怪しい奴は三人のうちどいつなんだ？」

「気胸の患者さんよ」

師長はため息まじりに言う。

「気胸か。確か名前は久保田光輝《くぼたみつき》、十七歳の高校生で、突発性気胸で二十日前に入院している患者だな。それほどひどい気胸じゃなかったから、保存的に経過を見て、もうすぐ退院予定だろ」

「ええ、そう。鷹央ちゃんの記憶力、相変わらずね」

「なんでその患者がいたずらしたって思うんですか？」

僕が質問すると、師長は声をひそめた。

「それはね……光輝君が千絵ちゃんのこと恨んでいて、復讐《ふくしゅう》しようとしているからよ」

「恨んで？　復讐？」

禍々《まがまが》しい響きに眉根が寄る。いったい千絵は、その少年になにをしたのだろう？

「光輝君ね、千絵ちゃんに……」師長はさらに声を小さくする。「タバコを吸っているところ見つけられたの」

「はあ？」予想外の言葉に、僕は間の抜けた声を出した。「タバコ……ですか？」

「そう。光輝君がトイレで隠れて喫煙して、タバコを片手に出てきたところを千絵ちゃんが見つけたの。光輝君、慌てて報告しないようにお願いしたらしいけど、肺の疾患で入院していて、しかも未成年でしょ。そういうわけにいかなくて、私に報告したわけ」

「院内で喫煙しているの見つかったら、強制退院とかにならないんですか？」

以前勤めていた大学病院では、院内喫煙は基本的に強制退院となっていた。

「うちでは一回目は厳重注意で、もう一回吸ってるのが見つかったら強制退院ね。それで、タバコとライターは没収して、親御さんにも連絡入れたの。光輝君、家ではネコかぶっていたらしくて、ご両親に大目玉食らったみたい」

「それが原因で、千絵さんを逆恨みして脅したって言うんですか？」

「そう、あの子以外に、千絵ちゃんにあんないたずらをするような人、この病棟にはいないはず」

「まだいたずらと決まったわけじゃ……」

「あら、そうね。ごめんなさい。もしいたずらだと仮定したらね」

師長はやんわりと鷹央の抗議を受け止める。なんというか、完全に鷹央の扱い方を心得ている。一度、この師長に弟子入りしようかな。

「……とりあえず、その気胸の高校生に話を聞くぞ」

鷹央は唇を尖らせながら言った。

鷹央、看護師長とともに、看護師や入院患者が行き交う八階西病棟の長い廊下を歩いて行く。昨夜は気味悪く感じたが、昼に見ると小綺麗で清潔感のある廊下だった。等間隔で病室の入り口が並んでいる様子は高級ホテルを彷彿させる。廊下からは病室の中は見えないが、奥の病室の洗面台で歯を磨いている患者の姿が、その側面に設置された鏡に映っていた。

　廊下の中程まで進んだ僕たちは、『817』と記された表札がかけられている病室へ入ると、右手前にあるベッドの前で立ち止まる。閉じられたカーテンの奥に、人影がかすかに見える。

「光輝君、ちょっといい?」

　師長は一声かけると、返事を待つこともせずカーテンを横に引いた。カーテンの奥には、ベッド上にあぐらをかいて、シャープペン片手に参考書らしき本を眺める少年がいた。その両耳には、携帯音楽プレーヤーから伸びたイヤホンがはまっている。

「なんですか?」

　眉間にしわを寄せた久保田光輝はイヤホンを外すと、不機嫌を隠そうともしない口調で言った。

　短く刈り込んだ黒髪、どちらかというと整っているがニキビの目立つ顔、ひょろりと細長い体つき。外見からは『まじめでおとなしい高校生』という感じに見えた。

「あら、勉強中だったの?　お邪魔してごめんなさいね。ちょっと話を聞きたくて」

「もうすぐテスト期間なんですよ。話ってなんですか?」

　眉間のしわを深くしながら、光輝はベッドの上に散らかっているものを整理しはじめる。携帯音楽プレーヤー、パソコン、携帯ゲーム機、スマートフォン。それらが床頭台の電源から伸びる長い延長コードにつながれ、たこ足配線になっている。この光輝という名の少年が、入院生活に飽き飽きしているのが見てとれた。

「あのね、最近病棟で話題になっている、なんていうか……、『人魂』についてなの。あなたの耳にも入っているでしょ？」

「はあ？ 人魂？ ……ああ、あの看護婦が悲鳴上げた件ですか。みんな知ってますよ。あんな大きな声だったんだから」

光輝は鼻を鳴らしながら言う。「あの看護婦」とは千絵のことだろう。その態度からは、千絵に対する露骨な敵対心が見てとれた。

「看護師よ。それに千絵ちゃんって名前があるの」

生徒をたしなめる教師のような口調の師長に、「知りませんよ、そんなこと」と言うと、光輝は挑発的な視線を向けてくる。

「それで、『人魂』がどうしたっていうんです？」

「お前がその『人魂』をつくって、あのナースを驚かせているんじゃないのか？」

鷹央はまったく言葉を選ぶことなく言う。光輝は鼻の付け根にしわを寄せた。

「はあ？ なんですか？ この病院は患者を疑うんですか？」

「ちょっと質問してるだけだ。ぐだぐだ言ってないで質問に答えろ。人魂を作ったのはお前じゃないって言うんだな？」

「当たり前でしょ。『人魂』っていうことは、火が燃えているんですよね？ どうやって僕がそんなことできるって言うんです？　あれから何回も所持品チェックされているんですよ。そんないたずらできるような物、持っていたらすぐばれるじゃないですか」

光輝は指先でシャープペンをくるくる回しながら、大きく舌打ちする。鷹央が横目で師長をうかがった。師長は重々しくうなずく。

「ええ、お母様のご要望で、もう二度とタバコを吸ったりできないように、定期的に持ち物検査させてもらっているの」

「定期的ってほとんど毎日じゃないですか。もううんざりなんですよね、あれ。いい加減にしてくれませんか。まあ、そういうことで、僕は火を起こせるようなものを持ってないんですよ。火を使ったいたずらなんてできるわけないでしょ」

光輝は挑発するように唇の片端を吊《つ》り上げると、師長に視線を向けた。

「そうそう。退院するとき、取り上げられたものは返してくれるんでしょうね？」

「取り上げられたものって、タバコのこと？」

「タバコはいいですよ。それじゃなくてライターです。ライター。あれ高かったんですよ。バイトして買ったんです。あれは返して下さい」

「ああ、あの隠してあったごついライターね。なんだっけ？　『時報』だっけ」

「ジッポーですよ、ジッポー」

「ああ、それそれ。ちゃんと返しますよ。お母さんにね。そんなに大切なら、もっとちゃんと隠しておけばよかったのにね。洗面台の下に隠すなんて、やっぱり子供ね」

小生意気な光輝の態度が癪《しゃく》にさわっていたのか、師長はからかうように言う。光輝の顔が軽く引きつった。

「この病棟の管理がしっかりしていないのがいけないんですよ。なんですか、流しが詰まるって。業者が配管の詰まりを直そうとしなければ、ライターだって見つからなかったのに……。ベッドの近くだし、普段は誰も見ない、最高の隠し場所じゃないですか。師長なら、もっと病棟の設備をしっかり管理して下さいよ」

光輝が反抗的な口調で言い返す。師長と光輝の間に険悪な空気が満ちた。次の瞬間、鷹央がぬっと二人の間に割り込むと、光輝の全身を凝視しだす。

「な、なんですか。人のことジロジロ見て」

「そういえば、たしかあの千絵って看護師は、今日も夜勤だったよな。今夜は何事もないといいけどな」

いぶかしげに言う光輝を無視すると、鷹央は突然、回れ右でもするかのように一八〇度回転し、背後にいた僕と師長に向きなおった。

「え、今夜は……」

「よし、もうここには用はない。いくぞ」

戸惑う師長の言葉を強引にさえぎると、鷹央は僕と師長を両手でぐいぐいと押しはじめる。僕は鷹央に押されるままに、じりじりと後退していった。背中になにかが当たる。振り返ると、消毒用の酒精綿、注射器などが載った処置カートが置かれていた。きっと、もうすぐこの病室で誰かの採血検査でも行うのだろう。

　僕たちを二メートル程押しこむと、鷹央は後ろ手で無造作にカーテンを引いた。光輝の姿が見えなくなる。

「……なんなんだよ、いったい」

　カーテンの奥から、光輝の苛立《いらだ》たしげな声が聞こえてきた。


　眠い……。

　脳みそが鉛と置き換わってしまったかのように頭が重い。

　僕は頭を振って、なんとか眠気を頭蓋骨の外にはじき出そうとするが、それはガムのように頭の内側に貼り付いて、なかなかとれそうになかった。

　光輝の話を聞いた日の深夜、僕はまた八階病棟の個室に潜むはめになっていた。当然、再びボーナス査定を人質に取られて、鷹央に命令されたのだ。通常勤務が終わってから、すぐに自分のデスクで仮眠をとったが、固い机の上に突っ伏しても十分な睡眠はとれず、いまにも脳がオーバーワークでストライキを起こしそうだった。

　腕時計に視線を落とす。午前二時を少し回っていた。そろそろ時間だ。僕がそう思うと同時に、入り口の扉がコンコンと小さくノックされた。作戦開始らしい。

　僕は部屋の明かりを消し引き戸をわずかに開けると、昨夜と同じように、その隙間から外をうかがう。暗い廊下を、ナース服に身を包んだ小柄な人影がゆっくりと奥へと進んでいた。

僕は目を凝らして、その小さな背中が闇に溶けていくのを見送った。

数十秒間、暗い廊下に視線を注ぎ続ける。

昨夜はこのタイミングで蒼白い『人魂』があらわれた。しかし、今日はあの炎が燃え上がることはなかった。次の瞬間、廊下の奥で黄色い光が点滅した。

合図だ。

僕は扉を開けると、足音をたてないよう気をつけながら廊下を小走りに駆けていく。昨夜『人魂』があらわれた辺りへ。

僕がそこに近づくと、廊下のすみでなにかが素早く動いた。暗くてはっきりとは見えないが、それはヘビが床の上を滑っているように見えた。その〝ヘビ〟が向かった先は……。

僕は視線を上げる。そこには『817』の表札がかかっていた。

廊下の奥から、ナース服のスカートをはためかせながら、小走りに人影が近づいて来る。〝ヘビ〟が逃げ込んだ部屋、817号病室の前で僕たちは小さくうなずき合い、部屋の中へと進んでいった。

病室に入ると、一番手前のカーテンの奥からがさがさと音が聞こえていた。カーテンが横に引かれる。僕の目の前に立った人物によって。

「今日の『人魂』は失敗だな」

手にしていた物を慌てて背中に隠そうとする久保田光輝の顔を懐中電灯で照らしながら、

ナース服に身を包んだ鷹央は楽しげに言う。光輝の顔が露骨にこわばった。

そんな光輝の前で鷹央は振り返り、僕の顔を得意げに見上げてきた。

「な、なんですか？」

「どうだ、このナース服似合うか？」

鷹央は珍しく無邪気な笑顔をつくると、その場でくるりとターンをした。

「えっと……これってどういうことなの？」

師長は眠そうな目をこすりながら、うなだれる光輝に視線を送る。その隣には同じようにいぶかしげな表情を晒した千絵がいた。二人ともこの深夜に鷹央に呼び出されたのだ。

師長は徒歩数分のマンション、千絵は病院裏の寮に住んでいるとは言え、かなり強引なことだ。

深夜三時過ぎ、鷹央、僕、師長、千絵、そして光輝の五人は病状説明室に集まっていた。

「だから、お前が想像したとおり、こいつが『人魂騒動』の犯人だったんだ」

気に入ったのか、まだナース服を着ている鷹央は、嬉々《きき》として手にしていた物をデスクの上に置く。それは、ついさっき光輝が必死に隠そうとしていたものだった。

「……延長コード？」いぶかしげに師長がつぶやく。

「ただの延長コードじゃないぞ。プラグの差し込み口を見てみろ」

三対あるプラグの差し込み口の一対から、二本の細く黒い棒のような物が伸びており、その先に白い綿が突き刺してあった。

いったいこれはなんなのだろう？　鷹央に命じられておかしな動きをしている光輝を捕まえたのはいいが、具体的に彼がなにをしたのか僕は分かっていなかった。

「あの、これはいったいなんなんですか？」

千絵がおずおずと訊ねる。

「〝人魂発生装置〟だ。なあ、そうだろ？」

鷹央は上機嫌で言う。光輝は無言でそっぽを向いた。鷹央はその態度を気にする様子もなく、しゃべり続ける。

「百聞は一見にしかずだ。とりあえずやってみよう」

「やってみるって、なにをですか？」なんとなく嫌な予感がして、僕は訊ねた。

「いいから黙ってその綿の部分を見てろよ」

鷹央は延長コードのプラグを手にしてひざまずき、部屋の隅にあるコンセントにプラグを近づける。

「Show time!」

やけにいい発音で言うと、鷹央はプラグをコンセントに差し込んだ。次の瞬間、バチッという破裂音とともに、差し込み口に刺さっていた黒い棒から火花が散り、そして白い綿が青い炎に包まれた。綿は一瞬にして燃え尽きて、黒い消し炭になる。

「面白いだろ」

呆然としている僕たちに向かって、鷹央が楽しげに言った。

「あの、いまのって……」

千絵が消し炭を指さす。

「これがお前を怯えさせていた『人魂』の正体、ライターもマッチも使わないで青い炎を発生させるための装置だ。なかなか面白いこと思いつくよな」

鷹央は光輝の側《そば》に立つと、その肩を無造作にはたく。光輝は渋い表情を浮かべた。

「どんな原理で火が上がったんですか？　あの黒い棒みたいなのと綿は……」

僕はまばたきをくり返しながら訊ねる。

「ああ？　なんだお前、まだ気づいていないのか？　全部今日こいつの身の回りにあった物だろ」

身の回り？　僕は昼間に光輝のベッドへ行った時のことを思い出すが、なんのことか分からなかった。鷹央はこれ見よがしに大きなため息をつくと、口を開いた。

「シャープペンの芯と、消毒用の酒精綿だよ」

「シャープペンの芯と酒精綿……？」千絵がおうむ返しにする。

「そうだ。シャープペンの芯を差し込み口にさして、交叉《こうさ》させる。芯は炭素でできているから電気をよく通す。対になる差し込み口から芯に流れた電流は、交叉部でショートを起こし、芯は火花を放って燃え尽きるんだ。そしてその火花は、酒精綿に含まれているアルコールに引火して青い炎を上げる。これが『人魂』の正体だ」

鷹央は人差し指を立てると、横目で光輝を見ながら楽しげに説明を開始する。

「喫煙を見つかって、それを親に報告されたそいつは、『人魂』でお前を脅すことで復讐しようと思いついた。まったく子供っぽい馬鹿げた発想だ。けれど、火を起こす道具は全て没収され、しかも定期的に持ち物検査までされる。だから、身の回りにある物で、即席の〝人魂発生装置〟を作ったんだ」

鷹央はデスクの上に置かれた、消し炭のついた延長コードを指さす。

「これを暗くなった廊下の隅に置いて病室の入り口付近に潜み、タイミングを見計らってプラグをコンセントに差し込む。そうすれば、さっきみたいにショートが起きて炎が上がる。あとは、部屋の中からコードを引っ張って回収すれば、証拠もほとんど残らない」

「それじゃあ今日、その装置がうまく作動しなかったのは……？」

僕は横から口を挟む。

「簡単だ。廊下を歩く寸前に、あの部屋の電源ブレーカーを落としておいたんだ。医療器具用の電源は落ちないようになっているけど、患者が普段使用するコンセントは、ブレーカーを操作できるようになっているからな」

「鷹央ちゃん、勝手にそんなことしていたの？」

あきれ顔で師長が言うのを聞き流して、鷹央は光輝の顔をのぞき込む。

「それで、いまの説明でなにか間違っているところはあるか？」

鷹央に声をかけられた光輝は、うつむいたまま黙りこむ。その沈黙は、鷹央の推理が正しかったことを如実に物語っていた。

「……また、母さんに言うんですか？」

数十秒の沈黙の後、光輝は蚊の鳴くような声で言う。

「それは私が決めることじゃない。その手のことは師長の管轄だ。そうだろ？」

鷹央に話を振られた師長は両腕を組むと、渋柿でも食べたかのような表情を晒した。

「あなたはね、患者さんのために一生懸命働いている子を脅して、仕事ができなくなりそうにしたのよ。私たちが看護師になるために、そして患者さんを看護するのに、どれだけ苦労しているか分かっているの？　あなたにとっては、気晴らしのための軽いいたずらでしょうけど、千絵ちゃんは人生が大きく狂うところだったのよ」

光輝は唇を噛んで黙りこんだ。その態度は反省していると言うよりも、ふて腐れているように見えた。

「あなたね、そんな態度だといますぐにお母様に来てもらって……」

「いいんです、師長」

光輝を叱りつけようとした師長の言葉を、千絵がさえぎった。師長は「……千絵ちゃん？」と不思議そうにつぶやく。

「タバコは病状を悪化させるかもしれないから、報告しないわけにはいきませんでした。けれど今回は、ちょっとしたいたずらを私が過剰に怖がっただけです。私が騒ぎすぎだったんです。ご両親に報告なんてする必要はありませんよ」

千絵は笑顔をつくりながら言う。師長は十数秒、厳しい顔で黙り込んでいたが、やがてふっと表情を緩めた。

「千絵ちゃんがそう言うならしかたないわね」

光輝が顔を上げ、目を見開いて師長を、続いて千絵を見た。千絵は光輝に向かって柔らかく微笑《ほほえ》んだ。光輝は慌てて目を伏せ、居心地悪そうに身を捩《よじ》る。その姿にはいままでなかった反省が滲《にじ》んでいた。

「ほら、佐久間さんに言うことはないのか?」

僕は光輝の頭部にぽんっと手を置く。

「……すみません。馬鹿なことしました」

数秒の躊躇のあと、光輝は千絵に向かって小さな、しかし真摯な反省が感じ取れる口調で謝罪した。生意気な子供だが、根は素直な少年なのだろう。

「よしっ。これで一件落着だな。しょぼい事件だったけど、暇つぶしにはなったな」

鷹央が両手を掲げ、大きく伸びをしながら言う。僕は〝暇つぶし〟に付き合わされて、こんなぼろぼろになっているのか……。まあいい、さっさとお開きにして、家に帰ってベッドにもぐり込むとしよう。僕たちが部屋を出ようとしかけたところで、光輝がおずおずと口を開いた。

「あの、さっきの説明で一つだけ間違ってるところがあるんですけど……」

「ああ?　間違ってるところだぁ?」

それまで上機嫌だった鷹央の口調が、とたんに低くなる。そんな脅すような声出さなくても……。

「は、はい……。いえ、たしかに俺がやったことは全部その通りなんですけど、佐久間さんを最初に脅かしたのは俺じゃないんです」

鷹央に鋭い目つきでにらまれ、首をすくめながらも、光輝は言葉を続ける。

「佐久間さんがはじめて『人魂を見た』のって、俺がタバコ吸ってるの見つかった二日後の夜ですよね。あの日は俺がやったんじゃありません。そのあと、佐久間さんが人魂を見て怯えているって噂を聞いて、その装置を考えついたんです」

師長が分厚い唇をゆがめて光輝をにらむ。

「あなた、いまさらそんなこと言って。せっかく千絵ちゃんが許してくれたんだから……」

「いえ……たぶん本当です」

光輝をたしなめようとした師長の言葉を、千絵がさえぎった。

「そうです。いま思えば最初だけ、最初の『人魂』だけ違っていました。光輝君がいたずらで作った『人魂』は、床で青い炎が一瞬上がるだけでしたけど、最初に見た人魂はもっと大きな炎が空中で長い間燃えていました。少なくとも数十秒は……」

千絵は暗い表情で言う。弛緩《しかん》していた部屋の空気が再び固くなる。せっかく一件落着だと思ったら、なにやら話がおかしくなってきた。いったいどういうことなんだ……？

重い沈黙が部屋に満ちる。その沈黙を破ったのは鷹央だった。

「最初の『人魂』を見たのも、817号室と818号室の間の廊下だったのか?」

「いえ、廊下というか、病室の入り口辺りで……。暗かったし、かなり距離があったので、はっきりどの病室かとかは分かりませんけど……」

「……そうか」

鷹央は腕を組むと、数秒間なにやら考えこんだあと、「……なるほどな」とつぶやいた。

「ちょっと頼みたいことがある」鷹央が師長に向かって言う。

「頼みたいこと?」

首を傾げる師長を手招きして近づかせると、鷹央はぼそぼそと耳打ちした。師長の眉間に深いしわが寄った。

「……なんでそんなことするわけ?」

「いいからやってみてくれ。そうすれば全部はっきりするから」

いぶかしげな口調の師長に向かって、鷹央は唇の片端を持ち上げて笑みを見せる。

「よしっ、今日はとりあえず解散だ」

陽気に宣言した鷹央を前にして、僕の胸にはどうにも悪い予感が広がっていくのだった。

4

「悪い予感……的中」

「あ？　なんか言ったか？」

僕が口の中で転がした独り言を聞きつけた鷹央は、読んでいたハードカバーの小説を下げ、その上から僕をにらみつけた。

光輝の人魂トリックがあばかれた翌日の深夜、僕はやはり家に帰ることを許されず、鷹央の〝家〟に軟禁されていた。昨夜、お開きになったあと僕はすぐ家に帰り、三時間ほど睡眠をとって、再び病院に出勤し、今日は一日救急部で勤務をした。僕は週に一日半、猫の手も借りたいほど忙しい救急部に、鷹央の命令で〝レンタル猫の手〟として貸し出されているのだ。

ハードな救急業務を終え、今度こそ家に帰って泥のように眠ろうと僕は心に決めていた。鷹央に捕まらないようにと、屋上にある自分のデスクに向かわず、救急部のユニフォーム姿のまま駐車場へ向かった。

そんな僕が見たのは、愛車ＲＸ－８の黒いボンネットに腰かけてスマートフォンをいじっていた鷹央の姿だった。

「逃がすとでも思ったのか」

絶句する僕に向かい、鷹央は勝ち誇るかのような笑みを見せたのだった。

そうして、僕は鷹央の〝家〟に連行され、数時間こうして椅子の背もたれに体重をあずけながら仮眠をとっている。しかし、小柄な鷹央用につくられた椅子は身長百八十センチをこえる僕には小さすぎ、すぐにずり落ちそうになってしまうため、どうにも熟睡できない。そんな僕を尻目に、鷹央はソファーに横になり、気持ちよさそうに読書にいそしんでいた。

「あの、いつまで僕はここにいないといけないんですか？」

僕はこの数時間、何度もくり返した質問を口にする。

「もうすぐだ。……多分な」

「多分って。僕たちはなにを待っているんですか？」

この質問も何度もくり返している。

「ああ、ぐだぐだうるさいな。いいから黙って待ってろ。あとで説明してやるから」

鷹央は苛立たしげに言うと、再び本を読みはじめた。僕は天井に向かってため息をつく。いつもこうなのだ。鷹央はこの手の〝謎〟を解いても、決して前もって説明しようとはしない。だから僕は、いつもなにも分からないままに、わけの分からない行動をとる鷹央に振り回されるはめになる。

僕が再び仮眠をとろうと瞼《まぶた》を落とすと同時に、ソファーわきのベッドテーブルに置かれていた内線電話が鳴りだした。鷹央は素早く手を伸ばして受話器をつかむと、なにやらぼそぼそと話しはじめる。こんな時間に内線電話なんて、誰がかけてきたのだろう？

「小鳥、行くぞ」

受話器を戻した鷹央は、部屋着にしている薄緑色の手術着の上に白衣を羽織る。

「行くって、どこにですか？」

「817号室だ」

「817号室？　またあの高校生がなにかしたんですか？」

僕の質問を笑みを浮かべながら黙殺すると、鷹央は部屋を出る。僕もしかたなく、その後に続いた。

〝家〟を出て屋上を小走りに横切り、階段を駆け下りていく鷹央の小さな背中を追いながら、僕は首をひねる。いったい817号室でなにがあったというのだろう？

睡眠不足で脳の処理速度が著しく落ちている。状況が把握できない。

僕たちは八階病棟に着くと、奥の廊下にある病室へと向かう。角を曲がると、817号室から光が漏れていた。

こんな深夜に明かりがついている？　817号室に近づくにつれ、鼓膜をなにか不快な音が揺らしはじめた。ぐぉおおという、地の底から響くような低く濁った音。

唸《うな》り声？　いや苦痛の呻《うめ》き？　あまりにも異質な音に背筋が寒くなる。

鷹央はまるで音など聞こえていないとばかりに、すたすたと廊下を進んでいった。鷹央だけ行かせるわけにもいかず、僕も顔を引きつらせながら足を動かす。鷹央と僕は817号室の中をのぞき込んだ。

「はぁ？」――喉の奥から間の抜けた声が漏れる。

病室の手前にあるトイレの扉が開き、そこから蛍光灯の光が漏れていた。光の下には看護師長が困り顔で立っている。師長の奥に、入院着を着た男の背中が見えた。

トイレの便器の前でひざまずいている男。後ろ姿なので人相は見えないが、かなり髪が少なくなっている後頭部からすると、おそらくは中年なのだろう。

男は便器に顔を突っ込むと、激しくえずきはじめる。さっきの気味の悪い音は、この男が嘔吐《おうと》する音だったようだ。師長が男の背中をさする。

「……なんなんです、これ？」

まったく意味が分からない。

僕が立ちつくしていると、鷹央がとことこと、えずいている男に近づいた。男が顔を上げ、虚《うつ》ろな目で鷹央を見る。見覚えのない男だった。しかし男の顔を見て、僕はその身になにが起こっているのか瞬時に把握する。このような男はよく目撃する。深夜の歓楽街で。

赤く火照った顔、虚ろな充血した目、脱力した体。この男、間違いなく泥酔している。

「なんで病室に酔っぱらいが？　この人は……？」

呆然と言う僕に向かって、鷹央は白い歯を見せる。

「こいつが最初の『人魂』をつくった犯人だ」

鷹央は胸を張ると、高らかに言った。

夜の病棟ではお静かに。

「犯人……ですか？　いったいどういうこと……」

「ちょっと待て。もうすぐ役者がそろうはずだからな」

「役者……？」

僕がつぶやくと、廊下の奥から足音が近づいてきた。

「お待たせしました、あの……なんのご用でしょうか？」

やってきたのは千絵だった。

「佐久間さん？　どうしたんですか？」

「いえ、師長にすぐここに来るように言われて」

師長は僕たちだけじゃなく、千絵まで呼び出していたのか。

「よし、そろったな。あの光輝ってガキも立ち会わせたいけど、患者を夜中に叩《たた》き起こすのもあれだしな。それじゃあ種明かしだ」

「鷹央ちゃん、もうちょっと小声でね。患者さんたち起きちゃうから」

「分かってるよ、それくらい」

師長に注意された鷹央は鼻の付け根にしわを寄せると、少し声のトーンを落としてしゃべりはじめる。

「一番最初に目撃された『人魂』、これをつくったのはこの男だ。そうだよな？」

鷹央は男に水を向ける。しかし、男は焦点の定まらない目で鷹央を見上げるだけで、なにも答えなかった。この様子では、鷹央の言葉も耳に入っていないだろう。

「あの、この人誰なんですか？」

「陣内《じんない》さんです。……この病室の奥のベッドに入院している患者さんの」

　僕の質問に答えたのは、鷹央ではなく千絵だった。

「そう、この病室には三人の患者が入院している。昨日懲らしめた気胸の高校生、C型肝炎をインターフェロンで治療中の男、そして最後の一人がこの男だ」

「たしか最後の一人って……」

「アルコール性肝炎だよ」

　鷹央はぴょこんと立てた人差し指をメトロノームのように振りながら言う。

　アルコール性肝炎？　いや、それよりも……。

「あの、なんでこの人、こんなに泥酔しているんですか？　病室でそんなに大量に酒を飲んだんですか？」

「いや、それほど飲んでいないと思うぞ」

　僕が質問すると、鷹央はいたずらっぽい笑みを浮かべた。

「けれど、こんなに正体がなくなっているんですよ」

「禁酒薬を内服させたんだよ」

「禁酒薬？」

「ああ、そうだ。禁酒薬、シアナミドだ。シアナミドを内服すると、アルコールの代謝に必要なアルデヒド脱水素酵素の働きが阻害される。その状態で飲酒すれば、アルコールの代謝物であるアセトアルデヒドが蓄積して、少量のアルコールでも『悪酔い』した状態になり、苦しむことになる」

　鷹央は得意げに『禁酒薬』についての知識を語る。

「それをこの人に飲ませたんですか？」

「この男だけじゃなく、もう一人のＣ型肝炎で入院している患者にもだ。もちろん、本人たちには師長からちゃんと説明させたぞ。治療のために必要だから薬を飲ませるけれど、アルコールを飲んだら危険だから、間違っても口にするなって」

「それなのに、この人は……」

　僕は男を見下ろしながらつぶやく。

「そうだ。それでも飲んだんだよ」

「けれど、お酒なんて陣内さんは買えないはずです。陣内さんは状態が悪くて、ほとんど病室から出られないし、面会に来ている人もほとんどいないはず」

　千絵が口を挟むと、鷹央はいたずらっぽい笑みを浮かべた。

「たしかに〝酒〟は手に入れられなかった。けれど、〝アルコール〟なら手に入ったんだ」

〝酒〟じゃなく〝アルコール〟？　鷹央の言葉の意味が分からず、僕は額にしわを寄せる。アルコール……、酒じゃないアルコール……。

「あっ！」

　僕と千絵は同時に声を上げると、視線を向ける。病室の入り口に置かれた噴霧式の消毒用アルコールの瓶に。

「そうだ。この男は酒が手に入らないから、消毒用アルコールを隠れて飲んだんだ」

「禁酒薬飲んでいるって知っているのに……？」千絵が呆然と言う。

「それが依存症ってものだ。理性では分かっていても、飲むのをやめられない。だから依存症は体だけじゃなく、心まで治療する必要がある」

「……わざわざ薬を飲ませて、こんな苦しい思いをさせなくても」

千絵が蒼白い顔でトイレにへたり込む男を見ながらつぶやいた。その口調には、かすかに非難するような響きがあった。

「誰がアルコールを飲んでいるか、はっきりさせるために必要だったんだよ。この病室には二人、肝機能をはじめとした検査データが芳しくない患者がいた。この男と、もう一人のC型肝炎の男だ。私はその二人のうちどちらかがアルコールの摂取によって状態が悪くなっていると考えた。けれどデータだけだと、どちらが飲んでいるか分からない。問い詰めてもごまかすに決まっているしな。だから禁酒薬を内服させたんだ」

千絵は完全には納得していないような表情ながらも、黙りこむ。

「その人が消毒用のアルコールを隠れて飲んでいたのは分かりました。けど、『人魂』をつくったっていうのは……？」

千絵に代わり僕が質問を続ける。

「なんだ、まだ分からないのか？　いいか、最初に『人魂』が出たのは、あの光輝っていう高校生がタバコを見つかって二日後だったよな？」

鷹央は僕から千絵に視線を移す。

「は、はい。そうです」

千絵は慌ててこたえた。

「その時には、あの高校生は持ち物検査を受けていた」

「ええ。たしか『人魂』が出た日の昼頃に、ご両親の許可を得て持ち物検査をしました」

千絵の回答を聞いた鷹央は、鷹揚《おうよう》にうなずくと口を開いた。

「その男はそれを見ていた。そして深夜に、もしかしたら自分も持ち物検査をされるかもって思い込んだんだ。なにかそう思わせるきっかけがあったのかもしれないな」

鷹央の言葉を聞いた千絵が「あっ」と声を上げる。

「そう言えば、はじめて『人魂』を見るちょっと前、この部屋の見回りをしているときに私、独り言を言いました。『この部屋のみんなも明日の朝、検査あるんだっけ』って。ただ、それは血液検査のことで……」

「ああ、それで勘違いしたんだな」

鷹央は満足げに言う。

「おそらく、この男は密《ひそ》かに晩酌用の消毒用アルコールを溜《た》めこんでいた。きっとペットボトルかなにかにな。さて、翌朝持ち物検査を受けると思い込んだ男は、その秘蔵のアルコールをどうすると思う」

「そりゃあ……捨てるんじゃないですか？」

僕が言うと、鷹央は軽くうなずいた。

「捨てるってどこにだ」

「えっと、トイレとか流しとか……」

「そうだ、看護師の見回りが終わったあと少し経《た》ってから、慌てて流しに捨てようとしたんだ。そこの流しにな」

鷹央は背後にある洗面台を指さした。僕は目を大きくする。たしか、二週間前そこは……。

「二週間前、そこの流しは詰まっていた。捨てたアルコールは流れないで溜まる。その男は焦った。そのままだとアルコールが気化して、匂いで気づかれるかも知れない。どうにか詰まりを直そうと流しの下の扉を開いて配管を見た。その時、その男は見つけたんだよ」

鷹央は得意げな視線を僕たちに向ける。もうここまでくれば、二週間前にここでなにがあったのか明らかだった。

「そう、あの高校生が没収されないように隠していた高級ライターだ。ライターを見たその男は思った。流れないなら、燃やしてしまえばいいってな。かなり濃度の高いアルコールだ。青い炎を上げながらよく燃えただろうな。この洗面台は廊下からは死角になっているため炎は直接は見えない。けれど炎は側面の鏡に映り込み、廊下の奥からは青い炎が宙に浮かんでいるように見えた。これが最初に見た『人魂』の正体だ」

満足げに鷹央が言う。あまりにも鮮やかに『人魂』についての謎が解き明かされていった。誰もが言葉を発することができず、周囲に沈黙が降りる。鷹央はゆっくりとした足取りで、便器に寄りかかるように座り込んでいる男に近づいて行く。

「さて、いまの説明で間違っているところはあるか？」

鷹央は床に座り込んだまま、いまだにうつむいている男に声をかける。男は緩慢に顔を上げた。顔はまだ紅潮しているが、目の焦点は合ってきていた。男の口がおずおずと開く。

「俺は……こ、ここを追い出されるんですか？　俺、このびょ、病院を追い出されたらもう行くとこな、ないんですよ。しょ、消毒薬飲んでいたのは悪かったです。けど、けど、どうしても、が、がまんできなく、くて。それに、火をつけたのだって、さ、佐久間さんをおどかそうとしたわけじゃなかったんです。ただ、消毒薬飲んで……飲んでいるのがばれて、ここ、ここ追い出されるのが怖くて……」

呂律《ろれつ》が回らないまま、トイレの床に這《は》いつくばりながら、男は必死に懇願する。その姿は哀れを誘うものだった。この男も分かっているのだろう。もし追い出されたら、自分が際限なく酒を飲まずにはいられないことを。そして、すでに限界が来ている肝臓に致命的な障害を与えることを。

「なに言ってるんだ、お前は……」

男を見下ろす鷹央の声は、『人魂の謎』を説明した時とはうってかわって、どこか不機嫌そうだった。男の表情がこわばる。

「追い出すわけがないだろうが。お前のアルコール依存を甘く見ていたこっちが悪いんだ。アルコール肝炎の患者が入院後もデータが悪化したままなら、隠れて飲酒していることも疑って当然だ。しっかり主治医に言っておく。今日からは、体だけじゃなく、精神科医に依存症の治療も同時にしてもらえ」

そこまで言うと、鷹央は師長を見て「それでいいだろ？」とつぶやく。師長は肩をすくめながら苦笑した。男は安堵《あんど》の表情を浮かべる。

「よし、これで一件落着だな」

こうして鷹央の高らかな宣言とともに、『病棟の人魂事件』は幕を下ろしたのだった。

あと、夜の病棟ではお静かに。


「それじゃあ、お疲れ様でした」

屋上に立つ〝家〟の前で僕は鷹央に声をかける。

これでようやく自宅に帰れる。明日は土曜日で仕事は休みだ。早く帰って、柔らかいベッドで熟睡したかった。

「なんだ、もう帰るのか？」

意外そうに鷹央は目をしばたたいた。

「もうって、午前三時近いですよ。さっさと帰って寝ます。それともまだなにかすることあるんですか？」

「いやな、せっかく酒にまつわる事件だったんだから、打ち上げにちょっと飲みたくなってな。一杯付き合えよ」

鷹央が手首をくいっと返すのを見て、僕は顔を引きつらせた。鷹央はその小さな体軀《たいく》に似合わず、底なしのうわばみだ。これまで鷹央の〝宴会〟に数回付き合った……というか付き合わされたことがあるが、そのたびに正体が無くなるまで潰されていた。

「いや、あの……今日はやめておきます。ただでさえ疲れ果てているのに、さすがに酒はちょっと……」

「なんだよ、少しぐらいいいだろ」

鷹央は子供のように頰を膨らませる。

「絶対〝少し〟じゃ終わらないでしょ。なんと言われようが、今日は帰ります」

僕はやや口調を強めて言う。

「そうか、分かったよ。……ちょっと待ってろ」

頰を膨らませたまま、鷹央はそう言い残して〝家〟に入ると、数十秒後、左手になにかを持って出てきた。

「ほれっ」

鷹央が左手に持った物を無造作に放ってくる。飛んできた物体を僕は反射的に受け取った。それは小さな栄養ドリンクの瓶だった。

「なんですか、これ？」

「見りゃわかるだろ。栄養ドリンクだよ。今回はけっこう無理させたからな。ちょっとした礼だ。それ飲んで、家に帰って休め。お前に体壊されたら、私も困るからな」

「あ、それはどうも」

鷹央らしからぬ心遣いに少し戸惑いながら、僕は瓶の蓋を開け、中身を一気にあおった。

「うえっ⁉」口に広がった予想外の刺激に僕はむせかえる。「な、なんですか、これは？」

「飲んだな……」鷹央はにやりと笑った。「それはウイスキーだ」

「ウイスキー？」

僕は空になった瓶に視線を落とす。中身を入れ替えられていたらしい。

「そうだ。これでお前はもう帰れない。車を運転したら飲酒運転になるからな……」

「……いいですよ。タクシーをつかまえます」

「そうか。ところで、ここに置いていくお前の愛車、落書きとかされないといいな」

僕のＲＸ－８になにをするつもりだ⁉

「……飲みますよ。飲むの付き合えばいいんでしょ！」

僕は肩を落としながら投げやりに言う。大切な愛車を人質に取られては、もう諦めるしかなかった。

「そうか、それでこそ小鳥だ。よしっ、今夜は飲むぞ」

しぶしぶと鷹央の家へと入る僕の肩を、鷹央は小さく飛び跳ねながらバンバンと叩く。

かくして数時間後、鷹央に徹底的に酔い潰された僕は、禁酒薬が盛られた男が見せたのとそっくりの醜態を晒すことになるのだった。

*

「先生、聞きましたよ」

人魂騒動から一週間ほど経った昼下がりの救急室、僕が缶コーヒーをすすりながらカルテを打ち込んでいると、鴻ノ池が話しかけてきた。

「聞いたってなにを?」

またおかしな怪談でも仕入れてきたのだろうか。鴻ノ池は僕の隣に移動すると、肘で僕の肩をつつく。

「やっぱり先生と鷹央先生、ラブラブだったんじゃないですか」

鴻ノ池が小声で囁《ささや》いた言葉を聞いて、僕は口の中に残っていたコーヒーを吹き出す。

「うわっ。きたな……」

「だから、違うってこの前に説明しただろ」

「またまた、誤魔化そうたってそうはいきませんよ。今回は目撃情報があるんだから」

「目撃情報?」

「深夜、空いている個室病室で二人が逢い引きしていたとか、鷹央先生がナース服でコスプレして、小鳥先生といちゃついていたとか、ふらふらの小鳥先生が屋上から朝帰りしたとか。まったく、そんなふらふらになるまで鷹央先生となにしていたんですかぁ？」

鴻ノ池が楽しげに指を折っていくのを前にして、僕は顔から血の気が引いていくのを感じた。

「ま、まさか、いまの話、広まっていたりは……」

僕は震える声で、鴻ノ池に訊ねる。

「え？　もちろん友達みんなに言っちゃいましたよ。こんな大スクープ、がまんできるわけないじゃないですかぁ」

無邪気にはしゃぐ鴻ノ池の横で、僕の手から缶コーヒーが滑り落ちたのだった。

小医は病を医《なお》し

長岡弘樹

長岡弘樹（ながおか・ひろき）
一九六九年、山形県生まれ。筑波大学卒業。二〇〇三年に「真夏の車輪」で小説推理新人賞を受賞。〇五年、『陽だまりの偽り』で単行本デビュー。〇八年、「傍聞き」で日本推理作家協会賞短編部門受賞。以降も人間の奥深い機微と巧緻な推理を織りまぜる。一三年、『教場』で各種ミステリーベストテン第一位ならびに本屋大賞ノミネート。著書に『赤い刻印』『血縁』『にらみ』『道具箱はささやく』『救済SAVE』『119』『風間教場』『緋色の残響』など。

1

「どうも寂しいな。何か手に持った方がいいんじゃないか」

わたしの言葉に、藤野《ふじの》は元から尖《とが》り気味の唇をさらに突き出した。

「何かって何です？」

「アクセントになるものだよ。タレントが写真に写るときは、たいてい小道具と一緒だろ。楽器とか、文庫本とか」

「古いですよ。そういうのって、一昔前のセンスだと思うんですけど」

「そんなことないだろう。とにかく、画面が寂しいんだよ」

「じゃあ、花でも飾ります？」

「きみが女性職員だったらな。――腕カバーでもしてみるか、いかにも役場の職員らしく」

冗談で言ったつもりだったが、藤野は自分の前腕部に視線を落として真剣な顔になった。

それでいきますか、などと返事をされる前に、わたしは彼の机に書類の束を置いた。

「これでいい」

自らビデオカメラのファインダーを覗《のぞ》き込む。新規採用職員の勧誘に使うプロモーションビデオだが、撮影を業者に発注できるほどの予算はない。

来月、人材採用サービス会社が合同就職説明会を開く。近頃では、このようなイベントに自治体も参加するものらしい。時流に乗り、我がT町役場も、五年ほど前から会場に説明ブースを構えるようになっていた。

「ほら、もっと笑って」

藤野に指示を出しながら、ペットボトルの茶を口にしたとき、軽い吐き気がこみ上げてくるのを感じた。

ピントを合わせるふりをしながら耐えているあいだに、嘔吐《おうと》感はどうにか収まってくれた。藤野は台詞《せりふ》の原稿を暗記するのに懸命で、こちらの異変に気づいていない。だからわたしも予定どおり仕事を進めることにした。

「用意っ……スタートっ」

「役場で仕事をしてみて、わたしが一番魅力的だと感じている点は、やはり地域の生活に密着しているところだと思います。窓口にいらっしゃる町民の方々と触れ合う中で、人間的に日々成長していく自分を感じています――」

プロモーションビデオは毎年制作しているが、歴代の出演者はいずれも管理職だった。藤野のような入庁二年目の若手を起用したのは、今年が初めてだった。

なぜ中堅やベテランを止《や》めたのかといえば、若手職員に、「町役場はいいところ」と自分自身を説得させるためらしい。

そのように発案した職員課長によれば、人間は自分が説得する役になると、その意見をより強く信じるようになるそうだ。自分とは違う考えでも、第三者に説明しているうちに、次第にその考えに染まってしまう。それが心理学上の定説らしい。

学生らを勧誘するにあたっては、ここがいかに魅力的な職場かを力説しなければならない。本心では役場に不満があっても、長所ばかりを強調することになる。そうしているうち、やがて本当にいい職場だと思い込むようになっていく、という寸法だ。

さらに言えば、ビデオの制作を、これも若手の部類に入る入庁六年目、三十二歳のわたしにやらせているのも、同じ理由からに違いない。もっとも、わたしの場合は役場の仕事が気に入っているから、自分で自分をどうこう説得する必要など最初からありはしないのだが。

「いまの台詞は少し変えた方がいいな」

「どうしてですか。このままでいいと思いますけど」

「気づかないのか。短い文章の中に『感じ』という言葉が二つも入っているだろ」

「そんなの、誰も気にしませんよ」

わたしは右腕につけた腕時計に目をやった。午後三時半を過ぎている。四時からは別の課がこの会議室を使うことになっているから、それまでには仕事を終えなければならない。

「分かった。リハーサルを続けてくれ」

「T町役場に就職をお考え中のみなさん。わたしは以前、民間の企業に勤務していたのですが、生まれ育った町のために働きたいという思いが強く、役場に転職しました。そして本当に生き甲斐《がい》を感じることができるようになりました。——あれ、また『感じ』が出てきましたね。やっぱり変えてもらえますか」

藤野が読む原稿の作成はわたしの担当だった。新人の頃から、下手な文章は役人の恥、と教えこまれている。わたしは顔にやや火照りを感じながらカメラをいったん止めた。

「そういえば、角谷《かどや》さんは、ここに入庁する前、何をやっていたんですか」

原稿を直しにかかったわたしの横から、暇をもてあました藤野が訊《き》いてくる。その何気ない問い掛けに、わたしの拍動は一気に強くなった。

過去にどこで何をしていたか？　それは一番されたくない質問だった。

「別に。ぶらぶらその日暮らしだよ」

「でも、そのときにはもう奥さんも子供さんもいたんでしょう。どうやって生活していたんです？」

「バイトをちょこちょこやってな」

「この町で、ですか」

「そう」

「どの店で？」

「いろいろだ」

「角谷さんは右利きですよね」

「ああ」

「じゃあ、どうして腕時計を右手に嵌《は》めているんですか」

「いまはそんな話をしている場合じゃないだろ」

語気を荒らげ、わたしは直した原稿を藤野に渡した。だが、拍動は静まらなかった。反対に強くなる一方だ。

やがて胸の中央に強烈な痛みを覚えた。太い錐《きり》をぐりぐりとねじこまれているようだった。背筋が張るような感覚にも襲われ、たまらずその場に膝《ひざ》をついてしまった。

自分の顔面が蒼白《そうはく》になっているのが、鏡を見なくてもよく分かった。

2

昼食を終え、ベッドテーブルを折りたたんだ。

電動リクライニングのレバーを操作し、マットレスを寝かせながら、自分の心臓がいまどんな状態か想像してみる。

腐った果実。そうとでもしか表現しようのない、なんとも異様な物体が頭に浮かんだ。それが放つ異臭まで、実際に嗅《か》いだように思った。

心臓をとり巻いている冠状動脈の中が狭くなり、血液が流れなくなる。結果、心臓の一部分の細胞が壊死《えし》した状態。それが心筋梗塞《こうそく》だ。

治療のおかげで胸の苦しさはほぼ消えたが、代わって左の肩に酷《ひど》い痛みが生じていた。肩甲骨をゴムのハンマーで定期的に叩《たた》かれているような気がする。

一昨日、役場で倒れたわたしは救急車で隣の市に建つ病院に運ばれた。搬送先は「国立Y医療センター」といった。

首を少し捻《ひね》れば、廊下をバタバタと看護師が走り回っているのが見える。

国立の医療機関は、政府の施策によって定員を厳しく抑えられている。現場は想像以上に大変らしい。昼食が午後一時半という遅い時間にずれ込んだのも、人手不足のせいだろう。

「具合はどうですか」

検温に来た看護師の問い掛けに、わたしは電動リクライニングを使わず、自力で上体を起こした。

「まあ、悪くはないと思います」

「歩けそうですか」

「はい」

「では、これから岸部《きしべ》先生の診察を受けてもらいます」

この病院では、ベッドから出られない患者にしか回診はしないらしい。歩ける患者には、できるだけ体を動かしてもらう意味から、外来診察中の担当医師のところまで自分の足で移動していくことを奨励している。

付き添おうとした看護師を手で軽く制し、その必要はないと伝えた。

「でも、きっと迷いますよ」

入院病棟から外来病棟へいくまでのルートが、実に複雑に入り組んでいることは知っていた。

「大丈夫ですから。看護師さんはお忙しいでしょう。どうぞ他の仕事に戻ってください」

「じゃあ、気をつけてくださいね」

これ幸いといった表情で背を向けると、看護師はナースステーションの方へ走っていった。

その後ろ姿を見送ってから、わたしは一人で病室を出て廊下を歩き始めた。

何気なく廊下に設置された手摺《てすり》。そのありがたさを、この歳《とし》にしてしみじみ感じるようになろうとは、しばらく前まで想像もしていなかった。

車椅子に乗った少年の脇を通り、歩行訓練中の女性を追い越し、点滴のスタンドと一緒にトイレに向かう老人をやり過ごすと、『ＣＣＵ』と表示のある部屋の前に出た。コロナリー・ケア・ユニット、つまり冠動脈疾患集中治療室だ。救急車で運ばれてからいまの病室に移るまでの三十時間はここで治療を受けていた。この部屋があったから、いま自分は呼吸をしながら歩くことができている。

感謝の意を込め、頭を下げながらCCUの前を通り過ぎたあと、エレベーターの前も素通りし、階段の降り口に向かった。

踊り場のベンチの下にナースシューズが片方だけ落ちていた。持ち主はどれほど慌てていたのだろう、と想像しながら、渡り廊下へ出る。

この廊下を途中で右に曲がれば事務長室がある。部屋の主《あるじ》は佐川《さがわ》という人物で、事務長に就任する前にはT町役場の助役をやっていたから、わたしも知っていた。できればひとこと挨拶《あいさつ》しておきたかったが、立ち寄るのはやめておいた。いまはおそらく不在だろう。行っても無駄だ。

外来病棟の診察室に入ると、担当医師の岸部が笑顔で迎えてくれた。

五十歳ぐらいか。背は低いが、年齢のわりに頭髪の量は多い。中学一年時の担任に風貌《ふうぼう》が似ていた。真面目さと剽軽《ひょうきん》さの割合が六対四ぐらい。似ているのが外見だけでなければ、岸部の性格はそうに違いない。

「顔色が冴《さ》えませんね、ラッキーマンにしては」

「ラッキーマン……ですか」

「心筋梗塞は、一回の発作で五人に一人は死亡してしまうと言われているんです。その一人に選ばれなかっただけでも角谷さんは運がいい」

「はあ」

萎《しほ》んだ風船を踏みつけ、やっと絞り出した。そんな感じの、まるで覇気のない声が出てしまった。瞬間、嫌な考えが頭をよぎったせいだと思う。もし「一人」の方に入っていたら……。

「ご家族の病歴について伺います。ご両親は健在ですか」

「父が亡くなっています。高血圧のせいで動脈硬化になりまして」

「なるほど。高血圧になりやすい体質というのがあって、そういうのは遺伝するんです。今回、あなたがこんな事態になったのも、その体質が関係しているからでしょう。——では、普段の生活について伺います。毎日、運動はちゃんとしていましたか」

「はい」

「では、今回発症した原因は、やっぱりストレスでしょうね。ずっと長い間気にかかっていることなどありませんか」

「あります」

「何でしょう」

「現在、佐川事務長が行方不明になっているというのは、本当の話ですか」

役場にいると町の噂《うわさ》は何でも入ってくる。失踪したのが前助役ともなれば職員たちが黙っているはずもなく、一時はどこの部署に行ってもこの話題で持ちきりだった。

パソコンを使ってわたしのカルテを見ていた岸部は、マウスを動かす手を止めた。たったそれだけの動きからでも、岸部の動揺はよく伝わってきた。佐川失踪の話は単なるデマではなかったようだ。

「事務長さんには、以前、役場でお世話になっているので、ちょっと気になっていました」

そう言葉を続けると、岸部はマウスから手を離し、わたしの方へ体を向けた。

「ぼくにとっても、佐川は古くからの友人でした。どうして行方をくらまさなければならないのか。その理由も、本人が失踪する前に聞いています」

「本当ですか」

岸部の意外な返事に、わたしは思わず身を前に乗り出していた。

「ええ。でも行き先は知りません。ですから捜しようがありません」

佐川失踪の理由を岸部は知っているという。できればそれを教えてほしかったが、そこまで質問するのは立ち入りすぎだと判断し、わたしは開きかけた口を閉じることにした。

「それ以外に気になっていることは？」

ふいに手錠の音を聞いたような気がした。額に脂汗が薄く滲《にじ》んだのを感じ、そっとそこへ指先を当てる。

「別にないと思いますが。強いて言えば毎日の仕事ぐらいですか」

無難な返事でごまかしつつ、

──警察から逃げ回っていたことです。

間違っても口にできない言葉を急いで頭の中にしまい込むと、岸部はカルテに向き合いボールペンを走らせ始めた。

「病気に打ち勝つ最大の秘訣《ひけつ》をご存じですか」

机に顔を向けたままの質問だった。

「気力、ですかね。病は気からと言いますから」

「間違いではありません。ですが気力という言葉は漠然とし過ぎている。もっと具体的に考えてください。つまり」

岸部はボールペンを置き、視線を合わせてきた。

「どんな人にも、成し遂げたい、と思っている目標が何かあるはずです。それを強く意識することが最大の秘訣なんです。──角谷さん、あなたの目標は何ですか」

「別に……ありません」

「本当ですか。よく考えてみてください。何かお持ちでしょう」

「まあ、数日前までは持っていたと思いますが……」

このたび大病を患ったことでその意気込みも消えつつあるのです、とわたしは正直に説明した。

「なるほど。たしかに、いつまた発作が起きるかと思うと、生きている心地もしないでしょうね」

一通り触診や打診を行なってから、岸部は机の棚に手を伸ばした。乱雑に積み重ねられた書類の中から一枚の厚紙を引っ張り出す。それに手近にあった注射針で穴を一つ開けると、厚紙をこちらに差し出してよこした。

何だろうと訝《いぶか》りながら、わたしは受け取った。

「それを天井にかざしてみてください。針の穴から電球の光を覗いてみるんです」

言われたとおりにした。

「透明な光の輪がいくつも目の前に浮かんでいるでしょう」

「……ええ」

「その小さな輪には、ちゃんと名前があるんです。フローターと呼ばれています。フローターはただの光ではありません。その正体は眼球の中に浮かんでいる血液の細胞なんですよ」

「……綺麗《きれい》ですね」

「でしょう。それは、あなたの命の美しさです」

気がつくと、わたしの頬は自然に笑みを作っていた。

「そう。その表情ですよ。作り笑いでもいいから笑っているといいんです。笑顔は万病の特効薬ですから。——昔、アイゼンハワーという人がいたでしょう」

「アメリカの大統領だった人ですか」

「そう。そのアイゼンハワーさんは、角谷さんのように心臓に持病があった。でも毎日なるべく笑うようにしていたら、いつの間にか健康を取り戻していたんです。そういう事例だってあるんですから」

黙って頷《うなず》き厚紙を返そうとしたところ、岸部は、それを持って帰りなさいと命じてきた。

「ところで、角谷さんは病室からここまで一人で来たんですか」

「ええ」

「よく迷いませんでしたね。ここでは、たいていの人が、案内板を見ながらでも迷子になるんですが」

「迷路を解くのは子供の頃から得意でしたので」

またいい加減な返事をし、診察室の出口へ向かった。そして廊下へ足を踏み出す前に、岸部の方を振り返った。

「税金を無駄にしないことです」

「……と言いますと？」

「さっきの話ですよ。わたしが成し遂げたいと思っていることです。若い職員に途中で退職されたりすると、追加で人員を募集するのに手間や予算がかかってしまいます。Ｔ町にはこれといった産業もないので、役場の財政はいつも厳しいんです。ですから、そういうことはないようにしたいと思っていたところなんです」

「なるほど」

ふと思案顔を覗かせた岸部に一礼し、病室への帰路についた。

この角を右に曲がればレントゲン室があり、その先にはリハビリテーション・センター。左に行けば、ＭＲＩ室と救急処置室……。病院の構造はいまでも頭に入っている。

失業していたころ、生活に困り、窃盗を何回か繰り返していた。

この国立病院に忍び込んだのは、六年十か月前のことだ。その年の初雪が降った深夜だった。

医師や看護師の鞄《かばん》やバッグを物色し、財布から紙幣を何枚か抜き取ってから逃走した。何件か続けた盗みのなかで、この一件が特に忘れられないものとなったのは、現場から立ち去る際、地面の雪に足跡を残すという決定的なミスを犯してしまったからだった。ところが、なぜか捜査の手は伸びてこなかった。それがいまでも不思議でならない。

自らの手が犯した所業については、もちろん後悔している。

――自分を恥じるような真似《まね》だけはするなよ。

病に倒れた父が今際《いまわ》の際に残した言葉は説教じみていて鼻についたが、心を入れ替えるきっかけにはなった。

一念発起し、公務員試験の勉強に励み、役場に就職することができたが、嬉《うれ》しくはなかった。犯罪者が合格した裏側で、真面目に生きてきた者が誰か一人落ちたわけだ。申し訳ない気持ちが勝り、とても素直には喜べなかった……。

病室へ戻り、ベッドの上で苦い昔話を思い出しているうちに、浅い眠りに落ちていた。

看護師の声で目が覚めたときには、窓の外はもう暗くなっていた。

「角谷さん、明朝になったら病室を移動してもらいます。ですから、いまのうちに荷物を整理しておいてください」

　いまいる病室は循環器系病棟の四階にある四人部屋だった。一つ空きがある。眺めのよい場所なので気に入っていた。追い出される筋合いはないはずだ。

「移動って……なぜです？」

　岸部先生の指示ですから。看護師の説明はそれだけだった。

3

　命じられた引っ越し先の病室は、消化器系病棟の三階にあった。

　二人部屋で、相部屋になった男の名前は喬木《たかぎ》といった。

　歳は四十二、三といったところか。柔道でもやっているのかもしれない。やけに密度が高そうな、がっちりとした体格をしていた。反対に、顔にはだいぶやつれが見られた。靴墨でも塗りつけてあるのではないか。そう錯覚しそうになるぐらい、こけた頬が作り出している影は濃い。

　肝硬変《かんこうへん》。それが喬木の患う病であることは、事前に看護師から教えられていた。

　そのせいで病室を移動させられた理由がますます分からなくなった。この病院では、できるだけ同じ病状の患者を同じ病室に入れているはずなのだが……。

ただし喬木は、肝硬変の影響で、脾臓《ひぞう》も炎症を起こしていたようだ。脾臓なら循環器内科の範疇《はんちゅう》だから、岸部にも診《み》てもらっているのだろう。そこが、わたしと喬木の唯一の共通点のようだ。

それはそうと、喬木はほとんど喋《しゃべ》らない男だった。わたしは自分が役場の職員である旨を告げたのだが、彼の方は素性を明かそうとはしなかった。

「歯と胃も調子が悪いんですよ」

そう言ったきり喬木は黙り込んでしまった。どうにも気まずく、最初の晩はよく寝付けなかった。

翌日になって、病室に岸部が入ってきた。

同室者を集めて医師がカウンセリングをする。そんな実験的な試みが、この病院では以前から行なわれているという。それを実施するためだった。

「お二人で、もうだいぶ会話は交わしましたよね」

室内に足を踏み入れつつ岸部が発した質問を受け、わたしは喬木の方を見やった。こちらの仕草は喬木の視界に入っているはずだったが、彼は視線を合わそうとしなかった。

「いえ」わたしは同室者に遠慮をしながら、小さく首を横に振った。「それほどには」

「なるほど」

そう岸部が短く応じるや否や、鈍い音が病室に響き渡った。彼がいきなりベッドの脚を蹴《け》ったせいだ。

いわゆる弁慶の泣き所を押さえて、岸部は大袈裟《おおげさ》に痛がってみせる。いや、ふりが半分、本気が半分、といった蹴り方だったから、ある程度は本当に痛みを感じているに違いなかった。

「いいですか。こうやってぼくが苦しんでいるとしますよ。角谷さん、この場合、ぼくのためにあなたは何をしてくれますか」

「手当てをしてあげます。傷を負っていたら、消毒して、絆創膏《ばんそうこう》を貼って」

「喬木さんは」

「……同じです」

「それは残念ですね。傷の手当てぐらいは自分でできるんです。こう見えても医者ですから。──ぼくが一番してほしいのは、そういうことではありません」

「……では、何でしょうか」

「角谷さんもベッドの脚を蹴ってみてください」

言われたとおりにした。手加減したつもりだったが、足腰がふらついていたのでうまく勢いを調節できず、思った以上に強く蹴ってしまった。脛《すね》を抱え込んでうずくまり、呻《うめ》き声をあげる羽目になった。

「ぼくが望んでいるのはそれです。つまり一緒に痛がって泣いてもらうこと。共に苦しんでくれる人がそばにいること。人間にとって、これが一番の鎮痛剤なんです」

涙でぼやけた視界を通し、ちらりと見やった喬木は、相変わらず無表情のままだった。

「そういうことを知れば、同室の入院患者というのは実にありがたい存在だ、と気づくでしょう。共に病気で苦しんでいる仲間ですからね。ですからお二人には、もっと積極的にコミュニケーションを取ることをお勧めします」

そんなやりとりのあとで、岸部は我々に「成し遂げたい目標」を繰り返させた。わたしは、一昨日、診察室を出る前に言ったのと同じ台詞を繰り返した。

一方の喬木はといえば、相変わらず沈黙の構えを崩さない。

「喬木さん。前に一度、ぼくに話してくれたじゃありませんか。入院してまだ日が浅いころは、あなたにはまだ意気込みがあった。あのときを思い出してください」

そんなふうに発破をかけたところをみると、岸部はもう喬木の「目標」を知っているようだった。

それでも喬木が黙っていると、岸部はいきなり立ち上がり、やにわに息を吸い込んだ。

「おれは三年以内にここの内科部長になるぞっ。出世して、金もうんと稼ぐぞっ」

彼が大声で叫んだ言葉の内容はそうだった。

看護師が二人ばかり、申し合わせたように目を丸くして顔を覗かせる。気にするなと彼女たちに手を振り、岸部は座り直した。

「これでぼくは、間もなく内科部長になれるし、金持ちにもなれるでしょう。——ある心理学者によれば、その行動を取るという意図を口に出して言うと、実際に行動する確率が二倍近くに高まるそうです。どのような行動でもね。ですから、いまぼくがやったように、何事につけても、心に抱いている意気込みを口に出すことは、とても大事なんですよ。これは覚えておいてください」

明日も暇を見つけて来ますから。そう付け加えて岸部は去っていった。

また二人きりになるのが気まずかった。それは喬木も同じだったらしい。彼は財布を持って病室から出て行った。

しばらくして帰って来た喬木は、手に売店で買ったらしい新聞を持っていた。こちらに背を向けるようにしてベッドに座り、紙面を開く。

それとなく視線を辿《たど》ってみたところ、喬木が真っ先に読み始めたのは「おくやみ」と題されたコーナーのようだった。昨日もそうだった。

訃《ふ》報《ほう》欄をチェックし終えると、今度は時間をかけて社会面に目を走らせていた。

新聞を畳んだ喬木に、

「すみません、ちょっといいですか」

わたしは一枚の紙を差し出した。先日、岸部からもらった例の厚紙だ。

そしてわたしがあのときの岸部に扮《ふん》し、喬木にはわたしの役をやらせ、授けられた知識をそのまま教えてやった。

案の定、フローターを目にした喬木は、ふっと頬を緩めた。彼が初めて見せる笑顔だった。

「わたしもね」喬木は言った。「これを岸部先生に教わったんです」

「そうでしたか」

生きていると思うだけで、少しは元気が湧いてくるものですね。そんな意味の言葉を呟《つぶや》いてから喬木は立ち上がった。窓際まで歩き、夕暮れの空に目をやる。

やっと打ち解けて話すチャンスが来たと思い、わたしもベッドを離れて彼の隣に並んだ。

「ここの事務長が行方不明になっているそうですよ」

警察官なら把握しているだろう話題を振ってみると、案の定、喬木は特段驚いた素振りも見せず、ただ小さく顎を引いてみせただけだった。

「失踪の理由を、岸部先生は知っているんです。先生本人がそうわたしに話してくれました」

「医者が患者に隠しごとをすると、患者にとってよくないそうですからね。反対に、何でも打ち明けると、患者は元気になる。そういうことを、先生はよく知っているんだと思います」

「でしょうね」

「普通の医者は病気しか治せないけれど、もっと優れた医者は人間まで治してしまう。そんなふうにいうらしいですね」

西日に目を細めながら喬木が口にした言葉は、わたしにとっては初耳だった。

「そういう中国の諺《ことわざ》があるんですよ。『小医は病を医《なお》し、中医は人を医し……』というやつです」

「小医、中医ときた以上、大医もあるわけですか」

「ええ。『中医は人を医し』のあとはですね、『大医は』――」

「待ってください」

わたしは手の平で喬木の台詞を遮った。ナースステーションに行けば国語辞典ぐらいあるだろう。もし辞書に載っていなかったら医学書に当たってみればいい。暇つぶしの材料としてはちょうどよさそうだ。

4

翌日も午後から岸部がカウンセリングにやってきた。

「成し遂げたいことを口に出してください」

税金を無駄にしないことです。そうわたしが繰り返したあとに、ようやく喬木も口を開いた。

「盗犯係刑事としての仕事を全うすること。もっと詳しく言えば、逃がしたままでいる泥棒を捕まえることです」

いまの言葉を聞いても、わたしは特に驚かなかった。

喬木が警察の人間であることは、だいたい見当がついていた。俗にいう「ドロ刑」だということにもだ。

まず自分から素性を明かさないところが、いかにも警察官らしかった。

加えて喬木は「歯と胃も調子が悪い」と言っていた。泥棒刑事は、張り込みのときなどにかなり神経を過敏にする。犯人を取り逃がそうものなら、どんな叱責《しっせき》を食らうか分からない。強い緊張に歯を食いしばりながら耐えているうちに、奥歯がぐらぐらになってしまったり、胃をやられたりする者が多いらしい。そんな話は何度か耳にしていた。

新聞の訃報欄を真っ先に見る癖も、彼がドロ刑であることの左証と言えた。香典専門の泥棒は昔からいる。また、葬儀のため留守になる家を把握しておく作業は、盗犯係の刑事にとってイロハのイだ。

喬木が言うには、自分が担当した事件のうち、取り逃がしたままになっている窃盗犯が何人かいる、とのことだった。

「そいつらは、どこかでまだ悪事を続けているかもしれない」

窃盗罪の公訴時効は七年。わたしがこの病院に盗みに入ったのは、六年十か月前だ。かつて犯した何件かの盗みのうち、これだけがまだ時効を迎えていない……。

ここで、わたしは思わず目を伏せた。

なぜ喬木と同じ病室にされたか、おぼろげながら見当がついたからだ。岸部は何らかの理由で、わたしが元窃盗犯だと知った。そこで喬木にわたしを捕まえさせようとしているのではないか――。

「……やさん。角谷さん」

岸部に呼ばれていることに気づき、わたしは、はっと顔を上げた。

「どこに置き忘れてきたんですか」

「……何をでしょうか」

「これですよ」

岸部は年齢のわりには黄ばみの少ない歯を、上下ともニッと見せてよこした。

「え、が、お、です」

すみませんと軽く頭を下げ、ぎこちなく笑ってみせたあと、

「昔から『笑う顔に矢立たず』と言いますからね」

今日の午前中、ナースステーションで借りた国語辞典で覚えたばかりの言葉を、さも以前から知っているように口にしてみせた。

5

明日には退院だが、まだ少し歩行がおぼつかない。

できるだけ院内を歩き回るようにしてきたものの、それでも入院生活では安静を強いられる場面が多い。体を動かす機会が減ったせいか食も進まず、入院以後の三週間で体重は三キロばかり落ちていた。

岸部の診察室に入ると、まず「喬木さんも同じタイミングで退院です」と教えられた。

「……よかった。わたしにとっても嬉しいことです」

「角谷さんの場合は、これから先、自宅でも健康をチェックすることが大事になりますね。こういうものもありますよ」

岸部は机の抽斗《ひきだし》を開け、そこから四角い装置を取り出した。携帯型の心電計のようだった。

縦十センチ、横二十センチほどのサイズで、ボディはプラスチック製なのだが、左右両端からは一部金属の部分が覗いている。岸部の説明によると、片方は指電極、もう片方は胸電極というらしい。

使い方を教えられた。まず患者衣の前をはだける。次に指電極に右手の人差し指を当て、続いて胸電極を心臓のある部位に密着させる。その状態で測定スイッチを押せば、約三十秒で心電図が記録されるそうだ。

「こうした装置を一つ買って、ご自分の心臓の様子を、毎日こまめに観察するといいでしょう」

その場で実際に測ってみたところ、表示された心電図の波形には、下方にがくんと落ち込む部分が認められた。これが異常Q波といって、心筋梗塞の既往患者に特徴的な波形であることは、もう何度か岸部から説明されている。

「健康な人の場合はどうなりますか」

「もちろん規則正しい形になりますね」

「先生はご健康ですよね」

「試してみましょうか」

「お願いします」

岸部がネクタイをゆるめ、ワイシャツのボタンを外した。意外に分厚い胸板をしていた。

「そういえば以前、踊り場に看護師さんの靴が落ちていましたよ。ここの忙しさがよく分かりました」

「国立の病院は、総定員法というやつでスタッフの数が抑えられていますからね。もっとも、上にいる連中がしっかりしていれば、少ないスタッフでもうまく回せるんですよ。必要な設備投資に、ちゃんと予算を使ってくれればね」

病院の上層部に不満を抱いているらしく、岸部は意外なほど強い調子で、そうひとしきりぼやいた。自分で自分に言い聞かせるような口調でもあった。

「夜間も人手が少ないんですか」

「ええ。ギリギリの人数でやっています」

「じゃあ、なかなか気づかないでしょう」

「何にです？」

「泥棒に入られたりしても、です」

いまの一言で岸部の心電図に乱れが生じたのをちらりと目にしてから、わたしは診察室を後にした。

泥棒刑事もそうだが、窃盗犯の方もまた「仕事」の最中には限界まで緊張している。それだけ集中力を発揮しているわけだ。だから犯した「仕事」については細部に至るまで異常なほど鮮明に記憶している。被害者と泥棒の証言が食い違った場合、必ずと言っていいほど後者の証言が正しいものだ。

この病院に忍び込む前に頭に叩き込んだ地図は、まだ脳裏に焼きついたままだ。もちろん今回も病室に帰り着くまで、一歩たりとも方角を間違うことはなかった。

6

荷物をすべてまとめ、入院中はずっと外していた腕時計を手にした。

うっかり左の手首に嵌めようとし、慌てて右に移し変える。

これは一種のまじないだった。刑事は犯人の利き腕に手錠をかけるという。こうしてあらかじめ右の手首を塞《ふさ》いでおけば、捕まることはないような気がするのだ。

喬木と一緒にロビーへ降りていくと、そこには手の空いている事務職員や用務職員たちが十人近くも待機していた。あまり親しくない入院患者まで見送りの列に加わっている。

病院の中では、重い病気から復帰した人ほどヒーロー扱いされるというが、心筋梗塞と肝硬変では別段珍しくもないはずだ。それぞれ一人ずつならここまで人は集まらなかったのではないか。ならばこれは「合わせ技」というやつだろう。

ただし、医師や看護師の数は少なかった。事件といっては大袈裟かもしれないが、それに類するような出来事が何かあったのかもしれない。今日は病院全体が慌ただしい雰囲気だ。職員たちが浮き足立っている。

喬木に別れの一礼をし、わたしは病院前でタクシーを拾い、後部座席に腰を下ろした。すると、

「待ってください。わたしはこれから署に顔を出そうと思います。角谷さんのご自宅と方角は同じですよね」

気軽な口調で言いながら、だが有無を言わさずといった様子で、喬木も一緒に乗り込んできた。

「運賃はこっちが出しますんで、ご心配なく」

屈託なく笑った喬木は、たぶんわたしを捕まえるつもりなのだろう。おそらくはこの車中で。

人目を避けた場所での逮捕。それは、何日間も同じ病室で過ごした相手への、せめてもの温情なのかもしれない。

タクシーは、前の座席のヘッドレストがテレビモニターになっていた。ちょうど昼のワイドショーが始まる時間帯だった。喬木はスイッチに手を伸ばし、音量を少し上げた。

手錠をかけられる前に、ずっと疑問に思っていた点について訊いてみることにした。

「泥棒の中には、きっといるでしょうね」

「……どんなやつがですか」

「疑問に思っているやつが、です。自分は窃盗を働いた。だけどなぜか捜査の手が伸びてこない。おかしいな、と思っているやつが、ですよ」

「いますね」

鼻毛でも抜きながら口にしたような、こともなげな返事だった。

「そういう事態が生じるのは、どんな理由からでしょうか」

「例えばですよ」喬木はぐにゃりと頬を歪《ゆが》めた。「ドロ刑連中の中には、ホシをしばらく泳がせて、太らせてから逮捕するやつもいるんです」

「太らせる……?」

「ええ。見て見ぬふりをしてホシに仕事をさせておくんです。半年から一年ぐらいのあいだね。被害者には気の毒ですが、そうすれば余罪がたっぷり付くでしょう」

「その方が刑事さんとしても手柄になる、というわけですか」

「ご名答です」

しばらく両者無言の状態が続いた。

案の定、喬木の太い指がわたしの手首を強く摑《つか》んできたのは、それから三分ほど経《た》ったころだった。

何度も予想していたことだ。わたしはおとなしく観念し、目を閉じた。

そしてほんの短い時間のあいだに、もう一度考えてみた。

自分はいったいどんな罠《わな》に嵌まってしまったのだろうか。

何らかの事情からわたしが窃盗犯だと知った岸部は、たまたま同時に入院していた刑事の喬木にわたしを引き合わせた。数週間一緒の病室で過ごさせ、そのあいだにわたしがボロを出すのを狙ってのことだろう。

だがこちらは、喬木の前で言動に細心の注意を払ってきた。彼が一緒のときは、わざと院内で迷ってみせたりもした。綻《ほころ》びを覗かせた覚えはない。それは断言できる。

ならば、なぜ捕まってしまったのか……。

「事務長が失踪するというのは、普通、どんな場合だと思います」

予想していなかった喬木の質問に、わたしは薄く目を開けた。

「……病院の経営上、世間に顔向けできない不祥事を起こしてしまった、ということでしょうか」

「そのとおり。あるいは、自分で起こしたのではなく、その不祥事に巻き込まれてしまったか、です。——まあ見てくださいよ、角谷さん」

興奮を隠し切れない、といった喬木の声に、わたしは視線を上げた。

喬木の左手は、ヘッドレストのモニターを指差している。【緊急記者会見】とタイトルの出たテレビの画面には、見覚えのある顔が映っていた。

岸部だった。

【国立病院での裏金作り　院長と副院長の不正を医師が実名で告発】

画面下のテロップはそう読めた。裏金作り——それは何年も前から慣習的に行なわれてきた悪事のようだった。

喬木が、こちらの手首を放した。

どうやら岸部の意図について、わたしは完全に思い違いをしていたらしい。

いま喬木が言ったもの以外に、わたしが足跡を残しても捕まらなかった理由が、もう一つある。

そもそも病院側が被害届を出さなかったのだ。

警察が介入してくれれば、不正な経理操作が発覚してしまうかもしれない。それを怖れた病院の上層部は、財布から金を抜き取られた医師や看護師たちに損害を補塡《ほてん》してやり、そのうえで厳重に口止めをしたのだろう。

失踪した佐川から裏金作りの事実を知らされた岸部は、内部告発をしなければと思った。ただし、それを実行すれば、おそらく病院にはいられなくなる。黙ってさえいれば一応は安泰なのだ。そんな保身の気持ちに流されそうにもなったに違いない。

いずれにしろ、踏み切るのは容易なことではなかった。

そこで彼は一つの方法を試みた。わたしと喬木の前に自らを立たせ、意志を持ち続けなさいと説き続けることにしたのだ。わたしと喬木ではなく、自分自身を説得するために。

税金を無駄にしないこと。

逃がしたままでいる泥棒を捕まえること。

二人の患者の目標は、偶然にも、裏金問題を追及する岸部自身の意図に重なっていた。国立病院は税金で運営されている。裏金を作り、それを着服している泥棒はまだ捕まっていない。

わたしと喬木の病室を一緒にしたのは、自己説得の方法を実践するうえで効率がいいからに過ぎなかったらしい。

数十本並んだマイクの前で、岸部が軽く咳払《せきばら》いをした。

《まず、感謝の意を表したいと思います》

主役が口を開き始めると、それまでざわついていた会場が一転、静寂に包まれた。

《こうしてわたしの背中を押してくれた二人の患者に》

その一言で、いま頭のなかで巡らせた推測が、けっして的外れではなかったことが確信できた。

先日ナースステーションで借りた医学書に、「小医は病を医し、中医は人を医し」に続く言葉が、「大医は国を医す」とあったのを思い出しながら、会見する岸部の姿をわたしは見つめ続けた。

《自分を恥じるような真似だけは、したくありませんでした》

なぜ告発に踏み切ったのか。記者からの質問に対する、それが岸部の答えだった。

「そろそろ降りられますか」

喬木の声に我に返ると、いつの間にかタクシーは自宅のそばまで来ていた。

「いいえ」

目蓋《まぶた》の裏側に父親の顔を思い浮かべながら、気がつくとわたしはそう答えていた。

「行き先を変更することにしました」

「どこへです?」

「喬木さんと同じ場所へ」

わたしは再びヘッドレストのモニターに目を向けながら、右手首の腕時計を左の手にそっと移し替えた。

解剖実習

新津きよみ

新津きよみ（にいつ・きよみ）
一九五七年、長野県大町市出身。青山学院大学文学部仏文科卒。八七年、横溝正史賞最終候補。翌八八年に『両面テープのお嬢さん』でデビュー。女性心理サスペンスを基調にした作品を多数手がける。『二重証言』『女友達』『トライアングル』『ふたたびの加奈子』など映像化作品も多い。二〇一八年、『二年半待て』で徳間文庫大賞受賞。著書に『夫以外』『神様からの手紙　喫茶ポスト』『シェアメイト』『誰かのぬくもり』『彼女たちの事情』他、アンソロジー参加作品も多数。

1

「どうだった？」

玄関に揃《そろ》えられた女物のショートブーツを見ると、畠山宏信《はたけやまひろのぶ》は出迎えた妻に聞き、「明日だろう？」と言い添えた。

「やっぱり、あの子、食欲がないみたい。よっぽど緊張してるのね」と、容子《ようこ》は答えた。

七時過ぎに大学から帰った娘の久美《くみ》は、容子が用意した夕食に口をつけたが、和風ハンバーグを半分食べただけで箸を置いた。

「明日のために早く寝るんですって」

容子は、二階へ続く階段へ視線を移した。

「風呂に入る」

宏信は、いつもの習慣で入浴を優先する。そのあいだ容子は、台所で夫のために遅い夕飯の用意をした。サラリーマンの夫に専業主婦の自分に大学生の娘。容子は平凡な家庭だと思うが、娘が医学部に通う大学生だと知ると、周囲は平凡な家庭だとはみなしてくれない。

「医学部なんてすごいじゃないの。将来は女医さんか」

「娘さん、優秀なのね。医学部って、入るのむずかしいんでしょう?」

「医者が失業なんて聞いたことないもの、将来は安泰ね」

みんなに羨ましがられ、容子は「子育てに成功した勝ち組の母親」と、尊敬のまなざしを向けられる。

味噌汁《みそしる》を温め終えたころ、宏信が風呂から上がって来た。いつもカラスの行水だ。

パジャマに着替えた宏信は、顔を上気させてため息をついた。「俺だって、明日が解剖実習となれば、食欲なくすものな」

「無理もないよな」

「そうよね」

ダイニングテーブルに座って、容子も大きくうなずいた。家族三人が夕食の席に揃《そろ》うことはめったにない。容子は、夫か娘、どちらでも先に帰った人間と一緒に夕飯を食べる。

今日は、娘の久美とだった。

「それにしても、俺たちの子が医学部に……なんて、いまだに信じられないよな」

妻が薄めに作ってくれたハイボールを飲みながら、宏信が言った。「俺もおまえもバリバリの文系だし、数学は昔から苦手だった」

「本当にそうよね。あの子は、小学校のころから算数がよくできたし、理科も得意だったわね。わたしたちの子が医者に……なんて」

夢みたい、と言いかけて、容子は箸を持つ手を止めた夫を見た。視線が絡み合い、数秒後、どちらからともなくそらす。

「だけど、やっぱり、心配ね」

深刻になりかけた雰囲気を解きほぐすように、容子は苦笑して言った。「転んで膝をすりむいて、血がちょっとにじんだだけで大騒ぎしてた子が解剖実習だなんて、本当に大丈夫かしら」

「そうだよな。久美のやつ、予防接種のときもいちばん大きな声で泣いてたろう？」

「結局、受けられなくて帰ったこともあったわね」

「医者の白衣を見ただけで泣き出したっけ。注射が大嫌いだったからな。そんな泣き虫で弱虫だったあいつがねえ」

感慨深げに宏信は目を細めたが、

「だから、心配なのよ」

昔を懐かしんで振り返る気持ちの余裕もなく、容子は少しきつく言い返した。「あの子に医師としての真の適性があるか否か」

「それは……」

言葉が見つからないのか、宏信は肩をすくめる。

「解剖実習がきっかけで、『やっぱり、医者には向いていない』なんてなったら、どうする？」

「そんなことはないさ」

宏信は笑い飛ばしたが、口元はこわばっていた。

「今夜でさえ緊張していたのよ、本番の明日となったらどうなるか」

「久美はもう三年生だぞ。二年間は教養課程だとかで、医者になるための基礎知識や心構えなんかを充分に身につけたはずだろう？　仲間がいるんだ。大丈夫だよ。解剖実習くらい、何とか乗り越えられるさ」

空笑いをして、宏信はハイボールを飲んだ。

「だといいんだけど」

気持ちを落ち着けるためにカモミールティーをいれようと台所に立った容子は、受験勉強をしていたころの久美の姿を思い浮かべた。「そろそろ寝たら？」と、母親が身体《からだ》を気遣うほど受験勉強にのめりこんでいたものだ。

自慢の娘だった。「勉強しなさい」と言わなくても、自ら進んで机に向かったし、小中学校を通じて学校のテストはつねに満点に近かった。県内有数の進学校に入ってからも、成績はトップクラスを維持していた。

高校三年生の進路相談のときに、容子は久美の担任教師にこう言われた。

「久美さん、学校の成績はもちろんですが、模試の成績も安定していてつねにトップクラスにいます。とくに理系の科目が強い。数学や化学では学年一位をとって、模試でも上位に入っています。これなら、国公立大の医学部を目指しても大丈夫ですよ」

医学部の医の字も家庭では話題に出ていなかったので、容子は驚いて隣の久美を見た。久美は、何も言わずに担任だけを見ている。

「わたしたちは別に、娘を医者に……なんて思っていないんです。大学で好きな学問を学んでくれればいいと」

高望みしていません、と言いたかった。

「もったいないですよ、お母さん。この成績なら充分医学部を狙えます。久美さんだって、そのつもりでいるんですから。なあ、畠山」

「あ……ああ、はい」

担任に促されて、久美はうなずいた。そこではじめて、容子は娘の意思を確認したのだった。

「本当にお医者さんになりたいの?」

「とくになりたいものはないけど、手に職を持っていたほうがいいかな、って」

久美は、ちょっとふてくされたような顔で答えた。

——その程度の覚悟だったら……。

娘を柔らかく諭そうとしたとき、

「そんなもんですよ」

と、担任教師が笑いながら言った。「お母さんはどうでしたか？　とくになりたいものなんてありましたか？　漠然としていたんじゃないですか？　高校三年で進路を決めるときには、大雑把に文系か理系かの選択だけですよ。それだって、文系科目の点数がいいか、理系科目の点数がいいかで決める。久美さんの場合は、群を抜いて理系科目が優秀な成績なんだから、その利点を生かさない手はないですよ。久美さんくらいの成績でしたら、みんな迷わず医学部を受けています。でなけりゃ、もったいないですよ」

なぜ理系科目の成績が優秀であれば医学部を受けなければいけないのか、そういう選択をしないとなぜもったいないのか、容子には理解できなかったが、久美は一人娘である。将来安定した職業に就かせたい気持ちは持っていた。しかし、やりたいことをするのがいちばんだとも思っていた。大学に残って研究者の道を選ぶのもいい。企業に入って好きな分野の研究をする道もあるだろう。

「学年で久美さんと一、二位を競っている男子がいるんですけどね、その子も医学部志望なんですよ。なあ、畠山、彼には負けたくないよな。ねえ、お母さんも娘さんを応援してくださいな」

担任教師がだめ押しのように言い継いで、久美が小さくうなずいたのと同時に、容子も「はい」と答えてしまった。

家に帰って夫を交えての家族会議となり、父親の宏信から久美の気持ちを確かめてもらった。

「本当に医者になりたいのか?」

「とくになりたいものはないけど、専門職にはこだわってる」

「医者になるのは大変だぞ」

「六年間も通うのよ。それから国家試験があって、それに受かっても研修期間があって」

父親と母親に交互に言われると、

「わかってるよ。学費もかかるんでしょう?」

久美は、うんざりという表情を浮かべて先回りして言った。「だから、国公立に絞っているんじゃない。うちの経済力じゃ私立は無理だってわかってる」

「医者でなくても、数学の先生でもいいんじゃない? 小学校の卒業文集に、『将来の夢は学校の先生』と書いていたでしょう? いつだったか、宇宙服の研究開発もおもしろそうだから、家政学部の被服科もいいかな、って言ってたし」

——医者になりたい。

それが娘の本音なのか確かめるために、容子はいろんな方面から探りを入れてみたのだった。女の子だから家政学部がいい、という女親の本音も含まれていた。

「それは昔の話。いまは、もっと現実的に考えないといけないの」

「あなたは、本当に自分に医師としての適性があると思ってるの?」

小さなころの医者嫌いで泣き虫の久美と、聴診器を耳に当てた白衣姿の久美が容子の中でどうしても結びつかない。

「そんなの、わかんないよ」

かんしゃくを起こしたように久美は言い捨てて、「二人ともわかってないんだから」と口を尖《とが》らせた。

「何がわかってないんだ？」と、宏信。

「あそこにいると、成績トップクラスは医学部を受けないといけない雰囲気になるの。でなけりゃ負け組になるの」

「やっぱり、見栄《みえ》で医学部を受けるのね？」

容子は、がっかりしてため息をついた。

「見栄じゃない。どうせ同じ専門職なら医者がいいかな、って。だって、大学で学んだことが仕事に直結したほうがいいに決まってるでしょう？　だったら、医学部で学んだら医者になるしかない。はっきりしていて気持ちいいじゃないの」

「それだけの理由か」

と、宏信がつぶやくと、

「お父さんやお母さんはどうなの？」

と、久美は矛先をこちらに向けてきた。「大学での専攻が何かいまの生活に生きてる？　お父さんは仕事に結びついた？　お母さんは？」

「それは……結びついたとは言えないけどな」

宏信が答えて、困ったように唇を歪《ゆが》めた。「いちばん金にならない哲学科だったしな」

容子も反論できずに黙っていた。宏信は文学部哲学科で東洋思想を学び、容子は文学部英文科でフォークナーの小説を学んだ。大学も学科も違ったが、入った会社は同じだった。大学での専攻とまるで関係のない消臭剤商品を主力とする化学系の会社で、宏信も容子も総務部に配属された。結婚を機に容子は退職したが、宏信はその後もずっと総務畑に居続けている。

「ほら、言い返せないでしょう？　大学で学んだことがすべて生かせる仕事だから医者になりたい。それでいいじゃない。お父さんの哲学科やお母さんの英文科よりはずっとましだもの」

「そうだな。適性なんて、あとからついてくるものかもしれないしな」

先に陥落したのは、宏信だった。

「周囲の雰囲気に負けて医学部に……じゃなければいいんだけど」

容子は、医学部を選んだ娘の動機が気になっていたが、優秀な成績の娘は誇りに思っている。贅沢《ぜいたく》な悩みかもしれない、と頭を切り替え、夫が言ったように適性があとからついてくることを望んだのだった。本人の努力の成果もあっただろうが、担任の言葉どおりに久美は自宅から通える県内の国立大医学部に現役合格を果たした。

「とにかく、いまは静かに応援するしかないさ」

グラスの中の氷を見つめて宏信が言い、医学部受験を決めたころを振り返っていた容子は我に返った。

「そうね。でも……」

どこの誰ともわからないホルマリン漬けの遺体にメスを入れ、切り刻む久美の姿を思い浮かべると、容子の喉元に軽い吐き気がこみあげてきた。明日の解剖実習、やっぱり、心配だわ、という言葉は声に出さずに心の中だけで続けた。

2

「いやあ、ゆうべはぐっすり眠れたよ」

「うん、ぼくもふだんと変わりなかった」

「食欲も落ちなかったしね。けさも食べ過ぎちゃった」

解剖実習が始まる前の教室内は異様な空気に包まれていた。いつもより学生たちの口数が多く、何だかやたらとはしゃいでいるように久美の目には映る。

——気持ちがハイになっているのを隠そうとしている。

久美は、自分も同じだと思った。高揚した気分を他人には悟られたくなくて、笑顔でごまかしたり、おしゃべりでごまかしたりしているのだ。

上には上がいる。医学部に入って、久美はその現実を思い知った。高校時代は自分が校内でいちばんを争う成績だったが、ここにはそういう人種が寄り集まっている。もともとが負けず嫌いの人間たちだ。少し気を抜けば、医学生の中の落ちこぼれになってしまう。同級生たちのレベルを、いや、それ以上のレベルを維持するには、久美も必死になって勉強してついていかなければならない。ペーパーテストであれば何とかなる。自宅学習もできるからだ。だが、誰も経験したことのない「解剖学の実習」という授業を前に、久美の緊張は頂点に達していた。久美ばかりではない。医学生の誰もが緊張していた。解剖実習は一度でも休むわけにはいかない。単位を落とせば、また来年やり直しだ。医学生たちは、「解剖実習を甘くみるなよ」と、指導教官からもプレッシャーをかけられていた。

「毎年、一人は倒れるやつがいるんだってさ」

「隅っこでゲロ吐くやつもいるとか」

苦虫を嚙《か》み潰したような顔をくっつけ合って、そんな会話を交わす男子学生たちもいる。

「目玉をメスで串刺しにして、『目玉おやじだ』ってギャグをかまして退学になった学生がいるとか」

「わあ、リアルだな」

「やめなさいよ。そんな不謹慎な話は」

「そうよ。解剖実習は、厳粛な場でもあるのよ。献体してくださる方がいて、はじめてこうして実習できるんだから」

「遺体に敬意を表しないとね」

男子学生たちの悪ふざけをたしなめるまじめな女子学生たちもそれなりに存在する。

――あの子は一匹狼《おおかみ》。

久美は、一年生のときから誰ともつるまずに、授業が終わったらすぐに家に帰る生活を続けていたので、周囲からはそう見られている。したがって、緊張を隠すためにおしゃべりでごまかす必要はなかったが、深呼吸の回数や生唾を呑《の》み込む音を周囲に悟られないようにするなどの注意は払っていた。おじけづいているとは思われたくない。

手洗いを済ませて身支度を整えると、久美は軽く目をつぶった。母親の不安そうな顔が思い起こされる。母親の容子は、久美に医師としての適性が備わっているかどうかを気にしていた。解剖実習がそれを試す場になると思い込んでいるらしい。

――どうしても医者になりたい。

そこまでの熱い思いが自分の中に湧き上がってこないのは、久美も承知している。担任に勧められたから、医学部を受けるのが当然というまわりのプレッシャーに押されたから、何となく医学部を受けて医師になる道を選んだ、というのが本当のところだ。迷っていたときに決め手となったのは、学年でトップを争っていた男子が医学部を受けると知ったこと以上に、久美より成績下位の女子もまた医学部を目指していると知ったからだった。負けず嫌いの性格が頭をもたげ、「負けるもんか」と勢いで医学部を受験してしまった。適性など考えもしなかった。

だが、医学部に入って、自分のような学生が決して少なくないのを知った。もちろん、医学の道を志すという強い信念を持って入学した子もいる。だが、親が開業医だから仕方なく自分も受けたという学生もいれば、久美のように「成績優秀だからと、先生や予備校の講師に勧められて」という学生もいた。

「医者になれば社会的地位も高いし、高収入だし、女は寄って来るし、幸せな人生が約束されているからね」

ある男子学生は、恥ずかしげもなく本音を吐いた。

――ほかになりたいものがないから、とりあえず医学の道を選んだ。

その分類に入る久美は、自分が医師に向いているかどうか、つねに考えては不安に駆られていた。あるとき突然、「これだ」というものが見つかるのではないか。そう期待した時期もあったが、そうなったらなったで、せっかく医学部に入ったのに回り道をするのはもったいないとも思えた。いまのところ、「これだ」というものは見つかっていない。久美がもっとも不安に思っているのは、あるとき突然、〈医者には向いていない〉と思い知らされる瞬間が訪れることだった。母親にああまで心配されると、〈解剖実習の授業がそのときではないか〉という恐怖に襲われる。

それは、ホルマリン漬けの遺体を見た瞬間か。遺体にメスを入れた瞬間か。

両親は大げさに昔話を引き合いに出しては笑いの種にするが、久美はもはや子供のころの注射嫌い、医者嫌いの久美ではない。理数系の科目が得意になるにつれて、科学的な分野も好きになっていった。中学校の理科の時間、蛙《かえる》の解剖は平気だったし、高校の物理や化学の授業でも各種実験を率先して行なった。月に一度生理を経験する女性であるから、当然、血を見ても動揺などしない。血液採取も慣れたものだ。

しかし、人間の身体は蛙とは比べものにならない。教科書やパワーポイントを使った講義で人体の構造を学んで知識としてわかってはいても、本物の人体の皮膚を剝いで、筋肉のつき方や神経の張り巡り方、臓器の位置などを目の当たりにするのははじめてだ。未知の世界をのぞく怖さはある。久美は、昨日からすでに食欲がなく、けさも口にしたのはバナナとコーヒーだけだった。万が一、吐き気を催した場合、胃の内容物は少ないほうがいい。

「いよいよだね」

隣席の女子学生が言い、教室から実習室へと移動を始めた。一つの解剖台には四人の学生がつく。久美の班は、うまい具合に男女半々だ。

ホルマリン臭が充満した実習室に足を踏み入れる。各解剖台にはすでに献体がセットされている。久美たちの班に割り当てられた献体は、享年四十の男性。死因は病死で、くも膜下出血という情報だけが得られている。もちろん、氏名や出身地などの情報はない。もっと高齢の献体だと思っていたので、想像以上の早世だったことに久美は驚いた。

指定の位置に立つと、自然に身震いが起きた。

3

私の身体にメスを入れようとしている、そこのかわいいお嬢さん。こんにちは。はじめまして。昨今は、医学部に入る優秀な女子が多いとか。将来は女医さんですか。そういう妙齢の女性に裸を見られ、その上メスを入れられるとは、非常に光栄です。

私が誰か……わかるはず、ないですよね。名無しの権兵衛《ごんべえ》、として私はあなたに解剖されるのですね。

昔は解剖実習のための献体登録数が少なかったと聞きますが、いまはどうなんでしょう。一体を六人から八人で解剖する時代もあったようですが、現在では四、五人ですか。それだけ献体がだぶついているという話もあって、私の身体はいつ医学生の方々に提供されるのか気が気でなかったのです。ようやく順番が回ってきましたか。

私の遺体は、防腐処理などの解剖準備期間に三か月から半年くらいを要したようですね。それから、実際の解剖学の実習期間に三か月から七か月を要すると聞きました。献体登録をしたのですから、死後に自分の遺体がどう扱われるのか、いちおう調べてみたのですよ。

——医学の発展のために、私のような者が少しでもお役に立てれば嬉《うれ》しい。

そういう気持ちから献体登録をさせていただきました……というのが理想なのでしょうけど、本音では違います。弔ってくれる人もいない私のように身寄りのない者にとっては、葬式代と埋葬料を節約するためには献体登録はもってこいの方法なのですよ。何しろ、大学病院のほうで丁重に火葬から埋葬までしてくださるというし、大学の公式行事として毎年慰霊祭まで行なってくれるそうですからね。ありがたいことです。が、もちろん、そんな本音は登録のときには申し上げませんでしたよ。

私が登録したときはまだ人数制限などは設けられておらず、すんなりと申し出が受け入れられました。拍子抜けしたほどでした。身元調査や個人的な歴史的背景などの調査はしないのですね。まあ、当然でしょうか。面倒な調査には時間がかかりますからね。

「拝啓　時下益々《ますます》ご清祥のこととお慶《よろこ》び申し上げます。このたびは医学の進歩への深いご理解をお示し下さり、ご篤志により貴殿のお身柄を将来当学部にご寄贈いただくことになりました。私共学部当事者一同にとりましては感謝に堪えない次第でございます。ご承知のとおり人体解剖は医学教育と研究にとってもっとも重要なことでありますが、その資料はご篤志の方々の深いご理解とご協力をいただかなければ容易に得られるものではありません。貴殿のご篤志は人類福祉のための医学の発展に必ず貢献させることを私共はお約束し、○○大学医学部を代表して心からお礼申し上げる次第でございます。平素のご自愛とご健勝を切にお祈り申し上げます。敬具」

お嬢さんの通う大学の医学部長の名前でそのようなお手紙をいただいたときは、背中がこそばゆくなりました。私のような人間の身体一つ提供するだけで、こんなに懇切丁寧な手紙がいただけて、心からお礼を言われるなんて、何だかもったいないような、詐欺でもしているような気分になってしまって。

でも、とにもかくにも、お嬢さんが将来立派なお医者さんになるために私の身体を役立てていただけるのですから、これほど喜ばしいことはありません。

私のもとには医学部長の名前で、毎年、暑中見舞いと年賀状が送られてきますが、解剖学教室の主任の先生からもいただいています。本当に畏れ多いことで、申し訳ない気がします。

ところで、人体の解剖にはどんな器具を使いますか？　メスのほかに、はさみやピンセットやのこぎり、ノミなどを使って作業を進めるのですよね。

私が使った器具は、はさみでした。植木や生け垣の剪定《せんてい》用のはさみです。

私は、過去に人を殺している男なのです。

4

最初に死体を見たのは、小学二年生のときでした。学校が終わって遊び友達の家へ行くと、「今日、じいちゃんが死んだんだ」と、友達がぼそっと言ったんです。遊ぶ約束をしたとはいえ、家族が亡くなったそんな日にのんびりと遊ぶなんて、いまでは考えられませんが、当時の栃木の田舎の小学生はそんな感じだったのでしょう。人の死が日常的だったというか。土曜日だったと記憶しています。そのころは土曜日でも学校があるのが普通でしたね。年寄りが自宅で死ぬのも珍しくなかった。友達の祖父はもう何か月も自宅で寝ていたとか。前の晩に医者が往診に来て、「覚悟しておいてくれ」と家族に告げたそうです。なりゆきで私もおじいちゃんの死に顔を見る羽目になりました。おじいちゃんは布団に寝かされていました。普通に眠っているみたいで、鼻に耳を近づけたら寝息が聞こえそうな気がしました。けれども、おそるおそる指を伸ばして顔に触れると冷たくて、もう生きてはいないのだと実感しました。友達のおじいちゃんはしなびたように小さい顔をしていて、昔話に出てくる山に柴刈《しばか》りに行くおじいちゃんみたいでした。しかし、いま思い返すと、あのおじいちゃんはまだ七十前だったんですよね。いまならまだ元気に働ける年齢です。昔のおじいちゃんはおじいちゃんらしかったというか。

なぜ、そんな友達のおじいちゃんが死んだ話をするかというと、それをきっかけに私は両親が一緒になったいきさつを知ったからです。家に帰り、「何でぼくんちにはおじいちゃんやおばあちゃんがいないの？」と母に聞いてはじめて、両親ともに郷里の秋田には事情があって帰れないことを知りました。母は、結婚していた父と恋仲になり、駆け落ちという形で細いつてを頼って栃木県の那須塩原《なすしおばら》に来たそうです。父は材木会社で働き、母は私が小学校の二年生になったころから食料品店でパートを始めました。知り合いのほとんどいない栃木で私が生まれたのですが、それでもまだ郷里の人たちは両親を許してはくれなかったみたいです。

私の母は、私を産んだ二年後に流産してから体調を崩しがちになりました。そんなことを知らない私は、無邪気に「弟がほしい」と母に訴えては困らせていたみたいです。学校から帰っても仕事で母がいない日があって寂しかったのです。ときには冷めた夕飯が用意されていて、「一人で食べてね」とメモが置いてあったりしたので。一人で食べる夕飯は寂しかったけれど、私は本を読んだり、絵を描いたりして過ごすのが嫌いではありませんでした。宿題は親に言われなくても進んでやっていました。漢字練習や算数ドリルなど。それで学校の成績がよくなり、三年生のときにはじめて算数のテストで百点満点をとって親をびっくりさせました。そのときに褒められて気をよくしたのが出発点だったのかもしれませんが、私はますます勉学に励み、成績は急上昇しました。地元の中学校に入ってからも成績は上がっていきました。母が病弱だったせいもあり、そのころの私の将来の夢は「医者になる」でした。その夢を語ると、母は目を細めて喜び、父も「おまえがお医者さまかあ」と感慨深そうに首を振り、「何とか大学へ行かせてやるから、がんばって国立の医学部へ行けよ」と言いました。

私もそのつもりでした。一生懸命勉強して医者になり、両親の喜ぶ顔が見たかったのです。

ところが、人生は思わぬところに落とし穴が潜んでいるものですね。中学二年生の秋に、父が仕事中の転落事故で命を落としたのです。頭を強く打っていましたが、不思議と顔には傷がなくきれいな死に顔でした。亡き骸《がら》にすがって泣いていた母の姿が目に焼きついています。泣き疲れた母が「罰が当たったのね」と、ぽつりとつぶやいた声も鼓膜に張りついています。駆け落ちした罪に対する罰、という意味だったのでしょう。

母子家庭になったわが家は、途端に生活が苦しくなりました。大学どころか、高校に行けるかどうかもわかりません。それでも、「進学はさせるから、心配しないでね」と、母は気丈に言い続けていました。

　歯車が狂い出したのは、食料品店のパートでは生活を支えきれなくなった母が夜の仕事を始めてからでした。母の化粧はみるまに濃くなり、帰宅は遅くなっていきました。私も家計を助けるために定時制の高校に入り、昼間はガソリンスタンドで働きました。ところが、自分の反対を押しきって息子が定時制の高校に進んだのが気に入らなかったのでしょうか、張りつめていた糸が切れたようになり、母の私に対する関心が薄れていきました。いえ、どっちが先だったのか私にはわかりません。母に交際する男ができたので、息子へ割く時間が少なくなったのか。母の勤めるスナックに客として来ていた男でした。男は羽振りがいいらしく、バッグや靴や宝石などの男から母へのプレゼントが増えていきます。どこの国のものかわからない絵皿やタペストリーなども持ち帰ります。母の朝帰りが頻繁になり、私は見捨てられたような気持ちになったものです。

　母を奪った男が憎くなかったと言えばうそになります。

しかし、しばらくして母の本当の気持ちを知るに至りました。母は、男を「安達《あだち》さん」と呼んでいました。

ある日、母は久しぶりにその日のうちに帰宅し、私の前に正座しました。酒が入って赤い顔をしていましたが、目は真剣でした。

「お母さんね、安達さんと結婚しようと思っているの」

私は、黙っていました。男と駆け落ちして郷里を飛び出すくらいの女です。決心は揺るがない、とわかっていたからです。

「あの人、あなたを大学に進ませてくれるんですって」

そう続けた母の目が輝いたとき、私は母の真意を悟りました。母は、自分に高価な贈り物をくれる男だからではなく、息子の援助をしてくれる男だからつき合っていたのです。

「何の仕事をしている人？」

もっとも気がかりなことを私は尋ねました。

「卸業だとか。海外にいろんなものを買いつけに行って、帰って来てはそれをお店や個人相手に売ったり」

母のその説明で、安達という男自身が母に自分の仕事について曖昧な説明しかしていないのを察しました。

「そういう仕事、浮き沈みがあるんじゃないの？」

何だか詐欺っぽいし、という感想は控えました。

「そうかもしれないけど、ある程度の蓄えはあるらしいの。何よりも、大学に行きたいというあなたの意欲をすごく買ってくれた。安達さん、親族から医者を出すのが夢だった、なんて言ってたし」

母は、熱っぽい口調で言いました。「だから、定時制高校に行かなくても、大検を受けてから医学部受験用の予備校に通えばいいわ。昼間の仕事はきついでしょう？」

大学入学資格検定――いまの高等学校卒業程度認定試験、略して「高認」です。高校を卒業しなくても、高校卒業レベルと同等と国がみなしてくれる資格です。

母の夢でもある医者になる夢を叶《かな》えてくれるのなら、と私は安達に会いました。安達盛《もり》夫《お》。それが、のちに私が命を奪うことになる男の名前です。

思ったとおり、知性のかけらも感じられない男でしたが、金を持っているのは本当でした。この男を利用してやろう、と私は割りきった考えをすることに決めたのです。

母は安達盛夫と再婚し、私は新しい父親の提案どおりに定時制高校を辞めて大検を取得し、安達が借りてくれた小さなアパートで医学部受験のための猛勉強を始めました。安達には予備校通いを勧められたけれど、そこまで安達の世話にはなりたくありませんでした。

しかし、医学部を受験するような子はスタートを切るのもずっと早かったようで、私は出遅れてしまいました。現役で合格する夢は叶わなかったのです。浪人生活は、東京の古いアパートで始まりました。今度は予備校に申し込みましたが、夏に栃木に帰ったとき、母が目の下に青痣《あおあざ》をこしらえているのを見て、私の中で不安が膨らみました。

「あいつに殴られたんじゃないの？」

一見気弱そうな男ですが、そういう男にかぎって思いどおりにいかないと手を上げるものなのです。

「違うわよ。転んだの。それに……あいつじゃないでしょう？　お父さんと呼びなさい」

母は否定しましたが、とても信じられません。それでも、生活費や予備校の費用を出してくれている恩義を安達に感じている私は、母の言い訳を真実だと思い込もうとしました。

とにかく、医学部に入るのだ。一日も早く医者になって、母を安心させてあげよう。そう考えていました。そして、母の様子が心配なので、頻繁に帰省しようと決めたのです。

それからひと月は何ごともなかったのですが、気になって帰省したとき、母がまた痣を隠すようにサングラスをかけていたのです。安達は、前日にベトナムに買いつけに発《た》ち、十日間は帰国しないといいます。

「本当のことを話せよ」

私は、母に迫りました。

「実はね、お父さんのお仕事、あんまり景気がよくないみたいなの」

母は、重い口を開きました。「で、ときどき近くにいる人間に八つ当たりしたくなるみたいで」

「やっぱり、そうか」

浮き沈みのある仕事です。沈んだ状態から二度と浮上できないかもしれません。「だけど、仕事がうまくいかないからって妻に手を上げるなんて、ひどい男だよ。そんな男とは縁を切って、また前のように二人でやっていこうよ」

「でもねえ」

母は、今後を決めかねているようでした。「まだあなたの援助を打ち切ろうとは言い出さないし、何だかんだ言ってもあの人も息子を医者にするのが夢みたいだから」

「あいつの金なんかあてにするなよ。ぼくなら、アルバイトでも何でもするよ。奨学金をもらって大学へ行ってもいいんだし」

「あの人、いまは苛立《いらだ》っているだけで、本来はやさしくて気の小さい人だから。落ち着くまでもう少し待って」

母は、安達をかばいます。安達がおとなしくなるのを期待して、私は後ろ髪を引かれる思いで上京しました。

それなのに、いい気なものです。予備校でかねてからちょっと気になっていた女の子とつき合うようになったら、頭のほとんどを彼女に占められてしまい、家の問題どころではなくなりました。彼女にかまけて受験勉強に身が入らなくなったわけではありません。同じ道を志す彼女のためにも必ず合格しよう、と奮起したのです。「追い込みだから」と、暮れにも正月にも栃木に帰らずに、母に電話するだけで済ませていました。そのたびに、母は「こっちは変わりないから。あなたは受験のことだけ考えて」と答えていましたが。

それから春までは、彼女と励まし合う形で受験勉強に集中し、二人とも第一志望に合格しました。すぐに合格を母に知らせようと栃木の家に電話をしましたが、何度かけても通じません。心配になった私が、翌日栃木へ行くしたくをしていたとき、その電話はかかってきました。栃木の病院の看護師からで、母の入院を知らせる電話でした。転んで怪我《けが》をしたらしいのですが、くわしいことはわかりません。驚いた私は、栃木の病院に駆けつけました。

母は、肋骨《ろっこつ》を数本骨折していました。一週間ほどで退院はできるけれど、自宅での安静が必要という話でした。

「あいつはどうしたの？」

母の怪我に安達が関係していないはずがありません。

「さあ……」と、母は口ごもります。

「あいつにやられたんだろう？」

突き飛ばされでもしたのか。

「違うわ。本当に転んだのよ」

「じゃあ、どこへ行ったんだよ」

「どこって……」

ベッドに固定された状態の母にあまり心労を与えてはいけない、と私は思い至りました。

「そんなことより、どうだったの？　電話したかったんだけど、できなくて、頼んだの」

「合格したよ」

「そう」

曇っていた顔がぱっと明るくなって、母は涙ぐみました。「おめでとう。努力が実ってよかったわね。それなのに……」

「あいつの会社が傾いたのか？」

医学部に合格したと聞いた母が嘆くとしたら、それしかありません。

「不渡りを出してね。あの人、金策に駆け回っているの」

「で、妻が怪我をしたのに見舞いにも来られないってわけか」

危ない場所へ金策に行く安達を制止しようとした妻の手を振り払うかどうかして、逆に妻に怪我をさせてしまったのだろう、と私は推察しました。

「ごめんなさい。手をつけずにいたあなたの入学金まで持ち出してしまって」

「仕方ないさ。大学のほうは自分で何とかするさ。バイトでも何でもして」

「だけど、授業料だけじゃなくて、生活費や家賃もかかるでしょう？　そこまでは手が回らないわ。それに、医学生はバイトしている暇なんかないはずよ」

「何とかするよ。危ないところから借金するよりはいいだろう」

私は、何とかできるようなことを言って母を安心させ、いったんは東京に戻りました。もうちょっと安達の会社がもちこたえてくれていれば、あいつを利用するだけ利用してこちらからよりによってこんなときに、と心の中では自分のツキのなさを呪っていました。もうちょっと安達の会社がもちこたえてくれていれば、あいつを利用するだけ利用してこちらから捨ててやったのに。せめて入学金を払ってから傾いてくれていれば、と。

落ち込んでいた私に追い撃ちをかけるようにショッキングな事件が起きました。東京に戻った私は、予備校の近くで偶然、彼女が同年代の男性と親しげに腕を組んで歩く姿を目撃してしまったのです。

逡巡《しゅんじゅん》したのちに彼女に確認しました。自分の見間違いであってほしい、彼女の兄弟であってほしい、と願いながら。すると、彼女はあっさりと「ほかに交際している男性がいるの」と、二股をかけていた事実を認めました。そして、告白してしまって気が楽になったとでもいうように、「医大生でね、彼の両親にも紹介されたの。彼のお父さん、開業医なの。病院勤めをしたあと、いずれ家を継ぐのだとか」と、自分たちの将来にも言及したのです。私は、敗北を痛感しました。彼女には自分を深く理解してもらおうと、生い立ちまで話してしまっていました。貧乏人の私と開業医の息子とでは比較にならないですよね。気分がむしゃくしゃしていました。

それで、あんな大それたことをしでかしてしまったのかもしれません。

母の退院に合わせてふたたび帰省した日の夜でした。最初に病院に行ったのですが、すでに母は退院しており、ベッドのまわりは片づけられていました。

家に帰ると、玄関のドアを開ける前から不穏な空気が外に漏れ出ていました。ドアを開けた途端、女性の悲鳴が上がりました。

血相を変えて部屋に飛び込んだ私の目に入ったのは、包丁を母のほうへ向けて悄然《しょうぜん》とした安達の姿でした。

「一緒に死んでくれ」

安達は、私のことなど目に入らないかのように、包丁を握ったまま母に近づいて行きます。怪我が治りきらない母は、尻もちをつきながらあとずさりしています。

「やめろ！」

持っていた鞄《かばん》を投げつけると、はじめて安達は私に気づいたようでした。充血した目を見開き、向きを変えてこちらに迫って来ます。包丁の切っ先が鈍く光って見えます。一家無理心中するつもりか。こんなやつの巻きぞえにされてはたまらない。死ぬなら一人で死ね。私は玄関に戻り、下駄箱の上から剪定ばさみを取り上げました。あくまでも防御のつもりでした。

しかし、振り向くと、あいつは包丁を振り上げた格好で、私のすぐ目の前にいます。息が止まりそうでした。とっさに身体をひねり、包丁をよけました。が、あいつは驚くほど早く体勢を立て直して、包丁ごとこちらに飛び込んで来ました。今度は、応戦するつもりで、私もはさみを振り下ろしました。それが、前のめりに倒れ込んだあいつの首に突き刺さり……。

一撃だけでしたが、刺した場所が致命的でした。人間の急所とも呼ぶべき場所だったので、救急車が到着するまでのあいだろくな救命措置もできずにいました。

「正当防衛よ。仕方なかったのよ」

と、母はかばってくれましたが、人間を一人殺した事実に違いはありません。

当時、国立大医学部に合格した息子が義理の父親を殺したという事件が世間に与えた衝撃は大きかったのでしょう。事件は、新聞はもとより週刊誌にもセンセーショナルに取り上げられました。しかし、事実を曲げて記事を書いた雑誌もありました。経済的な事情から医学部進学を反対した義理の父に反抗しての凶行、と書いた週刊誌の記事からは、息子、つまり私の無神経さやわがままぶりが伝わってきました。犯行に使われた凶器の剪定ばさみが猟奇的だったのかもしれません。

それでも、裁判はきちんと犯行当時の状況を踏まえて進みました。身内とはいえ、母が的確に証言してくれたことが大きく影響したのでしょう。安達が母と私に包丁を向けたのは事実ですし、会社が傾いて追い詰められた状況だったのも私に有利に作用しました。思った以上に軽い刑で済みました。しかし、服役中の母の病死は、私に精神的な打撃を与えました。これは、安達を利用するだけ利用してやろうなどと考えた私への罰なのだ、と反省もしました。

医学の道を志していた若者の過ち。世の中には、そうした若者の心にやさしく添い遂げようとする奇特な人もいるのですね。服役後、私を養子に迎えてくれた老人がいました。彼もまた身寄りのない人でした。養父の紹介で、前科者の私でも名前を変えて生まれ変わった形で仕事を得ることができたのです。働き始めてすぐに、養父の勧めで大学病院に献体登録をしました。ほどなく病弱だった養父は亡くなり、私は一人になりました。献体登録をしているせいか、いつお迎えがきても不思議と怖くありません。登録したら早くお迎えがくる、という説もあります。

私の身体が医学生のお役に立つときは、交通事故で死んだあとでしょうか。それとも、心臓麻痺《まひ》や脳卒中の類の突然死のあとでしょうか。いずれにせよ、私の死因も解剖時の手がかりとなることでしょう。できれば、なるべく早い時期のお迎えを望みます。解剖用の遺体は老人が多いでしょうから、早くお迎えがくるほど希少価値のある遺体としてお嬢さんのお役に立てるのかもしれません。

解剖実習中のお嬢さん、私の享年はいくつでしたか？

5

お嬢さん、と何度も呼びかけたのは、私の遺体の解剖に携わってくれるのが若い女性だったらいいな、という私の願望にすぎません。

書いてはみたものの、この手紙は私が死ぬ前には処分するつもりです。一人暮らしの私です。死後、部屋からこの手紙が発見され、内容が不適切とされて献体登録を取り消されでもしたら大変ですからね。まあ、そんな事態にはならないと思いますが、念のため。

手紙を破棄する前に、もう一つ、告白しておかねばならない罪があります。

大きな罪に紛れ込ませようとして、ずっと隠し続けてきた罪です。でも、被害者にとっては殺人に等しい大きな罪かもしれません。申し訳ないことをしました。いまさら謝罪しても取り返しがつかないのですが。裁判のときに告白するのは、恐ろしくてできませんでした。なるべく罪を軽くして、母のためにも一日も早く刑期を終えたい、という計算もありました。

——交際していた女性が二股をかけていた。最終的に捨てられたのは自分のほうだ。

人生経験の乏しい私は、あのとき、打ちのめされて、自暴自棄になっていたのかもしれません。

未成年だし、合格するまでは、とそれまで控えていたお酒を一人で飲んだ帰りでした。公園を通り抜けようとして、少し前を若い女性が一人で歩いているのに気づきました。信じていた女性にふられたばかりで、気分がむしゃくしゃしていたのでしょう。彼女とは身体の関係すらありませんでした。ともにめでたく大学に合格したのちに結ばれる、そのめくるめく瞬間を想像しながら、若い男らしく体内に熱いマグマを溜《た》め込んでいたのです。性的欲求でムラムラしていたのは否めません。

日付が変わろうとする時間に、警戒心の片鱗《へんりん》も見せずに自分の前を歩くその女性に自分を捨てた彼女の幻影を重ねた気がします。その女性の背中に漂う幸福感のようなものに嫉妬したのかもしれません。女なんて……という憎しみが、何の関係もない、ただ若い女性という共通項でつながっているにすぎない前方の女性に向けられました。マグマが一気に下半身から噴き上げてきました。背後から彼女を襲い、その口を手でふさぎ、押し倒して、力任せに茂みに引きずり込み……。

私は、人を殺《あや》める前に見知らぬ女性を強姦《ごうかん》したのです。

二十代半ばくらいの女性が大きな鞄を提げていたのは記憶しています。女性を襲った瞬間、それが彼女の手を離れ、茂みの近くにどさりと落ちました。

人を殺める直前にそうした犯罪に手を染めていた私です。その行為が、自分の中に潜んでいた攻撃性や暴力的な素質を呼び覚ましてしまったのかもしれません。私は、自分自身の中に爆弾を抱えていた人間なのです。どうか思う存分、お嬢さんのメスで私の身体を切り刻んでください。私に蹂躙《じゅうりん》されたあの女性の恨みを、あなたがかわりに晴らしてあげてください。

6

「あら、今日は早いじゃないの」

玄関に宏信を迎えに出ると、

「ノー残業デイだよ」

と、宏信は妻に鞄を預けながら言い、「最近は、名目だけになっているけどね」と苦笑した。数年前に大規模なリストラを行なった職場である。首切りは免れた宏信だが、仕事量は増え、残業代は一定時間を過ぎるとカットされるようになった。口には出さずにいるが、「専門職に就いていれば心強い」という思いを夫が持っているのには、容子は気づいている。だからこそ、娘が医師に向いているのかどうか気にしている自分とは違って、適性などあとからついてくるもの、と容易に頭を切り替えられるのだろう。

「久美、今日は遅いかな」

洗面所に入った宏信は、ドア越しに妻との会話を続けた。

「さあ、どうかしら。最初の解剖実習のあとって、どういう流れになるのか。みんなで打ち上げなんかするのかしら」

「打ち上げはおかしいだろう」

「そう？　でも、無事に終えたら、それはそれでホッとするわけだし」

解剖台に載せられた遺体を見た途端、吐き気に襲われて逃げ出したのではないか。メスを握る手が震えて、指導教官に注意されたのではないか。容子は、今日一日、何をしていても落ち着かなかった。

「解剖実習のあと、みんなで焼き肉を食べられるわけはないだろうよ」

笑い声のあとにうがいの音が続いた。

「いちおう、今日はさっぱりしたものがいいかと思って、お肉じゃなくてお魚にしたのよ。塩鮭《しおざけ》焼き。レモンを添えてね。それから、きゅうりときくらげの酢の物。あの子、酢の物が好きだから」

「ああ、俺に似てな」

ぼそっと宏信が受けて、容子はドキッとした。「そうね」と、こちらが受けるタイミングが少し遅れた。

確かに、宏信も久美も酢の物は好物である。酢飯も好きだし、酢豚も好きだ。

――俺たちの子。

――俺に似て。

宏信は、頻繁にその表現を使う。なぜなのか、その理由を容子は知っているが、あえてその話題には触れずにいる。結婚以来、一度もあの「事件」には触れずにきた。

宏信との結婚が決まって五か月後に退職するまでのあいだ、容子は花嫁修業の一つとして会社帰りに着付け教室に通った。着付けに使う着物や帯や長襦袢《じゅばん》などの教材は、教室で買わされた専用の大型の手提げ鞄に収納した。週に一度、着付け教室のある日は荷物が多くて大変だったが、それさえも結婚を控えた容子には楽しかったのだ。将来のパートナーができた自分は目に見えない何かにつねに守られている、という幸福感に包まれていたせいか、危険を察知する感覚が鈍化していたのかもしれない。あの夜、修了証書をもらう前のテストに向けて教室に居残って着付けの練習をし終えた容子は、帰りに教室の仲間と食事をした。その友達が悪酔いをしたため、気分がよくなるまでつき合っていたらすっかり遅くなってしまった。最寄り駅に降りて、いつもは通らない夜の公園を突っ切ろうと考えた。幸せな自分が不幸に巻き込まれるはずがない。何となくそんなふうに思っていた。

ところが、着付けの教材が一式入った重い鞄を提げたその日にかぎって、とんでもない不幸に見舞われた。季節はずれの台風が自分一人をめがけて襲ってきたような感じだった。叫んだかどうかも憶《おぼ》えていない。叫んだ気もするが、口をふさいだ大きなてのひらの隙間から空気が漏れただけかもしれない。

静かになり、男の気配が消えたあとに容子が最初にしたのは、教材が入った鞄が無事なのを確かめることだった。乱れた服装を整えると、傷一つない頑丈な鞄を提げて、容子は家まで歩いた。むせ返るような若い男の体臭が身体に染みついていた。帰宅後、皮膚が真っ赤になるまでシャワーを浴び続けた。

――見知らぬ若者に公園でレイプされた。

誰にも言えず、婚約者にも言えなかった。

婚約者の宏信に告白したのは、妊娠がわかってからだった。

「宏信さんの子じゃないかもしれない」

容子は、深夜の帰り道で見知らぬ男にレイプされた事件を伝えた。

「俺の子だよ」

即座に宏信は返した。「産めよ。その子は俺たちの子だよ」

――誰の子でもいい。俺たちの子として育てよう。

そういう言い方ではなくて、宏信は「俺たちの子だよ」と言いきったのである。

宏信のところは、代々クリスチャンの家系だった。自身も子供のときに洗礼を受けている。そういう確固たる信仰があるから、授かった命は摘まずに大切に育てようという意識が備わっているのかもしれない、と容子は思ったが、宏信は「バランスを取るために、大学では東洋思想を学んだんだよ」という変わり者であり、広い視野を持つ人間だった。その彼の人間性に容子はすがった。彼を信じる決意をし、あの事件を二人の秘密にしたまま結婚した。そして、久美を出産した。

「鼻の形が宏信そっくり」

「笑った顔がパパそっくりね」

「頭の形もお父さん似だよね」

赤ちゃんの久美を見て、他界した宏信の両親もまわりの人たちもそう言って笑顔になった。似ていると思って見れば似ていて、似ていないと思って見れば似ていなかった。けれども、容子は、自分をレイプした男の子供かもしれない可能性については考えないようにした。幸運にも、生まれた子の血液型は、宏信との親子関係が認められるものだった。

——この子は、絶対に宏信さんの子。わたしたちの子。

そう思い込もうとした。だからこそ、性格も適性も父親の血を受け継いでほしいと望んだのだ。

しかし、理系の科目が得意な久美は、医師になるために医学部を受けるという。不安にさいなまれた。夫や自分の血以外の「何か」が久美を駆り立てているのではないか、その背中を押しているのではないか、と思ったからだ。

医学生の娘の存在は誇らしい。が、医師としての適性はないほうがいい。夫と自分の血を引いた子、と確信するために。けれども、漠然とした動機であれ、医師を目指している娘である。努力も重ねてきた。適性の欠如を自覚させられる場面に遭遇したら、どれほど思い悩むことだろう。適性のなさが判明するとしたら、それは解剖学の実習の時間だろう、と容子は考えた。それがきっかけで大学を中退した学生がいると聞いたことがある。

今日一日、容子は、帰宅するときの娘の表情を想像していた。

玄関チャイムが鳴り、鍵が回る音がして、容子はハッとした。

「ただいま」

久美が帰って来た。

「何だ、早いじゃないか」

洗面所から夫が顔を出した。

7

「打ち上げがあるんじゃないか、ってお母さんが言ってたぞ」

「打ち上げ？　ああ、ご苦労会ならやっているグループもあるけど、わたしはそういうのには加わらないんだ」

ショートブーツを脱いだ久美はせかせかと言い、「それより、一刻も早く報告したくて帰って来たんだから」と、その場で目を輝かせた。

「報告って何？」

容子の胸にぽつんと硬いしこりが生じた。

「ねえ、聞いて聞いて」

と、久美がさらに目を輝かせ、声まで弾ませた。「わたし、先生に褒められちゃったの」

「何を褒められたんだ」

と、宏信。容子は、冷静になれる夫の横顔をまぶしげに見た。

「みんな緊張して、手が震えて、指示どおりに作業できなかったり、質問されてもしどろもどろに答えたりしていたんだよ。中には吐いちゃう子もいてね。そんな中で、『畠山さんは手際がいい。優秀だな』って褒められたの。『ここの筋肉の名称は?』とか『この神経はどこにつながっている?』と聞かれても、わたしだけすらすらと答えられたから。『君は法医学に向いているかもしれない』なんて言われちゃって。法医学教室にスカウトされたらどうしよう」

「よかったじゃないか。じゃあ、はじめての解剖実習は成功だな」

宏信は、のんびりと受け答えをしている。

「ご遺体との相性がよかった気がするの。何かはじめての対面じゃないみたいで、わたしに『好きなように解剖してください』と頼んでいる気がして、快適にスムーズに作業を進められたんだ。享年四十の男性って若くない? ほかの班はおじいさんやおばあさんばかりで、うちの班だけラッキーって感じで。解剖しながら悟ったの。医師という仕事はわたしの天職だって」

「そう。よかったわね」

それだけ言うのがやっとだった。容子の心臓は鼓動を速めた。

「話はあとでゆっくり聞くから、手洗いとうがいをしなさい」

興奮ぎみの娘に呆《あき》れたのか、宏信も言った。

「とりあえず鞄を置いて来るね」

階段を駆け上がろうとして足を止めた久美が、容子を振り返った。「晩御飯、何？」

「塩鮭を焼いたのときゅうりときくらげの酢の物。それと、マカロニサラダだけど」

「えっ、魚なの？　がっかり」

と、久美は脱力してみせた。「今日は、何だかお肉が食べたい気分なんだな。精がつく焼き肉がいいな。レアで食べたいくらい」

「冷凍の牛肉があるから焼いてもいいけど」

「じゃあ、そうして。ああ、お腹《なか》すいた」

容子の目には、元気よく階段を駆け上がる娘の後ろ姿に、夫以外の男の姿が重なって映った。

厨子家の悪霊　山田風太郎

山田風太郎（やまだ・ふうたろう）
一九二二年～二〇〇一年。兵庫県生まれ。東京医学専門学校（現東京医大）卒。一九四六年「宝石」懸賞小説に「達磨峠の事件」で入選してデビュー。四九年、「眼中の悪魔」及び「虚像淫楽」で探偵作家クラブ（現日本推理作家協会）賞短編部門を受賞。九七年に菊池寛賞、二〇〇〇年に日本ミステリー文学大賞を受賞。『甲賀忍法帖』に始まる忍法帖シリーズを初め、戦国、江戸、明治期にわたり史実と伝奇色を織りまぜた時代小説は現代でも人気を誇る。

第一章　登場人物

「厨子《ずし》家の悪霊《あくれい》……」

　青蔦《あおつた》のからんだ東京精神病院の門を、一匹の白犬が懶《ものう》げな足どりで入って来るのを、遠い窓から眺めていて、伊集院《いじゆういん》医学士はにやりと笑った。

　医局のなかには、ほかに誰もいなかったが、その笑いは硬く、わざと作ったもののようだった。――そうだ。伊集院医学士は、その苦笑を故意に、ちょっと作って見たのだ。いらいらと鬱屈した心を紛らわすために。

　白い犬は、あの滑稽で恐ろしい『厨子家の悪霊』などでありはしなかった。それは病院の小使の飼犬だった。

　間もなく、裏の方で、パーンという明るい音がして、けたたましい少年の笑い声が聞えた。最近空気銃を買ってもらって、動物と見れば、手当り次第に射ちたがる事務長の息子が早速犬を追っかけているらしい。

静かな、五月の病院の夕だ。

硬い微笑が、ほんとうの微笑に移り、煙草《タバコ》を口に持ってゆこうとして、伊集院医学士の顔が、ふっとまた憂鬱に翳《かげ》った。――手の甲に、赤い斑紋が、くっきりと浮かんでいる……


(ペラグラだろうか?)

ペラグラというのは、ビタミンB欠乏による皮膚病の一種である。

自動車の停《とま》る音に、医学士は顔をあげて、急に瞳をひらいた。

門を、痩《や》せて背の高い老紳士と、その影のようにみすぼらしい青年が入って来た。

黒い革みたいな光沢のある大きな顎、いかにも重厚沈毅《ちんき》といった風貌の伊集院医学士が、これほど驚愕《きょうがく》の表情を示すのも珍しかったが、二人の訪問者につづいて現われたもう一人のひとを見た時には、彼は太い喉の奥から異様な呻《うめ》きさえ洩《も》らしたのだった。

「厨子家の……聖霊!」

薄曇って、銀鼠《ぎんねず》色の日の光のなかにゆらゆら歩んでくる日傘の少女は、まるで夢幻の海を漂って来る百合《ゆり》の花のような感じだった。

驚愕が、何ともいえない歓喜の顔に変り、医学士は飛び立って扉の方へ急ぎかけたが、急に思い直した様子でソファに腰を下ろし、そのまま、じっと感情を煙草と一緒に噛《か》み殺している風だった。

間もなく、看護婦が、東京医科大学皮膚科教授葉梨《はなし》博士の来訪を告げて来た。

葉梨博士は、伊集院医学士の恩師であるのみならず、遠縁にあたる人で、在学中保証人の義務をもつとめてくれた人だった。

「しばらく……どうだ、身体《からだ》は？」

剃刀《かみそり》のような顔を綻ばして、いきなり言う。

「は……まずおかげさまで、――いや、先日から、ちょっと熱があるようで、食欲も進まなかったのですが、もう癒《なお》りました」

が、医学士が癒ったような感じがしたのはたった今しがたのことだった。彼は恩師の顔を見ていたが、背中一杯に、扉の傍に佇《たたず》んでいる娘の、涙を湛《たた》えた瞳を、灼《や》けつくように感じていた。

「気をつけ給えよ。肋膜炎《プロイリーチス》あがりに持って来て、あの事件、それから長い間の警察拘留だ。……もっとも心配するほどには見えんがなあ、相変らず、よく、肥《ふと》っているじゃあないか？」

「はあ……時候の変り目だからでしょう。この二、三日、急に蒸《む》すものですから、患者《クランケ》もよく暴れます」

じっとしずもった青葉の向うから、遠く躁鬱病《そううつびょう》患者の怪鳥《けちょう》のような叫びが響いて来た。

「弘吉《こうきち》君は？」

と、医学士は不審な眼色で、もう一人のみすぼらしい青年を振返った。

みすぼらしい？――まるで萎縮症《アトロフイ》の子供みたいに痩せ衰えた身体に、老人のように乾《ひ》からびて蒼白《そうはく》な顔。だが、ちょっと気をとめて見ればその影の薄い表情から滲《にじ》み出る異様な鬼気が、観察者の胸に深い深い印象を残すであろう。左右の顔面は不均等だった。瞳の色さえ違っていた。左眼《ひだりめ》は青い火が燃えるように輝いて、右眼は夜のように黒く静かに沈んでいるのだった。

憎しみの激情にかがやく青か、恐れにたゆとう黒か――黙って、凝視されて、伊集院医学士の困惑の顔が、次第に憐愍《れんびん》の色を湛えて来て、

「やはり釈放になりましたか？　精神分裂症では、警察の方でもどうすることも出来ないでしょう……私は、そう信じて、安心していました」

と、喰《く》い入るような微笑を娘に向けて、

「芳絵《よしえ》さん、一応疲れがやすまったら、そのうち私も山形県の方へまたお邪魔に上って、色々お慰めしたいと考えていたのですよ。奥さんのお墓にもお参りしたいし、それから……」

娘は黙ったままであった。一ぱいに見開かれた瞳には、真珠のような涙がたまっていた。

「君が、弘吉君の釈放を信じていたと言うのは、弘吉君が狂人であるためかね？」

暗い微笑を湛えて博士が言った。

「そうです」

「では、厨子夫人殺しの容疑者の一人であった君は、何を根拠に自分の釈放を信じていた

かね？」

「それは、私にはまったく覚えのないことですから――」

「簡単だな」

と笑って、

「しかし、それだけの根拠では、決して楽観を許されない恐ろしい罠《わな》に君はかかっていたのだ。それが急に解けて、第二の容疑者が逮捕されたのは――」

博士は静かに、分厚い便箋ようのものを卓子の上に置いた。

「或《あ》る人間が、こういう書きものをして検事局へ出頭したからだ」

医学士は視線を落して、口の中で、

「仮面殺人事件……厨子馨子《きょうこ》殺害の犯人は誰か」

と表題を読んで、さすがにちょっと蒼白んだ顔をあげた。

葉梨博士は、同伴して来た奇怪な青年と美少女をソファに座らせると、パイプに煙草をつめながら咳《せき》ばらいして言った。

「今日、やって来たのは、色々の話もあるのだが、まずそれを君に読んでもらって、それからのことにしようではないか」

第二章　みんな知っている事実

余は挑戦する。

——厨子馨子殺害事件に関し、これをめぐる人々、なかんずく鶴岡《つるおか》警察署 轟《とどろき》 警部補に余は挑戦する。

余は誰であるか。

余は何の目的あって、この驚くべき真相を告げんとするのであるか。

それを言いそれを信じてもらうには、まずこの事件の全貌を——第一に、邪悪の海面に浮かんだ犯罪の氷山、すなわちこの事件に関し、すべての人々が知っている事実を述べなくてはならない。

それは最も浅表の一部分だ。それを全部だと思うのは真に嗤《わら》うべき錯覚だ。だが、この一部分、この錯覚こそは、真犯人の知力、暗黒の氷海のごとき悪念が、すべてを計算し切って小賢《こざか》しい検察陣の推理をまんまと欺き抜いた人工的浮力の結果である以上、まずこの巧妙極まるペテンそのものについて改めて敬意を持って、人々の記憶を甦《よみが》えらせる必要があるであろう。

山形県西田川郡《にしたがわぐん》O村の豪家、厨子家の夫人の凄惨極まる屍骸《しがい》が発見されたのは、去る二月下旬の朝七時半であった。

場所は、O村北方の村はずれの曠野《こうや》。

発見者は、二年前から、この村の一農家の離れを借りて、肋膜炎《ろくまくえん》の療養生活を続けていた東京の若い医者、伊集院篤《あつし》。いつものように、食事前の散歩をするために、離れから前の往来に降りて来て、ひょいと顔をあげた篤は、五十メートルばかり離れた野の中に、異様なものを見出《みいだ》して、思わず棒立になったのだ。

「あれっ――」

魂消《たまげ》るような叫びに振返ると、村の百姓で孫蔵《まごぞう》という男が、路上で、飛び出した眼の玉に手庇《てびさし》をしてやはりそっちを眺めているのだった。

手庇をしたのは、向うに凍った大きな溜池《ためいけ》が、鏡のように光っていたからだ。が、その赫耀《かくよう》たる巨大な毫光《ごうこう》を背景に、雪原に黒々とうごめいているのは、何という恐ろしいものであったろう。

横たわった人影の上に、一匹の灰色の犬が覆いかぶさっていた。その傍に、一人の人間が、片手に光るものを握って、鴉《からす》みたいに踊っているのだった。

「厨子さまの……若さまでねえか？」

孫蔵が唸《うな》って駈《か》け出そうとした時、篤はさすがに周到に、

「君、足跡を踏み消さないように！」

と、叫んで注意した。道路から、その恐ろしい場所まで、幾つかの深い長靴の足跡が、ずっと続いていたからだった。

が、その足跡を踏み消す心配はまったくなかった。と言うのは、凄《すご》いほど碧《あお》い空に、朝

の太陽はじっとかがやいてはいたけれど、耳も切れて落ちそうな冷たい空気のために、三尺あまりも積った雪はまったく凍結して、走ってゆく孫蔵と篤の長靴は、ほとんど三センチと入らなかったからだ。

倒れていたのは、村の旧家厨子家の馨子夫人だった。

年はもう四十を少しすぎていたけれど、牡丹《ぼたん》のような豊艶さは、まだ真っ白な胸の乳房に盛り上って——いや、胸は真紅だった。むき出しになった左乳の下に、真っ赤な柳の葉形の深い穴があいて、喉笛は嚙み破られていた。

篤に蹴飛ばされて、一間ばかり離れているところで、まだ頭を低く雪につけて唸っている痩せた野犬の牙は、血糊《ちのり》に染まって——しかも、その右眼は潰れて、真っ赤な血を滴らせつづけていた。

短刀を持った男は、厨子家の長男弘吉だった。恐ろしいことに、衣服ばかりでなく彼の口も血みどろであったが、左の眼を青い焔《ほのお》のようにかがやかせ、鶏《にわとり》みたいな細い足を入れた大きな長靴で足踏みしながら、にやりにやりと笑って篤の顔を見つめているのだった。

「な、何ということを！　弘吉君——」

伊集院篤が飛びかかって、短刀を奪い取ると、弘吉はそのまま篤の手をひょいと摑《つか》み、握手のように振って、

「ありがと、ありがと——おかげさまで曼珠沙華《まんじゆしやげ》を見つけましたよ——」

けろりとしてそんなことを言うのに、篤は相手にならず、きっと孫蔵の方を振向いて、

兎《うさぎ》の耳袋をつけた孫蔵は、鶴岡市へゆくために村の駅へ急ぐ途中での出来事だったが、この恐ろしい情景に仰天して、

「君、早く、駐在所へ！」

「へえい！」と叫んで背を返したが、まだ野犬が唸りつづけているのを見ると、

「しっ、この野郎！　しっ、しっ」

と躍りかかった。すると背後で、異様な叫びがあがった。

「その犬は、『厨子家の悪霊』じゃぞ。無礼を働くと、うぬも呪いの犠牲《いけにえ》になろうぞ！」

篤の腕のなかで、口を耳まで裂いて弘吉がわめいているのだった。

孫蔵は胆《きも》を消して飛んで行った。すると『厨子家の悪霊』も孫蔵の見幕《けんまく》に仰天したと見えて、その前方を微《かす》かに糸のような雪煙をあげながら、野の果てへ逃げ去って、消えてしまった。

十五分ばかりたつと、孫蔵をはじめ、四、五人の村人と一緒に駐在の石丸巡査と村医者の鏑木《かぶらぎ》老がやって来た。が、石丸巡査は鏑木医師のほかは皆道路上にとどめて、さすがに一歩も近寄らせなかった。

「厨子家の悪霊の仕業《しわざ》じゃ！　厨子家の悪霊の仕業じゃ！」

周囲の騒ぎに昂奮《こうふん》して、獣のように暴れ出し、叫び狂っていた弘吉が、突然、糸の断《き》れたように静かになったのに、怪しんで石丸巡査達は振返った。

碧空を背に、白雪の上に立っているのは厨子家の娘芳絵だった。面紗《ヴエール》のように透きとお

って、蒼白な顔に涙を湛え、凄惨な変り果てた母の屍体《したい》と、狂った兄の姿を眺め、肩で大きな息をついて、雪と碧空に溶け消えてしまいそうな果敢《はか》なさに見えたのも一瞬、あっと皆が叫んだ時、崩折《くずお》れて、

「お兄さまではありません——」

小さく叫ぶと、気絶してしまった。

しかし、弘吉は芳絵の真の兄ではなかった。殺された馨子夫人は弘吉の継母で、芳絵は夫人の連れ子だった。

そして弘吉は、少年の頃からの——もう十年にもなる——哀れな、恐ろしい精神病者なのだった。

鏑木医師の診断によれば、荒廃の末期に近い早発性痴呆《ちほう》。

第三章　前夜の出来事

二時間もたたぬうちに、鶴岡市から検察官達が到着した。

「恐ろしいことだ——」

「生《な》さぬ仲というものは、正気でなくとも、やっぱり油断出来ぬものじゃな——」

「いや、弘吉の若さまに、厨子家の悪霊がとりついたのじゃ——」

ふだんは死んだような冬の朝の村に、一しきり煮えくり返るような騒ぎが通りすぎたあ

と、戦慄の余韻を帯びて流れる人々の囁《ささや》きは、すでに事件のヤマは越してしまった後の噂《うわさ》に似たものがあったけれど、それは、そうではなかった。村人の意表に出た事実は、間もなく明らかにされたのだった。

まず第一に、厨子夫人は、雪の野原のあの位置で殺されたものではなく、兇行《きょうこう》は他の場所で行われて、そこから屍体が運ばれたということである。

発見者の伊集院篤が、周到に用意した効果は確かにあって、それは最初見たあの足跡は一人の人間が道路を起点として一往復したことを示すのみであって、しかも行きの足跡はうんと深く三十センチあまり、帰りの足跡は二十センチにも足りない点から、犯人が夫人の屍骸を背負って行って、あの場所に捨て、手ぶらで戻って来たことは明白だった。

第二に、厨子夫人は、発見されたその朝に殺されたものではなく、その前夜のうちに殺されていたということである。

屍体がかちかちに凍結していたことから、寒夜の星空の下に相当時間放置されていたことは明らかであったが、その屍体を厨子家の一室に運んで凍結を溶いて見てもなお死後硬直はつづいていたし、死斑の情況その他から、夫人の死亡時刻は前夜の八時頃から十時頃までの間であろうと推定せられたのだった。――このことは、翌日解剖が行われた結果右の推定死亡時刻の三、四時間前に――つまり午後六時の夕食に食べた肉などの消化状態から、さらに明らかになったことである。

それでは、犯人が一往復した以上、伊集院達が最初見出した時の弘吉や犬の足跡は、どうなっていたのだろうか。

伊集院篤は病気上りとはいうものの、生来の立派な体格をすでに恢復《かいふく》して、十七貫前後もあったのだけれど、凍った足跡は三センチと入らなかった。後に地方測候所に聞き合わせると、発見時の七時半の気温は零下七度。それより前はまだ低く午前五時のごとき零下十三度まで下がっていたのだから、一見しても十二貫せいぜい、痩せて枯葉のような弘吉や、まして犬の足跡など、まったくつかないこともあり得るわけだった。

なお、屍体検証の結果、致命傷は左胸部、心臓の一刺しであって、その他に兇器《きょうき》による損傷はほとんどなし、喉笛が野犬に喰い破られたのは、その傷に生活反応の見られない点からして、死後のことであると断定された。衣服はずたずたに裂けてはいたが、盗まれたものは見当らず、当然なこととも言えるが別に性的暴行も受けてはいなかった。

だが——あの痩せ犬は、単に死臭を慕ってさまよって来た野犬にすぎなかったのであろうか？　弘吉が『厨子家の悪霊』と呼び、片目から血を滴らせたあの妖犬は、単にそれだけの意味しか持っていなかったのであろうか？

それはまず措《お》いて、それでは厨子夫人が実際に兇刃《きょうじん》を受けたのは、果してどこか。

すぐにそれは発見された。——屍体を運んだと見られる例の深い足跡が出発し、戻っている道路の一個所の、ちょうど反対側にある、崩れかかった小さな小屋。

その小屋のすぐ背後は二間ばかりの高さを持つ石垣となっていて、その上に篤の借りている離れ家があった。離れもこの小屋も同じ或る百姓の持ちもので、小屋の中には薪束《まきたば》だの藁束《わらたば》だの炭俵《すみだわら》だの肥桶《こえおけ》だのが置いてあった。

調べてみると、この藁が蹴散らされて、その上に斑々《はんぱん》と散っている血痕、一個所にはどろりと溜《たま》って、まだ新しく、血液検査の結果は、まぎれもなく厨子夫人の血液と同じ型。なお、弘吉の持っていた短刀は、厨子家重代の肥後国資《くにすけ》。刀身を染めていた血を精密に分析して見ると、犬の血と混っている部分もあったが確かに厨子夫人の血液と同じものが検出されたし、心臓部の創形はその短刀とぴったり一致したのだった。

そこで、前夜八時から十時前後における夫人や弘吉の動静が問題となる。

前日は珍しくも生暖かい雨が降って、夜になると満月が雲間から蒼白く覗《のぞ》きはじめたけれど、気温は再び下がって来て、夜七時、厨子家の檜《ひのき》門から吐き出された一団の人々の息は、真っ白な霧みたいに光っていた。

これは、十日間ほど厨子家に滞在していた東京医科大学教授葉梨博士が帰京するので、それを送って村の駅へ急ぐ厨子夫人、娘芳絵、教え子の伊集院篤、それから荷物を持った下男作爺《さくじい》さんと下女のお金《きん》の六人だった。

葉梨博士の趣味として、古刊書の蒐集《しゅうしゅう》は本職と同じ程度に有名なものであったが、この北国の旧家厨子家の土蔵の一隅に、珍しい高麗《こうらい》活字版とか薩摩《さつま》版とかがあるのを伊集院が発見し、これを告げたので、博士は寒さを冒して参観に来ていたのだった。

欅《けやき》の巨木が二本、夜空に怪物みたいにそそり立っているところまで来た時、

「え、へ、へ、へ、へ」

薄気味悪い笑い声が聞えて、その暗い蔭《かげ》からふらふらと現われた者があった。

「まあ——弘吉さん——」

と、馨子夫人が叫んだ。

気違いの弘吉だった。夕方から、どこへ行ってしまったのか、家に姿も見せなかったのが、例によってこの酷寒に、裂けて鎖骨のまる出しになったような着物を着て、長靴もどこへ脱ぎ捨てて来たのか、雪の路を裸足《はだし》である。

ふらふら一行について歩きながら、

「冷たい——」

と、一人前の冷たそうな顔をして呟《つぶや》いたが、急に伊集院医学士ににやにや笑いかけ、

「ひ、ひ、聞いたぞ、いいこと聞いたぞ、言ってやろうか?」

青い左眼をきらめかして、ふと前方を見、

「おう、厨子家の悪霊の御座所じゃ。お前、わしを負ぶって参拝せい」

大威張りで命令するのだった。

伊集院篤はちょっと気色ばんだような、呆《あき》れたような顔をしていたが、すぐに破顔して、

「仕様のない神様だな」

素直に背を向けて、軽く背負った。十七貫の篤が十二貫の弘吉を負ぶって、地蔵堂へ、雪に埋った畠《はたけ》を、ごそり、ごそりと斜めに突っ切ってゆく姿は、これが同じ二十七歳の青年とは見えないのだった。気温は下がりつつあったが、昼間の雨のために篤の長靴は三十

センチ近くも雪に入った。

二人が戻って来るまで、一行はかなしげな苦笑を浮かべて待っていた。

背から降ろされると、弘吉は急に何か叫びながら走り出した。そして、人々が野路を通って、二キロ近い村の駅へ着いて見ると、弘吉はもう改札の柵に上って、相変らずにやにや笑いながらフォームの方を眺めているのだった。

別離の挨拶が終って、葉梨博士がつかつかと改札口を出かけた時だった。博士は振向いて、小さな声で言った。

「厨子家の悪霊、そんなものはないですよ」

何のことであったのか？

皆呆気《あつけ》にとられて、博士の顔を見た。狂人の弘吉さえも。

が、次の瞬間には、博士は痩せた高い背を見せて、静かにフォームの方へ歩いて行ったのだった。

突然、低い笑い声が聞えた。厨子夫人だった。彼女は、眼を宙に据えて、蒼白になって、ひとりで笑っていた。

世には虫が知らすということがある。ほとんどは或る異常な出来事に影響されて、それ以前の何でもない普通の出来事をも異常に解釈したがる追想の錯覚である。――が、この夜の厨子夫人の様子には、たしかに異常なものがあった、と篤も作爺さんも下女のお金も、取調べに当って、異口同音に証言した。

葉梨博士が去ってからも、夫人はじっと駅のベンチに腰を下ろしたまま、いつまでも動こうともしないのだった。

「帰りましょうよ、お母さま」

と、もじもじしていた娘の芳絵が言っても、夫人は、「あたし、何だか気分が悪いの、もうちょっと休んでゆくから、あなた達先に帰って頂戴」と答えて、しきりに何か考えている風だった。

「では、帰りましょうか、芳絵さん」

と、こんな場合には薄情なくらい不愛想な伊集院篤に促されて、芳絵はあとを振返り振返り駅を出ていった。

「奥さま——ご気分がわるいなら——何でございましたら、爺が負ぶって——」

おずおずと作爺さんが言った時、

「いいの、大丈夫よ、お前達も先に帰って」

微笑の顔だったが、断乎《だんこ》とした命令だった。爺さんとお金は不本意であったが、女主人の日頃の性格から、やむなく服従して去った。

二十分ばかりたって、改札口で鼻歌を唄っていた弘吉が、風に吹かれる枯葉のように、ふらふら駅を離れた。と、同時に夫人もやっとベンチから起《た》ち上って、暗い外へ消えて行った——時、まさに九時。

と、これはそれを見ていた駅員の証言である。

虫が知らす――けれど、言うまでもなく、誰一人として、その後にあのような恐ろしい運命が夫人を見舞おうとは、神ならぬ身の予期もしなかったことである。が、夫人が、まるで宿命の河を流れる花のように、冬の路を弘吉のあとを追うて行った事実は、あの駅での異様な態度と思い合わせて、彼女自身の心に、虫ならぬ恐るべき神が、何らかの声なき予言を告げていたとしか思われなかった。

二人が出て以来――夫人はついに家に帰らなかった。そして弘吉は、野に寝、納屋に寝、水車小屋に寝る狂人の常として、当夜のアリバイを証明し得る何人もないのだった。

第四章　数人が知っている事実

「弘吉君は別として、一晩中奥さんが帰られないのに、あなたは別に何の不審も感じなかったのかね！」

「はい――」

「なぜかね？」

「奥さまは、途中で、伊集院先生のおうちにでもお寄りになったのだろうと考えていたのでございます」

宏荘《こうそう》な厨子家の一室だった。

訊《き》いているのは、鶴岡警察署の轟警部補。円《まる》い大きな禿頭《とくとう》、好々爺然《こうこうやぜん》とした柔かい微笑

の間から、きらりと細い眼が光って、

「奥さんが、すると、伊集院先生のおうちに一晩お泊りになるようなことは、ちょいちょいあったのかね？」

訊かれているのは厨子家の女中お金である。百姓の娘だが、色白の、怜悧《れいり》そうな顔がさっと紅潮して、しばらくうつむいていた後、

「いえ……そのうちお帰りになるだろうと思っているうち、ついつい眠ってしまいましたので、朝まで何にも知らなかったのでございます」

遠い部屋で、檻禁《かんきん》されている弘吉の凄《すさま》じい叫び声が伝わって来た。

お金は再び顔をあげた。蒼白く、緊張した表情である。

終戦後、農地は解放になったけれど、それ以前は、付近一帯ほとんど厨子家の持物だった。長い間に植えつけられた厨子家への忠実の念は、まだ時の潮も根こそぎに洗ってはいない――最初、訊問の洒脱《しゃだつ》な柔かさに、胸の鳥肌をほとんど溶かしかかっていた小娘が、急にごくりと生唾をのんで、じっと見つめ返したその顔に、

（いけない――）

と、警部補は心中に呟きながら、

「それで、どうです。奥さんはあの弘吉君を平生よく面倒見られたかね、それとも――」

「よく、ご面倒見られたようでございます――わたし、こちらへ上ってから、まだ一年ばかりしかたちませんので、よく存じませんが……」

貝殻は蓋を閉じた。警部補はそう感じた。もっとも、警部補は、この事件の犯人はすでに疑う余地もないように思いこんでいたし、またその犯人がすこぶる検挙し甲斐《がい》のない人物であると考えていたから、これらの取調べは、この豪家の惨鼻な悲劇の原因に対する三面記事的興味と、人間的嘔吐《おうと》感が、軽い刺戟《しげき》となっている程度で、ほとんど形式的なものだった。

次に、作爺さんが呼ばれた。

「爺さん、『厨子家の悪霊』って、いったい何だね？」

轟警部補はお茶をのみながら、笑顔で尋ねた。その笑顔は、彼の心の弛《ゆる》みを如実に物語っていた。

「恐ろしいことでございます……」

二十歳の頃から六十三のことしまで、ずっと厨子家に住み込んでいる老下男は、厳粛な眸《まなこ》をひろげて言うのだった。

「よく知りましねえが……何でも、こちらのご先祖さまが、昔片目の犬をお殺しなされて、その犬が代々たたって出るということでございます……」

一眼から血を流しながら、雪の野の果てへ消えていったという灰色の犬——その幻が、ふっと警部補の頭を通りすぎていった。

「若い頃は、わしも信じちゃいなかったでがすが……だんだん、そいつがあるように思われて来たでがす……十七年前になりますか、前の奥さまが、狂犬に嚙まれて狂い死なさりました」

「ほほう、片目の……犬に？」

「いえ、それは片目ではございませなんだが、十年前、今度は弘吉さまが猫に噛まれて、それがもとで熱病が出て、それからあの通り気が触れておしまいになったのですが、その猫が、やっぱり片目だったのでございます――それから、今度のご不幸でがす。奥さまのご屍《かばね》を喰い散らしていた片目の犬があったと言うではございませんか？」

「ご主人は、どうだ？　やはり片目の犬に関係があったのかね？」

　警部補が、こう尋ねたのは、彼は鶴岡署に赴任してまだ間もないので、この地方のことは余り詳しくはないのだが、この事件に急行して来る私営電車の中で、一緒の内田《うちだ》刑事から、厨子家の主人荘四郎《そうしろう》氏が、かつて顔面に大焼傷《やけど》を受けて、今は病弱のため一室に引籠って、戸外などへはこの十年ほとんど出たことがなく、その世話をする者はただ馨子夫人に限り、時々他家の人に姿を見せる時も、常に仮面で醜顔をかくしている――という変った噂を聞いていたからだった。

「左様でがす」

　と、身ぶるいして作爺さんは言った。

「犬が直接《じか》にあだをしたというわけではございましねえが……犬に噛まれて気がふれられた前の奥さまが――亡くなられたのは実は裏の古井戸に飛び込まれたのですが――それを止めようとなすった旦那さまの顔に、硫酸ちう薬をぶっかけられたのでございますから……」

「やれやれ」

と警部補は溜息《ためいき》をついて、

「で、今、ご主人は？」

これほどの大事件に、当主の荘四郎氏はまだ一度も警察官の前に姿を現わさないのだった。

「ご病気で……ふだんでも、人前に出られるのをお嫌いになるのに、こんな時お目にかかるのが余りお痛わしくて、わざと、今朝の騒動から顔を出したことはないのでがすが――今、奥に、お嬢さまが行っていらっしゃる様子でがす……」

「今朝から会わぬ――昨日も？」

「昨晩はわし達が駅から戻って、しばらくたってから――九時半頃、奥さまがまだお帰りになりませんので、そのことをちょっとお伝えに参りました。その時お目にかかっただけでございます……」

続いて、発見者の伊集院篤。

この太平洋戦争で戦死して今は世にないが村医鏑木老の長男坊、あれがクラス・メートで、学生時代の冬招かれてこの村にスキーに来、たまたま厨子家へ連れてゆかれたのが機縁となって、厨子家の夫人と親しくなった。卒業後軽微な肋膜炎に罹《かか》って、この村に一軒を借りて静養するようになったのも、世話好きな厨子夫人の斡旋《あっせん》によるものである――というようなことを、簡明に、ぶっきら棒に述べる顔つきにも、重厚な、強靭《きょうじん》な意志力の持主であることが窺《うかが》われて轟警部補のような闊達《かったつ》な性格の人には、最も好感を感じさせるタイプの青年医だった。

「どうです、伊集院さん、あなたは『厨子家の悪霊』ってなものの存在をご信じになりますかね？」

「信じませんね」

と、白い歯を見せて、

「連続した不幸に、たまたま似通った偶然がくっついただけで、その例は聞きましたが、僕は別に超自然的なものを認め得ないですね――あの弘吉君などがよく口走って、皆をオドすものだから、奥さんなど少なからず気にしていたらしいが――」

「そうだ、葉梨博士とおっしゃる先生も、何だか、そんなものはない、と言い残されたそうじゃないですか？」

「そう、あの先生なら、ますますそんな非科学的なことを信じられる筈《はず》はないです。余り突然呟かれたので、ちょっと驚いたのですが、今考えて見ると、夫人が滞在中の先生に何かそのことに関する懸念でも訴えられて、別れぎわに先生がもう一度、心配するなと否定なすったものだと思われます」

篤が部屋を去ろうとして、ふと警部補は瞳をあげ、

「おっと、伊集院さん、あなたのお借りになっている家は、問題の小屋のすぐ真上なので

したね――あの惨劇を、全然ご存知《ぞんじ》にならなかった？」

「それが、全然知らなかったのです。駅から戻ったのは九時過ぎ、気づかれで、くたびれて、すぐに眠ってしまったものですから……」

「ははあ――で、あのおうちにはあなたお一人なのですか？」

「いや、婆や一人に、食事の世話をやってもらっています」

「その婆やも、知らなかったのでしょうかね？」

「いや――僕のアリバイ、不成立かな」

と、伊集院の顔に重い苦笑が浮かんで、

「それがね、婆《ばあ》やというのが四、五年前まで、この厨子家に奉公していた者なんでしてね。昨日は葉梨先生のお別れの晩餐《ばんさん》会があったので、午後からこちらに手伝いに来ていて、帰って来たのは、さあ何時頃だったでしょうか――僕は、眠っていて知らなかったのですが……」

折よく、その婆やは、この騒動に厨子家へ参上して台所でうろうろしていた。

呼んで見ると血色のよい、垂頬《たれほほ》の、小さな可愛《かわい》らしいお婆さんだが、眼の光はいかにも気性者らしく生き生きとかがやいている。

昨夜十時少し前に、あとかたづけを済まして、奥さまがまだお帰りにならないので、旦那さまに挨拶して、家に帰ったのは十時半頃であろうと思うという返事だった。

「ふむ――その途中の雪路で、別に何も見かけなかったかね？」

「何も見かけませんでございました」

しばらく、黙って、警部補の顔に眼を据えていたが、

「弘吉さまは、決して奥さまをお殺しになるようなことは——決して！」

涙が浮かんでいるのだった。この涙とその前の短い沈黙に、「何か」があると警部補は直感した。突然、問いを変えて、

「婆さん、あんたは、そんなに丈夫そうなのになぜ厨子さんの奉公をやめたのだね？」

「今の奥さまのお気に入らなかったのでございます」

しなびた唇が微かにゆがんだ。

警部補は、老女の昂奮を利用して、彼女が前夫人の輿入《こしい》れ当時から最も忠実なその相談役であったこと、前夫人の子弘吉を溺愛していること、そうして弘吉に対する今の夫人の取扱いが不満であったこと、その不満が敏感な今の夫人に不快がられる原因となったこと——等を聞き出すのに、さほど苦労を感じなかった。

「賢いお方でございます。人前では、弘吉さまのことをこの上なく案じていらっしゃるようなお顔をなさいましたけれど……もし、真実がおありになるなら、第一、どうしてあんなひどい着物を着せたままで——」

相手は狂人ではないか、と、警部補は心中に苦笑した。賢い夫人は、弘吉の着物一枚が自分自身の『慈母』の衣裳《いしょう》にもなるならば、決してそんなことに手ぬかりはなかったろう。着せても、着せてもすぐに引き裂いてぼろぼろにしてしまう狂人——この純情だが偏狭な

前夫人への忠義心が、どんなに今の夫人の負担になり、そして狂った若者への盲愛に変形したことであろうか――

「婆さん、あんた、隠していることがあるね！」

突然、轟警部補は叱咤《しった》した。

「あんた、昨晩、帰り途《みち》で、弘吉君の姿を見かけたろう！」

「いいえ、いいえ」

婆やは狼狽《ろうばい》して、舌をひきつらせて叫んだ。

「弘吉さまではございません――わたしの見たのは、お嬢さま、芳絵さまでございました！」

第五章　仮面登場

婆やが厨子家を辞した十時前、伊集院の借家に帰った十時半から推して、それは十時十五分頃であったろうか――「月の雪路を戻って参りますと、芳絵さまが駈けていらっしゃるのにお逢《あ》いしたのでございます――あんなにお優しいお嬢さまが、おとり乱しになったご様子で、お眼をきらきら光らせて、わたしが声をかけても、ご返事も、なさらないでおうちの方へ、よろめくように、どんどん駈けていらっしゃったのでございました……」

「お嬢さんが、ほう！」

と、警部補も眼を瞠《みひら》いて、

「お嬢さんも、昨夜――そんなに遅く帰られたのだね？」

茶碗《ちゃわん》を持った手を宙に据えたまま、

「伊集院先生と一緒に駅を出て……その家に寄っていらっしゃったのじゃないか？」

だが、そんなことは、伊集院は何も言わなかった――と、心中に唸りながら、

「伊集院さんとお嬢さんは――恋仲、と言うのか、何か、そんな間じゃないのかね？」

「そう――ではあるまいと存じます。色恋などという淫《みだ》らなことにお心をお向けになるような、そんなお嬢さまではございません。お母さまに似ず、それはそれは清らかなお方で、うちの若先生は、何ですか、『厨子家の聖霊』とか冗談に笑って呼んで、けれど、まるで尊い宝石でも見るように――」

轟警部補は、にやっと笑った。

「とにかく、それではお嬢さんにお目にかからせてもらおうか」

「いえ、あのお嬢さまに限って、うしろ暗いようなことは、決して――」

母親にあれほど好意を持っていないこの老婆が、その娘にはまた、これほどの愛敬心を抱いているのは意外だった。

「まさか、お嬢さんが、お母さんに手をかけた、なんてわしゃ思っとらんよ」

にこりとして、

「ただね――今の様子を聞くと、お嬢さんが何か恐ろしいものでも見られたようじゃない

か？　それが何であったか、訊きたいのだよ」

轟警部補は起ち上った。

「いや、お呼び立てすまい。わしの方から参上すると仕《つかまつ》ろう」

口をぱくぱくさせている婆やをあとに、轟警部補はその部屋から出て行った。

彼はお金を呼んで、厳しい調子で案内を命じた。

壁に枯れた蔦《つた》かずらの這《は》い廻った、この城みたいな屋敷の内部は、宏壮な廊下の柱も床も黒びかりして、まるで古い伽藍《がらん》のような妖気が漂っているのだった。突然、警部補は立ちどまった。どこかで陰々と犬の吠《ほ》えるような声が聞えたからだ。……が、耳を澄ますと、それは遠い座敷内で吠えているあの弘吉の叫びだった。

しかし、それと同時に警部補は、すぐ近くに若い娘の泣く声をはっきり聞いた。近づいてゆくと、或る部屋の襖《ふすま》の前で、一人の娘が、何か訴えるような調子で話しかけながら、可憐に泣いているのだった。

「お嬢さま――」

と、お金は呼びかけた。

娘は顔をあげた。蒼い微光が落ちて、涙の瞳が二つの星のように光った。それを見た瞬間、轟警部補は、婆やがこの娘に対して捧《ささ》げている異常な信頼を、直感的に納得したのだった。びっくりして、脅えて、小さく唇をあけたその愛くるしい顔は、水晶のように透きとおって、今にも蒼い虚空のなかへ消え入るような美しさだった。

「お嬢さん、ほんのちょっと、お伺いしたいことがございますが……」

と、轟警部補は鄭重《ていちょう》に言った。

洒落《しゃれ》た顔つきの割合いに、案外血も涙もない剃刀みたいなところのあるこの警部補が、この娘に対してだけは訊問が痛々しいような心の怯《おく》れを感じずにはいられないのだった。

「あなたは、昨晩、大変遅くお帰りになったそうですが、失礼ですが、何処《どこ》にいらっしゃったのでしょうか？」

「――伊集院さんのおうちへお寄りしておりました」

意外なくらい、静かに落ちついた声だった。

「何時ごろまで？」

「さあ……十時をちょっと廻った頃まででしたでしょうか？」

「十時過ぎまで……お嬢さん」

警部補は、暗い光の籠った眼を投げた。

「その頃までに、すぐ下のあの小屋で、お母さんが……お兄さんに……」

「あたしは存じませんでした！　何にも！」

澄んだ声が、突然たまりかねたように乱れて、

「あの、信じて下さいまし！　お兄さまは、あ、あ、あんなひどいことをなさる方ではございません！」

まことに、そう信ぜずにはいられないような悲痛な叫びだった。警部補は信じた。この

娘を、――だが、この娘のいうことは信じなかった。何か隠している。水盤を通して見るように、彼は芳絵の胸にのた打つ黒い秘密の蛇を感じた。

「正直におっしゃって下さい！　お兄さんの姿をご覧になったのではありませんか？」

「見ません！　見ません！　そんなもの、見るわけがございません！」

突然、襖の向うから、しゃがれた声が聞えた。

「警察のお方――この事件の取調べは、もうご中止願いたい、そうは参りませんか？」

しゃがれた――いや、風邪をひいた八十歳の老人みたいな声だった。主人だ。――だが、荘四郎はまだ六十をちょっと廻ったばかりだと聞いている。

轟警部補はするすると寄っていって、襖から奥を覗きこんだ。

が、警部補が見たのは豪奢《ごうしゃ》な夜具に半分起き直って、こちらに手を合わせている五十くらいの、痩せた、憂鬱な顔をした老人だった。その顔は動かなかった。それは、――仮面だった！

「馨子を殺したのは、弘吉ではありません……あれは、この家にたたる恐ろしい悪霊の仕業です……」

仮面のかげから、風邪をひいたような八十歳の老人の声はつづく。一瞬、異様な鬼気に吹かれて、警部補が立ちすくんだ時、

「轟警部補――」

背後の声に振返ると、部下の内田刑事が緊張した顔で立っていた。

「何かね？」

と、戻ってゆくと、低い声で、

「例の小屋で、何をぼんやりしていたものか、今頃、妙なものが発見されました。いや、これでますます確実になったのですが、仮面です。弘吉そっくりの仮面。血の斑点がついて、藁の下から出て来ました」

「――仮面？」

と呟いて、ふっと座敷の方を振向き、急に丁寧に、

「いや、失礼しました。もう結構です」

とお辞儀して、泣き伏している芳絵とおろおろその肩を抱いているお金をあとに、足早に内田刑事と廊下を戻りながら、

「仮面だと？……仮面が、あちこちに現われるが、いったいどうしたんだ？」

「それはですね、こういうわけがあるのです――ちょっと、こちらにお廻り下さい」

と内田刑事は、精力の漲《みなぎ》った心得た顔つきで、警部補を導きながら、

「あの弘吉ですね。まだ、今のように病気がひどくならない前に、いわゆる莫迦《ばか》の一つ覚えという奴ですか――もっとも小さい頃から手工はうまかったそうですが――木で近親者の顔に似せた仮面を彫るのに夢中になっていた時代があったそうで、そいつをかぶって、よく人をびっくりさせたことがあったというのです」

「は、は、すると、今の主人の仮面も狂人の製作品か……」

「そうなんだそうです――十七年ばかり前、前夫人に硫酸をぶっかけられてから、ここの主人は醜い顔を頭巾で隠して生活していたそうですが――名家の主《あるじ》だけに、何かその辺の見栄《みえ》は、病的なものがあるらしいですね――十年前、弘吉が気が狂って、仮面を作り出すと、そのなかの自分の顔の仮面のうち、一番気に入った奴を、こいつァいいってわけでしょう、頭巾に代えて、付けたっきりなんだそうで――どうも、こうなると見栄や虚勢なんて言葉では、われわれには納得がゆかんものがあるのですが、子供が気が狂うだけあって、父親にも何か、そんな異常性格がひそんでいるものでしょう」

「それで読めた」

「何が？」

「いや、今の主人の仮面がね、聞いていた年よりちょっと若過ぎるような感じがしたのだが、大分以前の顔の仮面なんだね……しかし、うまいものだな！」

「まったく、狂人の仕事とは思えないです。名人芸……もっとも、名人芸という奴がそもそも一般に狂人芸と一脈相通ずるものなんでしょうが……」

「ところで、現場に落ちていたのが、弘吉の顔の仮面だと？」

「ええ、とりあえず、指紋を採らせます」

突然、轟警部補は、おっ、と口の中で叫んで廊下に立ちどまった。眼を、稲妻のようなきらめきが通りすぎていった。右手で右の耳たぶをはげしく引っ張っている。――これは、轟警部補が、何か重大な第六感に電撃された時の独得の癖だった。そうして、今度の事件で、この一風変った癖を発揮したのは、この時が初めてのことだった。

「──どう、なさいました？」

「いや──違った」

と、警部補は笑った。しばらく黙って歩いていた後、

「ねえ、君、この事件そのものには関係が、あるいはないかも知れんが、叩《たた》けば何か面白い副産物が出て来そうだぜえ……」

「どんな？」

「あの伊集院という医学士だね、あれが、嘘《うそ》をついている。それから、ここのお嬢さんも、何かお隠し遊ばしていることがあるようだ……もっとも、その秘密が、聞き出す手強《てごわ》さに値するほど、われわれにとって値打のあるものかどうかわからんが……」

「ははあ、手強いですか──面白いじゃないですか？」

「うむ、あの伊集院さん、仲々のクセモノだ。頼もしそうな男だけにね──それから、お嬢さん、これは伊集院以上の難物だ。弱いが強い──千仞《せんじん》の雪にもなお屈せぬ白百合一輪、そんな娘さんだね、あれは──」

「これは、えらく買っちゃったものですな──おっと、ここだったかな」

内田刑事は急に立ちどまって、眼前の古びた杉戸を開いたが、

「あっ、違った、隣だ」

と叫んで、すぐに閉じた。一瞬に、薄暗い部屋の中に、埃《ほこり》をかぶった棚に薬瓶や金文字

の書物が並んでいるのが見えた。

「何だい、今のは――いよいよもって奇怪なお屋敷だね」

と、轟警部補。

「いや、ここの主人が、若い頃は東京の薬専に行っていたそうで――もっとも、これは生来こんなことが好きで、道楽で行ったので、別に薬剤師になろうという気もなかったようですが――その名残りです」

「ははあ、すると前の奥さんにぶっかけられたという硫酸の出場所は、ここなんだね？」

「そうでしょう」

内田刑事は軽くうなずきながら、隣の杉戸をあけて、一歩なかへ入った。

「どうです、ご覧なさい、あれを――」

窓に太い格子の嵌《は》まった北向きの六畳余りの部屋だった。ふだん弘吉のいる部屋だという。もっとも弘吉が勝手に村を徘徊《はいかい》していたところから見ると、別に座敷牢《ざしきろう》といった仕組のものではないらしく、家人も自由に出入出来るので、窓に格子のあるのは、この古い屋敷の到るところに見られる特徴だった。

が、薄明るい凍るような光に、破れた畳の上に散乱している襤褸《ぼろ》、壊れた道具の破片、それらは狂人特有の持物として、一方の壁にずらりと並んでかかっている、ああ、奇怪な仮面の群！

憂鬱な荘四郎の顔、豊麗の底に何となく邪悪をひそめた馨子夫人の顔、清純天使のごとき芳絵の顔、乾からびていかにも狂気を感じさせる弘吉自身の顔、それに似た三十余りの優しい顔は、亡くなったという彼の生母であろう、作爺のものもあれば、婆やのものもある。いずれも、今の実物より少しずつ若いのは、製作してからの年月の隔たりを表わしているのであるが、それぞれ喜怒哀楽、少なくとも七、八種類ずつ。——

また遠くから怪鳥のような弘吉の叫びが流れて来た。

「まったく、狂人芸とは見えないでしょう——まさに、神技ですな」

「見事なものだ。——なるほど、ここの一つ欠けている場所にあったのが、現場に落ちていたという弘吉の仮面だったのだろうね……」

「ええ——これはよく聞いて見たのですが、婆さんの証言によると昨日夕食時に弘吉がいないものだから、六時半頃、あれを探してこの部屋に入って来た時には、まだその場所はちゃんと確かにふさがっていたそうで——だから、持ち出したのは、そのあとのことでしょう」

轟警部補が急に変に静かになったので、喋《しゃべ》っていた内田刑事が振返ると、警部補の視線は、仮面群ではなく、蒼白い窓の微光に注がれて、そうしてまたはげしく耳たぶを引っ張りつづけているのだった。

第六章　笑う悪霊

軌道をはずれた弘吉の、血に汚れた犯罪の足跡は明らかだった。

当局の推定したこの兇行の輪郭はこうである。

殺された厨子夫人は、弘吉の継母である。少なくとも相手が狂人である以上、その世話は到れり尽せりというわけにはゆかなかったであろう。そして狂人は幼児に似ている。幼児は嫉妬ぶかい。事実また弘吉も、狂った頭にそれだけは一人前に、継母に不平――時には憎悪の情を示すことはしばしばだった。これは村人の口吻《こうふん》によっても明らかであった。

そこに、『厨子家の悪霊』という伝説――厨子家の人々は、ほとんど悲劇的な運命に遭《そう》逢《ほう》する、という迷信――が、一種強迫観念的な妄想となって、弘吉の哀れな頭を支配したのであろう。夫人もまた、その悲運に墜《お》つべきが天理である、というような。

当夜、弘吉と夫人は雪の夜路を、九時頃、相ついで駅から家へ向けて去った。その途中、あの伊集院の家の下の小屋に、何らかの機転で二人が入り、弘吉はいつの間にか持ち出していた重代の短刀を以《もつ》て継母を殺した。所持の仮面はその時落したものと思われる。その時刻は二人の駅出発の時間、屍体の死後経過時間から推して、九時二十分頃から十時前後までの間であろう。

そして、弘吉は、夫人の屍体を背負って、雪原のあの位置に捨てて戻った。その心理は、あるいは屍骸を兇行現場から隠そうとするような意識に動かされてであったかも知れないが、結果としてその目的に沿わなかったことは、犯人が狂人である以上、どうにもやむを得ない。その自己防衛意識の錯乱の現われとして、彼は一たんその場を逃げたが、またその翌朝早く、のこのこと屍体のある場所に戻って来て、そして狂態ぶりを発揮しているところを伊集院達に発見された。

死体の喉笛を喰っていた犬は、その朝、血の香を慕ってやって来た野犬であって、前後の情況から見て、その片目から血を流していたのは、『厨子家の悪霊』の妄想に憑《つ》かれていた弘吉の仕業に違いない――

完璧だ。

狂人とは言え、尊属殺人の大罪である。

その日の午後、弘吉は暴れ狂いながら、検察官の群に囲まれて鶴岡へ拘引《こういん》されていった。

――だが、大波のひいたようなO村に、なお一人残って黙想していた人、轟警部補の姿は、一応ここで紹介しておく必要がある。

晴れた日であったが、風はひょうひょうと唸って、家々の軒の氷柱《つらら》は一滴の雫《しずく》さえ落さない寒さだった。

警部補は、屍体の捨ててあった野原のあの位置に立って、じっと例の深い足跡を見つめていた。――またしばらくの後、傍の凍って鏡のような溜池の周囲を、左右を注意深く見廻しながら、てくてくとめぐっている彼の姿が見られた。

一方――

すでに右に述べたような屍体とか血痕とかに関する証明は、精密な検査によって、一層はっきりしたし、例の落ちていた弘吉の仮面にも、彼の指紋が現われて来た。もっともこれには、芳絵や伊集院や、中には馨子夫人の指紋らしいものまで見えて、それほど重大な手がかりとなるような代物ではなかったけれど、これはあの仮面の部屋に出入出来る人間である以上、長い間にはいつか一応も二応も手にとって眺め入ったこともあったであろうから、唯一《ただ》人の指紋のみを求めるのが、そもそも無理な話なのだった。

さて――弘吉の取調べ。一応、或る係官によって試みられたのだが、これはまことに滑稽で悲惨なものだった。

「きみの名は、何というのかね？」

「わし？　――わしか、わしは、厨子家の悪霊である！」

「きみは、お母さんを殺したろう？　短刀で――」

「ああ殺した。ころ、ころ、ころころと転がったです。ころ、ころ、ころころ――」

「よしよし、わかった。で、なぜ殺したのだい？」

「お母さんは……生きていて、殺したのであります。それは確定でなくて想像であります。……私は何か成功を夢みた、それは前途の光を失ない、それがそれ本当の夢に終るようにしておったような感じがしておった。それで死力を尽して生きていた。それからやはり自分の責任の全体に集り、母親を殺すようになった権利なのであります」

係官は窓から、蒼い冷たい冬の空を眺めた。狂人の青い眼と黒い眼を見つめ、このちんぷんかんの哲学を聞いていると、何だか自分の頭もヘンになって来るような気がしたからだった。やおら勇気を振い起こして、

「年は、幾つかね？」

「年はないよ。真空状態」

「ここはどこか、知っているかい？」

「ここは、行方不明、出鱈目《でたらめ》言ってるです。あはは」

「困った男だな――君はどこか悪いのだね。どこが悪いのか……」

「ああ悪いね、頭が悪い……」

「なぜ、ここへ来たのか言ってご覧」

「お前言って見ろ」

急に威張り出したかと思うと、突然踊り出して、

「ミ、ミ、ラ、シ、ド、シ、ラ花の宴、三コウ五条の夜は更けてエ、恩讐《おんしゅう》の彼方《かなた》、ナイチンゲールのたあかき調べエ――すす、ぱぱ、すす、ぱぱ、すす、ぱぱ、すすぱぱ……」

という騒ぎである。

これは、どっちが莫迦にされているのかわからん――と、匙《さじ》を投げて、呆れ返って、係官は苦笑した。

だが――余ははっきり言おう。検察陣が愚弄されていたのだ。この悲惨な滑稽な情景を、見えざる真犯人の邪悪な、冷やかな眼がじっと凝視して、物凄い声なき嘲笑を洩らしていたのだ。

一応、弘吉は精神鑑定を受けることになったが、そのためには東北大学から専門の学者

を招かなくてはならない。それには少なくとも一週間を要するのだった。

が、その一週間を待つ必要はなかった。

三日目、轟警部補は、突忽《とっこつ》として驚くべき事実をひっさげて起ち上ったのだった。彼は新しい逮捕令状を要求した。

が――ああ、誰の？

第七章　足跡方程式

もし、この手記が探偵小説であって、これを記する余がその作者であるならば、余がいかに筆を極めて力説しても、読者は弘吉を真犯人であるまいと考えられたに相違ない。何となれば、探偵小説において、第一の容疑者は九分九厘まで決して犯人ではないからである。数々のもっともらしい証拠を、その物語の残りの頁《ページ》の厚みが、全能神のごとくに粉砕する。

(風太郎曰《いわ》く、誰か、環《わ》に紙を綴《と》じた、探偵小説用の円い書物を発明する人はありませんか？)

この事件においても、その期待を裏切ることなく、雪原の大地に凄惨な血を以て描かれた犯罪の設計図を、まさに、見事に轟警部補はひっくり返した。

温顔に微笑を湛え、しかも鞠《まり》のごとく張り切って、耳たぶをひっぱりながら、冷静に、正確に、警部補は説明するのであった。

「最初のうち、私も、これは狂人の継母殺しという、悲惨だが、まあ非常に簡単な事件だと思いこんでいたのです。

そう信じていたのが、はじめて、これは、とゆらいだというのは、例の弘吉の仮面が現場に落ちていたという報告を聞いた時で、この仮面は兇行の晩の六時半頃まで厨子家にあったと言いますし、夫人の血がついていたことと言い、犯人がこれを——少なくとも身につけていたという解釈は、まず最も妥当な推定であることに否やはありません。ところで、私がこれは、と思ったと言うのはそもそも仮面なるものは、そのうしろに隠れた内容をごまかすための覆いであります。では『弘吉の仮面』をつけていた犯人は、弘吉ではなかったのではないか？　被害者の夫人をあざむく為《ため》につけていたのではなくとも、あとにわざわざこれを残して置いて、検察の眼を弘吉へ向けさせるための仮面なのではなかろうか？が、すぐに私はこれを自ら打消しました。なぜなら、弘吉は狂人です。もし正気なら、現場に自分の仮面を残すようなヘマはやらないだろうとの想像も成り立ちますが、何しろ支離滅裂の気違いなのですから、そんな人間並の知恵など超越して、自分の仮面を放ってゆくことは、充分あり得ることだからであります。

しかし、この疑いは、初めまったく疑う余地のないように考えていたこの事件を、もう一度考え直して見ようという気持に、私をひき入れてくれる効果を残したのです。

創形と一致する点からしても、兇器があの肥後国資であることはほぼ確実。しからばこの名刀を持ち出し得る人間、それから仮面を残してゆき得る人間——あの日に、弘吉の部屋に出入出来る人間——その人物すべてのアリバイを私は検討して見ました。なかには、疑うのも莫迦莫迦しいと思われる人間があるかも知れませんが、念には念を入れて、まず一応聞いていただきたい。

たとえば、厨子家の老主人荘四郎氏、これは、この十年一度も外出したことのない奇人、いや廃人ですが、これを調べて見ると、当夜の九時半に下男の作爺が逢い、十時前に婆さんが挨拶に行っている。

兇行推定時刻は、九時二十分から十時前後までの間。

これでは、荘四郎氏手持ち時間は、分断されてせいぜい二十分足らず。家を出て、あの小屋で夫人を殺し、五十メートルも雪の野原をえっちらおっちらと運んでからまた帰宅する——全然不可能、考える余地はありません。第一、私の見たところでは、あの豊満な夫人を背負って十歩と歩けそうにない。

次に作爺とお金——これは駅から一緒に戻って、それ以後家にいたことは、お互いの証明するところで、この証明は信じてよいもののように思います。

それから婆や、これは夫人に余り好い感情は持っていないらしいが、別に殺すとまでゆくほど大それたものではないようで、しかも十時前厨子家を辞去するまで——少なくとも九時過ぎてからはちゃんと台所にいたことは、駅から帰って来た右の下男下女が証明しております。

次に令嬢の芳絵――さあ、これに少し秘密の匂いがある。

もっとも、八時四十分頃駅から伊集院と同伴で出て、篤の借家に来て、十時過ぎまで話していたと本人は言い、伊集院もそれを裏書きしたのですが、なぜかこの事実を、はじめ伊集院は白状しなかった。非常にくさいのです。

八時四十分から十時過ぎまで、二人は何をしていたか？

その間に、そのすぐ下の小屋で惨劇が行われていたと思われるのに、二人は何にも知らないという――もっとも夫人は心臓の一刺しで二言と発せず即死した様子ですが、それにしても何にも知らないとはちょっと面妖《おか》しい。

そこで、伊集院のことについて少し調べて見ると、風貌、性格、これは非常に男らしい人物ですが、いや、そのために、厨子夫人と普通以上の交際があったらしい。厨子夫人は、気性のはっきりした、世話好きの、絢爛《けんらん》型の、情熱的な女です。夫は二十も年上で、ほとんど廃人みたいな人物――まだ確証は摑んでいませんが、私は夫人と伊集院との間に、肉体的関係まであったのではないかと見る。

これが伊集院の学生時代――最初この村へ現われた五、六年前から続いて、そうして夫人は四十になり、娘さんは二十歳になった。

この芳絵――五、六年前の十四、五歳当時は、まだ、子供であったろうが、今はご承知のように類まれなる美人で、伊集院は最近、『厨子家の聖霊』と呼んでいたと言う――二人の間に、新しい恋愛が発生したと、私は見ます。

この事実に対し、馨子夫人がいかなる反応を示し、その反応が伊集院にとってどんなに煩わしいものとなったか――これは、私の小説的空想ではない。色々聞きこんだ情報にちゃんと根拠を持つ推定であります。

動機は出来た！

時間的関係から見ても、夫人を殺し得るのは弘吉ばかりではない。伊集院篤もまたそうである。

では、その一方を否定し、他の一方を肯定する区別はどこに見つけたらよかろうか。

それを私に見つけさせてくれたのは、実に『厨子家の悪霊』でした！

それは、こう言う事実です。――

仮面のほかに犯人が遺していった重大な証拠、すなわちあの屍体を運んだ長靴の足跡。長靴そのものはありふれた配給品のものらしいが、問題はその足跡の深さです。この深さは行きが約三十センチ、戻りが約二十センチ、これは犯人が厨子夫人を背負って運んだ深さ、夫人の体重は十四貫。つまり、Xプラス十四貫の足跡。

ところで、その少し前に、弘吉が伊集院に背負われて歩いた足跡がある。普通、人の歩かない畠の中だったから、私は探して、これを見つけ出すことが出来ました。弘吉が十二貫、伊集院が十七貫、合計二十九貫の足跡――これが、犯人が夫人を運んだ足跡の深さとほとんど変らぬ三十センチ。

もし弘吉が夫人を運んだとすれば十二貫プラス十四貫合計二十六貫。

もし伊集院が夫人を運んだとすれば十七貫プラス十四貫合計三十一貫。

——その差五貫。

ただし、これにはそれぞれ重い冬衣裳がくっついているのですが、弘吉だけはお義理にも冬装束とはいえない薄着だったから、右の二つの仮定における差はもっとはなはだしく、五貫を超えて六、七貫はあったでしょう。

しかるに屍体の運搬の足跡は、二十九貫余の足跡の深さとほとんど変らなかったのです。もっとも前者は後者より推定二、三時間遅くつけられたものだ。気温を調べて見ると、午後七時頃から十時頃まで、ほとんど差はないのだがまあ幾分下り気味です。で、その分だけ雪が凍って固くなっているとしても、二十九貫余の重量のものが、屍体運搬の時刻に歩けば、その深さは浅くこそなれ、深くなるおそれはまずありません。つまり、屍体運搬の重量が、二十九貫余よりもう少し重ければ、この二つの場合はほとんど変らなくなるのです！

すなわち、二十六貫の答はノー。三十一貫の答はイエス。先刻Xの、すなわち犯人の体重は十七貫であったのです！」

ああ、と聞いている人々は唸った。まさに、ああ、何という見事な推理の数学！

「ところで、もうお気づきだろうが、この方程式の解法に二つの疑点があります。

第一は、それだけの重量の差によって、そんなにきれいに足跡の深さの差が現われ得るものか、どうかという問題。十四貫の屍体を捨てたことによって、往復に約十センチの差が出たのはご承知だけれど、伊集院と弘吉の差、六、七貫では果して如何《いかん》？

で、私は翌晩実験をやって見たのです。気温とそれによって変って来た雪の状況で、或る十七貫の人に十二貫の人を背負わせて歩かせて見ると、足跡は三十センチよりも深く入った。すなわち前夜よりも雪は柔かかったのです。それにもかかわらず、十二貫の人に十四貫の人を背負わせて歩かせて見ると、足跡は三十センチに達しなかった――三貫の差がかくの如《ごと》く決定的な一線を上下する以上、あの六、七貫の差は、さらに物を言うはずではありませんか！

第二に――これは非常に莫迦げた想像だが弘吉が夫人の屍体のほかに六、七貫のものをつけて歩いたのではないかと言う問題。あれにそんな知恵のあるわけはないが、こちらが一つの知恵の遊びとして考えて見れば、これは足跡の方は成り立ちますが、体力的に成り立たない。私の実験で見ても、十二貫の人が十四貫の人を背負って歩けば五十メートルが息絶え絶えで、ましてそのうえ六、七貫のものを――合計二十貫以上のものを背負って雪に足を三十センチ内外も踏み込みながら、途中で下した形跡もなく歩き通すということは、まずまず不可能に近い困難事だ！　この困難を冒してなお弘吉がやる――とまで考えればきりがないが、もともと莫迦げた想像をやっているのだから、それをこれ以上強引にひきのばすことは、いかな私でも、もう阿呆《あほ》らしい――

結論。犯人は伊集院篤！

伊集院が夫人を殺して、野に捨てた。それを芳絵は知っているが、恋人のために死力をしぼって黙っている。伊集院は犯人を狂人に見せようとして、弘吉の仮面を現場に捨て、翌朝黎明《れいめい》に弘吉を摑まえて、これを示唆して屍体の位置へゆかしめた。そこへ野犬が来たり、弘吉が例の妄想に憑かれて一層都合のよい狂態を示したりしているところを見はからって、さてはじめて発見したような顔をしたのです。弘吉がその時、握手などして、おかげさまで曼珠沙華を見つけた云々《うんぬん》と口走ったと言うのも気違いの言い草とは言え、右の示唆を暗示しているのではないかと考える――

ただ一人の足跡をさして、これを踏むなと伊集院が孫蔵に叱咤したのも、犯人が弘吉であることを一層効果的に見せようと考えてのことでしょうが、自縄自縛の猿知恵、真に嗤うべきかな！」

とんと拳で卓を叩いて、

「この足跡方程式の基本定理の一つとなった、前夜の二十九貫の足跡！　弘吉が伊集院に背負われて『厨子家の悪霊』へ参拝を命じた事実――これこそは、まさに『厨子家の悪霊』が――少なくとも何か超自然的な力が、狂人の口を借りて、後に待ち設けていた哀れな彼の運命を、無実の濡衣《ぬれぎぬ》をはらすよすがを作っておいたとしか思われぬ！　さすがの私も、いささか、慄然とするものがあります――」

満堂寂として声なし――ぱちぱちと、夢中で手を叩いたのは、部下の内田刑事ただ一人。

――伊集院篤は逮捕された！

ところが……彼は白状しなかった。その癖、あの時刻に何をしていたか、という点については、何らの有利な明確な事柄を述べることも出来ないのだった。

「芳絵を検《あ》げましょうか――」

焦立《いらだ》って、内田刑事が言った。

すると、轟警部補の眼に、怯《おび》えに似た翳りが走って、苦い調子で彼は呟くのだった。

「あれを責めるのは、辛《つら》い――もし万が一にも己の推定が間違っているならば、あの娘は伊集院を見殺しにはせぬだろう――あれは、そんなことに耐え得る娘ではないよ――」

第八章　歎きの堕天使

あたった。

たった一眼で、さしもの轟警部補をして、すっかり婆やなみにそのファンにさせてしまったこの清純類ない美少女は、五日目、やつれきった姿を鶴岡警察署に投げこんだのだった。

だが――

彼女の訴える新しい奇怪な事実は、はたして轟警部補の強靭な自信を揺がすに足るものであったろうか？

「あの夜、あたし達は九時過ぎ、たしかに伊集院さんのおうちへ参りました……」

「それで？」

「そして――二十分ばかりたってからでしょうか、伊集院さんが突然窓から外をご覧になって、あっ、お母さんが来る。と、小さく叫んで、あたしの顔をじっと見て、それから電燈をお消しになりました……」

「それは、なぜですか……」

瞳の底で、微笑のようなものが仄光《ほのひか》ったが、轟警部補は真面目な顔。

相手が黙っているのに、

「あなた達、おふたり一緒にいるのを、お母さんに見られると、悪い？」

「いいえ、そうではございません！」

ちょっと、顔があからんで、

「でも、あたし、困った顔をしたろうと思います。それで伊集院さんが……」

と、矛盾したことをいって、その矛盾は自分でも承知していると見えて、説明の言葉に苦しむ表情であった。

「あなたと、伊集院君は――失礼ですが、恋愛――」

「いいえ！　いいえ、そんなことはありません！」

急に顔をぱっと紅潮させて、芳絵は叫び出していた。真剣な眼色で、ほとばしるように、

「あの日――葉梨先生がお発《た》ちになる前、家で、伊集院さんが、『今夜お見送りの帰り、ちょっとうちへ寄って下さいませんか？』とそっとおっしゃったのです。『何の御用？』とお尋ねしますと、『重大な話があります』『重大な話って？』――すると、そのとき傍に

お兄さまがやって来て、にやにや笑いながら見ているので、そのお話はそれっきりになってしまったのです。でも、あたしは、少しいやだったのです……ところが、駅から帰るとき、お母さまがあとにお残りになって、ふたりに先へゆけとおっしゃるので、あたし、ほんとうに困ったのですけれど、伊集院さんにせき立てられるようにして、到頭《とうとう》あのおうちへ寄ってしまうようなことになったのでございます」

「――で、重大な話とは？」

「それは――」

と、しばらくまた口ごもってから、

「あたしに、お嫁さんになってくれ、とおっしゃるのです。あたしはびっくりして、それから……何だか腹がたって来て、黙っていました。するとお母さまが、駅の方から戻っておいでになったのです……」

なぜ、伊集院から結婚を申し込まれて、この娘が腹をたてたのか、なぜ、伊集院と一緒にいるのを母親に見られると困るのか――その意味が轟警部補に読めた。この娘は、伊集院と母親との卑しい秘密を知らないことはなかったのだ。

「わかりました――」

と、そのことはわざと打切って、

「で、あなたもお母さんの姿を見ましたか？　弘吉君は？」

「ええ、駅の方から雪の野路を、お兄さまがぶらぶらと、その二十歩ばかりあとから、お母さまが歩いておいでになるのが、月の光に見えました。伊集院さんが電燈をお消しになったとき、お兄さまは急に横にそれて下の小屋に入ったようでした……」

「――ふむ、それで？」

と、内田刑事が生唾をごっくり。

「伊集院さんは急に立ち上って、苦笑いなさっているような口調で、ちょっとお母さんに来られるとまずいから、芳絵さん、しばらく隠れていて下さいね、とおっしゃって出てゆきになりました。そういわれると、あたしも、急に何だかそんな気がして来て、暗いお部屋の隅で、じっと黙って坐っていたのです――すると、五分ばかりたって、下の小屋で、うっと低い叫びが聞えました……」

「それは、お母さんの？」

「そうであったと思います。びっくりしてまた窓から覗いたら、お兄さまが小屋から飛び出して、どんどん村の方へ走ってゆく姿が見えました」

「それで」

と、轟警部補はきっと芳絵を見つめて、

「なぜ、あなたは、お母さんを殺したのがお兄さんでないとおっしゃる？」

「あたしは胸がどきどきして来て、真っ暗な土間まで出て来たのです。すると伊集院さんが、外から帰って来られた様子で――芳絵さん、とお呼びになる声が聞えました。はい、と答えかけたとき、あっという伊集院さんの叫びがし、暗いなかで烈《はげ》しく壁にぶつかる音がしたかと思うと、突然誰かあたしに飛びかかって来て、次の瞬間、鼻にハンカチのようなものを押し当てられ、そのまま、あたしは気を失なってしまったのです――」

その後に起こったこと――それを、悲しみと苦悶《くもん》に満ちた芳絵の言葉そのままにここに記述することは余の忍びざるところだ。

余は、事実のみを書こう。

あとで照らし合わせて見ると、それは十時過ぎぐらいになっていたろうか、芳絵がわれに返ると、彼女は座敷の夜具に寝せられて、枕もとに、ぼんやり伊集院が坐《すわ》っているのだった。

ほんの先刻、彼も覚醒したばかりだという。そして、襲って来た者は何者か、何が何だかわからないという――。

起き上ろうとして、芳絵は突然異様な感覚を感じた。それが何を意味するのか、わからぬままに、ふと自分の服装に眼を落し、彼女ははっとしたのだった。

突然、伊集院が両腕をついて、呻くようにいった。

「許して下さい！　芳絵さん！　僕は……あんまり、あなたが可愛らしいものだから……」

芳絵は茫然《ぼうぜん》とし、眼がくらめき、そしてその家を夢中で飛び出した。婆やに逢ったのは、その途中のことなのだった。

――長い沈黙の後、轟警部補が消え入るような調子で言った。

「お嬢さん、その飛びかかって来た人間は、誰だと思いますか?」

「わかりません……」

うなだれて、芳絵は蒼白顔をあげて、

「その人——お母さまを殺したのは全然別の人ではございませんでしょうか?」

第九章　バベルの塔は崩れざるや?

芳絵の悲しい秘密は明らかになった。

けれど——?

「ははあ、それで伊集院が、あの時刻の動静について黙っていたのですね。それをいうと、自分の罪、芳絵の恥辱を白日のもとに曝《さら》さなくてはならない——」

と、あとで内田刑事が言った。

「して見ると、その罪は罪として、考えようによっては、伊集院は、けなげな男じゃありませんか? その秘密を守らんが為に、殺人罪の嫌疑まで甘んじて受けようとする——いったい、その麻薬の怪人は何者でしょう? 芳絵のいうように、全然別の人間ではありませんか?」

「内田君」

と、沈黙の顔をあげて轟警部補がいった。

「今まで、おれの考えた唯一つの弱点があって、それが不安でならなかった。それは、もし伊集院が殺して、そしてそれを芳絵が知っているならば、なぜ黙っているかという点だ。二人が恋をしているならば、恋人のためにあの娘に沈黙する意志の力はあるだろう。が、母を殺されて、それを黙って通す感情があの娘にあろうとは信じられなかったからだ」

警部補の頬に、凄じい薄笑いが浮かんでいた。

「内田君、おれの信念はこれで完璧になったよ。犯人はいよいよ伊集院に違いないよ」

「――と、おっしゃると？」

「芳絵を辱めた秘密をかくすために、沈黙を護《まも》る？　いや、その秘密は伏せておいてなお筋の通る弁明は出来そうなものだ。

いいかね、内田君、まず動機の点だが、伊集院が芳絵に惚《ほ》れており、娘が必ずしもそうではなかったことがはっきりした。その原因を、母親の存在するためと彼は考えたのだ。狂恋と奸智《かんち》のカクテル！　自ら酔うて彼は一瞬に殺人と強姦《ごうかん》という二つの冒険を敢行した。麻薬の怪人は、伊集院の一人二役だよ！　家から往来に走り寄りて、小屋に夫人を誘《ひ》き入れてこれを刺し殺すと、駈け戻って来て娘を眠らせ、これを瀆《おか》したのだ――あの娘には、到底太陽のもとで挑みかかれるものではない！　娘が眼醒《めざ》めてびっくりして、飛び出していったあと、野原に夫人の屍体を捨てて来た――その証拠に、うっという呻き声を聞いて、芳絵が窓から覗いた時、小屋から逃げ去る弘吉の姿を見たというではないか？　すなわち、弘吉が運搬者でなかったことは、確かに立証されたわけだ」

「それでは――警部補――殺したのは弘吉だが、運んだのは伊集院だという考えは？」

「何のために、伊集院がそんなことをするのだ？」

内田刑事は沈黙した。

「弘吉は単に兇行を目撃して、驚いて逃げ出したに過ぎないのだよ。が、狂人の哀《かな》しさ――あとになって、自分の無実の罪をいい解く知恵すらもない――そこが、伊集院の狙いで、細工通りに弘吉が逮捕され、それで万事めでたしめでたし、まさか自分に眼がつけられようとは思っていなかったのだ」

「では、芳絵は――？」

「伊集院は、あの麻薬の怪人が弘吉であると見せかけたかったのだろう――芳絵が逃げ出す弘吉の姿を見てしまったことは、伊集院にとって致命的な出来事だったのだ――だが、彼にして見れば、たとえ後に怪人が自分であるとわかったとしても、すでに芳絵の肉体は否応《いやおう》なしに自分に結びつけてある。いったんその立場に落ちた娘は、惨酷なくらい弱いものだ。何とか自分でまるめこんでしまえると考えていたに違いない。そのまるめ込み以前に自分が検挙されて、あの夜の怪人がいまだに伊集院以外の誰かだと信じているような純真な芳絵自身によって、しかも皮肉にも伊集院を救おうとする目的を以て、あの夜の出来事をわれわれの前に披露されようとは、夢にも考えていなかったに相違ない――検挙以来、伊集院の陳述態度が曖昧で、いぶかしさの極みを尽しているのはそのためであり、煎じつめれば彼こそ惨劇の実行者であるからだ！」

バベルの塔は揺がず！

否、轟警部補の推理の鉄塔は、いよいよ磐石《ばんじやく》の強固を加えて、伊集院篤を圧した。

彼は白状した。あの夜厨子夫人を撃退するため、いったん往来へ出て見たが、その姿が見えないので無事通り過ぎたのだろうと安心して再び家に戻ったということを。ただそれだけ、そして最後には、蒼白い顔で、悲痛な声でこう答えるばかりだった。

「やむを得ません——僕の芳絵さんに対する罪悪は、この殺人罪の罰をも加えて酬われても、まだ足りないくらいですから——」

（狡《ずる》い男だ！）

と、轟警部補は、切歯して、憤激した。

哀れな早発性痴呆患者は釈放された。

まことに、伊集院篤よ——お前の卑しい欲望は天使を潰した。聖霊のように清い乙女に、想像以上の苦い涙を流させた。その罪は、お前が厨子夫人殺害の罪のみならず、全世界のありとあらゆる罪を、すべてひきかぶって、その罰を受けるに値する！

その運命は、鉄の鋳型《いがた》のごとく、すでに決定していたのだ。

以上述べた厨子夫人殺害事件の経過は、みんな知っている事実、数人が知っている事実、少なくとも轟警部補の最もよく知っている事実である。このなかには、余自身この眼で見、この耳で聞いたこともあるが、また今までに登場したさまざまの人物から伝聞して、想像したところもある。が、この想像をも含めて、以上述べた事実は、轟警部補の知る事実を、完全に包含して余地なかったであろうと信ずる。
だが――しかし、余は今ここに最後の真実を告げんとする。
余は轟警部補に挑戦する。
轟警部補よ――君は確かに深刻精緻な犯罪の設計図をひっくり返した。だが、ご存知であろうか？　この事件の妖光は、その設計図の下の、凍結した人間性の大地そのものから発する妖光であったことを。
凍土は深い――十七年前。

第十章　悪念涙あり

十七年前の或る晩春の午後、厨子家の前夫人は村の中で、一匹の狂犬に噛まれ、その場で発狂した。

その狂乱は、まことに悲惨を極めたものであった。年はまだ三十をちょっとすぎたばかり、夕顔のように美しい人が、涎《よだれ》をたらたら流し、狼《おおかみ》のように咆哮《ほうこう》し、浅ましいとも言語に絶する狂態で狂い廻ったあげく、三日目、庭の古井戸に投身して自ら死んだ。あまつさえ、それを止めようとした夫の荘四郎氏に硫酸をぶっかけて――

散る花の下に、その惨《むご》たらしい屍体は揚げられた。傍にぼんやり立ちつくして、眼を落していたのは十歳の愛児弘吉だった。

その眼には、涙はなかった。神経質な、蒼い頬を凍らせて、小さな頭で考えていたのは、恋しい母を噛んだ犬は、最近東京からやって来て、この村に住みついた或る若い未亡人の飼犬だということであった。

すると彼は、はっきりと冷たい母の唇が、物凄い叫びをあげるのを聞いた――弘吉！　弘吉！　あたしが死んだら、きっとあの女がこの家に乗り込んで来る！　可哀《かわい》そうに、可哀そうに――弘吉！　お前もあいつに殺されるよ――

半年たって、果してその若い未亡人は、荘四郎氏の後妻として輿入って来た。すなわち馨子夫人である。彼女は海軍将校の未亡人で、その時三歳の女児があった。すなわち芳絵である。

一方、硫酸をぶっかけられた荘四郎氏は、やっと顔面の繃帯《ほうたい》をとったばかり――いや、繃帯はとらなかった。その後弘吉はしばしば見たが『瘢痕収縮《はんこんしゅうしゅく》』を来して畸型《きけい》に近いものとなった醜面を、新しい繃帯にかくして、その二度目の婚礼の座についたのだった。

だが、二十も年上のこの怪物のところへ果していかなる心境を以て馨子夫人は嫁いで来たのであろうか――金！　単に幼児を抱えた未亡人の生活を開くためというより、もっと積極的に、彼女は莫大《ばくだい》な厨子家の財宝を慕って入って来たのだった。その証拠に、新しい厨子夫人の生活は豪奢を極め、絢爛を極めた。

「弘吉さん――いらっしゃい」

紅の濃い唇で、彼女は猫撫声《ねこなでごえ》で呼びかけるのだった。

が、十歳の少年は、青い炎のような左眼を輝かせて新しい母を睨《にら》みつけたきり、化粧部屋の閾《しきい》から一歩も入ろうとはしないのだった。彼は心で叫んだ。この女が狂犬をけしかけて、ぼくのお母さんを殺したのだ！　するとまた物凄い亡母の叫びがはっきりと耳に鳴りはためくのだった（弘吉！　お前もあいつに殺されるよ――）

が、弘吉は小さかった。彼は深刻な鬱憤をさらに小さい嬰児《えいじ》、新しい妹に向けて、これを抓《つね》った。打った。蹴った。――物蔭で。

けれど、いつしかこれが馨子夫人に知れない筈はない。彼女の形相は変った。彼女は本性を現わした。そして弘吉を抓った。蹴った。――物蔭で。

ああ、何という死闘の宣戦布告――強壮な青年と青年との肉弾相搏《う》つ戦闘は恐ろしい。だが、女と幼児の戦いがそれにもまして凄惨なことがあるのを知っている人があるだろうか。そこには鉄の代りに鉄より黒い原始の憎悪がある。火の代りに火よりも熱い獣の涙がある。

衆人の前で、馨子夫人の粧《よそお》った顔が弘吉に笑みかけた。弘吉は冷たい眼でこれをはね返した。が、暗黒の中で、馨子夫人の裸の拳が弘吉を打ち、そして弘吉は声もあげず歯を喰い縛って泣くのだった。

それを、夫であり父である荘四郎氏は知らなかったのであろうか？　長い間知らなかったろう。弘吉の唯一の味方、あの婆やすらもこの蛇とカマキリの闘いがどんなに凄じいものであったか、真の髄までは察し得なかったに違いない。それほどこの新しい母と子の闘いは、深い陰湿な地獄の底で行われていたのだ。そして後に荘四郎氏が知ったとしても、すでに彼は新しい妻の虜《とりこ》となっていた。

前夫人の死と、硫酸の惨劇以来、荘四郎氏の生活も気性もまったく一変していた。それまでは、ほとんど毎日、乗馬で村落一帯を駈けめぐって小作共を督励《とくれい》し、そうかと思うと三年に一度は殊勝な白衣に着換えて——ただしお供を十人以上も従えて、はるばる四国へお遍路へ出かけて行ったり——要するに常人以上に活動的だった彼は、あの事件以来、ほとんど屋敷から一歩も出ようとしない人になっていたのだった。

容貌は性格を変えた。清和源氏《せいわげんじ》からの系図を崇《あが》め、先祖代々から『厨子の殿様』という呼称まで受け嗣《つ》いだこの誇高き当主は、醜面を白布で包んだ哀れな姿を村民どもの前に曝すに耐えられなかったのであろう。

そして、ついには彼は自分の居間にのみ閉じ籠って、庭園を徘徊することすらも避けるようになり、嫌人癖の昂ずるところほとんど廃人に近い身を夜具の中に横たえて、これと往来し得る者は若い美しい妻ただ一人、したがって厨子家の采配《さいはい》はことごとく彼女の繊手《せんしゅ》の把《と》るままとなったのだった。

弘吉は、誇張ではなく、年に数回しか父の姿を見ることが出来なかった。それはすでに生母と同じく墳墓の人であった。彼は救援を父に求めなかった。父も敵だ。厨子家嫡々《ちゃくちゃく》の彼は、まるで敵城にまぎれこんで孤軍奮闘する枯葉のようだった。

そして彼は次第に生命の危険をすら感ずるようになった。——或る夏の日、新しい母からもらった菓子を喰べて、彼は嘔吐して苦しんだことがある。或る冬の日、その母のいる二階の屋根から雪崩《なだれ》が落ちて来て、すんでのことに軒下で遊んでいた彼が圧死しかけたことがある――

いや、こういう陰惨な争闘史を書くのは、今余の目的とするところではない。ただ一つ、この事件に重大なる関係のある一挿話を語るに止《とど》めよう。

弘吉が十七歳の春のことだった。

当時馨子夫人は、一匹の美しい肥った牝猫を飼っていた。猫は弘吉に決して懐かなかった。のみならずしばしば傲然と闘った眼で彼を侮蔑した。彼は憎しみに満ちて、猫の片目をえぐりぬき、知らん顔をしていた。すると数日たって猫は復讐《ふくしゅう》した。弘吉は右手の指を噛まれたのだった。

二週間ばかりたつと、指が腫れ上って、腕が痺《しび》れて来て頭が痛み出した。それから、突然悪寒戦慄を以て四十度を越える高熱を発した。

猫の復讐ではなかった。夫人が、猫の牙に毒か黴菌《ばいきん》を塗りつけて置いたのだ。

その熱がひいて、三、四日たつとまた熱が出た。それは執拗《しつよう》に反覆し、身体じゅうの淋《リン》巴《パ》腺が桃の実みたいに腫れ上り、弘吉は次第に衰弱していった。

苦痛と熱に濁る彼の頭には、しきりに母の叫びが鐘のごとくに鳴りつづけた。

(弘吉！　お前もあいつに殺されるよ――)

この奇怪な病気は、半年以上も続いて、ようやく快方に向ったのだった。

その頃、例の片目の牝猫は、狸《たぬき》みたいな大きな腹をしてゆらゆら歩き廻っていたが、或る秋の日、到頭七匹も子猫を生んだ。

「一匹でいいわ。芳絵、あとは浜辺へ捨てて来て頂戴」

と、夫人が十になった娘にいった。娘は子猫の頭に一々頬ずりしながらかぶりを振った。

「あたい、厭《いや》、厭だわ――可哀そうだもの――」

「そう――お前は何でも情の深い子だからね。じゃあ――弘吉さん」

と夫人は、病み上りの弘吉に冷たい笑みを見せて、

「あなたなら、いいでしょう、あなたは情が強《こわ》いから――」

弘吉は笑った。蒼醒めた頬だった。

夕、彼はボール箱を抱いて日本海の汀《みぎわ》に立った。小さい箱のなかで、六匹の子猫はひいひい鳴きながら、見えない眼で、綿屑《わたくず》みたいにお互いにすり寄ってもがいていた。

「捨て猫か――」

と、彼はじっと見つめて、寂しい笑いを浮かべた。笑いは凍っていった。

「おれは、情が強い――冷血動物だ」

弘吉はゆっくりと一匹ずつ摘《つま》み上げては、小石みたいに海へ投げた。大きなうねりに、綿屑はちょっともがいては、すぐに消えるのだった。弘吉の形相はまったく人殺しでもしているようだった。彼は五匹まで捨てた。

「いけない――助けてやって――お兄さま！」

砂の上を、息をきりながら芳絵が駈けて来た。瞳が開いて、真っ蒼な顔だった。

弘吉は、黙って最後の一匹を投げた。

一声、芳絵は叫んだ。その叫びが余り異様であったので、弘吉は振返った。妹の小さな顔は涙に濡れ、唇はわななき、悲しみと苦しみに満ちた瞳は海に向けられ、また兄に向けられた——静かなる数分。

突然、弘吉は身を翻えし、海へ飛び込んでいった。が、夢中で這い廻って拾い上げたのは、ただ一匹だけであった。そして、それは濡れて、死んでいた。

小さな屍骸をつまんで、妹の前に立ったまま、弘吉の青い一眼は焔のように輝いていた。

「芳絵、やるよ——これが兄さんだ」

彼は叫んで、屍骸を妹の足もとに叩きつけ、くるりと身を返して、海を見つめた。衣服からぽたぽた冷い水が滴った。

蒼い水平線に太陽は沈みかかっていた。そこから汀にかけて、海にはきらきらと黄金の橋がかかったよう……ぼんやり、呆気にとられて仰いでいた芳絵は、突然兄が笑い出したのを見た。

弘吉は笑い出した。げたげたと——肩を震わせ、全身の骨を鳴らせて——だが、その頬は涙に溢《あふ》れているのだった。

「お兄さま、気違いになっちゃ、いや！」

芳絵が叫んで飛びついた。

が、弘吉はこの瞬間から気が狂ってしまったのだ。妹の顔と声に自らの惨忍性が胸を刺し、そして人間なるものの本性の酷薄なるに恐怖し、戦慄して気が狂ってしまったのだ。げらげら笑いながら浜から戻って来た弘吉を見て、家人や村民は仰天した。

爾来《じらい》、十年——あの惨めな、憐れな子猫の運命から逃避せんとするための——十年間の——おお、惨憺《さんたん》たる狂気の仮面！

第十一章　知るは唯一人

弘吉が、正気に帰るのに、二つの場合があった。

その一つは、木で仮面を彫る時である。

幼い頃から、飛んだり跳ねたりするよりは、じっと座って絵を書いたり手工をしたりすることの方が好きな性《たち》の少年であったが、この仮面彫刻は、最初の単に死んだ母の歎《なげ》く顔、微笑《ほほえ》む顔を、現実に再びこの眼で見たいという悲願と、兼ねて荒涼たる狂人の生活の、苦悶の努力を紛らわす、ただ一つの逃避的労働の意味からさらに発展して、それは周囲に対する深刻な愚弄なのだった。人々は驚愕と恐怖を以て、蒼白い手から彫り出される木の仮面を眺めた。だが、人々は、黙々とその手を動かしている男の、憐愍を湛えた蒼白い肉の仮面をこそ、驚嘆を以て眺めるべきであったのだ。

もう一つは、まったく血のちがうあの妹の、涙ぐんだ深い瞳の凝視に逢う時だった。彼女は優しかった。愛らしかった。それは天使であった。見つめられて、弘吉はにやにや笑った。だが、深夜、風の吹く暗い水車小屋で眠るとき、妹の夢に脅えて彼は静かに泣くのだった。

弘吉の病気は次第に重くなっていった——すなわち、お芝居がますます練達して来たのだ。内田刑事のいわゆる名人芸と狂人芸の一致は、まさにこの意味において、恐るべき真実性を持っていたのだ。狂気の仮面は、ただに生命の危険の防衛という消極的用途のみならず、惨忍で愚かな人間獣どもに対するこの上なき嘲弄として、彼の歯軋《はぎし》りするような愉《たの》しみとさえなって来たのだった。

誰も知らなかった。誰も疑わなかった。父は得々として、狂った倅《せがれ》の作り出した仮面を繃帯に代えた。母は、邪悪美に満ちた己の仮面の諷刺《ふうし》を見ず、狂った継子を見て、邪悪美に満ちた微笑を浮かべるのだった。妹は疑うことを知らぬ天使だった。——そしてまた村医者の鏑木老さえも——そもそもこの世のいかなる人間が、十年にわたる偽りの狂人の心事を想到し得たであろうか。

ああ、十年——一口に十年と言うけれど、それは前人未踏の、恐怖に満ちた人間記録である。そしてまたこの十年、日本の運命とともに厨子家の運命にも重大な変遷があった。終戦後の農地解放の騒ぎ、多くの作男《さくおとこ》や傭人《やといにん》を放って唯作爺とお金のみを残したことなどはその例である。だが、まだ広大なる山は残っていた。

けれど——これを長々と書き連ねることもまた、今、余のこの手記を書く目的ではない。

余は急がなくてはならぬ。

ともかくも、これで弘吉が狂人ではなかったこと——したがって、あの厨子夫人殺害事件に関する轟警部補の推理の大前提が、根こそぎに粉砕されてしまったことは、何人にも明らかになったであろう。

念のために、それを説明する。

二年前——東京の若い医者伊集院篤が、軽い肋膜炎を病んでこの村に住みついた。彼は学生時代からしばしば遊びに来て、厨子家に出入りし、間違いなく、厨子夫人と姦通していた。

牡丹崩れんとす——女の晩夏、白い、濃厚な脂に息づくような夫人の肉体は、廃人の夫にそむいてそしてその豊麗な狂い咲きの誘惑に伊集院篤は屈服したのだ。

態度はいよいよ重厚に、そして心において伊集院は堕落した。

彼は破廉恥にも、好色な瞳を、彼の呼ぶ『厨子家の聖霊』に注ぐようになったのだ。芳絵は、清いかぐわしい乙女に成長していた。

危機は迫った、或る日、弘吉の耳に『厨子家の悪霊』が囁いた。いや、それは、はっきりとお告文《つげぶみ》を以てする警告であった。

「弘吉よ——伊集院と芳絵は、遠からず結ばれる運命にあることを知っているか——父が死んで、伊集院が厨子家の新しい当主になった暁、狂人と目せられているお前がいかなる運命に陥るか、知っているか——もしまたお前が狂人にあらずと仮面を脱ぐとしたならば、あの恐るべき馨子夫人と伊集院が、いかなる手段に出るかを知っているか――弘吉よ、お前は先制して反撃に出るべきである。今のうちに禍根を断つべきである――その手段として、お前は狂気の仮面という素晴しい魔法の武器を持っているではないか――その仮面を脱ぐな、時を待て――」

悪霊の命によって、弘吉はこのお告文を焼き捨てた。灰は風に吹かれて虚空に消えた。

『厨子家の悪霊』はその後しばしば囁いた。

「十年間、お前は何のために狂を装ったのか――亡き母の復讐、ただその一瞬のための惨たる十年ではなかったのか――二十七歳における復讐のただ一瞬の為に、十七から狂を装って来たと、この世の何者が想像し得るであろうか――」

葉梨博士出発の前夜、悪霊はついに最後の命令を下した！　天の時、地の利という語がある。積った地の雪は雨に溶けて、夜の時が移るとともに気温が極めて降下することは、すでにその日測候所の予告するところであった。これを利用した緻密周到を極める殺人計画だった。それは、笑止千万な警察当局の推理、あらゆる可能性を計算に入れ、ことごとくその裏をかいた稀代《きたい》のペテン、震慄《しんりつ》すべき大魔術であった。

轟警部補は、冷汗を以てよく聞かれたがよい。君の偉大なる耳たぶは、まさに愧死《きし》して地獄へ墜つべきである。

その計画の根本方針は、弘吉の殺人を、伊集院篤の犯罪に見せかけるということであった。それは馨子夫人と伊集院に対する完璧の復讐であり、最大の攻撃であった。

だが、伊集院の犯罪に見せかけるには、まず狂人弘吉の兇行であるように見せかけることが、小癪《こしやく》な検察陣の推理を罠にひっかけるゆえんであった。最初に疑われて釈放になった犯人は、麻疹《ましん》よりも強力な免疫にかかる。

その最初の見せかけを引っくり返す槓桿《こうかん》としてあの仮面を利用するのだ。仮面の本質は、その背後のものをごまかす為の覆いである、といみじくも轟警部補は喝破した。仮面とその背後の真の顔は異るべきである——この嗤うべき陳腐なる概念の虚空を弘吉は駈けた。なんぞ知らん、弘吉の仮面を現場に残した人間は弘吉自身であったことを。

滑稽なる轟警部補は言った。「現場に己れの仮面を残すがごときヘマは、正気の人ならやらぬ。支離滅裂の狂人ならやるかも知れぬ」——だが、聞くがよい、正気の人なればこそ、この支離滅裂の『ヘマ』をやり得るのだ。ただしこの『ヘマ』はかかる愚劣なる論法を抱く警部補自身の『ヘマ』である。

疑惑の転機から、笑止な推理は滑る——雪の足跡へ。そこへ滑らなければ、弘吉自身が告げて滑るようにしたであろう。狂人が投書する筈はない、ということを、ちゃんと計算に入れて。

運搬者の重量と足跡の深さ——ああ、憐れむべき轟警部補の算術！

根本の錯覚は、あの深い足跡が、屍体を運んだ時についたものという推定からはじまる。聞くがよい。あの足跡は、屍体運搬はおろか殺人そのものよりも数時間前に、日が落ちて野の暗い午後六時頃、気温がまだ高く、雨に湿って雪の遥《はる》かに柔かい頃につけられたのだった！

それでは、行きと戻りの深さの違うのはなぜか、いったい何を運んだのか。深さにあれだけの差を生ずる重い物体をどこに捨てて来たのか——

もともと弘吉を正気扱いする想像を「阿呆らしい」と考えた轟警部補は、足跡方程式のもう一つの解決を、阿呆らしさが過ぎて恥じたものと見え、発表することも省略されたようであるが、ただ一度その観念は幽霊のごとく頭を通り過ぎたと見え、何らかの物体を求めてあの凍った溜池の周囲を歩き廻った様子である。

だが、見つからなかったろう——その故にまた警部補はその考えを放棄して、発表しなかったのだ。見つかる筈はない、その物体は凍っていたのだから。

弘吉はあの小屋の肥桶に水を満たした奴《やつ》を二つ、一生懸命に運んで、傍の池に注ぎ捨てて来たのだ。これが案外重いものであることは、経験ある人は知っている筈である。

それでは、夫人の屍体を運んだ時の足跡はどこにあるのか。それは存在しない。その運搬は、翌朝の午前五時頃、気温は零下十三度の酷寒を示し、野の雨を含んだザラメ雪が凍結して、鉄板のごとくかたい時刻に行われたのだ——轟警部補、以て如何となす！

弘吉にこの知恵を授けた『厨子家の悪霊』の予言は、真に神魔のごとくであった。悪霊は告げた。葉梨博士の送別晩餐会の席上における伊集院篤の行動を監視せよと。果然、伊集院は物蔭に芳絵を呼んで何事かを囁いた。

葉梨博士を送って駅に急ぐ途中、弘吉は伊集院を摑まえて、「聞いたぞ、聞いたぞ」と言った。それは実に効果のある脅迫であった。伊集院は不快を忍んで、笑顔を作って、弘吉の命令通りに彼を背負って、愚かにも雪に二十九貫の足跡を残してくれたのだ。

だが、弘吉は伊集院が芳絵に何を囁いたのか、実ははっきり聞いたわけではなかった。ただ、『厨子家の悪霊』の予言で、兇行の時刻に、伊集院が正々堂々とアリバイを申し立てられぬ状態にあるということを信じて疑わなかった。

計画に対して、自然のなりゆきは、ほとんどその計画のために設定せられたかのごとく動いてくれた。偶然か？　――否『厨子家の悪霊』の大魔力！

夫人は一人駅に残った。弘吉が歩き出すと、彼女は吸引されるようについて来た。そして驚くべきことには、弘吉が計画中最大の難事と覚悟していたことを自ら進んで、すなわち、弘吉があの小屋に入ると、彼女もまた小屋に入って来たのだった。

だが、それは無条件に驚くべきことではなかった。まさに天魔が魅入っていたとでも言うべきであろうか。時を同じうして、夫人もまた、弘吉を殺害せんとしていたのだ！　ぬっくと起ち上った弘吉に夫人は襲いかかった。左手の手巾《ハンカチ》を以て彼の鼻孔を覆い、右手の短刀を振りかざした。手巾の匂いはクロロフォルムだった。だが、弘吉には『厨子家の悪霊』が乗り移っている。彼は不死身のごとく手巾をはらいのけ、短刀を奪い取り、猛然と夫人の心臓部を刺し貫ぬいた。

それは、破れた屋根の雪の間から射しこむ月光に蒼く、悪夢にも似た一瞬の争闘だった。が、その瞬間、麻酔の効きめが現われて、弘吉も転がった。そして眠ってしまった。

気がついたのは、夜明前だった——彼はしばらく待って、伊集院の時計が五つ鳴るのを聞いて、予定が狂わなかったのに安堵《あんど》し、急いで計画に移った。すなわち、懐から仮面をとり出して遺棄し、屍体を野の足跡の彼方に捨てること。

弘吉は夫人を縄で絞殺するつもりだったが、はからずも短刀で刺殺する結果となったので仮面には血をつけた。そして発見時には、偶然やって来た野犬をも利用して、一層狂人らしい凄惨な雰囲気を作り出すことに成功したのだった。

「おかげさまで、曼珠沙華を見つけましたよ——」

無論その言葉も、伊集院に示唆されたことを暗示する意図のあるものだった。

実行はほぼ計画通りに進行し、その反応は完璧に計画通りであった。——伊集院は逮捕され、弘吉は釈放された。最大の弱点『物言えぬ狂人』は、逆転して最大の強味となった。そして、果然伊集院はあの時刻のアリバイを述べることが出来ないのだった。

恐るべき『厨子家の悪霊』！

そして呪うべき『厨子家の悪霊』——その伊集院のアリバイを述べることの出来ない理由が、ああ、こともあろうに天使の冒瀆《ぼうとく》であったろうとは！　悪魔の汚らわしい知恵は同じ星の下に、同じ動きを示すものなのであろうか、厨子夫人が麻薬で以て弘吉を眠らせ、無抵抗裡《り》に殺さんと計ったがごとく伊集院篤もまた麻薬を以て芳絵を眠らせ、無抵抗裡にこれを姦《かん》した。だが——これほどの代償をはらうと告げられていたならば、弘吉はこの『厨子家の悪霊』の殺人計画に決して服従しなかったであろうに！

おお、弘吉は芳絵を恋していたのだ！

すべてが終ってから、彼ははっきりそれを知ったのだった。彼の罪ふかき魂の望むところは母の復讐のために馨子夫人を殺害することになく、伊集院篤を葬り去らんがために夫人を殺害するにあったことを、そして伊集院を打ちひしぐ意図は、ただ一人芳絵を恋する心から発していたものであったことを。

母を恋うて、十七年前の彼自身の如くに泣く芳絵の姿を見て、彼は一瞬に地獄へたたき墜《おと》された。その苦しさに較《くら》べれば、この惨たる十年もどれほどの地獄であったろう。しかも天使は清い眼を兄に投げて、微笑んでいうのだった。

「よかったわ――お兄さま、あたしお兄さまを信じていましたわ。お可哀《かわい》そうなお兄さま」

ああ、芳絵もまた、この悪鬼の吹き飛ばした枯葉の如き弘吉を愛していたのだった！愛――それは恋ではない。恋などという下界の言葉を超えた高い魂が、この乙女の胸に澄んでいる。

伊集院篤よ――君は断じて許せぬ男だった。

だが、君の肉を以て芳絵を結びつけんとしたたくらみは失敗した。肉を以て結びつけ得るのは、下界の、肉欲の妄想に憑かれた娘に限る。芳絵は『厨子家の聖霊』だった。麻薬で姦された娘には罪はない。これは真理である。そして天使は自ら期せずして真理にしたがうのだ。彼女は苦しんだが、その胸の悲しみは雲のごとくに去って、あとには微風と蒼穹《そうきゅう》のみが残っている。

その故に、余もまた君を許すだろう。

その故にまた、余はこの手記を以て君が無実の罪を霽《は》らさんとするのだ。

だが、余がこの手記を書いたのは、断じて君のためではない。それは——「あたし、お兄さまを信じていましたわ。お可哀そうなお兄さま」——その愛に満ちた声、その清い瞳に応えんがためだ。

十年前、猫を捨てた落日の海で、この芳絵の声と瞳に心琴激動して狂気の仮面をつけた余は、今やふたたびこの芳絵の声と瞳に苦悶し、微笑して、真実の相貌をあらわさんとする。

すなわち、自ら告白する余は、正気の殺人鬼、厨子弘吉。

第十二章　否一人にあらず

——東京精神病院医局の窓を通して、黄色味を帯びた鈍い夕日の光が、硬直したような伊集院医学士の横顔を照らした。

彼は、長い驚くべき手記から眼をあげて、奇怪な青年の姿を見つめた。厨子弘吉の青い眼はかがやいて、焔のように微笑しているのだった。

「弘吉君は、きょう君にお詫《わ》びに来られたのだよ。君——君もまた、詫びるべき人があるのではないか?」

パイプを口からはなして、葉梨博士が言った。

伊集院医学士は視線を移して、弘吉と並んでいる清麗な美少女を眺めた。

「あたし――あなたを許します」

と、彼女はソファから起ち上っていった。涙はすでに消え、澄み切った笑顔であった。

許されることは、結ばれた肉体を断ち切る別離の声だった。優しい笑顔は、男の胸を氷のように刺した。伊集院医学士の声は苦悶にかすれた。

「で、先生――それでは、なぜ弘吉君は――」

「先刻君がいったじゃないか? ――早発性痴呆では、警察もどうすることも出来まいと――」

こう答えた葉梨博士の言葉は、全部独逸《ドイツ》語であった。

「えっ――?」

「君は、この手記を読んで、その異常に気がつかなかったか?」

依然、微笑を含んだ独逸語で、

「ねえ、伊集院君、ヘルマン・ヘッセの小説であったか、不良中学生が教師を苦しめるのと、教師が彼を苦しめるのと、どちらが魂の底から苦しむことが多いか、罪ある者は果してどちらであるか一概には断定出来まいというようなことが書いてあった。いわゆる『継母の継子いじめ』なるものも立場は逆だがその通り、世間ではいちずに継母を責めるけれど、果してどちらが被害者で、どちらが加害者か、これは神様だけが知っている。ただ人間の世界では、弱者が強者をいじめる場合は決して少なくないということは銘記する必要がある。

厨子夫人にしても、――この手記では、完膚なきまでの毒婦のごとくに書いてあるが、最初から必ずしもそうであったのではなかろう。第一彼女は、弘吉の母を飼犬に嚙み殺させて、厨子家へ乗込んで来たように書いてあるが、実はそうではない。

容易に気がつくことだが、弘吉の母親は狂犬病ではなかった。嚙まれてその場で発狂した、とあるが、狂犬病ならば少なくとも二週間の潜伏期間を持つ筈だし、発病しても最初からあんな発揚状態に陥らず、しばらくは憂鬱期のあるのが普通だ。第一、水を恐れる狂犬病でありながら、三日目に井戸へ飛びこんで死んだと言うのが面妖しいじゃないか？

O村の鏑木医師に問い合わせて見ると、当時たしかに狂犬病が流行していたし、この犬も後にこれに罹って死んだには違いないが、弘吉の母親を嚙んだ時にはまだそうではなかった。前夫人の病名は『ヒステリー性狂犬病恐怖症』に過ぎなかったというのだ。

夕顔のように、とこの手記でその姿を形容しているところからも判断されるのだが、おそらく彼女は神経質な、いやヒステリー性の婦人であったのだろう。彼女は何らかの機会で、馨子未亡人が夫に与えたらしい影響を看取し、嫉妬し、恐怖し、憎悪していたのだろう――それで、ああいう症状が起きたのだろう。

だが、母親のこの性格は、たしかに弘吉に遺伝された。

とだ。馨子夫人から菓子をもらって嘔吐したとあるが、夏には何処の家庭にだってよくあることだ。馨子夫人のいる二階の屋根から雪崩が落ちて来たとあるが、これも考えて見れば夫人の仕業だとするのが少し無理だ。

飼猫に手を噛まれて発病したのを、その牙に毒か細菌が塗ってあったのだと断定しているが、症状から判断すると、鼠咬症《そこうしょう》らしい。これは猫が勝手に持っていたスピロヘータで、夫人とは無関係な話だ。

一々、こういう眼で見られては、夫人もたまらなかったろう。先天的な大悪人大毒婦なるものの存在は、わしには信じられないが、普通の人間でも、時と場合によっては真に恐るべき人間となり得ることは、わしは認めざるを得ない。長年月にわたる深刻な争いの継続が彼女の心に憎悪の轍《わだち》を残して、あの最後の破局にまで立ち至るようになった――実に、是非もないことだ。

しかも、弘吉は――この手記でもわかるように、かくも明断な判断力を持ちながら、或る一点すなわち生母が馨子夫人に殺された、ということに関しては、わしがいかに理を尽くし、言葉を極めて説いても断じて信念を翻そうとはしないのだ――この深刻な一つの妄想を軸にして、あらゆる思想が回転している。これは、君、偏執病《パラノイア》の疑いをかけて充分な人間ではないか？

もともと、遺伝された病的性格に、まだ判断力の確立しない年頃、あの母親の凄惨な呪いの叫びが激甚なる影響を与えて、この妄想を構成したものだろう。

第一、十年間も狂人を装いつづけるような人間の頭が正常だと考えられるかね？　もし偏執病ならば、これは現代の医術では治癒の極めて困難な病気だ。だが――奇蹟《きせき》を、あの娘はやるかも知れないよ――わしには、何だか、そんな予感がしてならぬ――」

ああ、葉梨博士もまたファンになったと見える！　微笑の眼で振返ると、黄金色の夕に、弘吉の傍によりそう美少女の姿、それは眩《まぶ》しいくらいに円光を放ってかがやいているのだった。

「それから、もう一つ弘吉の抱いている妄想がある。それは『厨子家の悪霊』なるものが、確かに存在するという観念だ。そのために弘吉は、自分の考案した殺人計画や、偶然の好都合を、ことごとく悪霊のお告げであると思いこんでいるらしい――ところで、伊集院君」

「――は？」と医学士は、沈痛な顔色。

「わしが東京へ帰って、あの夜、厨子夫人が奇禍に逢ったという知らせを聞いた時、まず頭を掠《かす》めたのは何だったたと思うかね？」

「――何でしょうか？」

「それは奇禍ではない、自殺ではないかと言うことだ。もっともこれは詳しい情況のさっぱりわからぬうちの判断で、弘吉が検げられた、とその有様を聞けばなるほどそうかと思い、君が捕えられた、とその説明を聞くとなるほどそうかと思った。怒っちゃいけないよ、わしは情において君を愛し、意志力においては君を尊敬しているが、知恵においては、君が、轟警部補の推量したようなことをあるいはやりかねぬ男だ、と考えていたからだ」

弟子の顔を見て、苦い鋭い笑いだった。

「後に、このお嬢さんに聞くと、お嬢さんもまたそうではないか——屍体を運搬したのは誰かにしても、お母さんは自殺したのではないか、しかもその自殺を弘吉か伊集院かの殺人に塗《なす》りつけようとする恐ろしい企《たくら》みがあるのではないか——漠然と、こう考えていたというのだ。

芳絵は、母が以前から弘吉を呪い、最近は伊集院をも憎んでいることを知っていた。だが、その企みのカラクリを想像も出来ないし、罪を塗りつけようとする心理はわかるが、自殺しようという心理はわからない。罪を塗りつける、唯そのために自殺する——それほどせっぱ詰った心理にどうして母がなったのか、自他ともに納得出来るその原因が想像も出来ない。唯、弘吉も君も犯人ではない——と、これは天使の直感、それだけに人間悪の真相に対しては気の毒なくらい誤まっている点もあるが最後の結論においては的中していたから不思議ではないか？」

伊集院篤は、ちょっと妙な顔をした。

「この手記でもわかるように、夫人は確かに消極的な純然たる被害者ではなく、まず相手に襲いかかったというではないか。防がなかったら相手が殺されたろう。

お嬢さんが右のような想像をしたのには、しかし或る理由がある。それは最近、厨子夫人が『もしあたしが地獄へ落ちるような時には、あいつも一緒にひきずりこんでやる』と呟いて、ぞっとするような凄い微笑を浮かべたのを見たことがあるからだと言うのだ。

あいつとは、弘吉のことであったらしい、だが、何が夫人をしていまさら哀れな狂人の子を殺そうなどという恐ろしい心理に追いやったのか。そして、わしの想像するところでは、弘吉を殺したら、彼女もまた芳絵の思うように自殺したであろうと思う。孔雀《くじゃく》のように嬌慢《きょうまん》な十七年間の生活に、不断に彼女を脅かした不吉な男、厨子家の女王に対する生意気な唯一人の反抗者、それに対する憎悪の火薬は蓄積されて、末期においては彼女の胸は、たしかに憐れむべき悪の樽《たる》となっていた。だが、その兇《あ》しき火薬樽を爆発させた火は何であったか。

――伊集院君、実はね、わしも芳絵さんの見た微笑と同じ凄い微笑を見たことがあるのだ。いつ？　どこで？　――それは、あのわしが東京へ発つ駅での別れ際だった。その微笑は、車中のわしの胸に沁《し》みついて、ずっと苦しめたのだった……」

「それは、何だったのです？」

「伊集院君、わしが厨子家に滞在している間にね、夫人から或る事柄について、尋ねられたのだ。それを答えようとしたら、夫人は、蒼白な微笑を浮かべて言った。今答えることはやめてくれ、最後に――あなたが東京へお発ちになる間際に答えてくれ、こう言った。その事柄の性質上、わしはその心事を思いやり、その理性を信じて、その通りにしたのだった。

厨子家の悪霊存在せず――

それが答えで、その瞬間にわしは夫人の凄い微笑を認めたのだ。だが、夫人が家を出る時から、その返答を受けた場合のために、麻薬や短刀まで用意していようとは思いがけなかった！」

「厨子家の悪霊存在せず――？」

「問いというのは……伊集院君、夫人の左腕に出来ていた、赤い小さな斑点――それが癩《らい》病であるか否か――『悪霊存在する』が『否』、『悪霊存在せず』が『然り』――あらかじめ打ち合わせておいた暗号の返答であったのだよ！」

「先生！」

突然伊集院は日本語で叫んで躍り上った。物凄い顔色であった。びっくり顔の葉梨博士の前に、右手の甲をぐっとさし出し、

「この斑点は――何でしょう？」

くっきり浮かんでいる赤い斑点に眼を落し、葉梨博士は死のごとく沈黙した。次第にその顔色が変って来た。やがて、悲痛な瞳をあげて、呻くように、やはり独逸語で、

「おそらく、厨子家の悪霊は存在せず――」

どさりと伊集院医学士はソファに倒れこんだ。

長い間、彼は両掌で顔を覆って、黙っていた。

それから、言った。

「先生――私もまた、弘吉君が佯狂者《ようきようしや》であると思いこんでいることを、すでに知っており

ました！」

第十三章　天刑

これもまた『厨子家の悪霊』の呪いであろうか――この物語の章はめぐって、ここに十三の数を録した。

まことに、伊集院医学士にとって不吉な数。

「ああ、天刑――」

と、死灰のごとく顔を蒼ずませて、

「先生、私は知っていたのです――いや、弘吉君がやっぱり偏執病《パラノイア》であったとまでは想像し得ませんでしたが、少なくともあれ自身が見せかけているような、叡知《えいち》の全的錯乱を来している狂人ではないと看破していたのでした。何によって？　――早発性痴呆者と佯狂者との鑑別は往々困難なものです――が、私は、弘吉君の仮面製作状態を傍見し、その作業曲線を作って見て、彼の佯狂を見破ったのでした。

だが――何のための佯狂？

私はそれの積極的理由を、どうしても見つけることが出来ませんでした。弘吉君の少年時代の行動を調べて見て、私の推定したのは、彼が生命の危険を防衛するために狂を装っているのであろうということでした。誰に？　厨子夫人に――だが、防衛は消極的攻撃です。或る機転によっては、敵に対して積極的攻撃に移行し得る性質を内包したものです──それを私は利用しようとしました。ああ、私が『厨子家の悪霊……存在せず』という皮肉極まる答で、その最大の呪いを受けたのも、この悪霊の本体を騙《かた》った罰と言えるかも知れません」

「君は──」

愕然として、葉梨博士は眼を瞠いた。

独逸《ドイツ》語ながら、悲壮な声で伊集院医学士は語りつづけるのだった。

「先生、弘吉君にあの厨子夫人殺害の計画を授けた『厨子家の悪霊』は、実にこの私でした。あれは弘吉君の妄想ではありません。お告文を焼き捨てて、灰は風に吹かれて消えた、と手記にある通りです。──が、あれを真にお告文と信じて疑わないところから見ると、弘吉君はやっぱり狂人に違いないのでしょう──」

「だが、それなら、君はどうして──」

「私は厨子夫人に、この世から消えて欲しかったのです。轟警部補の言ったように、あの女に対する嫌悪と、芳絵に対する恋情とが、同じ程度に私の心に燃え狂ったのです。

私は夫人を、弘吉君の手によって殺させせんとしました。私の計画は、ほとんど狂いなく、弘吉君によって遂行されました。当夜厨子夫人をあのように弘吉君によって小屋に引き入れること──これは原案者たる私も、最も心配したところでした。が、弘吉君は知らないが、私が知っていて、それとなく二人で力を合わせれば、これは何とかそうゆくだろうと考えていました。厨子夫人が自ら進んでああいう行動に出てくれたことは、実に計画以上だったのです。癩病の診断に絶望した夫人が、逆に弘吉君に襲いかかったこと――この思いがけない事実を、結局弘吉君の勝利によって、計画に狂いは来ませんでしたが、弘吉君の言うように、芳絵に対するたくらみは狂いました！　いや、それも私は成功したつもりだったのです。まさに私は麻薬を以て芳絵を肉体的に結びつけようとしたので、夫人が麻薬を使ったのは偶然の悪の一致、あれは厨子家の薬部屋から持ち出したものでしょう――

　あの夜、私は芳絵を待たせて外へ飛び出し、夫人が殺されて弘吉が逃げ出す跫音《あしおと》を聞きすまして、それから家に飛び込んだのです」

　この時、博士はきらっと光る眼で伊集院を見やった。が、伊集院は何も気づかぬ様子で、

「私が逮捕されることも、私の計画通りでした。轟警部補は、いかにも恐るべき辣腕家ですが、私を犯人とする論理には極めて愚劣な混乱や錯誤があります。数え上げればきりがありませんが、その最大なるものは、私が計画的に狂人を犯人に見せかけようとしたと考えた点です。そう見せようとするならば、私はあの時刻、狂人をどこか人知れず縛りつけてでもおかなくてはならぬではありませんか？　兇行の時刻における狂人のアリバイが、他の誰にも申し立てられぬ細工をしておかなくてはならぬではありませんか？　そういうことを何もしないで、風のように動く狂人のアリバイ不明をアテにする殺人計画者が考えられるものでしょうか――だが、私は敢えて、沈黙しました。危険な容疑者に私自身を選んだのは、あの計画に対して弘吉君が情熱を燃やすために、私自身が最も適当な立場にあ

ったからでもありますが、またこの嫌疑に対するいぶかしい沈黙をやりたかったからです。芳絵さんを辱めたのも、それ自身が最大の目的であったには違いありませんが、またあの時刻に私自身が天地に恥じざる雰囲気になかったという事実を自ら作製して、嫌疑をいよいよ深からしめたかったからです。あらゆる論理の混乱錯誤を冒して、なお轟警部補に私を真犯人と思わしめたかったからです！

全能力をあげて、私は言葉を濁らせ、警察の心証を悪くし、故意にいよいよ苦境に陥ったのでした。なぜ？　私が苦しめば苦しむほど、或る目的を達するのに効果があろうと見越したからです――それは無実の罪に苦しむことによって、それが霽れた暁、すでに肉体的に結びつけてある芳絵の魂、あれの優しい憐れみの心を、私という悲劇の主人公にそそがせること！

最後に私が釈放になること、これは決りきったことでした。

なぜなら、私はたしかに夫人を手にかけないのですから――弘吉は佯狂者であること、その最後の切札を投げつければよいのですから！

あれのやったからくりは、すべて私の頭から出たので、全部私は解くことが出来ます――が、その時弘吉がどんなにあの告文を正気で喋ってもそれは焼かれて、すでに消滅しているのです――誰が狂人を装った奸悪《かんあく》な正気の人間弘吉を信じ、ああまで重囲に陥った私を疑おうとする気になるでしょう！」

「――ああ、可哀そうな男だ！」

と、博士が呻いた。

「が、私の暴露を俟《ま》たず、私は釈放されました。何らかの機会で弘吉の化けの皮が剝がれたのだろうと思っただけで、私は敢えてこの事件から逃避し、時を俟ってふたたび厨子家に行って、芳絵をもらおうと考えていたのです——だが、思いがけない罰を受けました！　先日からの微熱、食欲不振、頭痛そして手の甲の斑紋が、厨子夫人から伝染した癩病の前駆であろうとは！」

「ちょっと、待ちたまえ、伊集院君」

突然、葉梨博士がさえぎった。何とも言えない悲しげな微笑が浮かんで来ていた。

「兇行直後、小屋から弘吉の逃げ出す跫音を君は聞いたと言い、芳絵はその姿を見たという——だがこの手記には、殺人後、麻薬のために昏倒《こんとう》したとある。これに気がつかなかったかね？」

パーンという明るい音が、裏庭の方でひびき、けたたましい犬の鳴声が聞えた。

ぼんやりした声で伊集院医学士が言った。

「これは、弘吉の錯覚でしょう……」

「錯覚？　……それから、伊集院君、弘吉が、かくも狂気と正気の間の微妙な一線を上下するところにいるのに、かかる尊属殺人の大罪を、このように容易に釈放になるものと思うかね？」

医学士はまったく思考力を喪失した表情で、博士を見つめたままであった。

「弘吉君が釈放になったのは、もっと別の、もっと重大な理由があったからだ――どうぞ、お嬢さん」

と、これは日本語であった。

促されて芳絵の顔から微笑がかき消えた。彼女は懐から一片の紙片をとり出した。弘吉の青い左眼の輝きは消え、黒い右眼の光も沈んだ。

茫然として、伊集院篤はその紙片に眼を落した。

「腐肉、今や自決せんとするに当り、わが生涯二個の大罪を告白して、哀れなる愛児弘吉が無辜《むこ》を霽らさんと欲す。

十七年前、余は当時の妻を殺害せること、その罪の一なり。

余は馨子を愛し、これを納《い》れんがためたまたま妻の乱心せるに乗じ、かれ自ら狂し硫酸を浴びて死せるがごとく装わんとはかり、液体の瓶を看取してさらに狂乱せる妻のため却《かえ》ってその惨を被りて、かれを井戸へ突落せり。天罰三年にして現われ、余は癩の業病を病む身となれるを知る。思うに四国遍路の旅上においてこれを受けたもののごとし。すなわち布を巻いて一室に籠り、馨子のほかは一切近づかしめず、余は自ら告げざりしも、馨子よく察して余を護るものと信じ、感涙措く能《あた》わず、かれが厨子の財宝を浪費し、弘吉を虐し、またのち伊集院篤なる青年と通ぜるを知りつつ、あえて黙してこれを許せり。しかるに過日、東都より皮膚科の泰斗葉梨博士を呼び、馨子その診を仰ぎしがごとく、断いまだ決せず、余が枕頭《ちんとう》に立ち罵りて曰く、われ知らざりき業病もしわれにもつかば、われその場において汝《なんじ》が卑劣を世に叫び自ら死すべしと。

余は愕然とせり。一は馨子のいまだ余の秘密を察しおらざりしこと、一は病のかれに移りし模様なること、一は名門厨子家の恥辱の白日の下に暴露せられんとすることなり。博士の断はその去らんとする駅頭において行わるる由なり。ここにおいて余は不自由なる四肢を駆りて当夜一行のあとを追えり。

これより先、一子弘吉狂して頻《しき》りに近親者の仮面を製す、余はその一を取りて顔面の布に代えいたるが、この夜村民に逢うをおそれ、余の仮面を弘吉の仮面に代えぬ。而《しこう》して余が仮面は閨《ねや》の枕頭に戴《いただ》け置けり。家人来るもあえて室に入らず、遠く閾《しきい》において挨拶するのみの習なれば、これを知らるるおそれまずなかるべきを推したればなり。

十年、百歩と歩まざりし足雪路に悩みて這うがごとく、余は半途にしてすでに僕婢《ぼくひ》の帰り来れるに逢う。これをやりすごしてまた百歩、遂《つい》に弘吉及び馨子の姿を遠望せり。余は無意識的に傍の小屋に身をひそめたり。しかるに弘吉も入り来りてまた忍び、次で馨子もまた侵入し来る。

余起ちて叫ばんとせるに月光蒼く射すところ、馨子矢庭に躍り来りて余に害を加えんとす。仮面に眼孔あれど平生使用せざるものなれば鼻孔特になし、左手の麻薬余に何らの効果なし、一瞬に余はかれの弘吉を殺さんとするを知り、憤激して右手の刀を奪いてこれを刺す。

小屋を逃れんとしてはたと弘吉と体相搏ち、余は狼狽して奪いたる手巾《ハンカチ》を彼の面上に押し付けたり。彼倒るる音を聞きしはすでに十歩転ぶがごとく小屋を去りたる途上にてありき。これ余が犯せる罪のその二なり。

ああ、余は何の悪業受けて世に生れしものなりや、生涯に二人の妻を殺さんとは。而して第二の妻殺害の容疑者として弘吉捕縛されぬ。真を告げて余審《さば》きを受けんと欲するもそはすなわち厨子家血統の恥辱を天下に曝すこととなり。この病を秘せんと欲すれば愛児を無辜にして断頭台上にゆかざるを得ず。

輾転《てんてん》苦悩の幾日、遂に余は死をもってこの恥を告げ、弘吉を救い、わが罪を償わんとす。請う公明寛恕《かんじょ》の司法官諸公、天人倶《とも》に許さざるわが大罪を、腐肉自ら断つわれとともに地に葬り給わんことを。

九拝　厨子荘四郎」

芳絵と弘吉はしずかに涙を流していた。

とつぜん、開いた扉から白いものが駈け込んで来た。赤い血が床に糸をひいている。

「厨子家の悪霊！」

叫んで伊集院医学士はソファから、がばと起ち上った。——眼前に狂い廻っている、片目から血を流している白い犬！

「まあ、可哀そうに——」

と芳絵が呟いてかがみこみ、白い手巾《ハンカチ》をその犬の傷ついた眼にあてがった。——病院の小使の犬だ、と伊集院は気がついた。到頭空気銃でやられたのだろう——だが……

「いつか轟警部補が見た、荘四郎氏の部屋の外でお嬢さんが泣いていた姿は、母の代りに身の廻りの世話をさせてくれ、とせがんでいるところだったそうだよ」

と博士がいった。

あらゆる仮面は落ちたのに、伊集院医学士の顔ばかりは、今仮面をつけたように無表情だった。ただ眼ばかりが沈痛な苦悶のどん底でぎらぎら光っているのだった。彼は知ったのだ、三段返し四段返しの大犯罪は空転して、真の悲劇は、傀儡師《くぐつし》たる自分をも含めたこの部屋の登場人物以外の、二人の間に行われたのだということを。恋も憎悪もすべて空《むな》しく、確実に自分が酬われたのはレプラ菌だけであったと言うことを。

ややあって、鈍いぼやけた声で彼は言った。

「――すると、この手記で弘吉君が自分で殺《や》ったように書いて、その描写まで生々しているのは、やっぱり妄想なのですか？　――それとも、荘四郎氏をかばうための？」

「いやそうではない」

と、葉梨博士は落日の光に濡れて、片目の白い犬を抱いている芳絵を眺め、また深い微笑を弘吉に投げて言うのだった。

「弘吉君は、自分の予想していた光景とほとんど変らぬ惨劇を眼前に見て、麻薬から醒めた時、追想の錯覚を来してしまったのだ。何しろ夫人を殺した人間は、やっぱり弘吉君の顔をしていたのだからね！」

解説

関根 亨

ようこそ当『ドクターM《ミステリー》』ホスピタルへ。

二〇二〇年、全世界をCOVID－19が席巻。今まさに医療小説も必要とされる世の中になってきた。

中でも医療とミステリーの関わりは長い分、かつては医師や医療従事者が執筆することが多かった。しかし近年ではノンフィクション的書誌や、インターネットによる急速な情報収集能力の進化により、医療小説への垣根が低くなってきた模様だ。

本アンソロジーは短編・中編で著された医療ミステリーの中から、現代物を中心に、レジェンド的な作品も選んでみた。結果、法歯学、内科、小児科、脳外科、高齢者医療という各科はもちろん、看護師、医大生、国立病院、大学医学部（医局）など、様々なタイプの医療環境すらもそろうことになった。

当院には一切の診療もなければカルテも存在しない。ただ読者嗜好に合った医療ミステリーを処方されるだけである。では各話診察室へどうぞ。

＊

「エナメルの証言」海堂尊

海堂尊が、ベストセラーとなった『チーム・バチスタの栄光』（宝島社文庫）でデビューしてから、二〇二〇年で十四年が経過した。一九年には、同作の後日譚的短編を収録した『氷獄』（KADOKAWA）が刊行されている。同短編の内容は、『～バチスタ～』の真相に触れるため明かせないが、この一四年の間に発生したある大災害を織り込んだ、渾身の社会派医療ミステリーに仕上がり、再び〈バチスタ〉シリーズへの注目が集まった。

七作を数える同シリーズでW主役を張るのは東城大学医学部付属病院、不定愁訴外来の田口公平医師と厚労省のロジカル・モンスター白鳥圭輔のコンビ。複数回映像化されていることで、医療ミステリー読者以外にも知名度が高いのは言うまでもない。

同院で事件発生の際に臨場するのは二人の捜査官。まずは所轄・桜宮市警の玉村誠警部補である。服装は垢抜けず、三十代半ばで人柄は温和。さらに彼の上司に当たる加納達也警視正。四四歳の加納は警察庁から桜宮へ出向してきたキャリア。風貌は端正でファッションセンスもあるという、玉村とは正反対の印象である。

シリーズ第二弾長編『ナイチンゲールの沈黙』（宝島社文庫）で玉村は脇役的捜査官ながら初登場。その後、「エナメルの証言」が収録された短編集『玉村警部補の災難』（同）でスピンオフ主役を張ることになったのだ。

同短編集は、珍しく玉村が加納を伴わずに、不定愁訴外来の田口を訪れるプロローグで開始する。玉村はここ数年、桜宮管轄で起きた事件書類の確認をしてほしいと申し出た。

田口が見た書類には、第四弾長編『イノセント・ゲリラの祝祭』（同）中に同時発生した「東京都二十三区内外殺人事件」以降、四つの事件に関する記録（短編）が並べられていたのだ。

「エナメルの証言」はその最終第四話目に当たるものである。

桜宮市の公園でリルケ詩集を読む僕（栗田）は、その場で自分にぶつかってきた子供の口を開け、立ちどころに歯を見て、虫歯の状況をそばにいた母親に警告した。不審がる母親から離れた栗田は、公園の近くにある、オフィス兼自宅へ戻る。三十歳の栗田は五年前から、ホーネット・ジャムという、非合法組織の一員として〝業務〟を行っているのだ。

栗田が公園に行っていた留守の間に、黒サングラスをかけた組織の人間が〝患者〟を運んで来る。今月二件目となる、頻度の多いこの案件は、鯨岡組組長直々の命令だという。歯科医師らしき栗田の素性を明かしつつも、〝業務〟の真の正体は秘匿されたまま物語は続行していく。

果たして組織の目的は何か。僕（栗田）による一人称記述の中に隠された真相を、玉村たちが見破ることができるのか。

〈バチスタ〉シリーズからスピンオフとして独立した『玉村警部補の災難』は、第一話が法医学と監察医制度、第二話が一転して巨大迷路内の不可能犯罪、第三話がＤＮＡ鑑定と、第二話を除き、医師でなく捜査官観点からの医療ミステリーだ。前述のように本収録作は第四話たる最終話。歯科ならではのクライムノベルはまさに、治療ドリルと化して読者の脳神経をえぐってくれるだろう。

玉村警部の活躍は、スピンオフ第二弾『玉村警部補の巡礼』（宝島社）へも続いていく。玉村と加納が『〜巡礼』で四国遍路をする理由は、まさに「エナメルの証言」を読了した者だけが分かる仕掛けとなっている。

「嘘はキライ」久坂部羊

久坂部羊はデビュー以来、医師、患者双方が抱える延命医療の矛盾、タブー視されてきた安楽死の問題など医療界の深奥を、物語の力であらわにしてきた。

日本医療小説大賞を二〇一四年に受賞した『悪医』（朝日文庫）、映像化もされた『糾弾』（同）、『破裂』（幻冬舎文庫）『無痛』（同）『神の手』（同）など世間に知られた作品は言うまでもない。『テロリストの処方』（集英社文庫）、『介護士K』（KADOKAWA）作中にはサスペンス的手法が採り入れられ、『老父よ、帰れ』（朝日新聞出版）では高齢医療の現実を語っている。

著者作品群の中で短編もまた、生ぬるい医学認識をもつ者へ切っ先鋭いメスを突きつける。近未来の医療をテーマにした『黒医』（角川文庫）、日本文学の名作タイトルをパロディー化した『芥川症』（新潮文庫）と海外文学で同コンセプトの『カネと共に去りぬ』（新潮社）では医師や医院の日常すらも、白衣をまとう黒い笑いで語り尽くしてくれる。

本収録作「嘘はキライ」では、無影灯が術野を照射するように、大学医局の教授後継レースがあからさまにされている。

都立新宿医療センター内科医長の水島道彦は、小学生の頃から人の嘘が見抜ける性質を有していた。嘘をつくと、その人間の後頭部から黄緑色の狼煙《のろし》が上がるのだ。三十八歳となった今も、患者や看護師はもちろん、高校の同窓会で同級生がこれでもかと自慢する見栄の裏を透かしてしまう。それ以前に、iPS細胞のがん治療など、実用化もしていないのに、患者に希望を与えてしまうような巷《ちまた》の医療情報とやらにも、医師として義憤を抱いているのは言うまでもない。

同窓会の数日後、水島は出身である白鳳大学医学部の堀に誘われた。消化器内科出身で卒業後関連病院へ移った水島に対し代謝内科の堀は、同大大学院を経ていまだ大学に残っている。堀によれば、定年近い疋田教授が退官後も院政を敷くため、本来後継の呼び声高い仲川准教授に冷たい扱いをするようになったのだという。権力欲の強い疋田は、自分の後継には別の、御しやすい人物を考えているようだ。

驚くことに、大学医局のヒエラルキーは、山崎豊子の『白い巨塔』時代からさほど変わっていないのだという。頂点をきわめる教授の後釜となるため、配下の者たちは、研究や教育はむろん、事務的な下働きすらこなさねばならない。

堀は水島に対し、疋田へのある疑惑を明かしたうえで、協力を依頼する。嘘を見抜ける水島の能力は、教授後継レース渦中にある白鳳大学医学部で、どのように発揮されるのか。医局に鎮座まします地位ある医師たち。その白いヒエラルキーをさらに覗きたいと渇望する読者へは、『院長選挙』（幻冬舎文庫）をおすすめする。彼らの本音に、患者たる私たちは、真摯に（？）耳を傾けるべきなのだ。

「嘘はキライ」が収められた『嗤う名医』に話を戻すが、同書短編中でひときわ注目しておきたいのが「シリコン」である。

フランスのエトルタを訪れた「わたし」（柘植夕子）が自分の半生を回顧する。子供の頃から不運だった彼女だが、こと胸の小ささには泣かされていた。一念発起して豊胸手術を受け、タイ式古式マッサージの仕事を長く続けていたのだが、シリコンを注入した胸が変形してきたのだ。大学病院を訪れた彼女の運命はその後、ある種のクライムノベルへと完成度を高める。「嘘はキライ」「シリコン」以外の四編にはまだ、読者には未知の医療領域が待っている。

「第二病棟の魔女」近藤史恵

著者の二十七年になる筆歴の中で、主人公の職業から名づけられた〈清掃人探偵〉は長く書き継がれているシリーズの一つだ。

第一弾『天使はモップを持って』（実業之日本社文庫）第一話の文芸誌発表が一九九七年なので、長さがお察しいただけるだろう。以降同シリーズは第五弾『モップの精は旅に出る』（同）をもって完結しているが、近藤史恵の代表シリーズでもあり、現代ミステリーシーンでは主流の一つとなった〈日常の謎〉〈女性主人公のお仕事小説〉〈探偵を本業としない人物が推理〉の先駆けとなっている。

主人公の桐子（通称キリコ）は二十代の若さながら、様々なオフィスをめぐる清掃作業員だ。ただし作業中は制服ではなく、先端ファッションに身を包んでいる。オフィスといっても一般企業ばかりではない。スポーツクラブ、病院、英会話教室、コワーキングスペースなど多岐にわたる。

彼女が業務を行うのは始業前の早朝や終業後の深夜。後ろ暗い人物は、人の目につかない時間帯に不穏な行動を取るものと相場は決まっている。犯行当事者が隠しておきたい証拠や、あるいは何らかの事情で人目にさらせない秘密をキリコは、清掃員という局外者ならではの観点から洞察する。むろん真相解明後、彼女のヒューマンな性格から、犯人や犯行態様を表ざたにしないこともしばしば。当事者にはさわやかに、あるいは苦い教訓を残すこともある。

同シリーズの親本帯コピーにあるように、「すべての謎をクリーンに」した清掃人探偵・キリコはまさに立つ鳥跡を濁さずで、新たな無人のステージ（清掃拠点）へと旅だつのだ。

探偵としてのキリコ内面を明かさないという構成上の特徴を生かすため、シリーズ全話は、事件へ密接に関わる別人物の視点で一貫している。例えば第一弾に収められた各話の視点人物は、その後シリーズキャラクターとして大切な役割を担うことになる、梶本大介という会社員である。

「第二病棟の魔女」が収録された第三弾『モップの魔女は呪文を知ってる』（同）でも、スポーツクラブのインストラクターや、仔猫を愛する女子大生という具合に、各話ごとに視点人物が変わっていく。事件の語り手が各話交代することにより、探偵・キリコの推理過程が最後に明かされる醍醐味を保ち、主役探偵の行動や性格すらも多面的に描写される。

『モップの魔女は～』第三話目に当たる本作の語り手「わたし」は新人看護師の只野さやかだ。彼女は小児科病棟へと配属されたが、実は子供が苦手という一面を持っていた。病気の子供はおとなしいだろうという先入観はあっさりと裏切られる。白血病患者の少女からは吐瀉物をかけられるが、当の患者からその処理も当然の義務だと言い放たれる。悪戯ざかりの少年四人からは、病院に魔女がいるという噂も聞かされる。

さやかは魔女の噂を否定したことで、窮地に立たされた。少年たちは否定されたことでかえって好奇心をそそられ、夜中に病室を抜け出し探検したせいで、症状を悪化させてしまったのだ。さやかは責任を追及されるが、誤解を解くには魔女の正体を突き止めるのが早道だ。夜勤を利用して、さやかは深夜の病棟に魔女探しへと向かう。

魔女探しの顛末《てんまつ》はいかに。そしてキリコの登場はいつか。物語の性格上、このあたりまでしか紹介できないが、本編後半はこの魔女探しから一転、少女患者の検査結果が、異状から正常へ突如変化するなど、小児病棟を取り巻く不穏な動きが顕在化する。キリコは深夜病棟でどのような役回りを見せてくれるのか。

「人魂の原料」知念実希人

　病床数六〇〇を超える天医会総合病院の統括診断部部長、天久鷹央は変人医師として知られる。二十七歳の女性ながら、高校生にも間違えられそうな外見とは裏腹に、空気を読まない言動、患者だろうが誰であろうが丁寧語を使わない。初対面の印象は人を驚かせるばかりだが、医師としての才能もまた飛びぬけて優秀だ。小柄体型の脳内には膨大な医学知識が網羅され、院内各科の垣根を越えて、困難をきわめる患者を即座に診断する。

　さらに患者から持ちこまれた様々な症状や日常の出来事に何らかの謎を見つけると、鷹央はその奥にある真相まで到達してしまう。世間知らずで、病院の屋上に建てられた家と院内を往復するだけの日常を送る鷹央が、下界の調査を一人でできるはずもない。彼女の助手としてこき使われているのは同病院内科医の小鳥遊優。空手で鍛えた長身の彼は、鷹央の部下として統括診断部に籍をおき、日々各科から診察依頼が回ってきた、奇妙な患者たちの訴えを聞くはめになっている。

　天久鷹央シリーズは、連作短編集五作、長編五作、知念実希人の名を大きく広げる契機になったベストセラーシリーズであるが、すべて小鳥遊《たかなし》の一人称視点だ。医師としてフラットな彼の眼を通し、鷹央の際立つ個性と明察ぶりを物語る意図であろう。

「人魂の原料」は、病院にはなぜかつきものの怪談話から始まる。不謹慎と言ってしまえばそれまでだが、病院と怪談はどうしても相性が良くなってしまう運命だ。内科患者がいる院内八階西病棟の深夜、新人看護師の佐久間千絵は夜勤巡回中にまさしく、幻想的な青い炎を目撃してしまう。

半月後の救急室で、小鳥遊は研修医一年目の鴻ノ池舞にからかわれていた。後輩の鴻ノ池は、患者搬送がない時間帯、小鳥遊を「小鳥先生」と呼び、しばしば鷹央との仲を揶揄《やゆ》するのが日常となっていた。詮索好きの鴻ノ池が、人魂の件を話さないはずがない。小鳥遊は噂を気にしないが、鴻ノ池は鷹央の耳に入れてほしいと、はしゃぎ回る一方だ。

天医会総合病院中に情報網を張り巡らせている鷹央のこと、人魂の噂は彼女の耳に届いていた。すでに人魂の謎に意欲満々な鷹央は、千絵と看護師長から事情聴取した後、深夜の張り込みを決行。もちろん、翌朝の朝一番から外来のある小鳥遊の都合などお構いなしである。

伏線の巧みな著者である。千絵巡回時の模様や内科病棟患者の病名など、どこに伏線が忍ばせてあるのか、読後におさらいしてみるのも一興だろう。578ページの底本一覧に補足するが、本短編収録の『天久鷹央の推理カルテ』がシリーズ第一弾である。前述の十作全部に目を通していただきたいが、どの巻から読んでも独立したミステリーとなるよう構築されている。

累計一二〇万部を超える同シリーズ登場人物の命名にも注視したい。鷹央、小鳥遊、鴻ノ池、鷹央の姉が真鶴、院長が天久大鷲《おおわし》ときては、何か命名のいきさつがあるのだろうか。公式サイトを見ても理由に触れてはいないが、これは読者の推測に委ねよう。

進境著しい著者であるが、知念自身が一九年に最高傑作と銘打って世に問うた『ムゲンの i』（双葉社）が二〇二〇年本屋大賞にノミネートされた。昏睡状態から醒めない、イレスという病を発症した四人の患者を治療すべく、主治医の識名《しきな》愛衣《あい》は、患者の意識の中に這入《はい》りこむ方法で治療を試みる。愛衣の祖母は沖縄のユタであり、意識の深層を探ることが可能だった。孫の愛衣にもその能力が備わっている。ファンタジックな世界観を軸に、さらに患者たちが共通に陥っていた状況を推理、猟奇的連続殺人犯の正体へと迫っていく心理サスペンスでもある。著者の新たな医療ミステリーの発展性を読み取りたい。

「人格再編」篠田節子

篠田節子ほど、世界観をクロスオーバーする作家はいないだろう。近年の代表作を概観しただけでも、二〇一九年に吉川英治文学賞を受賞した『鏡の背面』（集英社）は心理サスペンス、『肖像彫刻家』（新潮社）は彫刻家を主人公にした人間ドラマ、『竜と流木』（講談社）はバイオパニックノベル、『インドクリスタル』（角川文庫）は国際冒険小説と多岐にわたっている。

医療テーマも著者の手にかかれば、現代や未来といった時制を超えた存在となる。『ハルモニア』（文春文庫）、『夏の災厄』（角川文庫）といった長編は言わずもがな、短編では「柔らかい手」（『愛逢《めであ》い月』〈集英社文庫〉所収）、「春の便り」（『家鳴《やな》り』〈同〉所収）、「ミストレス」（『ミストレス』〈光文社文庫〉所収）など幾つも挙がってくる。

「人格再編」の時制は近未来。短編集（親本単行本『となりのセレブたち』は十五年刊行）に収録される前の十三年、〈篠田節子SF短篇ベスト〉とサブタイトルが付いた『ルーティーン』（ハヤカワ文庫）にも収録されているほど、SF界でも名高い作品なのだ。さらに「人格再編」紹介にあたり「小説新潮」に掲載されたのが〇八年という、初出発表年を告知しておく必要がある。

初出年を追記した理由は、本作に現れる近未来時代背景に、遠からずわれわれの生きる時代が追いつく可能性があるからだ。例えば290ページ、英語使用が企業内で常識となるのが、「二〇二〇年代のこと」と出ている。われわれがすでに二〇二〇年台初頭に存在している事実を考えると、「人格再編」のSF的意義は大きい。もちろんどこまで時代を予見したかという、ステレオタイプな批評は二の次である。

篠田の筆が及ぶのは時代「背景」という書割ではなく、登場人物たちの「発想」そのものだ。少子高齢化社会が行きつくと予想される頃、人々はどう考えを変化させるのか、そのプロセスがハートフルにもシニカルにも読ませるのである。

明確な年代は書かれていないが、物語後半で主人公の堀純子若手医師が「私たちが生まれる前に、『人は見た目が9割』っていう本が、ベストセラーに」と語っている。同書の刊行は〇五年だから、おのずと見当はつきそうだ。

本作における時代の日本はすでに経済大国ではない。日経平均は暴落し、まともな企業は海外へ逃避。財政赤字から環境悪化、そして若者の雇用率は低く、はなから人生をあきらめている。そんな社会状況だが、少子化は食い止められ、介護は在宅へと戻りつつあった。

核家族から親世帯同居へ、個人主義から家族主義へ。家族の大切さが大事なテーゼとあっては「認知症」などという病名はもっての他で「緩穏傾向」と言い換えられてすらいる。そのような時代、脳外科医の堀が行おうとしている手術は「人格再編処置」であった。家族だけの同意で患者、木暮喜美本人の同意も取らない。ストレッチャーに固定され、周囲に「虐待だ」といつもの口癖をわめき続ける老女は手術室へ送りこまれる。

頭蓋骨の頭頂部に穴が空けられ、頭蓋内部に内視鏡が滑り込んでいく。老人をあがめるこの時代、悪口雑言をまきちらす老女に堀が人格再編手術を施す目的はなんなのだろうか。

前述のクロスオーバーな多作ぶりと、われわれを慄然とさせる未来を描く篠田は一九年秋『介護のうしろから「がん」が来た！』（集英社）を刊行した。同書はエッセイで、篠田自身の乳がん発覚から術後までの日々を、今度はユーモラスに表現している。著者の医療表現はどこまで広く深いのか、その予後は測り知れないのである。

「小医は病を医《なお》し」長岡弘樹
長岡弘樹といえば、二〇一四年に本屋大賞にもノミネートされ、二〇年初頭の映像化も記憶に新しい〈教場〉シリーズ（小学館文庫）をはじめ、〇八年に日本推理作家協会賞短編部門を受賞した「傍聞《かたえぎ》き」や『群青のタンデム』（ハルキ文庫）など警察小説の印象が強い。

さながら刑事のごとく著者の軌跡をデビュー作から追っていくと、初期の頃から医療小説分野にも目配りをしていたことに気づく。〇八年に親本が刊行され、第二短編集にあたる『傍聞き』（双葉文庫）の第一話目「迷走」はまさに救急医療を主軸にした医療サスペンスと言っていい。

救急隊長の室伏は、救急車が規則外にコンビニへ立ち寄る際、彼だけが店内で買い物をして部下へ夕食を奢《おご》る。規則外の責任を自分だけに及ばせるためだ。その後、出動要請が入るが、患者の受け入れ先病院が見つからないという危機に見舞われる。

満を持しての『白衣の嘘』は、六編すべてが医療をテーマにしている。各話主人公や背景がともに独立しているのは、著者の大半の他短編集と同様である。その評価は高く、第一話目「最後の良薬」は、本格ミステリ作家クラブの『ベスト本格ミステリ２０１５』（講談社ノベルス）に、第二話目「涙の成分比」は、日本文藝家協会の『短篇ベストコレクション　現代の小説２０１６』（徳間文庫）にそれぞれ収録されているほどだ。

本アンソロジーとしては独自に第三話目「小医は病を医し」を選出してみた。

Ｔ町役場入庁六年目の角谷は、若手職員をモデルに就職説明会用のプロモーションビデオを制作していた。出演者を若手にする発案は、課長クラスからなされた。自分が説得役になることで、町役場は魅力的な職場であると若手が感じられる、そんな心理学上の効果を考えた上でらしい。

撮影中の角谷は、モデルとなった藤野から入庁前に何をしていたかや、腕時計を右手首にはめている理由も問われ続ける。直後、角谷は心筋梗塞で倒れ、国立医療センターへ搬送された。救命治療後入院した角谷は、診察のため外来病棟にいる担当医の診察室へ行くよう看護師に命じられる。同院の廊下は複雑で、入院病棟から外来病棟まで迷うのが常だが、角谷は難なくたどり着く。

長岡の短編の特徴は、細部に至るまで伏線が充実していることだ。以上紹介した本作のあらすじはすべて伏線でもあり、息を呑むような結末へと至る。あたかも体中の血液が心臓へと循環していくような必然的現象とも言える。

再び、著者の医療短編の軌跡をたどると、『白衣の嘘』親本と同じ一六年に刊行された『赤い刻印』（双葉文庫）所収の「秘薬」が挙げられよう。臨床実習生が脳の血腫により、実習中の院内で意識を失う。主人公実習生の記憶喪失と薬一覧表の結びつきが迫真の流れを作る。

一八年刊『にらみ』（光文社）に収録された「白秋の道標《みちしるべ》」の主人公は、内科開業医である。入り婿として医院を継ぐことになっていた彼は、子供ができなかったことで、夫婦関係を終了する結論に至った。財産分与の件で残っていた、凍結受精卵をどうするかの決断を委ねられる。ここでは生殖医療と離婚がシリアスに絡んでくる。一九年の『１１９』（文藝春秋）は消防士の物語だが当然、救命医療にも筆は及んでいる。

どの作品であれ数十ページの短い物語の中で、患者や医師のみならず実習生や救急隊員まで、幅広い人間像の脈動が確かに伝わってくるのだ。

「解剖実習」新津きよみ

本短編が収録された『巻きぞえ』巻末で新津が発表した〈創作ノート〉によれば、本書は「死体にまつわる短編集」とのことだ。各話は殺人事件死体の第一発見者、飛び降り自殺の巻きぞえ、行旅死亡人などをテーマにして、人生の一断面を扱っている。

「解剖実習」は大学三年生の娘を持つ専業主婦、容子の視点から第一節が始まる。彼女と夫の宏信は、娘の久美が高校時代に医学部を志望したことがいまだに信じられない心境だ。高校で理系の成績が抜群だった娘は、担任から医学部への進路を進められた。彼女自身も手に職をつける程度の感覚で国立大学医学部へ入学を果たす。そして三年、幼少時代に予防接種すら嫌がっていた久美はいよいよ解剖実習の日を迎え、献体された、どこの誰とも分からない遺体にメスを入れるのだ。

第二節の視点は久美自身だ。自分は、親が医師であるとか、何らかの強い信念を持って医師を志したわけではない。成績優秀だからと教師に勧められたからにすぎない。そんな自分が医師に向いているだろうか。本物の人体を切り開く実習を前にして不安はつきないのであった。

未読の方へあえて伏せるが、第三節の視点は驚くべき〝ある人物〟であった。以降に展開される物語は視点転換上、いや〝その人物〟が置かれた状況から「私」という一人称となった。それまでは容子、久美という三人称の客観的視点であったのが〝ある人物〟の一人称となるので、がぜん読者はその心臓ならぬ深奥へと到達したくなるだろう。〝その人物〟が第三節に登場するまで、どのような人生を歩んで来たか、なぜ一人称で名前が明かされないのか。視点転換に仕組まれた著者の意図は鋭い。

本作の魅力はさらに、医療という枠組みでは見落とされがちな、その到達先にある現実だ。ミステリーというジャンルならではの想像力が産んだ第三節以降、著者の深みある意図を読み取っていただきたい。

短編巧者でもある新津だが、彼女の父、兄、甥が医師ということは意外に知られていない。本収録作以外にも医学知識を充実させた短編も複数あり、『巻きぞえ』では「二番目の妻」にも注目だ。主人公は病院の管理栄養士なのだが、彼女が関心を持つ、真摯な臓器提供意思が、思わぬ形で周囲の人物に影響を与えてしまう。臓器提供意思そのものが、テーマでもあり事件全体の伏線でもあったという、鮮やかな構成が生きている。

臓器提供の発展形が『夫以外』（実業之日本社文庫）収録の「ベターハーフ」だ。夫婦間腎臓移植の出だしと思わせて、幕開けわずか七ページ目から逆転を食らわせている。

本稿ではさらに長編『帰郷　三世代警察医物語』（光文社文庫）、『父娘《おやこ》の絆　三世代警察医物語』（同）をおすすめしたい。

前者では、東京の大学病院で内科医を務める女性医師・美並が、長野県の実家へ帰郷する途中の特急車内で急病人治療に当たる。実家へ帰った彼女は開業医である祖父に、車内の出来事を報告する。祖父もまた内科医であると同時に、警察嘱託医、つまり変死体の検死を行うのが業務でもあったのだ。当の急病人が後日、遺体で発見されるに及び、美並は再び検死を行うことになった、事件性はないようだが、美並は遺体の所持していたピルケースに着目した。

後者は、祖父を引き継いで長野県大町市で警察嘱託医となった美並が、北アルプスで滑落死した医師の検死を行うところから幕開けとなる。

「解剖実習」の久美と『警察医物語』の美並を対比させてみると、若い女性の職業としての医師像のありようが見えてくるのだ。

「厨子家の悪霊」山田風太郎
没後一九年。忍者伝奇、ミステリー、時代物など各ジャンルの人気を現代でも持続させる山田風太郎の名は、疾風《はやて》の忍びのごとく斯界《しかい》を駆け抜けている。二〇一〇年には山田風太郎賞が創設され、〈忍法帖〉シリーズは複数回文庫化され、近年ではコミカライズもされているほどだ。
〈忍法帖〉シリーズでも医学知識が横溢《おういつ》しているのは良く知られている。たとえばシリーズ第一作にあたる『甲賀忍法帖』（角川文庫）では、人間が一日に分泌する唾液量や、血液中の白血球やリンパ球の様相が描写される。慶長十九年、徳川三代将軍が誰になるかの時代にあえて、著者自身の現代医学視点を用い、伝奇的忍術要素を強める効果を出している。

山田の生家は医者であり、自身も東京医学専門学校（現東京医大）出身であることが発想の大きな根源だ。ミステリーでも一九四九年、日本探偵作家クラブ（現日本推理作家協会）賞短編部門を受賞した「眼中の悪魔」及び「虚像淫楽」にそれが表れている。

前者の序盤では、内科医になりたての青年が、知人の社長と医学的証拠が残らない殺人についての談義を交わしている。後者は、内科医の千明《ちあき》の病院に、毒物を飲んだ女性患者が搬送されてくるのが端緒だ。患者の容体は危ういながらも意識は戻る。彼女は以前、千明の下で働いていた看護婦だったのだが、毒物を摂取した動機は語らない。両作中では医学知識が網羅され、結末の仕掛けにも当然、大きく関わってくる。

優れた山田の短編群の中から、医療物であり、ミステリーの逆転劇にふさわしいと思われたのが、「厨子家の悪霊」である。

厳冬の山形県の村で、旧家厨子家、馨子夫人の凄惨な死体が発見される。刺殺体だったが、喉笛は野犬に嚙みちぎられた状態だった。その野犬は「厨子家の悪霊」と称された存在で、なぜか片目から血を流していた。

発見者は、肋膜炎のため同村で療養生活を送っていた伊集院医師と百姓の孫蔵であったが、二人が目撃したのは、夫人の死体と妖犬だけではない。死体の傍らで短刀を持ち、笑いながら踊っている弘吉であった。弘吉こそは、馨子と血のつながりがないものの、厨子家の長男である。彼は少年時代から十年、精神の病に侵されているという。短刀の血も、馨子の血液型と一致していた……。

事件概要は右記の通りだが、本作は東京へ戻った伊集院が、精神病院で恩師の葉梨教授の来訪を受ける場面から始まる。葉梨は弘吉と、馨子の実子である芳絵を伴っていた。葉梨によれば、弘吉は精神の病を理由に釈放されたとのことだったが、事件の真相にはまだ先があるらしい。某人物が書いてから検事局へ出頭したという手記を、葉梨が伊集院へ示すからだ。

読者が前述の事件経過に接するのは、当該手記を通してであり、単純に見える事件ながら、山田風太郎の仕掛けは凝っている。なぜ葉梨が第一発見者の伊集院に読ませたかという、手記内部に隠された謎が存在し、さらに事件外形の双方に叙述トリックが施されている。伊集院が（つまりは読者が）読了し、ある真相が明らかになってからもまだ二転三転する。

本作の初出は昭和二十四（一九四九）年であるが、七十年を過ぎた現代でも通用――どころか改めて山田の構想に驚愕せざるを得ない。

山風医療系ミステリーの代表作としては他にも、肥満で片足が不自由、頰に傷があって酒浸りの闇医者・荊木歓喜《いばらぎかんき》が活躍する『十三角関係』（光文社文庫）をおすすめしたい。〈解説者注：本稿執筆にあたり『山田風太郎全仕事』（角川文庫）と『山田風太郎　綺想の歴史ロマン作家』（KAWADE夢ムック）を参考にさせていただいた〉

＊

読了後、相当の効能がおそらく、読者の心中へもたらされたに違いない。著者略歴や本解説稿では、収録作以外にも可能な限り医療テーマの他著作に触れたので、今後も読者の探求心は進んでいくだろう。

本アンソロジーは既刊短編の存在する作家に限ることになったが、長編主体の現代医療ミステリー作家も多い。名前を五十音順にあげておくので、ぜひこちらの小説も手に取られたい。

岩木《いわき》一麻《かずま》、大鐘稔彦《おおがねとしひこ》、岡井崇《おかいたかし》、川瀬《かわせ》七緒《ななお》、霧村悠康《きりむらゆうこう》、仙川環《せんかわたまき》、七尾与史《ななおよし》、藤岡陽子《ふじおかようこ》、南杏子《みなみきようこ》という気鋭作家の数々だ。中には映像化され好評となった作品も多数ある。読者の探求心に期待し、医療ミステリーは永久不変の薬となることだろう。

それでは皆様お大事に。ＣＯＶＩＤ－19治療に昼夜専心する、すべての医療従事者へ感謝を捧げ、またの御来院をお待ちしております。

（せきね　とおる／文芸評論家・編集者）

〈底本〉

海堂　尊「エナメルの証言」（『玉村警部補の災難』宝島社文庫・二〇一五年）

久坂部羊「嘘はキライ」（『嗤う名医』集英社文庫・二〇一六年）

近藤史恵「第二病棟の魔女」（『モップの魔女は呪文を知ってる』実業之日本社文庫・二〇一一年）

篠田節子「人格再編」（『蒼猫のいる家』新潮文庫・二〇一八年）

知念実希人「人魂の原料」（『天久鷹央の推理カルテ』新潮文庫・二〇一四年）

長岡弘樹「小医は病を医し」（『白衣の嘘』角川文庫・二〇一九年）

新津きよみ「解剖実習」（『巻きぞえ』光文社文庫・二〇一一年）

山田風太郎「厨子家の悪霊」（『眼中の悪魔』光文社文庫・二〇〇一年）

山田風太郎氏「厨子家の悪霊」には、「気違い」「狂人」「癩病」といった言葉が頻出します。また作中において、「精神分裂症」「早発性痴呆」といった表現が用いられておりますが、これらは当時の誤った理解に基づくものであり、現在、一般的に「統合失調症」と呼ばれております。いずれも今日では差別的表現とみなすべき用語です。

さらに、ハンセン病（作中では「癩病」）が伝染病であると思わせる記述が登場いたします。現在の医学では非常に感染しにくく、完治する病気であることは周知の事実です。

編集部では、これらについて作品発表の時代背景（一九四九年）を前提に検討した結果、本作品は当時の社会通念を基にした物語ではあるものの、文学的な価値のある作品であると判断し、表現の改変を行わず原文通りに掲載させていただきました。

医療《いりょう》ミステリーアンソロジー
ドクターM《ミステリー》

朝日文庫

2020年7月30日　第1刷発行

著　　者　海堂《かいどう》 尊《たける》　久坂部《くさかべ》羊《よう》　近藤《こんどう》史恵《ふみえ》
篠田《しのだ》節子《せつこ》　知念《ちねん》実希人《みきと》　長岡《ながおか》弘樹《ひろき》
新津《にいつ》きよみ　山田《やまだ》風太郎《ふうたろう》

発 行 者　三 宮 博 信
発 行 所　朝日新聞出版
〒104-8011　東京都中央区築地5-3-2
電話　03-5541-8832(編集)
　　　03-5540-7793(販売)
印刷製本　大日本印刷株式会社

ISBN978-4-02-264961-4

小説トリッパー編集部編
20の短編小説

人気作家二〇人が「二〇」をテーマに短編を競作。現代小説の最前線にいる作家たちのエッセンスが一冊で味わえる、最強のアンソロジー。

伊坂 幸太郎
ガソリン生活

望月兄弟の前に現れた女優と強面の芸能記者!? 次々に謎が降りかかる、仲良し一家の冒険譚！ 愛すべき長編ミステリー。《解説・津村記久子》

奥田 英朗
沈黙の町で

北関東のある県で中学二年生の男子生徒が転落死した。事故か？ 自殺か？ その背景には陰湿ないじめが……。町にひろがる波紋を描く問題作。

藤井 太洋
アンダーグラウンド・マーケット

仮想通貨N円による地下経済圏で生きるしかない若者たちがあふれる近未来の日本を舞台にしたSFサスペンス。

さだ まさし
ラストレター

聴取率〇%台。人気低迷に苦しむ深夜ラジオ番組を改革しようと、入社四年目の新米アナウンサーが名乗りを上げるのだが……。《解説・劇団ひとり》

朝井 リョウほか
作家の口福
おかわり

二〇人の作家が食で競演！ するめの出汁、鯛素麺にビーカーコーヒーまで、それぞれの人生に輝く「味」を描く。極上のアンソロジーエッセイ集。

月村　了衛
黒警《こくけい》
刑事の沢渡とヤクザの波多野。腐れ縁の二人の前に中国黒社会の沈が現れた時、警察内部の深い闇が蠢きだす。本格警察小説！《解説・東山彰良》

月村　了衛
黒涙
警察に潜む〈黒色分子〉の沢渡は、黒社会の沈とともに中国諜報機関の摘発に挑むが、謎の美女が現れ……。傑作警察小説。《解説・若林　踏》

荻原　浩
愛しの座敷わらし（上）（下）
家族が一番の宝もの。バラバラだった一家が座敷わらしとの出会いを機に、その絆を取り戻していく、心温まる希望と再生の物語。《解説・水谷　豊》

七尾　与史
死なせない屋
三軒茶屋にある『死なせない屋』の仕事は、あらゆる手段で依頼人の命を守ること。それを阻むのは殺人鬼に暗殺者!?　コミカルミステリー。

菊地　秀行
エイリアン超古代の牙
世界一のトレジャーハンター・八頭大が次に狙うのは最凶の未知の飛行体!?　一七世紀ロンドンや南極と、時空と世界をまたにかけての大バトル！

乙一／中田永一／山白朝子／越前魔太郎／安達寛高
メアリー・スーを殺して
幻夢コレクション
「もうわすれたの？　きみが私を殺したんじゃないか」　せつなくも美しく妖しい。読む者を夢の異空間へと誘う、異色〝ひとり〟アンソロジー。

伊東　潤
江戸を造った男
海運航路整備、治水、灌漑、鉱山採掘……江戸の都市計画・日本大改造の総指揮者、河村瑞賢の波瀾万丈の生涯を描く長編時代小説。《解説・飯田泰之》

海音寺　潮五郎
西郷と大久保と久光
明治維新の中心に立ち革命に邁進した西郷隆盛と、大久保利通、島津久光との関係性を浮き彫りにした史伝的小説。《解説・高橋敏夫》

葉室　麟
風花帖《かざはなじょう》
小倉藩の印南新六は、生涯をかけて守ると誓った女性・吉乃のため、藩の騒動に身を投じて行く——。感動の傑作時代小説。《解説・今川英子》

市川　拓司
壊れた自転車でぼくはゆく
もうこの世に存在しない祖父と、ぼくはかつて旅をした。そこで語られたのは、精一杯自分たちの命を生きた、切ない純愛の物語。《解説・樋口柚子》

横山　秀夫
震度0《ゼロ》
阪神大震災の朝、県警幹部の一人が姿を消した。失踪を巡り人々の思惑が複雑に交錯する。組織の本質を鋭くえぐる長編警察小説。

片岡　義男
豆大福と珈琲
息子を連れて地元に戻ってきた幼なじみの女性と、「結婚」をしないまま新しい「家族」のかたちを探っていく表題作など五編。《解説・柚木麻子》